D1080870

BASTEI
LÜBBE

Von Andreas Eschbach sind bei Bastei Lübbe Taschenbücher erschienen:

14294-2 Das Jesus Video
14912-2 Exponentialdrift
24259-9 Solarstation
23232-1 Kelwitts Stern
15040-6 Eine Billion Dollar
24326-9 Eine Trillion Euro
24332-3 Das Marsprojekt

Über den Autor

Andreas Eschbach, geboren 1959 in Ulm, studierte in Stuttgart Luft- und Raumfahrttechnik und arbeitete zunächst als Softwareentwickler. Als Stipendiat der Arno-Schmidt-Stiftung »für schriftstellerisch hoch begabten Nachwuchs« schrieb er seinen ersten Roman *Die Haarteppichknüpfer*, der 1995 erschien und für den er 1996 den *Literaturpreis des Science Fiction Clubs Deutschland* erhielt. Bekannt wurde er vor allem durch den Thriller *Das Jesus Video* (1998).
Bis 1996 war er geschäftsführender Gesellschafter einer EDV-Beratungsfirma. Inzwischen lebt er mit seiner Familie als freier Schriftsteller in der Bretagne in Frankreich.

ANDREAS

ESCHBACH

DER LETZTE SEINER ART

THRILLER

BASTEI LÜBBE TASCHENBUCH
Band 15305

1. + 2. Auflage: Mai 2005
3. Auflage: Juli 2005

Vollständige Taschenbuchausgabe
der im Gustav Lübbe Verlag erschienenen Hardcoverausgabe

Bastei Lübbe Taschenbücher und Gustav Lübbe Verlag
in der Verlagsgruppe Lübbe

Dieses Werk wurde vermittelt durch die Literarische Agentur
Thomas Schlück GmbH, 30827 Garbsen
Lektorat: Helmut W. Pesch
Umschlaggestaltung: Guido Klütsch, Köln
Satz: Bosbach Kommunikation & Design GmbH, Köln
Druck und Verarbeitung: GGP Media GmbH, Pößneck

Printed in Gemany
ISBN: 3-404-15305-7

1

Am Samstagmorgen erwachte ich blind und halbseitig gelähmt. Ich bin schon oft blind gewesen und auch schon oft halbseitig gelähmt, aber in letzter Zeit bin ich öfter beides gleichzeitig, und das fängt allmählich an, mir Sorgen zu machen.

Ich lag auf der rechten Seite, das Gesicht halb im Kissen vergraben. Alles, was ich bewegen konnte, waren mein Kopf, der linke Arm und ein paar Muskeln, die mir in dem Moment allesamt nichts nützten. Ziemlich ärgerlich. Ich war versucht, einfach noch eine Weile zu dösen und zu hoffen, dass es sich von selber geben würde. Aber das würde es nicht, das wusste ich. Außerdem drückte meine Blase.

Also ruderte ich mit der linken Hand umher, wühlte hinter mir über Kissen und Matratze, bis ich das Bettgestell zu fassen bekam. Es ist alles andere als leicht, sich mit nur einem und zudem halb verrenkten Arm in eine neue Position zu ziehen, wenn man dreihundert Pfund schwer ist und starr wie eine Schaufensterpuppe, aber unmöglich ist es auch nicht, wenn es eben sein muss.

Ich zog mit aller Kraft, und kurz vor dem ersten Muskelfaserriss kippte ich endlich und krachte mit dem linken Schulterblatt auf die Bettkante, was wehtat, aber gut war, denn es bedeutete, dass ich günstig zu liegen gekommen war, um mit der freien Hand unter das Bett zu fassen.

Dort bewahre ich seit Jahren einen unterarmlangen Holzprügel auf, für Gelegenheiten wie diese. Bisher hatte es immer erstaunlich gut geholfen, mir einfach dieses zollstarke Vierkantholz mehrmals über den Schädel zu ziehen. Oder damit auf widerspenstige Gliedmaßen einzudreschen. Das ist bei mir nicht anders als bei einem alten Getränkeautomaten: Ab und zu braucht er ein paar kräftige Tritte, und schon läuft alles wieder wie eh und je.

Diesmal half es allerdings nicht. Ich hörte auf, mich zu verprügeln, ehe es Schlimmeres gab als blaue Flecken, und war immer noch gelähmt und blind.

Die Blindheit war besonders ärgerlich, weil es dafür keinen wirklichen Grund gab. Ich nehme an, dass es psychisch bedingt ist; jedenfalls, wenn mein künstliches Auge einen seiner Abstürze hat und plötzlich keine Signale mehr liefert, schließt sich ihm das andere bisweilen aus einer Art falsch verstandener Solidarität heraus an und versagt gleichfalls den Dienst. Ich kenne ein paar Leute, die sich brennend für dieses Phänomen interessieren würden, aber ich werde mich auch weiterhin hüten, ihnen davon zu erzählen.

Ich lag eine Weile unbequem da und überlegte. Das war alles ausgesprochen lästig. Ein Traum fiel mir ein, der ein paar Wochen zurücklag, und auf einmal fragte ich mich, ob das überhaupt ein Traum gewesen war: Ich hatte geträumt aufzuwachen, mitten in der Nacht, versteinert, zu Stahl geworden, doch dann hatte ich den *geheimen Schalter* gefunden, der meinen Körper verflüssigte, alles war gut gewesen, und ich war erleichtert wieder eingeschlafen. Seltsam. Ich tastete über den Bauch und befühlte einige der Kabelstränge, die sich da ab und zu wulstig unter der Bauchdecke abzeichnen wie Treibgut im

Wogen der Gedärme, kleine harte Wülste, die schon die nächste Bewegung des Körpers zurück in die Tiefe zieht. Es musste ein Traum gewesen sein. Es gab keinen solchen Schalter.

Etwas anderes fiel mir ein, das einmal gegen diese Art Blindheit geholfen hatte. Ich ließ den Bauch und begann, das linke Auge bei geschlossenen Lidern sanft zu massieren, so lange, bis Sternchen kamen. Dann hielt ich inne, öffnete es, und siehe da, aus grauen Nebeln schälte sich ein Bild. Die Decke meines Schlafzimmers. Vergilbte, mindestens dreißig Jahre alte Tapete. Wenn man es recht bedenkt, hätte ich längst einmal neu tapezieren können. Zeit hatte ich ja wahrhaftig genug.

Nicht mehr völlig, sondern nur noch halb blind zu sein war zumindest ermutigend, wenn auch nicht richtig hilfreich. Ich betrachtete meinen rechten Arm, der verkrampft in die Höhe ragte wie ein abgebrochener Schiffsmast und sich anfühlte wie ein solider Block Metall, und fluchte erst mal erbittert vor mich hin. Der Harndrang schien nicht vorzuhaben, nachzulassen, also holte ich, in Ermangelung eines besseren Einfalls, noch einmal den Holzprügel herauf und schlug damit auf mich ein, wieder ohne Resultat.

So etwas wie Panik begann sich in mir auszubreiten. Wilde Visionen, wie ich hier liegen bleiben würde, tagelang, eingenässt und unfähig, um Hilfe zu rufen. Verdursten würde ich. Mein Mund war jetzt schon ganz trocken. Wie lange es wohl dauern würde, bis man mich fand? Ziemlich lange, vermutlich. Ich lebe allein, zurückgezogen – man könnte sagen, einsam.

Panik, wie gesagt. Und das Sedierungssystem war logischerweise auch nicht ansprechbar. Ich bemühte mich, langsam und tief zu atmen, konzentrierte mich auf den Druck in der Blase, und es wurde besser.

Nachdenken war angesagt. Nicht unbedingt meine Stärke, aber man bemüht sich. Das künstliche Auge ausgefallen, gleichzeitig der Bewegungsapparat blockiert: Das konnte fast keine andere Ursache haben als einen Stromausfall im gesamten System. Ein Defekt der Nuklearbatterie war so gut wie ausgeschlossen; die ist der wahrscheinlich zuverlässigste Bestandteil meiner Innereien und wird frühestens ausgetauscht werden müssen, wenn ich an meinem 45. Geburtstag noch am Leben sein sollte. Blieb die Stromverteilung. In den vergangenen Jahren hatten sich zwar tatsächlich einige der angeblich unlösbaren Steckverbindungen in den Tiefen meines Körpers gelöst, aber die dadurch verursachten Wackelkontakte oder Kurzschlüsse hatten stets nur begrenzte Ausfälle zur Folge gehabt. Bisher hatte ich immer geglaubt, das System sei so konstruiert, dass ein totaler Stromausfall überhaupt nicht vorkommen könne.

Allerdings habe ich in meinem Leben schon eine Menge Dinge geglaubt.

Ich würde Hilfe brauchen.

Es sind nur ein paar Schritte, sagte ich mir. Schritte. Schon allein das Wort klingt beruhigend. Nur drei, vier Schritte. Alles, was ich tun musste, war, mich aus dem Bett auf den Fußboden zu wälzen und mich dann Zoll um Zoll bis in den Flur zu zerren. Dort war das Telefon. Dort war Rettung. Nichts leichter als das.

Bloß dass mein Körper in seinem augenblicklichen Zustand mehr Ähnlichkeit mit einer tonnenschweren Metallplastik hatte als mit sonst etwas. Ich zerrte und zog mit meinem einen Arm und manövrierte umher und versuchte, den starren Rest von mir ins Schaukeln zu bekommen, und steigerte mich in einen wahren Rausch von Kraftmeierei hinein, doch alles, was ich schließlich erreichte, war, mit dem Oberkörper aus dem Bett zu fallen, den Nachttisch mit dem Kopf umzustoßen und mit meinem rechten Arm so ungeschickt aufzukommen, dass er sich unter dem Bettgestell verkantete.

Ich blieb eine ganze Weile keuchend so liegen. Mit meinem einen intakten Auge sah ich mich um und konnte nicht glauben, was passiert war. Ich lag da wie festbetoniert, den Körper so durchgebogen, dass mein Bauch spannte wie eine Trommel, meinen starren rechten Arm unter dem Bett festgehakt wie ein Schiffsanker. Mit der Linken tastete ich panisch umher auf der Suche nach einem Halt, einem Griff, irgendetwas, an dem ich mich aus dieser Lage zerren konnte, und fand nichts. Da waren nur alte Socken, ein rechter Turnschuh, ein paar Zeitungen und sonstige Zeugnisse meiner Abneigung gegen haushälterische Tätigkeiten und darunter glatter Linoleumboden. Es dauerte seine Zeit, aber allmählich begriff ich, dass ich es versiebt hatte.

Der Anflug von Panik kehrte zurück. Eigentlich war es schon fast mehr als nur ein Anflug. Wenn man einmal unbesiegbar gewesen ist, tut man sich schwer mit Niederlagen, erst recht mit dem drohenden Untergang.

Ich weiß nicht genau, was dann geschehen ist und warum. Ich weiß nur, dass ich mir mit der linken Hand über den Bauch strich, vielleicht, weil er so prall gespannt war, oder in dem Versuch, meine Blase zu beruhigen. Ich fühlte der Kontur eines Kabelstrangs nach und ertastete plötzlich etwas, eine Verdickung, die da nicht hätte sein dürfen, soweit ich mich an die Pläne erinnerte.

Nicht, dass die Pläne zum Schluss noch viel bedeutet hätten. Da hat sowieso jeder gemacht, was er wollte. Aber seltsam war es doch. Ich befühlte das Implantat und erlebte dabei plötzlich einen dieser überaus eigenartigen Momente, in denen man sich nicht mehr sicher ist, ob man wach ist und sich an einen Traum erinnert oder ob man träumt und sich daran erinnert, einmal wach gewesen zu sein. Das fühlte sich an wie der geheime Schalter in jenem Traum, der meinen Körper *verflüssigt* hatte!

Ich drückte. Und schrie auf, als ein Rucken durch mich ging, das System einen Herzschlag lang zum Leben erwachte. Nicht lang genug leider, um auch nur meinen rechten Arm frei zu bekommen; im Gegenteil, den hatte ich vor lauter Überraschung eher noch weiter verkantet.

Aber plötzlich ergab alles Sinn. Ich hatte einen Wackelkontakt im Hauptstromkreis, so einfach war das! Irgendwann musste jemand – vermutlich aus Versehen, oder besser gesagt, in sinnloser Hektik – eines der Kabel durchtrennt haben, die durchzutrennen nicht vorgesehen gewesen war, und um das zu reparieren, hatte er eine Steckverbindung eingesetzt. Die ja als unlöslich galt. Also zwei gute Gründe, mir nachher nichts davon zu sagen.

Genau diese Steckverbindung spürte ich gerade. Vermutlich hatte eine der Bewegungen innerer Organe, wie sie im menschlichen Bauchraum nun einmal unvermeidlich sind – selbst in meinem –, das betreffende Kabel in den Vordergrund gedrückt.

Das hieß, dass das damals überhaupt kein Traum gewesen war. Ich war wirklich mitten in der Nacht aufgewacht, hatte schlaftrunken registriert, erstarrt zu sein, und es hat noch genügt, ein wenig Druck auf die wackelnde Kabelverbindung auszuüben, um sie wieder einschnappen und alles schön weiter funktionieren zu lassen.

Ganz offensichtlich saßen die Stecker aber inzwischen deutlich lockerer. Mit jähem Schrecken begriff ich, dass meine letzte Chance darin bestand, sie wieder ineinander zu bekommen, und zwar hier und jetzt, ehe die beiden Enden des Kabels sich endgültig voneinander lösten und sich in die Tiefen meiner Eingeweide verabschiedeten.

Ich hörte auf, daran herumzudrücken. Ich konnte nicht wissen, ob ich damit nicht mehr Schaden als Nutzen anrichtete. Jeder ungeschickte Druck mochte die beiden Stecker genauso gut ineinander schieben wie voneinander trennen. Nein, ich musste wissen, was ich tat. Was ich brauchte, war das richtige Werkzeug.

Also verrenkte ich mir den Hals auf der Suche nach irgendeinem spitzen Gegenstand, den ich mir in den Bauch rammen konnte.

Bloß, wie viele spitze Gegenstände findet man für gewöhnlich im Radius einer Armlänge um ein Bett? Mein Taschenmesser fiel mir ein. Dessen Klingen schienen mir für Operationen nur bedingt geeignet, aber die Ahle war lang und so gut wie unbenutzt, und was zum Stechen von Löchern in Ledergürtel taugte, dem würde eine Bauchdecke schwerlich widerstehen. Und das Ding musste, wenn mich nicht alles trog, in der Schublade des Nachttisches liegen.

Des mittlerweile umgestürzten Nachttisches, der zudem zu meiner Rechten und damit weitgehend außer Reichweite lag. Ich streckte und wälzte mich, bekam den Griff der Nachttischschublade zu fassen und zog sie auf. Zwei Packungen Papiertaschentücher purzelten heraus, ein Hundert-Euro-Schein, den ich noch gar nicht vermisst hatte, und ein paar Münzen. Nichts sonst. Vor allem kein Taschenmesser.

Hastig befingerte ich wieder meinen Bauch. War der Stecker noch da? Ja. Ich hatte mich zwar bewegt, aber offenbar nicht stark genug, um das Kabel davonrutschen zu lassen. Vielleicht tat die volle Blase das ihre, im Bauch alles unter Druck und am Platz zu halten. Wo war das verdammte Taschenmesser?

Mein Blick streifte die Leselampe, ein dickes, in Jahrzehnten gelblich angelaufenes Glasungetüm, hoch über dem Bett an die Wand geschraubt, und da fiel es mir wieder ein. Vor ein paar Tagen hatte ich die Glühbirne ausgewechselt, und dazu hatte ich vier Schrauben daran lösen und wieder festdrehen müssen. Das hatte ich mit dem Taschenmesser gemacht, und danach hatte ich es einfach obenauf liegen lassen, anstatt es zurück in die Schublade zu tun.

Ich blickte mich noch einmal um. Genau. Mitten in meiner männlichen Unordnung lag es, neben dem Wecker, den es gleichfalls davongeschleudert hatte, als der Nachttisch umgefallen war. Rot, klein, unübersehbar. Und ungefähr zwei Fuß von meinen ausgestreckten Fingerspitzen entfernt.

Aber höhere Primaten zeichnen sich durch die Fähigkeit zur Verwendung von Werkzeug aus; zumindest liest man das immer wieder. Ich versuchte es zuerst mit dem Holzprügel, aber der war, wie ich übrigens von Anfang an vermutet hatte, zu kurz. Nicht zu kurz immerhin, um eine Jeanshose, die eine glückliche Fügung achtlos auf den Boden gelegt anstatt ordentlich in den Schrank gehängt hatte, so weit zu mir heranzuziehen, dass ich sie mit der Hand greifen konnte. Ich fuhrwerkte ein wenig herum, bis ich sie fest an beiden Hosenbeinen gepackt bekam, dann ging ich daran, sie wie eine Art Angel auszuwerfen, um das Messer damit einzufangen. Einäugig und einarmig ist das nicht ganz leicht, aber schließlich schaffte ich es. Mit unwilligem Rappeln kamen sowohl Zeitmesser als auch Taschenmesser nahe genug, dass ich Letzteres an mich bringen konnte.

Nächster Schritt. Die Ahle. Mit bloß einer Hand sind diese Taschenmesser verdammt schwer aufzubekommen, besonders, wenn man eines der kleinen, spitzen, wenig benutzten Instrumente herausklappen will und das Ding nicht mehr ganz neu ist, nicht mehr ganz so gut geschmiert wie in jungen Jahren, im Gegenteil eher hier und da schon etwas angerostet. Hier, so nahe am Meer, rosten Dinge unglaublich schnell. Aber ich schaffte es schließlich, um den Preis, dass meine Hand danach zitterte und bebte vor Anstrengung.

Jegliches Triumphgefühl verflog, als mir gleich darauf wieder einfiel, was ich damit vorhatte. Ach ja, richtig. Ich war anscheinend wirklich ein Weltmeister darin, unangenehme Dinge zu vergessen.

Ich ging noch einmal alles durch, um sicher zu sein, nichts übersehen zu haben. Zeitgewinn. Letzter Aufschub. Und ich hatte natürlich nichts übersehen. Ich würde von Glück sagen können, wenn mein Vorhaben auch nur irgendeine Veränderung brachte. Wenn nicht, blieb nur noch, mir die Lunge aus dem Hals zu schreien in der Hoffnung, dass mich jemand hören und mir zu Hilfe eilen würde – eine Alternative von bestürzender Aussichtslosigkeit.

Ich tastete nach dem knotigen Ding unter meiner Bauchdecke. Da regte sich nichts. Kein neuer Funke, der in die teflonummantelten Kabelsätze meines Systems floss. Keine Rettung vor dem Skalpell. Seufzend erfühlte ich eine Stelle, an der ich einen Stecker vermutete, setzte die Ahle auf, hielt die Luft an und stach zu.

Es tat verflucht weh. Ich glaube, dass ich geschrien habe; jedenfalls erinnere ich mich an ein gurgelndes Gefühl in der Kehle und daran, danach heiser gewesen zu sein. Ich stach zu, spürte, wie es feucht und heiß aus der Wunde kam, Blut natürlich, und nicht wenig, und stocherte mit dem scharfen Stahl herum auf der Suche nach dem Implantat. Endlich ein Widerstand. Ich starrte an die Decke, wunderte mich über die dunklen Wolken, die plötzlich darüber hinwegzogen, drückte und machte und rührte in meinem Fleisch, ohne dass sich etwas tat, außer dass alles immer nasser und klebriger wurde auf meinem Bauch. Plötzlich waren die winzigen Fliegen da, die sich für gewöhnlich nie ins Schlafzimmer verirren. Beim Müll in der Küche finden sie es sonst viel interessanter, aber nun schwirrten sie über mir herum und kamen mir vor wie mikroskopische Aasgeier. Und da, endlich, machte es *Klick*.

Von einem Moment zum anderen war die Starre verschwunden, gehorchten mir Arme und Beine, sah mein rechtes Auge etwas, kam mein Körper mit einem vielstimmigen, zischenden Geräusch in der Muskulatur in Bewegung. Wie herrlich, den Schmerz abschalten zu können! Wie gut, den Blutstrom drosseln zu können! Ich kam auf die Beine, schweißgebadet, blutüberströmt, und wankte hinüber ins Bad, wo ich, die Hand auf die Wunde gepresst, als Erstes meine Blase erleichterte, ein unbeschreibliches Wohlgefühl.

Dann hockte ich auf dem Badewannenrand, betrachtete meinen Bauch und die Ahle meines Taschenmessers darin und überlegte, ob ich es wagen konnte, sie wieder herauszuziehen. Vorsichtshalber setzte ich mich auf den Boden und in eine stabile Position, ehe ich es probierte. Und siehe da, die Lähmung kehrte nicht wieder. Auch nicht, als ich tollkühn auf meinem Bauch herummassierte. Ich hatte mich wieder einmal hinbekommen.

Trotzdem konnte das nicht so bleiben, sagte ich mir, während ich der Wunde reichliche Mengen wasserklaren Desinfektionsmittels und eine Mullkompresse angedeihen ließ. Es würde ein nächstes Mal geben. Vielleicht in einem Jahr, vielleicht schon morgen früh. Und irgendwann würde ich mich nicht mehr hinbekommen. Nicht einmal, wenn ich künftig nur noch mit dem Werkzeugkasten im Arm schlief.

Ich konnte das Telefon ans Bett verlegen. Der Tag, an dem ich mich nicht mehr hinbekam, würde dann der Tag der Kapitulation werden. Der Tag, an dem *sie* mich zurückbekommen würden.

Die Vorschriften für ein Vorkommnis wie dieses waren nämlich eindeutig und unmissverständlich. Hätte ich vorschriftsmäßig handeln wollen, ich hätte mir gerade noch das Blut von den Händen waschen dürfen und dann aber sofort und ohne weitere Verzögerung Lieutenant Colonel Reilly anrufen müssen. Der mich umgehend zur Generalüberholung zurück in die Staaten beordert hätte, höchst luxuriös zweifellos, an Bord einer Maschine der Luftwaffe, die eigens und nur für mich fliegen würde. Aber eben nur in eine Richtung. Reilly würde mich unter direkte Kontrolle und Aufsicht stellen, und ob ich der jemals wieder entkommen würde, war mehr als fraglich. Deshalb hatte ich nicht vor, vorschriftsmäßig zu handeln. Reilly zu informieren hätte geheißen, meine wenigen, mühsam errungenen Freiheiten auf einen Schlag einzubüßen, und nichts wollte ich weniger als das. Deshalb wusch ich mir zwar das Blut von den Händen, aber Lieutenant Colonel Reilly rief ich nicht an.

Stattdessen klebte ich abschließend ein festes Pflaster auf den Verband, ging in den Flur und holte mein Mobiltelefon aus seinem Versteck. Über meinen normalen Telefonanschluss führe ich nur selten und wenn, dann belanglose Gespräche, weil ich davon ausgehen muss, dass man mich immer noch abhört, sicherheitshalber selbstverständlich nur. Mein Mobiltelefon dagegen habe ich mir auf höchst verschlungenen Wegen besorgt; es sollte nach menschlichem Ermessen unmöglich sein, es mir zuzuordnen. Das erlaubt dann schon ganz andere Dinge.

Vierkanthölzer und anonyme Telefone sind nämlich nicht die einzigen Hilfsmittel, die ich mir verschafft habe. Ich wählte die Nummer von Dr. O'Shea. »Duane hier«, sagte ich, als er sich meldete. »Ich brauche dringend Ihre Hilfe.«

»Verstehe«, sagte er. »Können Sie zu mir in die Praxis kommen?«

»Zum Glück ja.«

»Dann kommen Sie um elf.« Ohne ein weiteres Wort legte er auf.

Reilly würde einen ernsthaften Herzanfall bekommen, wenn er wüsste, dass ich einen hier im Ort ansässigen Allgemeinarzt – einen *Zivilisten!* – ins Vertrauen gezogen habe. Und es würde ihn ohne Zweifel auf der Stelle dahinraffen zu wissen, dass Dr. O'Shea Röntgenaufnahmen meines Körpers gemacht hat. Aufnahmen meines Eine-Milliarde-Dollar-Körpers, für die eine Menge Leute auf diesem Planeten eine Menge Geld zahlen würden. Aber, wie gesagt, Dr. O'Shea genießt mein Vertrauen.

Ich tappte zurück ins Bad, zog meinen blutigen Schlafanzug aus und warf ihn in die Wanne. Ich machte einen Lappen nass und wischte mir das Blut von den Füßen, dann ging ich hinüber ins Schlafzimmer, einer Spur dunkler Fußabdrücke und dicker roter Tropfen folgend. Das Bett sah aus, als habe ein wahnsinniger Serienmörder darin gerade sein jüngstes Opfer massakriert. Ich zog alles ab, warf Bettzeug und Laken auch in die Wanne und ließ kaltes Wasser einlaufen. Blut darf man nur mit kaltem Wasser auswaschen, habe ich gelernt.

Es war kurz vor neun, als ich mich daranmachte, die Blutflecken auf dem Boden wegzuwischen.

Unwillig klagst du und willst nicht einsehen, dass bei allem, was du beklagst, nur eines von Übel ist: dein Unwillen und deine Klagen. Nur ein Unglück gibt es für einen Mann, nämlich dass es Dinge in seinem Leben gibt, die er als Unglück ansieht.

Seneca, EPISTOLAE MORALES

2

Ich fühlte mich nicht gut, als ich in einen kühlen, sonnigen Samstagmorgen hinaustrat. Es gab keine Garantie dafür, dass sich das, was in meinen Eingeweiden passiert war, nicht mitten auf der Straße wiederholen würde. Zwar würde man mich in dem Fall finden und wahrscheinlich dorthin bringen, wo ich ohnedies hinwollte, zu Dr. O'Shea nämlich, aber ich würde Aufsehen erregen. Und wenn ich das gewollt hätte, hätte ich Reilly auch gleich anrufen können. So achtete ich mehr auf das steife Gefühl in meinen Beinen und das verhaltene Pochen der Bauchwunde als auf das Wetter. Ein kräftiger, salzig schmeckender Wind wehte und blähte die weite Jacke und das übergroße Hemd, unter denen ich meine auffallende Statur zu verbergen pflege. Mein künstliches Auge tränte. Das tut es manchmal.

Der Ort, in dem ich seit über zehn Jahren lebe, heißt Dingle; ein kleiner Fischereihafen, auf der gleichnamigen Halbinsel im Südwesten Irlands gelegen. Das Städtchen ist gerade groß genug, dass man als Einwohner hingenommen wird, ohne dass jeder wissen muss, wie man heißt und woher man kommt, und andererseits nicht groß genug, als dass es von alleine irgendjemandes Aufmerksamkeit auf sich ziehen würde. Es findet ein wenig Tourismus statt, aber die meisten Leute leben tatsächlich noch vom Fischfang. Dass sonst nicht viel passiert, mag man daran erkennen, dass *das* große Ereignis in der jüngeren Geschichte Dingles nach wie vor ist, dass hier der Film *Ryan's Daughter* gedreht wurde, immerhin mit Paul Newman in der Hauptrolle, allerdings vor über dreißig Jahren: Ein Film, den ich nie gesehen habe, aber nach meiner zugegebenermaßen eingeschränkten Kenntnis hiesiger Pubs dürfte schätzungsweise in jedem dritten davon das Filmplakat hängen und eine Hand voll Szenenfotos dazu. Und es gibt eine Unmenge Pubs in Dingle.

Ich ging langsam und hatte beim Gehen immer noch das Gefühl, dass meine Beinmuskulatur gegen einen inneren Widerstand arbeiten musste. Was wahrscheinlich auch der Fall war, wenn ich daran denke, was alles darin eingebaut ist und sich nicht selten so anfühlt, als roste es längst einfach nur noch vor sich hin. Als ich den Kreisverkehr erreichte, ließ meine Besorgtheit ein wenig nach, vielleicht weil mich auch nach über zehn Jahren in diesem Land der Anblick links fahrender Autos mit Lenkrädern auf der falschen Seite des Wagens immer noch irritiert. Ich überquerte die diversen Überwege und wählte den Weg die Mall hoch, deren auffallendste Einrichtung eine Kreuzigungsszene aus schreiend bunt bemalten, überlebensgroßen Figuren ist; ein riesiger Christus quält sich an einem riesigen Kreuz, betrauert von zwei Frauengestalten in Babyhellblau und Zitronengelb, die unter ihm stehen und die Hände ringen.

Die grundsätzliche Bereitschaft der Iren, Dinge knallbunt zu streichen, äußert sich in der Main Street in jenem malerischen Nebeneinander verschiedenfarbiger Häuserfassaden, das man in irischen Siedlungen häufig findet und das sich auf Abbildungen in Reiseführern und auf Postkarten so gut macht. Ein strohgelber Pub neben einer dunkelgrünen Bankfiliale, ein Wohnhaus, schneeweiß mit dunkelblauen Einfassungen und Türen – das sind Motive, bei denen Touristen die Kamera wie von selbst vor das Auge springt. Wenn man jedoch länger in diesem Land lebt, merkt man, dass diese Buntheit lebensnotwendig ist. Dass man sie braucht, um trübe Wintermonate und das oft wochenlang anhaltende Nieselwetter ohne seelische Schäden zu überstehen.

Weil es auf dem Weg lag und weil ich noch Zeit hatte und weil ich es mir ohnehin nicht erlauben durfte, die Öffnungszeiten zu verpassen, war meine erste Station die Post.

»Ah, Mister Fitzgerald«, begrüßte mich Billy Trant, ein eifriger, grobknochiger Junge mit buschigen, aschblonden Haaren und den kariösesten Zähnen, die ich je im Leben gesehen habe. »Ihr Paket ist da.« Er fuchtelte atemlos mit den Händen, als habe er den ganzen Morgen nur auf mich gewartet. »Ihre Lieferung geheimer biologischer Kampfstoffe.«

Das ist nur ein Spiel, das sich zwischen uns entwickelt hat. Einerseits würde Billy für sein Leben gern wissen, was in den Paketen ist, die ich alle vier Tage zugeschickt bekomme, und weil ich es ihm nicht verrate, ist er eines Tages darauf verfallen, einfach zu raten, in der Hoffnung, mich auf diese Weise aus der Reserve zu locken. Andererseits weiß er, dass es ihn als Postbediensteten überhaupt nichts angeht, was er befördert, und deswegen rät er nicht ernsthaft, sondern macht sich einen Spaß daraus, mit möglichst irrwitzigen Vermutungen aufzuwarten.

Doch manchmal liegt er verdammt nah an der Wahrheit damit.

»Daneben«, sagte ich trotzdem, wie immer.

Während er nach hinten ging, um das Paket zu holen, überflog ich die Schlagzeilen der lokalen Tageszeitungen, die neben dem Schalter aushängen. Mehrspaltiger Aufmacher war eine Debatte um wirtschaftspolitische Fragen im Dubliner Parlament, während weltpolitische Belanglosigkeiten wie Unruhen im Nahen Osten oder ein säbelrasselndes chinesisches Manöver vor der Küste Taiwans in wenigen Sätzen abgehandelt wurden. Das genügt mir, um in groben Zügen informiert zu bleiben, und mehr brauche ich nicht.

»Ich komm schon noch drauf«, meinte Billy, als er mir das Paket herausreichte.

»Na klar«, erwiderte ich. Es ist ein Ritual, wie gesagt.

Postlagernd, nicht zustellen steht auf dem Etikett unter meinem Namen und der Adresse des Postamts Dingle. Lieutenant Colonel Reilly widerspricht dem Vorwurf, das sei eine Schikane. Abgesehen von diversen praktischen Erwägungen mache er das, um mich am Leben und wohlauf zu wissen: Sollte ein Paket nach Ablauf der Aufbewahrungsfrist zurückgeschickt werden, käme er sofort angereist, um nach mir zu sehen. Wobei *sofort* in diesem Fall fast wörtlich zu verstehen ist: Reilly hat die Befugnis, sich von der US Air Force zu jedem beliebigen Zeitpunkt an jeden beliebigen Ort der Erde bringen zu lassen, wenn er es für nötig hält.

Mit anderen Worten, wenn das mit dem Taschenmesser schief gegangen wäre, hätte er morgen vor meiner Tür gestanden und hätte mich schreien gehört. Na also. Was hatte ich mir denn Sorgen gemacht?

Ich stopfte das Paket in die Umhängetasche und fühlte mich schon beinahe wieder wie immer, als ich die Post verließ.

Meine Pakete enthalten keine biologischen Kampfstoffe, aber etwas, das nicht weit weg davon ist. Da man mir, um Platz zu schaffen für zahlreiche angeblich hochwichtige Implantate, den größten Teil meines Darms entfernt hat, ist die Darmpassage heute zu kurz, um normalen Nahrungsmitteln die lebensnotwendigen Nährstoffe zu entziehen. Was bedeutet, dass ich mich nicht mehr auf die übliche Weise ernähren kann. Stattdessen erhalte ich ein biologisch hochaktives Nahrungskonzentrat, eine Art lebende Zellkultur, die derart angereichert ist, dass die Dosen, in denen man es mir schickt, nicht nur ein

Verfalls*datum*, sondern sogar eine Verfalls*uhrzeit* aufgedruckt haben, die ich peinlich genau einhalten muss, weil mich das Zeug sonst vergiften kann. Wenn ich eine Dose öffne, muss ich sie innerhalb von sechs Stunden leer essen und eventuelle Reste mit einer speziellen Dünnsäure auflösen, damit die Kanalisation nicht zuwuchert oder schäferhundgroße Monsterratten heranwachsen oder was weiß ich, was sonst passieren kann. Zusammensetzung und Herstellungsweise des Konzentrats sind streng geheim. Alle vier Tage erhalte ich einen Vorrat von acht Dosen, genau die richtige Menge bis zum nächsten Paket, und das funktioniert tatsächlich seit über einem Jahrzehnt reibungslos. Aber natürlich haben sie mich dadurch an der kurzen Leine, und ich kann nicht das Geringste dagegen machen.

Draußen kreuzte Mrs Brannigan meinen Weg, voll bepackt mit Einkäufen und fürchterlich in Eile, was an ihr, mit ihrem vollen weißen, wehenden Haar und ihrer walkürenhaften Statur, besonders beeindruckend aussah. Sie leitet die Ortsbücherei, was sie zu meiner wichtigsten Bezugsperson macht, und besagte Bücherei war, wie mir ein rascher Check der Uhrzeit verriet, seit zwanzig Minuten geöffnet und somit in den alleinigen Händen von Riona, der ebenso jungen wie unerfahrenen Praktikantin, was die Hast erklärte, die Mrs Brannigan an den Tag legte.

»Mister Fitzgerald!«, keuchte sie. »Gott sei gelobt, dass ich Sie treffe. Sie müssen mir helfen.«

Ein deutlich vernehmbares Pochen in meinem Oberbauch mahnte, dass ich zunächst einmal selber Hilfe brauchte, aber da sie ihre Körbe und Taschen umständlich abstellte, blieb ich eben stehen und fragte höflich, wie das zu verstehen sei.

»Ach, es ist wieder wegen Riona. Diese jungen Leute denken immer, sie können quasi dank ihres Geburtsjahrgangs mit Computern umgehen. Aber was macht dieses Mädchen gestern?

Gibt einen Druckbefehl ein, der anfängt, den gesamten Katalog auszudrucken. Den gesamten Katalog, stellen Sie sich das einmal vor! Das wären ja Tausende von Seiten. Gott sei Dank waren nur dreißig Blatt im Drucker.«

»So einen Druckbefehl dürfte man aber nicht aus Versehen geben können«, sagte ich. Ich habe ihr kurz nach meiner Ankunft in Dingle einmal geholfen, ein Modem anzuschließen, und seither sieht sie in mir so etwas wie einen Computerexperten. Dabei besitze ich nicht mal einen.

Zumindest würde ein ahnungsloser Besucher, der sich bei mir im Haus umsieht, keinen entdecken.

»Ja, sicher, es ist kein besonders gutes Programm, aber wir müssen in Gottes Namen damit zurechtkommen«, nickte sie. »Und ich weiß wirklich nicht mehr, was ich machen soll. Ich habe natürlich den Rechner runtergefahren, mehrmals sogar, aber immer wenn ich Papier nachlege und den Drucker einschalte, druckt der einfach weiter.«

»Dann steht der Druckauftrag noch in der Warteschlange. Dort müssen Sie ihn rauslöschen.« Damit waren meine Kenntnisse über handelsübliche Computer auch schon so gut wie ausgereizt. »Im Handbuch müsste stehen, wie man das macht.«

»Im Handbuch … Können Sie es nicht für mich machen, Mister Fitzgerald?«

Ich schüttelte den Kopf. »Nicht heute, beim besten Willen. Ich habe in fünf Minuten einen Termin beim Arzt.«

»Verstehe.« Ein Schatten huschte über ihr Gesicht, der nichts mit meiner Ablehnung zu tun hatte und auch nichts mit dem Zug der Wolken. Mrs Brannigan hat einen schwer kranken, pflegebedürftigen Ehemann, der Tag und Nacht an ein Beatmungsgerät angeschlossen ist. Die Brannigans wohnen in meiner Straße, im ersten Haus vorn beim Ring, einem alten, grauen

Bau mit einem riesigen Schuppen dahinter und einer Sitzbank davor, auf der ich sie an warmen Sommertagen bisweilen sitzen gesehen habe. Am Giebel des Hauses prangt ein verwittertes gelbes Schild, das *Bed and Breakfast* anbietet, aber ich nehme an, das ist ein trauriges Überbleibsel besserer Zeiten.

»Es sollte sich doch ein junger Computerfreak auftreiben lassen, der das hinkriegt«, sagte ich matt.

»Wie wäre es, wenn Sie nächsten Dienstag danach schauen würden?«, schlug sie mit wohlwollender Strenge vor. »Das würde reichen. Da sind sowieso Ihre Bücher fällig.« Sie scheint ihren Computer nicht wirklich zu brauchen, sie hat alles im Kopf.

»Gut, dass Sie mich erinnern«, sagte ich. Es waren drei Romane, von denen ich zwei nur zwanzig Seiten weit gelesen hatte.

»Dann sehe ich Sie also Dienstag«, lächelte sie und nahm ihre Einkäufe wieder auf. »Schön. Aber jetzt muss ich weiter, ehe dieses Mädchen noch mehr Unsinn anstellt.«

Damit rauschte sie davon, und ich setzte meinen Aufstieg die Main Street hoch fort. Wo mir etwas begegnete, das unter anderen Umständen der Lichtblick des Tages gewesen wäre, die Rettung des Wochenendes, die Labsal, die alle Leiden vergessen ließ. Okay, es ist eine pubertäre Schwärmerei, die ich für die Managerin von Brennan's Hotel pflege, aber ich genieße es, sie ahnt nichts davon, warum also nicht?

Brennan's Hotel ist ein großer, altehrwürdiger Bau, älter als die amerikanische Unabhängigkeitserklärung und dennoch so gut erhalten, dass es unbestritten als das beste Hotel im Ort gilt. Weswegen übrigens Reilly bei seinen Inspektionsbesuchen hier zu nächtigen pflegt. Die guten Zimmer liegen auf der der Straße abgewandten Seite, was bedeutet, dass sie Meerblick haben und ruhig sind, das Restaurant des Hotels ist weithin berühmt, und die Seele des Ganzen, die treibende Kraft, das Tüpfelchen auf dem i, der Glanz über allem ist seit einigen Jahren eine junge Frau namens Bridget. Bridget Keane, schlank wie eine Gerte und die personifizierte Lebenslust, mit wilden, fast nicht zu bändigenden kupferroten Haaren und milchweißer, mit goldenen Sommersprossen übersäter Haut ist, möchte ich mal behaupten, nicht nur in meinen Augen eine außergewöhnliche Erscheinung. Wenn man eine schöne Irin für einen Werbeprospekt bräuchte, wäre sie zweifellos erste Wahl. Ohne weitergehende Absichten zu verfolgen freue ich mich, wann immer ich sie zu Gesicht bekomme, genieße es, ihr nachzusehen, wenn sie wie ein Wirbelwind irgendwo entlangfegt, und mein Herz lacht, wenn mich ein Blick aus ihren smaragdgrünen Augen streift, selbst wenn er danach sofort weiterwandert, weil ich nicht gemeint bin. Wann immer ich in der Stadt unterwegs bin, richte ich es nach Möglichkeit so ein, dass ich an Brennan's Hotel vorbeikomme; meistens vergebens, aber dann und wann kommt sie doch gerade im richtigen Moment heraus, etwa um die Blumen vor den blau eingefassten Butzenscheiben des Restaurants zu gießen, Hotelgästen den Weg zu einer der Sehenswürdigkeiten Dingles zu erklären oder energisch mit einem der Lieferanten zu reden, die die diversen Dinge abladen, die ein Hotel so braucht.

Zufällig – ich schwöre, dass ich ihr nicht nachspioniere – habe ich mitbekommen, dass sie ein kleines Häuschen bewohnt, das sich etwas oberhalb von Dr. O'Sheas Praxis in der Chapel Street hinter zwei größere Wohnhäuser zu ducken scheint. Und wie es aussieht, lebt sie dort allein, warum auch immer. Sie ist nicht nur schön, sie ist auch geheimnisvoll.

Heute stand ein alter Kleinbus direkt vor dem Hotel, über und über mit vierblättrigen Kleeblättern, Harfen und anderen irischen Symbolen bemalt, und ein verblassender Schriftzug verkündete an der Seite: *Finnan's Folk*. Das Gefährt einer der zahllosen Bands, die durch die Lande ziehen und in Pubs traditionelle irische Musik aufführen. Der Fahrer des Busses, ein großer, hagerer Mann mit langen dunkelbraunen und ähnlich mühsam zusammengebundenen Haaren wie die Bridgets stand zusammen mit ihr vor der offenen Hoteltür und verhandelte, ein großes aufgerolltes Papier in der Hand, das nur ein Konzertplakat sein konnte. Vermutlich ging es darum, ob er das Plakat am Hotel anschlagen durfte. Genau bekam ich es nicht mit; ich passierte die beiden lediglich in einiger Entfernung, genoss Bridgets Ausstrahlung von Energie und Lebendigkeit und hörte, dass sie Gälisch miteinander sprachen, jene mir absolut unzugänglich scheinende irische Ursprache, die hier in der Gegend immer noch in Gebrauch ist, freilich mit vielfach beklagter rückläufiger Tendenz. Dingle liegt im *An Gaeltacht*, im gälischen Sprachgebiet. Am Ortseingang steht ein Schild mit dem eigentlichen Namen der Stadt, *Daingean Uí Chúis*, und es kann nicht schaden, diese Bezeichnung zumindest wiederzuerkennen, denn hier in der Gegend sind auf Wegweisern vor allem die gälischen Ortsbezeichnungen aufgeführt und dann erst, und nur, wenn man Glück hat, die englischen.

Als ich bei Dr. O'Shea ankam, war es fast elf Uhr, und ich fühlte mich auch schon fast wieder gesund. Trotzdem klopfte ich an die weiße Eingangstür mit der Mattglasscheibe, wartete, bis eine verschwommene Gestalt in weißem Kittel dahinter auftauchte und aufschloss, schüttelte dann Dr. O'Sheas Hand und ging, seiner einladenden Geste folgend, an ihm vorbei ins Behandlungszimmer.

Es ist ein kleines Haus, zugleich Wohnung und Praxis. Das Erdgeschoss ist durchgehend weiß tapeziert und gestrichen, eine schmale Treppe führt hinauf zu einer Tür mit der Aufschrift *Privat*. Der Flur und die Behandlungsräume sind hell, sauber und fürchterlich eng. Es riecht nach Desinfektionsmitteln, an den Wänden hängen Kalender mit Südseemotiven und Plakate mit medizinischen Hinweisen. Während der Sprechzeiten stehen in dem ohnehin engen Flur zusätzliche Stühle für Wartende, die um diese Zeit schon weggeräumt waren.

Dr. O'Shea ist Anfang vierzig und ungebunden. Man sagt ihm, sicher nicht zu Unrecht, zahlreiche Affären nach, bisweilen mit Frauen, die nicht ganz so unverheiratet sind, wie es für irische Moralbegriffe wünschenswert wäre. Es ist also kein Wunder, dass er mit Geheimhaltung so gut umgehen kann, als hätte er einen Intensivkurs bei der CIA absolviert. Seine Sprechstundenhilfen haben mich noch nie zu Gesicht bekommen. Nirgendwo ist mein Name oder meine Adresse notiert. Meine medizinischen Unterlagen lauten auf den Namen *John Steel*, und Dr. O'Shea verwahrt sie in einem Geheimfach seines Schreibtisches. Er hat mir die Nummer seines Privatanschlusses verraten, mit der er äußerst wählerisch umgeht, und ich hatte keine Bedenken, ihm als einzigem Menschen auf der Welt die meines Mobiltelefons anzuvertrauen.

»Sie sehen besser aus, als ich Ihrem Anruf nach erwartet hätte«, sagte er, nachdem er die Tür des Behandlungszimmers hinter sich geschlossen hatte. »Wobei das bei Ihnen ja meistens täuscht.«

Ich erklärte ihm, was vorgefallen war. Während ich erzählte, wechselte der Ausdruck in seinem Gesicht mehrmals zwischen Staunen, Faszination und Besorgnis. »Lassen Sie sehen«, sagte er, als ich fertig war, und wies auf die Behandlungsliege.

Ich zog mein Hemd aus und legte mich behutsam auf den Rücken. Eine steile, nachdenkliche Falte bildete sich auf seiner Stirn, während er die Wunde auf meinem Bauch betrachtete. »Tut das weh?«

»Nicht mehr besonders«, sagte ich.

Er betastete die Umgebung des verkrusteten Schnittes. »Und so?«

»Ein dumpfer Druck, weiter nichts«, meinte ich.

»Kann es sein«, fragte er, »dass Sie Ihre Sedierung noch eingeschaltet haben?«

Peinlich. Er hatte Recht. Ich vergesse das zu gern, schon immer. Erstaunlich, dass die Vorratstanks nicht längst leer sind; sie sind seit 1989 nicht mehr nachgefüllt worden.

Kaum hatte ich die Sedierung abgeschaltet, kehrten die Schmerzen zurück – ein heftiges Pochen im Bauch und ein scharfes, jähes Stechen bei jeder unbedachten Bewegung, als wolle es mich demnächst zerreißen.

Der Arzt nickte zufrieden. »Schon besser.« Er befühlte die Bauchdecke erneut und registrierte mein Zusammenzucken. »Schmerz ist ein lebenswichtiges Signal. Ich werde die Wunde säubern und nähen, und zwar unter lokaler Anästhesie, verstanden? Sie halten sich da raus.« Als ich mühsam nickte, setzte er hinzu: »Den Blutfluss drosseln dürfen Sie natürlich.«

»Es geht aber nicht nur um die Wunde, Doc«, erinnerte ich.

Er wiegte das Haupt. Er hat mittelblondes, leicht welliges Haar und muss, soweit ich das beurteilen kann, in den Augen einer heiratswilligen Frau geradezu unwiderstehlich aussehen. »Richtig, der Energieausfall. Das ist natürlich eine beunruhigende Sache. Ich denke, da sollten wir uns zuerst einmal die Röntgenbilder ansehen.«

Während er meine Akte zu Tage förderte, die Bilder durchsah und zwei davon an das Leuchtgerät klippste, kroch ich mühsam von der Liege und schleppte mich neben ihn. Ich fand eine Stuhllehne, an der ich mich festhalten konnte.

Das linke Bild war eine Gesamtaufnahme meines Bauches zwischen unteren Rippenbögen und Hüfte. In den wolkigen Konturen der Organe leuchteten zahllose grellweiße, scharf konturierte Flecken: Das Sammelsurium meiner Implantate; die reinste Gerümpelkammer. Computer. Navigationsgeräte. Speichereinheiten. Vorratstanks. Tollkühne Einrichtungen wie ein mechanisches Nebenherz mit Sauerstoffanreicherung und Turbofunktion, das sich über eine Parallelleitung in meine Bauchschlagader einklinken und mir kurzfristige Höchstleistungen erlauben sollte wie etwa die, tausend Meter in anderthalb Minuten zurückzulegen. Bloß hat es noch nie länger als eine Minute funktioniert, sodass es im Grunde nur ein nutzloser, an einem meiner Lendenwirbel festgeschraubter Klumpen Hightech ist.

Der flächenmäßig größte Fleck ist die Nuklearbatterie, die das gesamte System mit Strom versorgt. Sie schmiegt sich wie eine knotige Wurst in meinen Beckenboden, und sie ist das einzige Implantat, das ich deutlich spüren kann, weil sie so schwer ist. Auf dem rechten Röntgenbild war sie nur noch ausschnittweise zu sehen. Ein dünnes, anscheinend ummanteltes Kabel führte zu einem kleinen Gebilde, das aussah wie ein rund gelutschtes Bonbon, und von dort aus weiter nach oben.

»Das muss es sein«, meinte Dr. O'Shea und tippte mit dem hinteren Ende seines Kugelschreibers darauf. »Ein Implantat, ungefähr so groß wie ein Pflaumenkern. Es sitzt im Peritoneum. Im Bauchfell«, fügte er hinzu.

Ein Implantat. Er hatte Recht. Es war zu groß für eine Steckverbindung.

»Es ist gewandert, oder?«

»Sicher. Vermutlich ist es ins Bauchfell eingepflanzt, und das bewegt sich mit jedem Atemzug und jedem Schritt, den Sie tun.«

Ich betrachtete den deutlich abgegrenzten weißen Fleck. »An der Stelle dürfte eigentlich nichts sein außer einer simplen Stromleitung.« Man kennt schließlich seinen Bauplan. »Im

Grunde nicht mal eine Steckverbindung. Wobei die dadurch zu erklären gewesen wäre, dass bei einer der Nachoperationen aus Versehen das Kabel durchtrennt wurde und es geflickt werden musste. Aber das da …« Ich besah mir den Störenfried aus nächster Nähe und schüttelte schließlich den Kopf. »Keine Ahnung, was das sein soll.«

»Als technischer Laie würde ich sagen, es sieht aus wie eine Art Verteiler.«

»Bloß verteilt es nichts. Ein Kabel geht hinein, ein anderes hinaus.«

Dr. O'Shea nahm eine Lupe zur Hand und studierte das Foto aus der Nähe. »Ja, stimmt. Und wie es aussieht, endet das untere in einem Stecker und das obere in einer Buchse. Womöglich könnte man sie direkt zusammenstecken und das Implantat herausnehmen.« Er sah mich an. »Könnte es eine Art Transformator sein?«

Die Vorstellung, zumindest eines der Implantate loszuwerden, hatte etwas berauschend Verführerisches. »Und wenn wir es einfach probieren?«, schlug ich vor. »Sie öffnen die Wunde so weit, dass Sie an die Kabelenden herankommen, und stecken Sie probehalber zusammen. Dann sehen wir ja, was passiert.«

»Und wenn in den Kabeln unterschiedliche Spannungen herrschen? Dann brennen womöglich Ihre ganzen anderen Aggregate durch.«

Ich schüttelte den Kopf. Ich will nicht behaupten, dass ich die technischen Spezifikationen bis in ihre letzten Feinheiten verstanden habe, aber in einigen Dingen sind sie zum Glück von beruhigender Eindeutigkeit. Das hier war eines davon. »Das ganze System arbeitet mit einheitlicher Spannung, genau 6,2 Volt. Was immer das ist, ein Transformator ist es nicht. Es gibt keine Notwendigkeit für einen Transformator.« Selbst wenn, hätte es keinen Sinn gemacht, ihn an dieser Stelle anzuordnen. Und was hätte an einem Transformator kaputtgehen sollen, das sich mit einer durch die Bauchdecke gestoßenen Ahle reparieren ließ? »Lassen Sie es uns probieren.«

»Das ist riskant«, meinte Dr. O'Shea.

»Was ist daran riskant?« Ich humpelte zurück zur Liege und ließ mich rücklings darauf sinken. »Sie ziehen die Kabelenden ab. Natürlich wird mich das lähmen, aber wenn Sie sie zusammenstecken und ich trotzdem nicht in Gang kommen sollte, stellen Sie einfach die ursprüngliche Situation wieder her.«

»Es gibt keine Garantie dafür, dass das Implantat dann wieder funktioniert.« Er sah auf mich herab, das Gesicht sorgenvoll, aber in den Augen ein begehrliches Funkeln. »Das ist eine Nummer größer als alles, was ich bis jetzt an Ihnen gemacht habe.«

O'Shea hat schon mehrmals locker gewordene Steckverbindungen miteinander vernäht, das erste Mal vor etwa fünf Jahren, als sich die ersten beiden Glieder meines rechten Ringfingers plötzlich nicht mehr bewegen ließen. Ihn dazu zu bringen, meinen Arm zu röntgen, war nicht weiter schwer gewesen, aber es hatte den gesamten restlichen Abend bis in die frühen Morgenstunden gedauert, bis er aufhören konnte, sich zu wundern über das, was die Bilder zeigten und was ich ihm dazu erklärte. Wir brauchten dann noch einmal einen Abend, bis wir den genauen Verlauf der Stromversorgung in Hand und Unterarm verstanden und den Wackelkontakt ausfindig gemacht hatten: ein Steckerpaar nahe des Ellbogens. Dann waren es nur noch ein Schnitt und ein paar Nähte gewesen, eine Sache von zehn Minuten, und der Ringfinger tat's wieder.

»Gibt es überhaupt Garantien?« Ich rutschte auf der Liege umher, auf der Suche nach einer bequemen Position. Ich hatte nicht vor, ohne Operation wieder aufzustehen. »Ich habe keine Garantie, dass der Strom nicht mitten auf der Straße wegbleibt. Ich habe keine Garantie, dass nicht irgendein anderes Teil ausfällt oder verrückt spielt und mir den Rest gibt. Wenn jemand nicht glauben sollte, ewig zu leben, dann bin ich das.« In dem Moment, in dem ich das sagte, fiel es mir ein: Das war Seneca. Er meint – zumindest habe ich ihn so verstanden –, dass wir, wenn wir uns unserer Hinfälligkeit nicht bewusst bleiben, dazu neigen, unsere Tage zu verschwenden. Und damit letztlich unser Leben. »Wenn Sie wollen, unterschreibe ich Ihnen irgendwas, dass Sie an nichts schuld sind.«

Dr. O'Shea seufzte. »Also, wenn ich es recht bedenke, kann ich mir nicht vorstellen, dass ein militärisches System übermäßig anfällig konstruiert sein wird. Von mir aus.« Er holte sterile Tücher, eine Spritze und eine Ampulle, deren Inhalt er sorgsam aufzog und mir rund um die Wunde injizierte. Während das Lokalanästhetikum zu wirken begann, desinfizierte er den Bauch mit einem stinkenden roten Zeug und ging dann, während es trocknete, das Operationsbesteck zusammensuchen.

Ich starrte derweil an die Decke und versuchte, nicht an früher zu denken. Vergebens natürlich. Und dann tauchte O'Shea auch noch in meinem Gesichtsfeld auf und fragte, während er sich die Handschuhe überstreifte: »Habe ich Sie schon mal gefragt, wie viele Operationen Sie eigentlich gehabt haben?«

»Bei fünfzig habe ich aufgehört zu zählen«, erwiderte ich, vermutlich mit etwas gepresster Stimme. Bilder huschten durch meinen Geist, himmelhohe grün gekachelte Wände, das Klirren von Metall wie das Klirren von Schwertern einer archaischen Schlacht, grelle kalte Lampen, Männer und Frauen mit Mundschutz, summende, piepsende und sirrende Maschinen, das tierhafte Keuchen der Beatmungsgeräte. »Und da ging es erst richtig los.«

»Unglaublich«, meinte er. »Dass Sie so wenig sichtbare Narben haben, meine ich.«

Ich sagte nichts. Man hat damals alle bekannten Verfahren der kosmetischen Chirurgie an uns ausprobiert und auch ein paar nicht so bekannte, neu erfundene, viel versprechende. Jede Menge Versprechungen hat man uns gemacht, und verglichen damit war das Ergebnis armselig. Es war müßig, das jetzt zu diskutieren. Jetzt wollte ich mich lieber auf das kalte Gefühl in meinem Bauch konzentrieren.

»Spüren Sie das?«, hörte ich Dr. O'Shea fragen.

»Was?«, erwiderte ich.

»Schon gut. Ich fange jetzt an. Ein winziger Schnitt wird genügen.«

»Sagen Sie Bescheid, ehe Sie …« Was hatte ich sagen wollen? Es waren nicht Schmerzen. Schmerzen spürte ich keine. Es war die Situation. Dass wieder jemand mit einem Messer auf meinen Körper losging, den viel geplagten.

Die Stimme das Arztes klang sonor, beruhigend, Vertrauen einflößend. »Keine Sorge. Ich halte Sie auf dem Laufenden.« Auch die Stimmen der Ärzte damals hatten sonor, beruhigend, Vertrauen einflößend geklungen. »Und denken Sie daran, die Blutzufuhr zu drosseln.«

»Alles klar.«

Wie so oft suchte ich meine Zuflucht bei Seneca. *Nur ein Unglück gibt es für einen Menschen, nämlich dass es Dinge in seinem Leben gibt, die er als Unglück ansieht.* Wie lange hallt dieser Satz schon in meinem Geist wider? Ich werde nie vergessen, wie ich einmal, trübsinnig und mit meinem Schicksal hadernd, durch die Straßen von Dingle geschlichen bin und unversehens, in einer Wühlkiste vor einer eigentlich auf gälische Literatur spezialisierten Buchhandlung in der Dyke Gate Lane, auf ein kleines, zerschlissenes Buch mit Texten des altrömischen Philosophen gestoßen bin. Seneca. Ich schlug es auf, und dieser Satz war das Erste, was ich las. Als spräche er zu mir.

Natürlich habe ich das Buch gekauft. Ein halbes irisches Pfund hat es damals gekostet, doch ich lese es, als wäre es die kostbarste Anschaffung meines Lebens.

»Ich habe das Implantat freigelegt«, sagte Dr. O'Shea. »Die Kabelenden sehen gut aus. Ich ziehe zuerst den Stecker. Drei, zwei, eins – jetzt.«

Ich spürte meinen Körper erstarren, mit Ausnahme des linken Arms. Auch das rechte Auge wurde dunkel, das linke, echte dagegen blieb diesmal unbeeindruckt.

»Ich ziehe die Buchse – jetzt. Auf den ersten Blick scheinen beide Enden tatsächlich zusammenzupassen; ich muss nur noch ein wenig säubern ... So. Ich verbinde Stecker und Buchse.«

Es gab ein schnappendes Geräusch, oder zumindest glaubte ich eines zu hören, und übergangslos war ich wieder lebendig, als wäre nichts gewesen. »Es funktioniert«, brachte ich mühsam hervor.

»Gott sei gelobt.« Er klang etwas gestresst, und ich spürte ihn hektisch an meinem Bauch herumfuhrwerken. »Ähm, könnten Sie die Blutzufuhr wieder stoppen? Ich spreche im Interesse Ihrer Hose.«

Natürlich, durch den Stromausfall war die Drossel wieder aufgegangen. Ich habe überall im Körper solche Drosseln, kleine schlingennetzartige Gebilde, die sich um bestimmte Arterien herum zusammenziehen und die Blutzufuhr in bestimmte Körperregionen einschränken können. Es ist eine endlose Tortur gewesen, diese Apparate beherrschen zu lernen, aber wundersamerweise ist es heute das, was ich am besten kann. Ich stoppte die Blutung der Wunde; das war so einfach wie Luftanhalten.

»Danke.« O'Sheas Gesicht tauchte über mir auf. »Ich entferne jetzt das Implantat; ist das in Ihrem Sinne?«

»Absolut«, erwiderte ich.

»Und ich vernähe die Kabelverbindung mit unlöslichem

Katgut, ehe ich die Wunde schließe. Die Enden scheinen zwar eingerastet zu sein, aber sicher ist sicher.«

»Genau.«

Endlich konnte ich entspannen. Ich starrte die Decke an, während O'Shea nähte und verschloss, wovon ich nicht mehr mitbekam als ein unklares Druckgefühl. Schließlich machte er mir einen prachtvollen Verband über den halben Bauch und bat mich, zu versuchen, mich aufzusetzen. Wenn man das Gefühl hat, ein Mann ohne Unterleib zu sein, ist das nicht so einfach, aber ich schaffte es schließlich. »Ich kann Sie nach Hause fahren, wenn Sie wollen«, sagte er.

»Kommt nicht infrage«, erwiderte ich. Jeder im Ort kennt den roten Sportwagen des Doktors. Der braucht bloß in eine Straße einzubiegen, damit sich alle Anwohner ihre Gedanken machen. Nicht immer die richtigen, allerdings, denn wenn es auf Vertraulichkeit ankommt, geht Dr. O'Shea selbstverständlich zu Fuß.

»Sie haben gerade eine Operation gehabt. Zumindest sollten Sie sich noch etwas ausruhen.«

»Ich werde«, sagte ich, »mein Hemd und meine Jacke anziehen, meine Umhängetasche nehmen, Ihnen dankbar die Hand schütteln und nach Hause gehen, als sei nichts gewesen.«

Er verzog das Gesicht zu einem halb bewundernden, halb sorgenvollen Grinsen. »Ach, richtig. Sie sind ja *Superman*.«

»Genau. Ich werde sogar noch ein paar Wochenendeinkäufe machen.«

»Nichts anderes habe ich erwartet.«

Das Implantat war kleiner, als ich es mir vorgestellt hatte, und von einer brüchigen weißen, plastikartigen Schicht umhüllt. Dr. O'Shea spülte es kurz ab und ließ es dann in ein kleines Schraubglas fallen, das er mir reichte. »Bitteschön. Es ist ja bestimmt eine Million Dollar wert.«

»Mindestens«, grinste ich.

»Und außerdem Eigentum der Regierung der Vereinigten Staaten von Amerika.«

»Wie mein halber Körper.« Das meiste von diesem Eigentum der Regierung der Vereinigten Staaten von Amerika würde ich nie wieder loswerden, das war klar. Trotzdem erfüllte mich der Anblick des kleinen, seltsam sinnlos scheinenden Geräts mit einer lange nicht mehr gefühlten Art von Befriedigung. Zumindest ein Schritt in die richtige Richtung war geglückt. Ich steckte das Glas in die Hosentasche und zog mein Hemd von der Stuhllehne. Der Verband ziepte ein wenig, als ich mich verrenken musste, um den Arm durch den ersten Ärmel zu stecken.

»Übrigens hat gestern jemand nach Ihnen gefragt«, erzählte Dr. O'Shea beiläufig, während er sich die Hände wusch.

Ich hielt in der Bewegung inne. Es durchrieselte mich kalt. »Nach mir gefragt?«

Dr. O'Shea griff nach dem Handtuch. »Ein Asiate. Sprach Englisch, allerdings mit einem merkwürdigen Akzent. Ein merkwürdiger Mensch auch. Aufdringlich. Unsympathisch. Er hatte ein Foto von ihnen dabei und wollte wissen, ob ich Sie kenne.«

»Und?«

»Natürlich habe ich gesagt, dass ich Sie noch nie im Leben gesehen habe.« Er hängte das Handtuch sorgfältig zurück. »Es war übrigens ein ziemlich altes Bild, auf dem man Sie nur mit viel Fantasie erkennt.«

Alles andere wäre auch mehr als alarmierend gewesen, denn das letzte Foto für nichtmedizinische Zwecke ist 1985 von mir gemacht worden, für den Ausweis, der mir Zugang zum allergeheimsten Bereich des ohnehin geheimen Stützpunkts gewähren sollte. »Hat er gesagt, wer er ist? Und warum er ausgerechnet zu Ihnen kommt?«

»Oh, ich hatte den Eindruck, er klappert die ganze Stadt ab, Haus für Haus.«

»Um mich zu finden?« Meine Finger hatten es plötzlich eilig, das Hemd zuzuknöpfen. »Das gefällt mir nicht.«

»Ich würde mir an Ihrer Stelle keine Sorgen machen. So wie er sich benimmt, kann ich mir nicht vorstellen, dass ihm irgendjemand irgendetwas sagen wird.«

Auch wenn Dr. O'Shea mit Geheimhaltung gut umgehen konnte – die ärztliche Schweigepflicht, fällt mir ein, ist ja auch etwas in dieser Richtung –, begriff er trotzdem ganz sicher nicht in vollem Umfang, wozu sie in meinem Fall notwendig war. Es war keine Situation vorstellbar, in der das Auftauchen eines Unbekannten, der nach mir suchte, eine gute Nachricht gewesen wäre, oder auch nur eine harmlose.

Damit du deinen Hunger und Durst zu stillen vermagst, erübrigt sich's, die Meere zu befahren und auf Eroberungen auszuziehen. Was die Natur verlangt, ist leicht beschafft und schnell bereitet, das Überflüssige aber kostet deinen Schweiß.

Seneca, DE VITA BEATA

3

Ich verließ die Praxis höchst beunruhigt. Während ich die Goat Street hinunterstapfte, sah ich mich mehr und argwöhnischer um als gewöhnlich, und ich bildete mir ein, auch den dumpfschweren Druck der Nuklearbatterie in meinem Unterbauch stärker zu spüren als sonst. Der Himmel war bedrückend und regenschwer, ein Fließbild aus dunklen Grautönen, aber das ist er fast immer. An der irischen Küste treffen die Winde, die sich auf ihrem langen Weg über den Atlantik mit Feuchtigkeit voll gesogen haben, zum ersten Mal auf Festland, und das nutzen sie dann weidlich aus.

Auf dem Weg die Upper Main Street abwärts lachte mir immerhin das Glück eines weiteren lichten Moments: Als hätte sie auf mich gewartet, trat Bridget aus dem Hoteleingang, leichtfüßig tänzelnd und guter Laune, gefolgt von einem Paar, beide untersetzt, leicht fettleibig, auffallend blass und so träge dahinschlappend, als hätten sie Schlaftabletten genommen. Touristen zweifellos, Brennan's Hotel verwaltet auch eine Reihe von Ferienapartments. Und sie kamen vom Kontinent, denn als der Mann an seinen Mietwagen trat, wollte er erst auf der falschen Seite einsteigen, winkte entnervt ab, als passiere ihm das heute zum mindestens zehnten Mal, und tappte grummelnd um das Fahrzeug herum. Dass sie um diese Zeit schon hier waren, hieß, dass sie unmenschlich früh aufgestanden und mit einer der ersten Maschinen nach Irland geflogen sein mussten, denn vom Shannon Airport bis Dingle sind es locker dreieinhalb Stunden Fahrt, eher mehr, wenn man das erste Mal auf der falschen Straßenseite fahren muss.

Wobei ich gestehen muss, dass ich diese Strecke nur als Beifahrer erlebt habe, damals, bei meiner Ankunft in Irland, und das hat mir die Idee ausgetrieben, mir hier ein Auto zuzulegen. Technisch möglich wäre es. Und ich habe mich schon an so vieles gewöhnt, ich würde auch mit dem Linksfahren zurechtkommen, wenn es sein müsste, bloß wozu? Ich wüsste nicht, wohin ich fahren sollte.

Ich blieb in unverdächtiger Entfernung stehen und sah zu, wie Bridget dem müden Paar den Weg beschrieb. Was sie sagte, war nicht zu hören, aber ich beobachtete fasziniert die Gesten, mit denen sie ihre Erklärungen begleitete, anmutig und zugleich entschieden, keinen Widerspruch duldend. Wie es aussah, waren die beiden in den neben der Fischfabrik gelegenen *Marina Cottages* untergebracht.

Schließlich stieg Bridget in ihren eigenen Wagen und fuhr los, die Neuankömmlinge hinter sich herlotsend, und in diesem Moment kam mir zu Bewusstsein, dass ich sie nicht wiedersehen würde, falls es ein Sicherheitsleck gegeben haben sollte und man mich deswegen in die USA zurückbeorderte.

Ein Asiate. Das konnte alles Mögliche bedeuten, aber wenn ich Reilly davon erzählte, würden er und die Leute hinter ihm nur eines denken: *China!* Und mich schneller nach Hause befördert haben, als man das Wort »Menschenrechtsverletzung« aussprechen kann.

Andererseits kenne ich Dr. O'Shea offiziell überhaupt nicht. Wäre alles so, wie es aussieht, wäre ich jetzt durch die Stadt spaziert ohne die geringste Ahnung, dass da ein Mann mit einem Foto in der Hand nach einem gewissen Duane Fitzgerald suchte.

Ich hatte also keinerlei Veranlassung, Lieutnant Colonel Reilly zu informieren.

Zumindest, solange der Unbekannte mich nicht fand.

Gestärkt durch diese tröstliche Erkenntnis schlenderte ich an Brennan's Hotel vorbei und studierte, aus den Augenwinkeln nach Männern mit asiatischen Gesichtszügen Ausschau haltend, das Plakat, das nun doch an einem der Fenster prangte. *Finnan's Folk* würde am Freitag kommender Woche in O'Flaherty's Pub spielen, um zwanzig Uhr, was hier zu Lande so viel heißt wie acht Uhr abends. Die Ankündigung wurde von der Strichzeichnung eines bärtigen Geigers geziert, bei deren Anblick mir einfiel, dass ich schon einmal eine CD dieser Gruppe gesehen hatte: in der Bibliothek. Eine Frau hatte die Hülle über den Rückgabeschalter geschoben, und ein junger Mann hatte sofort danach gegriffen. Mrs Brannigan hatte meinen erstaunten Blick bemerkt und mir später erklärt, dass die CDs von *Finnan's Folk* derart heiß begehrt sind, dass die Bibliothek überhaupt nicht genug davon anschaffen kann. In den Regalen findet man sie deswegen auch nie länger als ein paar Stunden. Die Band ist so etwas wie eine lokale Größe, seit sie eigene Stücke spielt, zwar in traditionellem Stil, aber mit aufrührerischen, enorm populären Texten.

Der Anblick des Plakats rief Unbehagen in mir wach, ein vages Bewusstsein meiner Fremdheit. Ich lebe hier, trotzdem gehöre ich nicht dazu. In den Pubs, von denen es in Dingle über fünfzig gibt, trifft man mich nicht. Die wenigsten Leute kennen meinen Namen. Ich habe keine Freunde. Es ist ein seltsam beziehungsloses Leben, das ich führe, um mein Geheimnis zu bewahren.

Ich wandte mich ab, folgte der Straße abwärts und versuchte, meine Gedanken zu ordnen. Es ist fruchtlos, sich nach etwas zu sehnen, das unerreichbar geworden ist. Gleichmut muss die Grundlage des Lebens sein, nichts anderes. Der Weise, sagt Seneca, empfindet zwar das Ungemach durchaus, aber er wird seiner Herr. Während ich die Straße hinabging, sah ich förmlich die betreffende Seite des Buches vor mir. Ich nahm mir vor, die Stelle noch einmal nachzulesen, sobald ich zu Hause war.

Was das Empfinden von Ungemach anbelangt, ziepte auf Höhe der Post meine Operationsnarbe, als wolle sie zu mir sprechen. Ich betrachtete die heruntergekurbelten Gitter und das Schild mit den Öffnungszeiten und merkte, dass Billy Trant ein Problem geworden war.

Europäische Staaten bestehen darauf, den Wohnort all ihrer Bürger zu kennen. Zu diesem Zweck gibt es ein ausgefeiltes Meldewesen, ein eigenes Meldeamt in jedem Ort, und es ist Pflicht, dort polizeilich angemeldet zu sein. Um nun nicht die Situation zu schaffen, dass, wer immer mich je in Irland suchen sollte, nur auf ein Meldeamt zu gehen braucht, um gegen eine geringe Gebühr meinen Aufenthaltsort nebst einer Menge weiterer Dinge zu erfahren, hat man für mich ein Sonderabkommen mit der irischen Polizei geschlossen. Die offizielle Lesart lautet, dass ich mich in einer Art Zeugenschutzprogramm befinde und meine Daten deshalb nur mit Zustimmung der zuständigen amerikanischen Stellen offenbart werden dürfen. Die diese selbstverständlich niemals erteilen.

Das hieß, dass der geheimnisvolle Asiate, wenn er hier auf das Meldeamt gegangen war, auf Granit gebissen hatte. Aber was war, wenn ihm einfiel, sich auf der Post zu erkundigen? Ich erhalte nicht nur postlagernd Pakete, sondern ab und an auch Briefe, von denen Reilly nichts weiß und auch nichts zu wissen braucht. Die werden zwar nicht von Billy zugestellt, sondern von einem Briefträger, den ich noch nie zu Gesicht bekommen habe, aber ich gehe davon aus, dass Billy meine Adresse kennt. Würde er sie jemandem, der eine einigermaßen plausible Geschichte zu erzählen hat, verschweigen? Es war zu spät, ihn entsprechend zu instruieren.

Im Weitergehen fühlte ich mich einen Moment lang ungewohnt verletzlich, geradezu zerbrechlich. Ich spürte meine Batterie bei jedem Schritt im Beckenboden schwingen, glaubte das nutzlose Turboherz zu fühlen, und mir war, als könnten all diese Apparate jeden Augenblick aus mir herausbrechen und zu Boden fallen. Am liebsten wäre ich einfach heimgegangen und hätte mich ins Bett gelegt, aber stattdessen atmete ich tief durch und lenkte meine Schritte wie geplant in die Bridge Street und dort hinein in das Getümmel in GARVEYS SUPERVALU.

Ich kaufe selten ein und wenn, dann nicht viel. Fruchtsirup, Honig, scharfe Gewürze, Senf, Minzsoße und dergleichen – mehr brauche ich nicht, und eine Tüte voll davon reicht mir lange. Das ist mit ein Grund, warum ich dieses für hiesige Verhältnisse große Einkaufszentrum bevorzuge: Hier fällt niemandem auf, mit welch bizarrer Auswahl ich immer an der Kasse stehe.

Es ist allerdings jedes Mal eine Qual, den Einkaufswagen durch die Regalreihen zu schieben, vorbei an Obst und Gemüse und säckeweise Kartoffeln, die mich an die dampfenden Ofenkartoffeln meiner Jugend erinnern, die es mit saurer Creme zu Steak und Heineken's gab. Ich stand eine Weile sinnierend vor der Fleischtheke und überlegte, dass ich meinen rechten Arm dafür hergäbe, noch einmal ein Barbecue in einer lauen Sommernacht unter sternklarem Himmel zu erleben, noch einmal diesen würzigen Duft bratenden Fleisches zu riechen in dem Wissen, dass eines dieser zischenden Steaks auf dem Grill meines sein würde, zusammen mit scharfem Ketchup und eiskaltem Bier. Dann fiel mir ein, dass ich ihn ja schon längst hergegeben hatte, meinen rechten Arm, und ich schob den immer noch leeren Wagen weiter, vorbei am Kühlregal mit den Milchprodukten, von denen die meisten heute reines Gift für mich sind, weg von Brot und Olivenöl und Frühstücksflocken. Waschpulver, das würde ich brauchen.

Und schließlich stand ich wieder vor dem Gewürzregal. Das Konzentrat mag die vollkommene Nahrung für meinen Organismus sein, aber es schmeckt wie verwesender Tapetenkleister. Ohne Tabasco, Senf, Sirup oder ähnliche Zusätze kriege ich das Zeug buchstäblich nicht herunter. Ich entwickle regelrechte Rezepte und Menüs – die erste Portion mit Thymian, Pfeffer, Essig und Salz etwa als Hauptgang, gefolgt von einer zweiten, die mit Ahornsirup und Kokosraspeln auf Dessert getrimmt ist.

Ich studierte gerade die auf einem Fläschchen mit Vanillesoße abgedruckte Zutatenliste, als ich ihn sah. Den Mann, der mich suchte.

Er war es, zweifellos. Ein Asiate, schätzungsweise japanischer Herkunft. Untersetzt, von nervöser Magerkeit, schwarzhaarig, mit unübersehbaren Schlitzaugen und gekleidet in eine absurde Auswahl absurder Kleidungsstücke, wie sie in Tokio oder einer der anderen Megastädte gerade modern sein mochten – in der Bodenständigkeit Irlands bleibt man von den jeweiligen Narrheiten der Mode weitgehend verschont. Er tigerte im Eingangsbereich des Supermarkts umher, trat viel zu dicht an jeden hin, der eine der Kassen passierte, hielt ihm ein postkartengroßes Foto vor die Nase und spuckte ihm seine Frage förmlich ins Gesicht.

Ich stellte das Fläschchen zurück ins Regal. Es war beinahe unwirklich, dem Mann bei seinen Bemühungen zuzusehen. Er wirkte wie eine Fliege, die wieder und wieder gegen eine Fensterscheibe anrennt und nicht begreift, dass alle Anstrengung nichts nützen wird. Zumindest einige der Leute, die er ansprang, mussten mich schon hier im Laden gesehen haben, aber die Art und Weise, wie er sich ihnen näherte, viel zu nah, viel zu hektisch, viel zu drängend und fordernd, ließ jeden zurückweichen und die Flucht ergreifen. Ich fragte mich, warum er das machte. Es kam mir vor, als sei er nicht mit der Art von Körpersprache aufgewachsen, die in der westlichen Zivilisation üblich ist.

Trotzdem war seine Anwesenheit natürlich unangenehm für mich. Schließlich ist ein Einkaufszentrum mit Bedacht so gebaut, dass man es nur durch den dafür vorgesehenen Ausgang verlassen kann. Und ich bin keineswegs das, was man eine unauffällige Erscheinung nennen würde; die Möglichkeit, ungesehen an ihm vorbeizukommen, zog ich nicht einmal in Betracht.

Ich blieb also stehen, wo ich war, und beobachtete den Mann, der keinerlei Anstalten machte, aufzugeben, sondern im Gegenteil entschlossen schien, bis Ladenschluss auszuharren und jeden einzelnen Kunden nach mir zu fragen. Unangenehme Hektik strömte von ihm aus. Er wirkte, als käme er aus einer Welt, in der die Rolltreppen schneller fahren, sich automatische Türen rascher öffnen, in der jeder rennt statt zu gehen und die Stunde nur fünfzig Minuten dauert. Er konnte es kaum erwarten, bis jemand bezahlt und seine Einkäufe eingepackt hatte; die Finger seiner Hände machten ungeduldige, kreisende Bewegungen, als wollten sie dem Betreffenden am liebsten ein paar kleine Schläge verpassen, damit er sich beeilte.

Als der Geschäftsführer an mir vorbeiging, ein hagerer Mann mit rostbraunen, an den Schläfen grau werdenden Locken, hielt ich ihn am Ärmel seines weißen Kittels fest. »Kann ich Sie um etwas bitten?«, fragte ich.

Er widmete mir einen leicht unduldsamen Blick. »Bitte, Sir?«

»Sehen Sie den Mann dort vorn beim Eingang, der Ihre Kunden belästigt? Er verfolgt mich. Ich wollte Sie fragen, ob die Möglichkeit besteht, ihn des Ladens zu verweisen.«

Sein Kopf ruckte hoch wie ein automatisches Geschütz, das sich auf ein vorgegebenes Ziel einpeilt. »Wie bitte?« Er beobachtete einen atemlosen Moment lang, was vor den Glastüren zur Bridge Street geschah, und schien kaum glauben zu wollen, was er sah. »Also, so geht das ja nicht«, zischte er. »Nein, wirklich, so geht das nicht.«

Damit eilte er in einem merkwürdig humpelnden Sturmschritt davon, fegte mit wehendem Kittel an den vor den Kassen Wartenden vorbei und griff sich den Mann. Der fuchtelte mit seinem Foto herum, gestikulierte und argumentierte, und das so dicht vor dem Gesicht des Geschäftsführers, als wolle er ihn demnächst küssen. Eine Art Handgemenge begann, in dessen Verlauf weitere Angestellte dazukamen, und gemeinsam bugsierten sie den Fremden auf die Straße hinaus, wo die Auseinandersetzung weiterging, verbal diesmal, aber lautstark.

»Allerhand«, meinte der Geschäftsführer, als er zu mir zurückkam, derangiert und erhitzt. »Er macht draußen auf der Straße weiter, und dort kann ich es ihm nicht verbieten.« Er sah mich mit einem entrüsteten Schnauben an. »Wie war das eben? Er verfolgt Sie?«

»Haben Sie den Mann auf dem Foto erkannt, das er herumzeigt?«

Er blinzelte. »Nein.«

»Jemand hat mir von diesem Mann erzählt und gesagt, es sei ein Foto von mir«, erklärte ich. »Deshalb mein Verdacht, dass er mich sucht.«

»Und weshalb sollte er Sie suchen?«

»Ich weiß es nicht«, schüttelte ich den Kopf. »Und ich will es auch nicht wissen.«

»Verstehe.« Ich frage mich immer noch, was er wohl verstanden zu haben geglaubt hat. Den prüfenden Blick wieder nach vorn und auf das Geschehen auf der Straße gerichtet, furchte er die Brauen. »Wenn Sie wollen, kann ich Sie hinten rauslassen.«

»Das wäre großartig.«

»Ein Problem sind allerdings Ihre Einkäufe.« Er betrachtete meinen Wagen, wohl abschätzend, ob er sich den Umsatz entgehen lassen wollte, den ein Kompaktpaket Waschmittel, eine Flasche Himbeersirup und ein Glas Senf darstellten. »Ich könnte Sie Ihnen heute Abend nach Hause liefern lassen. Die Sachen müssen über die Scannerkasse, verstehen Sie?«

»Ich kann sie am Montag abholen«, schlug ich vor. Unter keinen Umständen würde ich noch mehr Leuten meine Adresse verraten. Ich zupfte an meiner Umhängetasche. »Hier drin ist nur ein Postpaket.«

Er nickte widerstrebend. »In Ordnung. Kommen Sie.« Ich folgte ihm. Es ging in den hinteren Teil des Ladens, wo er eine blau lackierte Stahltür aufschloss, die in einen kahlen, düsteren Lagerraum führte. Zwei einsame Paletten mit Klopapier standen hier. Das geschäftige Stimmengewirr des Supermarkts erstarb, als er hinter uns absperrte. Er deutete auf ein Eck, wo ich meinen Wagen abstellen sollte. »Wir werden die Sachen am Montag für Sie bereithalten«, erklärte er. »Fragen Sie einfach an der Kasse.« Ich nickte nur; das war mir im Moment völlig egal.

Jetzt erst bemerkte ich, dass sein etwas humpelnder Gang daher rührte, dass er rechts eine Beinprothese trug. Von einem diffus verwandtschaftlichen Gefühl erfüllt folgte ich ihm, vorbei an einem Büro, in dem ein alter Computer vor sich hin brummte, einen schwach beleuchteten Gang mit unebenem Betonboden entlang, bis er mich endlich durch eine weitere Stahltür ins Freie entließ: Ich stand auf der Strand Street, mit Blick auf den Hafen und die ersten Touristenbusse des Wochenendes.

»Vielen Dank«, sagte ich und schüttelte ihm die Hand. Ich

war ihm wirklich dankbar für seine schlichte Hilfsbereitschaft. Die meisten Iren erlebe ich so: fragen nicht viel, sondern helfen einem einfach. In diesem Augenblick wollte ich weniger denn je wieder von hier fort.

»Ich lasse Ihnen die Sachen gerne liefern, wenn Sie wollen«, wiederholte er. Es schien ihm aufrichtig daran gelegen zu sein, dass ich zu meinem Himbeersirup kam.

»Danke«, sagte ich. »Aber Montag reicht völlig.« Ein paar Gewürze hatte ich noch zu Hause, und einen Rest Zucker. Es würde schon gehen.

»Na denn«, meinte er. »Schönes Wochenende.«

Das Geräusch, mit dem die Stahltür zugezogen wurde, hatte etwas vom Klang eines zufallenden Gefängnistors.

Die Philosophie ist keine auf die Masse berechnete Fertigkeit, mit der sich einer produzieren kann. Ihr Wesen liegt nicht im Reden, sondern im Verhalten. Sie wird auch nicht zu angenehmem Zeitvertreib gebraucht, um in müßigen Stunden die Langeweile zu verscheuchen.

Seneca, EPISTOLAE MORALES

4

Zu Hause schrieb ich meine Erlebnisse nieder und beobachtete ab und zu den Fremden, wie er den Hafen nach mir absuchte. Vom Fenster meines Wohnzimmers aus habe ich nämlich einen guten Blick über das Hafengebiet, abgesehen von einem Teil der Anlegeplätze für kleinere Boote, auf die mir ein uralter Kahn die Sicht nimmt, der seit undenklichen Zeiten auf Kiel liegen muss, vor sich hin rostet und nur noch Seevögeln als Nistplatz dient: ein rostbraunes, schiefes Mahnmal der Vergänglichkeit. Bei seinem Anblick frage ich mich immer unwillkürlich, wie meine Implantate nach Jahrzehnten in der Feuchtigkeit menschlichen Fleisches aussehen mögen.

An einem der größeren Kais lag ein Fischereischiff vor Anker und lud Haie aus. Bluttriefend wurden die einzelnen Kadaver mit dem Haken des Ladekrans herausgehievt, tropfend und glibberig durch die Gegend geschwenkt und schließlich von derben Männern mit lanzenartigen Werkzeugen in Transportkästen dirigiert, die ein Gabelstapler wegfuhr, wenn sie voll waren, direkt in die Fischfabrik. Eine ganze Anzahl Zuschauer wohnte dem blutigen Spektakel bei, fotografierend und gaffend, und zwischen ihnen wanderte mein unbekannter Verfolger umher mit seinem Foto und seinen aufdringlichen Manieren.

Und jeder, der einen Blick auf das Bild warf, schüttelte nur den Kopf. Ich musste mir keine Sorgen machen. Sagte ich mir. Doch als ich mich vom Fenster abwandte, hatte ich trotzdem das Gefühl, meinen kargen Wänden Lebewohl sagen zu müssen.

Das Haus, in dem ich lebe, ist unscheinbar; ein hellgrauer Kasten mit ungefähr quadratischem Grundriss, spitz zulaufendem Dach, übermauertem Windfang in der Mitte der Vorderfront und je einem trüben Fenster rechts und links davon. Von der Haustür bis zu dem rostigen schmiedeeisernen Gartentürchen reicht ein Schritt, und was sich an Vorgarten zwischen Hauswand und gemauerter Umfriedung erstreckt, ist nicht der Rede wert. Zumal man mir einen dicken Betonmast für Stromkabel und Telefonleitungen hineingepflanzt hat. Hinter dem Haus ist eine Handspanne mehr Platz, dafür stinkt es oft unerträglich aus einem Entwässerungskanal, der sich hinter allen Häusern der Straße entlangzieht. Ich habe weder Dachboden noch Keller, nur einen Flur von Vordertür zu Hintertür, links Wohnzimmer und Bad, rechts Küche und Schlafzimmer, alles so eng und klein wie in einer Puppenstube.

Aber es ist *mein* Haus. Es *gehört* mir. Ich habe es von meiner Großmutter geerbt, die 1987 gestorben ist, kurz nach dem Tod meiner Eltern. Da ich damals nichts damit anfangen konnte, vermietete ich es an eine ältere Frau aus dem Ort und dachte nicht weiter daran, bis sie sieben Jahre später das Zeitliche segnete, zu einem Zeitpunkt, den ich mir kaum günstiger hätte aussuchen können. Ich war gerade Frührentner geworden und hatte von einem leibhaftigen General, der vielleicht trotzdem gerade nicht genau gewusst hatte, was er tat, die offizielle Erlaubnis erhalten, mich im Ausland niederzulassen. Und so ließ ich mich in Dingle nieder, der Heimat meiner Vorfahren, die wie viele andere während der großen Hungersnot ihr Glück in der Neuen Welt gesucht hatten.

Meine Rente ist nicht hoch, aber das Leben in Irland ist billig, und was brauche ich schon? Ich lasse kaum Geld in Supermärkten, teuer essen gehen – was man durchaus könnte – fällt ebenfalls flach, Miete zahle ich keine, und wie alt oder wie schön das ist, was ich am Leib trage, interessiert auch niemanden, mich selbst am allerwenigsten. Bei meinem Einzug habe ich die alten Möbel weggeworfen und neue gekauft, weil es sein musste, aber das war die einzige Anschaffung und ist auch schon lange her. In meinen ersten Wochen in Irland veranlasste mich außerdem eine diffuse Paranoia dazu, allerhand Verstecke in die Wohnung einzubauen und viel Energie in die Installation einer Art Katzenklappe in der Hintertür zu stecken, durch die ich fliehen wollte, wenn, sagen wir, russische Agenten vor der Tür auftauchen sollten. Oder auch chinesische, meinetwegen. Aber es tauchten nie welche auf. Meine Werkzeuge habe ich noch, für die kleinen Reparaturen, die ab und zu am Haus notwendig werden. Das meiste kann ich zum Glück selber machen, das spart so manchen Euro.

Am meisten Geld gebe ich für Bücher aus. Im Grunde tue ich nicht viel anderes als zu lesen und spazieren zu gehen. Ich lese viele Romane, leichte Unterhaltung meistens, Krimis und dergleichen, die ich mir zum größten Teil aus der Stadtbücherei hole, aber auf Drängen von Mrs Brannigan habe ich mich auch an Sachen berühmter irischer Schriftsteller gewagt, die irischen Fabeln von Yeats etwa, Romane von Oscar Wilde, Jonathan Swift, John Synge oder Christopher Nolan. Bloß von Beckett und James Joyce habe ich die Finger gelassen; da reichte mir ein Blick ins Buch, um zu sehen, dass das meinen Horizont übersteigt. Anfangs gab es außerdem eine Phase, in der ich wie süchtig Bücher über militärische Themen, Waffen, die Weltkriege und so weiter gelesen habe. Ich habe mich regelrecht dazu gezwungen, damit aufzuhören, denn man muss seine Vergangenheit einfach irgendwann ruhen lassen. Inzwischen ist das auch schon eine ganze Weile her.

Und dann sind da seit einiger Zeit die Philosophen. Neben dem Wohnzimmerfenster steht mein eigenes Bücherregal, und obwohl ich schwören könnte, dass ich völlig unsystematisch kaufe, immer nur das, was mich gerade anspricht, sind es zum größten Teil philosophische Werke. Wohlgemerkt, ich behaupte nicht, irgendetwas von Philosophie zu verstehen. Im Grunde verstehe ich von nichts viel, außer vielleicht vom Kämpfen und Kriegführen, weil ich das gelernt habe. Wobei ich das, was ich darüber weiß, nicht mehr brauche. Ich muss nicht mehr kämpfen, außer darum, mit meinem Leben zurande zu kommen. Und das muss, wenn man es sich genau überlegt, schließlich jeder.

Ich bin völlig naiv an die Philosophen herangegangen. Ich wusste von Philosophie nur, dass sie irgendetwas mit dem Leben und seinem Sinn zu tun hat. Und wenn ich, sagen wir, ein Buch über Neuguinea lesen will, lese ich keines, das Hunderte von Jahren alt ist, oder? Sondern besorge mir das modernste, das es gibt. Aus dem Grund habe ich bei den modernen Philosophen angefangen. Wittgenstein – ich habe kein Wort verstanden. In dem Buch waren alle Sätze durchnummeriert, und schon beim ersten wusste ich nicht, was er damit meinte. Bertrand Russell war unterhaltsam zu lesen, aber ich hatte immer das Gefühl, er setzt etwas voraus, was er bei jemandem wie mir nicht finden wird. Also dachte ich, besser, ich gehe ein Stück zurück und suche ein Buch, das mir die Grundlagen erklärt. Nachdem ich mich durch ein höchst eigenartiges Buch von Friedrich Nietzsche gequält hatte, gab mir jemand den Tipp, dass Immanuel Kant enorm grundlegend sei. Jetzt stehen hier seine gesammelten Werke, wunderschön in roten Karton gebunden, und das Lesezeichen steckt im ersten davon ungefähr bei Seite siebzehn, mitten in wortreichen Betrachtungen über das Verhältnis von Prädikat zu Subjekt und von analytischen Urteilen zu synthetischen. Ich bin eigens in die Bibliothek gegangen, um Begriffe wie *a priori* und *a posteriori* nachzuschlagen. Irgendwann war ich so weit, immer nur einen Satz zu lesen und dann den Nachmittag lang am Strand spazieren zu gehen und darüber nachzudenken, und als mich das auch nicht weiterbrachte, habe ich Kant aufgegeben.

Eine Zeit lang habe ich nur gekauft, aber kaum gelesen, bis ich bei den alten Griechen angekommen war. Da hatte ich zum ersten Mal das Gefühl, zumindest so viel zu verstehen, dass ich so etwas wie Vorlieben entwickeln konnte. Aristoteles zum Beispiel kommt mir staubtrocken vor, und als ich feststellte, dass er allen Ernstes der Auffassung war, das Gehirn sei nur ein Organ zum Kühlen des Blutes, habe ich ihn beiseite gelegt. Ich meine, was kann mir so jemand über das Leben erzählen? Sokrates erinnert mich fatal an Mister Drummond, einen Versicherungsvertreter bei uns in der Nachbarschaft, von dem mein Vater zu sagen pflegte, die einzige Chance, ihm nicht zu unterliegen, sei, sich unter keinen Umständen auf ein Gespräch mit ihm einzulassen. Platon mit seinen rabiaten Ideen zum idealen Staat ist eine ausgesprochen gruselige Lektüre; seine Aufteilung der Bevölkerung in Arbeiter, Wächter und Herrscher könnte auch von Stalin stammen, möchte ich mal behaupten. Epikur lässt sich ziemlich weitschweifig über Schmerzempfindungen und Lustempfindungen aus, wie sie sich ausdehnen und verdichten und die Abwesenheit des einen angeblich die Anwesenheit des anderen bedingt und so weiter, aber in dieser Beziehung kann er meines Erachtens nicht viel Ahnung gehabt haben. Und den Sinn des Lebens darin zu sehen, einfach seinen Spaß zu haben, ist mir entschieden zu simpel.

So habe ich herumgesucht, bis es bei Seneca schließlich

Klick gemacht hat. Vielleicht, weil er Römer war, kein Grieche. Ich denke manchmal, wir Amerikaner sind so etwas wie die Römer von heute: die militärische Weltmacht Nummer eins, die allen anderen sagt, wo es langgeht. Und wann immer ich etwas über die römische Lebensart lese, kommt sie mir in mancher Hinsicht sehr amerikanisch vor, sowohl in ihren Ausschweifungen als auch in ihrer pragmatischen Nüchternheit. Erstaunlich im Grunde, dass es überhaupt römische Philosophen gab.

So liegt mein Büchlein von Seneca stets obenauf, aber an diesem windigen Samstagnachmittag hatte ich nicht die innere Ruhe, darin zu lesen. Nachdem ich meine Tagebucheintragungen abgeschlossen hatte, beschäftigte ich mich stattdessen damit, die übrigen Bücher anders zu stellen und abzustauben. Das hatte zudem den Vorteil, dass ich meinen unermüdlichen Verfolger im Blick behielt.

Nachdem der Fischkutter entladen war und die Menge sich zerstreut hatte, trieb er sich bei den Bushaltestellen und Bootsanlegeplätzen herum. Eine weitere bekannte Attraktion Dingles ist ein Delfin namens Fungie, der in der Bucht lebt und aus unerfindlichen Gründen mit den Bootsbesitzern des Ortes zusammenarbeitet: Wann immer sie zahlende Gäste hinausschippern, taucht er zuverlässig auf, lässt sich fotografieren und treibt seine Späße, und das, ohne in irgendeiner Weise dafür entlohnt zu werden. So zuverlässig in der Tat, dass, wenn man auf einer solchen Fahrt den Delfin nicht zu sehen bekommen sollte, einem das Geld für die Fahrkarte anstandslos zurückerstattet wird. Mir ist es so gegangen, als ich neu in Dingle angekommen war und noch glaubte, ich dürfte mir keine Sehenswürdigkeit entgehen lassen. Auf meiner ersten und einzigen Bootsfahrt sah ich keinen Delfin, und der Bootsführer versicherte mir, während er mir das Geld zurückgab – irische

Pfund damals noch –, das sei äußerst ungewöhnlich. Gerade so, als hätte ich den Schaden gehabt und nicht er. Genau gesagt bin ich mir alles andere als sicher, dass Fungie noch lebt; der Delfin tummelt sich seit den frühen Achtzigern in der Bucht, habe ich gelesen. Wie alt werden Delfine eigentlich? Keine Ahnung. Die Boote jedenfalls fahren nach wie vor; ich sehe sie jeden Tag.

Zwischen all den Leuten also stolperte mein Verfolger umher, schwenkte das Foto, stellte seine Fragen. Es dauerte peinlich lange, bis er begriff, dass es nur Touristen waren, die er befragte. Er blieb stehen, starrte die Busse an, machte merkwürdig zuckende Bewegungen mit der linken Hand und schüttelte in einem fort den Kopf.

Später sah ich ihn immer noch am Hafen, auf einer Bank sitzend und völlig erledigt aussehend. Wie er da hockte und stumpf auf die Bucht hinaussah, wirkte er eher rührend als gefährlich. Als müsste man auf ihn aufpassen, anstatt vor ihm zu fliehen.

Übrigens ist Irland nie von den Römern erobert worden. Fällt mir nur gerade ein. Die Iren legen viel Wert auf diese Tatsache.

Am Sonntag stand ich auf wie immer. Erst im Bad fiel mir ein, dass das Erwachen auch ganz anders hätte sein können. Ich grinste mein Spiegelbild an und untersuchte die Wunde. Sie sah gut aus. Ich beschloss, den Verband noch einen Tag dranzulassen.

In den ersten Jahren meines Rentnerlebens habe ich die Unsitte einreißen lassen, bis ewig in den Tag hinein zu schlafen. Bis ich merkte, dass einem das nicht gut tut. Man wünscht es sich immer, wenn man in ein Leben eingebunden ist, in dem einen jeden Morgen ein Wecker unbarmherzig aus dem Schlaf reißt, aber wehe man bekommt es: Im Nu wird man depressiv und hängt herum wie ein nasses Handtuch, zu nichts mehr imstande. Daraufhin habe ich den alten Wecker meiner Großmutter wieder hervorgeholt und mir einen geradezu militärischen Tagesrhythmus angewöhnt, so gut, dass ich selbst ohne Uhr morgens um halb acht erwache. Was ja eine zivile Zeit ist, davon abgesehen. Aber gerade wenn man sonst keine Pflichten hat, braucht man Regelmäßigkeit. Regelmäßigkeit schafft Struktur, und Struktur ist es, die einen letztendlich trägt.

Ich öffnete eine der Dosen, verrührte den Inhalt mit einem Rest Marmelade und etwas Zucker und, nun ja, *nahm es zu mir*. (Es widerstrebt mir, das Wort *essen* in diesem Zusammenhang zu verwenden.) Dann machte ich mich zu meinem sonntagmorgendlichen Strandspaziergang auf. Als wenn nichts gewesen wäre. Als hätte ich mich nicht den halben Samstag vor einem unbekannten Fremden versteckt.

Auf einem dieser Spaziergänge habe ich vor langer Zeit entdeckt, dass ich nicht der einzige Mensch in Dingle bin, der am Sonntagmorgen der Kirche fernbleibt. Wobei ich mich, falls mir jemand Vorhaltungen deswegen gemacht hätte, damit herausgeredet hätte, dass ich, obzwar mein Vater selbstverständlich ein guter irischer Katholik gewesen ist, auf Wunsch und Geheiß meiner Mutter dem Protestantismus anheim gegeben wurde, und eine hierzu passende Kirche gibt es natürlich weit und breit nicht. Glaube ich jedenfalls, ich habe nie danach gesucht. Und natürlich hat mir auch nie jemand Vorhaltungen gemacht.

Jedenfalls, ausgerechnet Bridget nimmt sich ebenfalls am Sonntagmorgen Zeit frei, um dem einzigen Hobby zu frönen, das ich bisher bei ihr entdeckt habe: sie fotografiert. Und zwar mit Vorliebe die alten Wracks, die an den Stränden verrotten und verrosten und dabei äußerst malerisch aussehen.

Es war schön, sonnig und klar. Ich kann nicht zu dicht am

Strand gehen, weil ich aufgrund meines Gewichts zu tief einsinken würde, aber ich folge der Wasserlinie, gehe querfeldein und halte Ausschau, und was an Distanz bleibt, überwinde ich spielend mit Hilfe meines rechten Auges. An dieser Stelle ist vielleicht erwähnenswert, dass man mich mit einem Teleskopblick ausgestattet hat, auf den *Superman* neidisch wäre. Mein künstliches Auge ist eine Hochleistungskamera mit Zoomobjektiv und, ganz wichtig, digitalem Wackelausgleich. Ich kann quer übers Hafenbecken hinweg die Zeitungen am Kiosk lesen, nicht nur die großen Schlagzeilen, sondern auch die Untertitel. Und selbstverständlich ist ein Restlichtverstärker eingebaut und ein Infrarotsensor, alles zusammengepackt in einer Murmel, die meinem ursprünglichen Auge so täuschend ähnlich sieht, dass nicht einmal meine Mutter den Unterschied bemerken würde, lebte sie noch. Unglaublich, wenn man es bedenkt.

Unglaublich auch, dass ich dafür mein gesundes rechtes Auge hergegeben habe.

Wenn ich auf meinen Sonntagsspaziergängen Bridget entdecke, bleibe ich ruhig stehen und, ich gestehe es, zoome mich so nah wie möglich heran. Sie hockt dann vielleicht gerade vor einem halb umgestürzten Kahn mit abgeknicktem Mast, studiert, eine teure Spiegelreflexkamera in Händen, die Schattierungen von Rost und Schimmelpilz daran, und ich bin ihr ganz nah, ohne dass sie es bemerkt. Ich betrachte ihre schimmernde Haut und das lebendige Spiel ihrer Augen, bilde mir ein, den Duft ihres wilden Haares zu riechen … Manchmal stelle ich mir in solchen Momenten vor, dass sie zu nahe an eines der Wracks herangeht und es umkippt, und ich eile herbei und fange es mit meinen Superkräften auf, ehe es sie unter sich begräbt. Worauf sie sich mit einem weichen, warmen Kuss bedankt. Eine alberne Fantasie, mit der ich mir die Sonntage vergolde. Um ehrlich zu sein, meistens sehe ich sie überhaupt nicht.

So wie heute. Ich stapfte die Böschungen entlang, ein einsamer Wanderer, und schlug danach noch einen weiten Bogen oberhalb von Dingle, wo eine Menge schwarzgesichtiger Schafe leben. Ich komme mit den irischen Schafen hervorragend aus; ich habe mir vor Jahren einige Zeit damit vertrieben, digitale Analysen ihrer Rufe in der Datenbank in meinem Bauch zu speichern, und da mein Kehlkopf so manipuliert wurde, dass er derartige Aufzeichnungen weitgehend originalgetreu wiedergeben kann, habe ich so lange herumprobiert, bis ich wusste, mit welchem Ruf ich sie beruhigen und mit welchem ich sie aufscheuchen kann. So unterhalten wir uns immer gut, die Schafe und ich.

Als ich in die Stadt zurückkam, waren die Kirchen aus und die Straßen bevölkert. Die einen strebten nach Hause, die anderen strebten in die Pubs. Ich gehörte zu denen, die nach Hause strebten. Niemand nahm besondere Notiz von mir, abgesehen von dem einen oder anderen, der mir, in anderweitige Gespräche vertieft, flüchtig zunickte. Ich war guter Stimmung und wollte gerade, eine Melodie vor mich hin summend, die Übergänge beim Kreisverkehr überqueren, als ich ihn wieder sah, meinen Verfolger, nur eine Kopfdrehung davon entfernt, mich zu entdecken.

Und er kam aus meiner Straße.

Unter den Menschen müssen wir unbedingt eine Auswahl treffen und uns fragen, ob sie es wert sind, dass wir ihnen einen Teil unseres Lebens widmen, oder ob ihnen wenigstens der Aufwand unserer Zeit zugute kommt. Manche Leute rechnen es uns nämlich sogar als Ehre an, wenn wir ihnen Dienste erweisen.

Seneca, DE TRANQUILLITATE ANIMI

5

Ich staunte selber, wie gut die alten, angedrillten Reflexe noch funktionierten. Schnell wie der Blitz war ich hinter dem nächsten geparkten Auto, duckte mich und tat, als wäre ich mit meinen Schnürsenkeln beschäftigt. Dabei beobachtete ich ihn.

Heute schien er ohne Fotografie unterwegs, mein unbekannter Freund. In seinem Haar hatten der atlantische Wind und sein modischer Haarfestiger miteinander gerungen, und der Haarfestiger hatte verloren. Die Hände in den Taschen einer merkwürdig geschnittenen Jacke vergraben, die aussah, als hätte ihr Designer sich von einer Lache Erbrochenem inspirieren lassen, stand der Mann am Straßenrand und schaute unschlüssig drein. Er schien mich nicht gesehen zu haben. Zumindest tat er so. Es kam kein Auto, nichts, was ihn daran gehindert hätte, zügig weiterzumarschieren in unbedenklichere Gegenden, aber nein, er stand da, wippte auf den Fersen und sah straßauf, straßab.

Ich wurde unruhig, je länger das dauerte. Wie lange kann man schon an seinen Schuhen herumfummeln, ehe die Umwelt anfängt, das merkwürdig zu finden? Hinter mir kam eine hutzlige alte Frau mit zwei dicken Einkaufstüten angewackelt, bei jedem zweiten Schritt unwillig schnaubend und, so oft ich mich umsah, meinen Blick mit äußerster Missbilligung erwidernd.

Und der Typ stand da, als sei er entschlossen, mein Auftauchen abzuwarten.

Die Frau kam näher und näher. Jeden Moment würde sie hinter mir stehen bleiben, mir lauthals Hilfe anbieten und mir womöglich haarklein erzählen, dass früher, in ihrer Jugend, Schnürsenkel noch richtige Schnürsenkel gewesen seien ... Ich prüfte die Möglichkeiten, ungesehen zu entkommen, und fand jede davon riskant. Mit etwas Glück waren ihre Augen schlecht genug, dass ihr entging, dass ich Slipper trug.

Mein Verfolger kramte umständlich ein Blatt Papier hervor, das er studierte, ab und zu einen suchenden Blick umherwerfend, auf Straßenschilder und dergleichen.

»Weg da!«, zischte es hinter mir. Die Alte fuchtelte mit einer ihrer Tüten. Ich drückte mich diensteifrig dichter an den Wagen, um ihr Platz zu machen. Sie schob sich an mir vorbei, bedachte mich mit einem letzten mörderischen Blick von oben herab – so klein, wie sie war, hatte sie zu so etwas wahrscheinlich selten Gelegenheit – und setzte ihren Weg dann unbeeindruckt fort.

Der Mann mit der Sturmfrisur und der kotzefarbenen Jacke hatte nichts davon bemerkt, sondern einen Entschluss gefasst. Er faltete sein Blatt wieder zusammen, stopfte es in eine seiner zahllosen Taschen zurück und wandte sich entschlossen nach Osten, dem Ortsausgang entgegen. Ich fragte mich, was er dort suchen mochte; sogar von hier aus konnte man sehen, dass Dingle in dieser Richtung außer einer Tankstelle, ein paar Häusern und einem Hotel nichts mehr zu bieten hat. Danach kamen bloß noch zwei Meilen Feldweg bis zum nächsten Ort, Ballintaggart.

Aber ich fragte mich das nur kurz. Im Moment war es mir egal. Ich wartete, bis er einigermaßen weit weg war – er sah sich kein einziges Mal um –, dann eilte ich über die Kreuzung und machte, dass ich nach Hause kam. Und *ich* sah mich um, alle drei Schritte ungefähr.

Jemand schien mein Haus an einen Platz viel weiter hinten in der Straße gerückt zu haben, aber ich erreichte es trotzdem unentdeckt. Niemand, der aus einer dunklen Ecke sprang und »Hab ich Sie, Mister Fitzgerald!«, rief. Ich sah hastig in meinen Briefkasten; nichts. Vielleicht hatte er meine Adresse ja doch nicht. An meiner Türklingel steht wohlweislich immer noch der Name der vorigen Bewohnerin, Helen Magilly. Ich atmete erst aus, als ich die Haustür hinter mir zugezogen und verschlossen hatte, und danach zog ich sowohl im Wohnzimmer als auch in der Küche die Vorhänge zu. Helen Magilly war heute nicht zu sprechen.

Nachher saß ich im dämmrigen Halbdunkel und fragte mich, was das alles zu bedeuten haben mochte und wie lange es in dieser Art eigentlich weitergehen sollte. Das fragte ich mich ungefähr eine Stunde lang, ohne eine Antwort zu finden, die mich befriedigte. Zum ersten Mal seit langer Zeit wünschte ich mir wieder, zu einer Whiskyflasche greifen und die Mühlräder in meinem Kopf damit zum Stillstand bringen zu können.

Stattdessen knipste ich das kleinste Licht an, das ich habe, eine altersschwache Stehlampe undefinierbaren Alters, und griff nach Seneca. Ich las ein paar Stellen, an denen er über die Unerschütterlichkeit des Weisen sprach, seine innere Harmonie und dass er sich selbst genug sei, weder durch Ungerechtigkeit noch durch Schmach zu erschüttern, und blätterte, als ich eingesehen hatte, wie weit ich von wahrer Weisheit entfernt war, zum Anhang, der Senecas Leben beschrieb, um herauszufinden, was ihn von mir unterscheidet.

Lucius Annaeus Seneca wurde in Spanien geboren, in Corduba, im Jahr 4 vor der Zeitrechnung, als Sohn eines wohlhabenden und berühmten Rhetoriklehrers. Ich hatte diesen Anhang schon mehrfach gelesen, aber an diesem Sonntagnachmittag las ich zum ersten Mal und nicht ohne Schaudern, dass Senecas älterer Bruder Gallio sogar namentlich in der Bibel erwähnt wird, in der Apostelgeschichte.

Duane William Fitzgerald dagegen wurde in Boston geboren, im Jahr 1965 nach der Zeitrechnung, als einziger Sohn eines eher nicht so wohlhabenden, schweigsamen Feuerwehrmannes, der sich, darin einem altehrwürdigen Brauch folgend, mit Erreichen der Volljährigkeit aus Irland in die Neue Welt abgesetzt hatte, um dort sein Glück zu machen. Er glaubte es gefunden zu haben, als er auf einem Feuerwehrfest in Boston meine Mutter kennen lernte, eine Bürogehilfin aus Londonderry, New Hampshire, aber das erwies sich als Irrtum. Wenn ich das Datum meiner Geburt mit dem der Eheschließung meiner Eltern vergleiche, muss an jenem Abend auf dem Feuerwehrfest weit mehr geschehen sein als der Austausch von Komplimenten und Telefonnummern. Jedenfalls heirateten sie, aber ihre Ehe war alles andere als gut; wenn ich an meine Kindheit zurückdenke, kommt es mir so vor, als hätten sie ohne Unterlass gestritten. Ich sehe meinen Vater bei zahllosen Gelegenheiten stumm und bedrückt am Küchentisch sitzen und vor sich hin starren, einen großen, traurigen Mann, der oft sagte, »Man muss seine Pflicht tun«, wahrscheinlich, weil er sie manchmal lieber nicht getan hätte. Und ich höre meine Mutter, wie sie auf ihn einredet, fordert, ihm Vorhaltungen macht mit einer Stimme wie eine Drahtsäge, scharf, kalt und ohne Erbarmen. Sie hat ihn und mich verlassen, als ich sieben war, und danach ließ zumindest der Schmerz nach.

Seneca wurde in Rom ausgebildet, bereiste als junger Mann Ägypten und machte unter den Kaisern Augustus und Tiberius steile Karriere, bis Caligula ihn zum Rückzug zwang. Da war er schon wohlhabend und berühmt, verheiratet und Vater zweier Söhne.

Ganz anders Duane Fitzgerald. Ich bin in die nächstgelegene Schule gegangen und habe mich einigermaßen durchgebissen; in den späteren Jahren kam mir zugute, dass mein Körper sich enorm entwickelte, sodass ich schlechte Noten mit Sport ausgleichen konnte, und in den Cliquen, mit denen ich umherzog, war ich immer kräftig mit dabei, wenn es darum ging, die Stadt aufzumischen. Unter Präsident Reagan bin ich in die Armee eingetreten, um keinerlei Karriere zu machen; wenn irgendwo etwas los war – Grenada oder dergleichen – war ich todsicher an dem Ort stationiert, der am weitesten davon entfernt lag. Von meinem Sold schickte ich ein bisschen an meinen Vater, der Rest ging an örtliche Brauereien, und was Frauen anbelangt, bin ich nie über belanglose Techtelmechtel hinausgekommen. Ich meine, ich war damals einer von diesen verboten gut aussehenden Burschen, die jederzeit ein Mädchen für eine Nacht bekommen können, in meiner Uniform sowieso, bloß dass die Mädchen, die man so bekommt, nicht die sind, mit denen es was Ernsthaftes werden könnte. Und weil die Masche so gut funktioniert hat, habe ich nie herausgefunden, wie man diese anderen Mädchen findet.

Seneca wurde später der Lehrer des jungen Nero, und in dessen ersten fünf Regierungsjahren war praktisch er es, der das Römische Reich regierte, das von Britannien bis Vorderasien reichte und ganz Nordafrika umfasste. Dass er das vorbildlich tat, half ihm nichts, weil Nero sich als Psychopath entpuppte und immer mehr durchdrehte. Am Ende verdächtigte er Seneca, sich an einer Verschwörung gegen ihn beteiligt zu haben, und damit war es um den Philosophen geschehen.

Ich klappte das Buch zu und glotzte eine Weile vor mich hin, während sich ein Gedanke in mir formte. Freundschaft. Das hatte nichts mit dem zu tun, was ich gerade gelesen hatte, sondern war aus dem Nichts in mir hochgeploppt. Vielleicht nicht zufällig; Seneca hat viel zum Thema Freundschaft gesagt.

Wir sind am Ende zu fünft gewesen in unserer Gruppe – wobei ich nicht sicher weiß, ob es noch andere Gruppen gegeben hat. Ich hatte immer den Eindruck, dass wir Pioniere waren, aber bestätigt hat man uns das niemals. Nach dem Ende des Projekts hat man uns verboten, miteinander Kontakt aufzunehmen. Was ziemlich hart war, weil wir dadurch niemanden mehr hatten, mit dem wir über alles reden konnten, mit Ausnahme von Lieutnant Colonel Reilly. Und Lieutnant Colonel Reilly ist nicht der Mensch, mit dem man über alles reden *möchte*.

Aber ich habe mich daran gehalten. Vor ein paar Jahren sind mir die aktuellen Telefonnummern und Adressen der anderen zugespielt worden; ich habe sie aufbewahrt, zugegeben, aber nie Gebrauch davon gemacht. Ich war nicht einmal in Versuchung. Wenn die Einhaltung einer Vorschrift so leicht überwachbar ist wie diese, dann halte ich mich im Zweifelsfall daran.

Ich starrte immer noch vor mich hin. Die fahlgrauen Vorhänge schufen ein Dämmerlicht zum Gespenstersehen. Freundschaft. Dazu fiel mir von den anderen nur Gabriel Whitewater ein. Wir sind schon befreundet gewesen, ehe wir zum Programm kamen. Er hatte kurz vorher seine Familie verloren, durch einen nie geklärten, scheußlichen Mord, verübt von einer Drogenbande, die sich in der Adresse vertan hatte. Da meine Eltern ebenfalls gerade gestorben waren – kurz hintereinander, meine Mutter an einem Herzanfall, mein Vater während eines großen Hotelbrandes –, hatten wir etwas gemeinsam gehabt.

Nach über zehn Jahren, stellte ich fest, fühlte sich das Verbot, miteinander zu reden, nicht mehr ganz so ernst gemeint an.

Gabriel lebt in Kalifornien, in Santa Barbara. Ich sah auf die Uhr. Kurz vor vier Uhr, das hieß, an der Pazifikküste war es … kurz vor acht Uhr morgens. Zumutbar, oder? Ich stand auf und holte mein Mobiltelefon aus dem Versteck im Flur. Den Zettel mit den Telefonnummern zu holen war ein bisschen aufwendiger; ich hatte ihn seinerzeit klein zusammengefaltet in eine natürliche Ritze an der Unterseite eines Tischbeins geschoben. Und da war er noch.

Nach kurzem Nachdenken legte ich das Mobiltelefon beiseite und griff stattdessen nach dem offiziell auf mich zugelassenen Apparat. Dann blieben nur noch ein paar Ziffern zu wählen, und gleich darauf vernahm ich eine Stimme, die sich kein bisschen verändert hatte.

»Whitewater.«

»Fitzgerald«, sagte ich, was ihn dazu veranlasste, hörbar überrascht einzuatmen. Es gab ein großes Hallo und Trara, dem ich entnahm, dass die anderen einander längst regelmäßig an Weihnachten und Thanksgiving anriefen und zu den Geburtstagen auch und dass Wetten liefen, wann ich endlich von mir hören lassen würde.

»Glaubst du denn, dein Telefon wird nicht mehr überwacht?«, fragte ich verwundert.

»Klar wird es überwacht«, grinste Gabriel, »manchmal höre ich sogar, wie sich die Geräte ein- und ausschalten.«

Das war der Grund, warum ich mich nicht über das Mobiltelefon gemeldet hatte. Dass mein Telefon abhörsicher ist, nützt nichts, wenn der Apparat auf der anderen Seite angezapft wird. Außerdem hätte ich ihnen dadurch die mühsam geheim gehaltene Nummer meines Mobiltelefons frei Haus geliefert.

Ich zögerte. »Ich müsste dringend mit dir reden, ohne dass jemand zuhört. Siehst du da eine Möglichkeit?«

Ich war mir nicht sicher gewesen, ob Gabriel darauf eingehen würde. Und ich hatte mindestens damit gerechnet, auf den nächsten Tag vertröstet zu werden. Doch zu meiner Verblüffung sagte er stattdessen sofort: »Klar, kein Problem.« Etwas raschelte, ich hörte ihn murmeln, und gleich darauf sagte er: »Also, pass auf. Dieselbe Nummer wie meine, nur die hinteren vier Ziffern anders. Ich überlege grade, wie ich die durchgebe … Ah, ja. Erinnerst du dich noch an unseren letzten freien Abend, ehe wir ins Hospital verlegt wurden? Als wir mit diesen beiden Cheerleadern mit den dicken Titten aus waren? Meine hieß Kathy, und deine …«

Bis ich Gabriel Whitewater kennen lernte, war ich wie wohl die meisten der Auffassung, jemand mit indianischem Blut in den Adern müsse automatisch ein enormes, für den weißen Mann praktisch nicht nachvollziehbares Maß an Naturverbundenheit aufweisen. Doch nichts liegt Gabriel Whitewater ferner. Er *liebt* alles, was künstlich ist. Künstlich ist besser als natürlich, das ist sein Credo. Er geht ins Kino, weil es »bunter als das wirkliche Leben« ist. Er schwimmt jederzeit lieber in einem ordentlich gechlorten Schwimmbad als in Meerwasser oder Bergseen. Er schluckt täglich und mit Hingabe synthetische Vitamine und isst diese Joghurts, die laut Aufdruck *garantiert frei von natürlichen Bestandteilen* sind. Und er steht absolut auf künstlich vergrößerte Brüste. Eine Frau muss nur genug Silikon vor sich herschleppen, um bleibenden Eindruck auf Gabriel Whitewater zu machen.

»Susan«, fiel es mir wieder ein.

»Genau. Und jetzt nicht antworten, nur ja oder nein. Erinnerst du dich an die Nummer auf ihrem T-Shirt?«

Es war die 21 gewesen. »Klar«, sagte ich.

»Wunderbar. Zu dieser Zahl zählst du siebzehn dazu, dann hast du die letzten beiden Stellen. Zieh davon noch mal vier ab und vertausch die Ziffern, dann hast du die davor. Und gib mir eine halbe Stunde Zeit, okay?«

»Alles klar«, murmelte ich verblüfft. Aber da hatte er schon aufgelegt.

Das erste Mal begegnet sind wir uns im Bus raus nach Parris Island. Er stieg ein und begegnete meinem Blick und sah, dass ich, genau wie er, eine schwarze Krawatte und schwarzen Flor um den Ärmel trug, und setzte sich auf den freien Platz neben mir.

»Tut mir Leid«, sagte er, streckte mir die Hand hin und nannte seinen Namen. »Familie, nehme ich an?«

»Mein Vater«, nickte ich. Auch nach über tausend Meilen hatte ich noch den Geruch der Bostoner Friedhofserde in der Nase. »Und bei dir?«

Sein Blick kündete von Leid wie von Unbeugsamkeit. »Meine ganze Familie. Vater, Mutter, meine drei Schwestern.«

Später hat uns ein gemeinsames Schicksal verbunden, aber am Anfang war es das: dass wir am selben Tag unsere Familien verloren hatten.

Sein Vater ist Schönheitschirurg gewesen, was möglicherweise Gabriels Begeisterung für alles Künstliche erklärt. Auf jeden Fall muss es in der Familie liegen, denn es gab noch eine weitläufige Verwandte, eine Cousine oder Tante soundsovielten Grades, die einst in Los Angeles die Oberweiten hoffnungsvoller Nachwuchs-Starlets den Erwartungen der Filmindustrie angepasst hat. Dr. Michael Whitewater jedoch hatte sich der ernsthaften kosmetischen Chirurgie verschrieben, korrigierte schiefe Nasen, beseitigte Segelohren, vernähte Hasenscharten und tat an Opfern von Verkehrsunfällen reinste Wunder. Zumindest behauptete Gabriel das.

Dieser Engel der Entstellten hatte das Pech, in einem Haus mit der Nummer 150 zu wohnen, in das eines Sonntagmorgens drei Killer marschierten, die vermutlich dringend eine Korrektur der Gehörgänge gebraucht hätten, weil sie dann nämlich verstanden hätten, dass die feindlichen Drogendealer, die sie umnieten sollten, zwar in dieser Straße, aber im Haus mit der Nummer 115 zu finden waren. Doch das hatten sie eben nicht richtig verstanden, und so fuhren sie zum falschen Haus, kamen, während die Familie Whitewater mit Ausnahme ihres ältesten Sohnes Gabriel am Frühstückstisch saß und der Vater das Gebet sprach, die Treppe hoch, traten die Tür ein und schossen die Magazine ihrer Maschinenpistolen leer, ehe irgendjemand zu irgendwelchen Korrekturen in der Lage gewesen wäre.

Ich wartete eine lange halbe Stunde. Ich ging auf und ab wie ein eingesperrter Tiger, wagte es sogar, den Küchenvorhang ein Stück zu öffnen und hinauszusehen – nichts, natürlich. Ich sah Gespenster. Ich schob den Vorhang wieder zu, setzte mich und hypnotisierte den Minutenzeiger der Uhr. Als der endlich dort war, wo ich ihn haben wollte, tippte ich die neue Ziffernfolge in das Mobiltelefon.

Gabriel nahm nach dem ersten Läuten ab.

»Was ist das für eine Nummer?«, fragte ich.

»Also, nur damit du ein Bild hast«, kam es mit genüsslicher Lässigkeit, »ich liege im Moment auf einem mindestens dreitausend Dollar teuren Designer-Liegestuhl am Rand eines wenigstens hundert Fuß langen, *unglaublich* blauen Pools. In dem gepflegten Palmengarten ringsum hat es echte Flamingos – du weißt schon, diese rosa Vögel, die auf einem Bein stehend schlafen und zu dumm sind, um herauszufinden, dass eine Mauer kein Hindernis für sie ist. Wenn ich mit dem Finger schnippe, kommt ein Roboter her, der den ganzen Tag in gebührendem

Abstand hinter mir her rollt, damit ich jederzeit die Auswahl aus sage und schreibe siebenundzwanzig verschiedenen Sorten Mineralwasser habe, selbstverständlich alle gut gekühlt. Ein nettes Spielzeug. Sieht ein bisschen aus wie R2D2 aus *Die Rückkehr der Jedi-Ritter*, wenn du dich erinnerst. Und so weiter. Na, was sagst du dazu?«

»Drogenhandel«, sagte ich. »Oder Erpressung. Jedenfalls keine Erhöhung des Ruhestandssolds.«

Er lachte. »Darauf kannst du aber einen lassen. Nicht mal ein Hundert-Sterne-General könnte sich so eine Bude hinstellen.« Ein sehnsüchtiger Seufzer. »Tja, ließe sich aushalten hier. Aber die profane Wahrheit lautet: Es ist nur ein Arbeitsplatz. Seit ein paar Jahren betreibe ich nämlich ein kleines Gewerbe – passe auf Häuser auf, deren Besitzer verreist sind, füttere ihre Hunde und Katzen, gieße Blumen und so weiter. Ist eine stinkreiche Gegend hier, in der es für böse Buben viel zu holen gibt. Da ist mein bescheidenes Honorar gut angelegtes Geld.« Ich konnte ihn grinsen hören. »Ich bin jetzt im Haus eines neuen Kunden, der mich erst gestern beauftragt hat, absolut kurzfristige Sache. Geht auch nur bis Freitagabend, leider. Jedenfalls, ich traue meinen spitzohrigen Schutzengeln nicht zu, dass sie so schnell schalten. Du?«

»Auch nicht.«

»Und was hast du zu bieten?«

»Ein Mobiltelefon für Prepaid-Karten, das ich einem Touristen abgekauft habe. Keine Namen, keine Fragen. Niemand kann mir diese Nummer zuordnen.«

»Alles klar. Dann können wir ja jetzt zum verschwörerischen Teil des Gesprächs übergehen.«

Es war, als wäre keine Zeit vergangen. Als hätten wir uns erst gestern voneinander verabschiedet und nicht vor einer halben Ewigkeit, an einem sonnigen Nachmittag auf einem Parkplatz voller Geheimdienstleute und Autos, als keiner erfahren durfte, wohin der andere gebracht wurde.

Mein seltsamer Verfolger kam mir plötzlich völlig irreal vor, wie ein schlechter Traum. Ich musste mich förmlich dazu zwingen, Gabriel davon zu erzählen.

»Hmm«, meinte er. »Asiate, sagst du? Hier gibt's natürlich eine Menge Leute, auf die deine Beschreibung passen würde, aber das sind alles Silicon-Valley-Exilanten. Wenn die mit mir reden, dann bloß, weil sie wollen, dass ich ihre Häuser hüte und ihre tropischen Zierfische auf der richtigen Temperatur halte.«

»Ich frage mich, ob er ein Agent ist«, sagte ich.

Gabriel ließ ein verächtliches Schnauben hören. »Würde ein Agent allein kommen? Würde er sich so dämlich anstellen? Wenn der chinesische Geheimdienst dahinter stecken würde, würden sie dir zwölf Dutzend Muskelmänner auf den Hals schicken, die dich fortschleppen, und fertig.«

»Die können ja noch kommen.«

»Ach was. Das ist ein Journalist, der irgendwas aufgeschnappt hat und jetzt die Story seines Lebens wittert. Weiter nichts.«

»Wenn Reilly davon Wind bekommt, sitze ich trotzdem schneller in einem Bomber westwärts, als ich mich umschauen kann.«

»Ich hab ein Zimmer für dich frei, wenn du möchtest. Kein Witz. Ich hab Platz ohne Ende.«

Einen Moment war ich versucht, doch dann fiel mir ein, warum das nicht funktionieren würde. »Nur weil sie euch eure Telefonate durchgehen lassen, heißt das noch lange nicht, dass sie zusehen, wie wir einen Veteranenklub gründen.«

»Mir würd's schon reichen, wenn du irgendwo wärst, wo man mit dem Auto hinfahren kann. Irland ist ein bisschen weit… und stell dir vor, was los wäre, wenn einer von uns am Flughafen durch den Metalldetektor geht! Die würden ausflippen.«

»Nicht nur die.« Verdammt, es tat gut, wieder mit ihm zu reden. Mit jemandem zu reden, der Bescheid wusste. Der wirklich verstand, wie einem zu Mute war.

»Hey«, meinte er mit spürbarer Begeisterung, »das bleibt unter uns: Schlitzauge Gomez hat mich besucht. Ist zwei, drei Jahre her. Eines Morgens stand er plötzlich vor der Tür. War wirklich nett, fast wie in alten Zeiten. Was halt empfindlich gefehlt hat, war das Bier. Er lebt jetzt in Texas. Seit 'nem Jahr machen seine künstlichen Gelenke Probleme. Sein Auto hat er nicht mehr, und sie sagen, er muss zurück in die Klinik. Ich denke, ich fahr demnächst mal hin. Scheiß auf die Vorschriften.«

»Sag ihm Grüße von mir.«

»Du kannst ihn selber anrufen, Sportsfreund.« Er nannte mir die Telefonnummer, und ich legte sie in meiner Datenbank ab. Das ist einer der Vorteile, die ich im Alltag habe: Ich brauche kein Notizbuch.

»Ich habe immer noch das Gefühl, dass ich vor allem Reilly anrufen sollte«, gestand ich.

Gabriel seufzte abgrundtief. »Dich haben sie wirklich gut hingetrimmt, Junge. Reilly? Du machst dir Sorgen, und dann kommst du ausgerechnet auf die Idee, mit Papa Froschgesicht Reilly reden zu wollen?«

»Immerhin bin ich auf die Idee gekommen, zuerst mit dir zu reden.«

»Na bravo. Anlass zur Hoffnung. Und Gelegenheit, dir das mit Reilly auszureden. Wenn ich nur dran denke, wie er immer kommt und breitärschig auf meinem Sofa hockt und du nicht weißt, sagt er gleich ›Sohn‹ zu dir oder packt er ein Pornomagazin aus?«

»Ach komm. So übel ist er nicht.«

»Du siehst ihn nicht so oft wie wir. Was sehr fürs Ausland als Wohnsitz spricht, wenn ich es mir recht überlege. Also lass dir von einem geplagten Mann sagen, dass Lieutnant Colonel George M. Reilly keine Vertrauensperson ist, sondern ein verklemmter alter Sack.«

»Nur weil seine Frau ihn verlassen hat, heißt das doch nicht, dass er …«

»Nur eine Geschichte. Nur eine. Die sagt in meinen Augen alles. Du erinnerst dich, dass Reilly voll auf Bluesmusik abfährt? Auf die jammernden alten Neger mit ihren verstimmten Gitarren, richtig? Zur Hölle, er ist im Sommer '86 hundert Meilen gefahren für eine Platte von Mance Lipscomb; ich würde schon sagen, der Mann *liebt* den Blues. Aber er steht nicht dazu, der feige Hund. Er macht zu Hause alle Fenster zu und setzt Kopfhörer auf, wenn er Muddy Waters hören will. Er hat mir damals erzählt, dass seine Kollegen und Vorgesetzten nichts davon wissen sollen, weil, das sind alles weiße Südstaatler, die nur Hank Williams gelten lassen.«

»Find ich plausibel.«

»Ja, fand ich damals auch; schließlich kannte man die Typen ja. Aber jetzt kommt's: Inzwischen hat Reilly einen Schwarzen als Vorgesetzten. Den kennst du noch, glaube ich, Luther Torrance?«

»Holla. Steile Karriere.«

»Na, das war doch klar. Major General, und da wird sicher noch nicht Schluss sein. Bloß, was erzählt Reilly mir, als er mich neulich heimsucht? Wenn er jetzt mit seiner Vorliebe für Blues rausrückt, meint er, dann würde es so aussehen, als wolle er sich anbiedern! Was sagst du dazu? Der Mann ist doppelbödig durch und durch. Bei jedem Furz überlegt er, welche Auswirkungen das auf seine Karriere hat. So einem darfst du nicht weiter trauen, als du ihn werfen kannst.«

»Hmm.« Ein Piepsen im Hörer machte mich darauf aufmerksam, dass das Guthaben der Gebührenkarte erschöpft war. Ich unterbrach das Gespräch, um eine neue Karte einzulegen, und rief sofort wieder an.

»Weißt du, was ich an deiner Stelle tun würde?«, meinte Gabriel, durch die Unterbrechung aus seinem Redefluss gebracht. »Die Sache verschweigen, oder sie allein bereinigen. Was kann der Typ denn machen, wenn du ihn dir schnappst und aus ihm herausprügelst, was er will? Was kann *irgendjemand* machen?«

»Ja«, nickte ich. »Das ist wahr.«

»Darauf kannst du einen lassen, dass das wahr ist. Wozu hat Uncle Sam all das Geld in uns investiert, frag ich dich?«

»Das frag ich mich auch oft.«

»Ich sag dir, das ist bloß ein Journalist, der einfach geil ist auf eine Schlagzeile. Den zerlegst du mit einer Hand, wenn es sein muss.«

»Schon.« Ich holte tief Luft, glaubte jede Muskelfaser meines Brustkorbs zu spüren und fühlte mich bereits fast wieder Herr der Lage. »Aber was mache ich danach mit den Einzelteilen?«

»Die verfütterst du an die Fische.« Mein Telefon piepste schon wieder. »Saugt enorm, so ein Überseegespräch, was?«, meinte Gabriel. »Ich kann dir leider nicht anbieten, zurückzurufen. Abgesehen vom Abrechnungstechnischen wäre deine Nummer auf alle Ewigkeit in der Telefonanlage hier gespeichert…« Er klang plötzlich traurig. »Aber ruf doch mal wieder an und lass uns über die alten Zeiten reden, okay? Vierzehn Jahre sind verdammt lang.«

»Mach ich«, versprach ich.

»Und lass dich nicht unterkriegen, Duane, hörst du?«

»Versprochen«, konnte ich noch sagen, ehe die Verbindung gekappt wurde.

Ich holte die verbrauchte Karte aus dem Gerät und schnitt

sie ebenso wie die andere in feine Schnipsel für den Müll. Morgen würde ich mir an der Tankstelle zwei neue Karten besorgen, wenn ich ohnehin zum Supermarkt ging, um meine Einkäufe abzuholen.

Das Gespräch mit Gabriel hatte gut getan. Ich fühlte Zuversicht und Entspannung, als ich die Vorhänge trotzig wieder aufzog. Am Himmel ballten sich Regenwolken wie zerknüllte graue Bettwäsche, tief hängend und schwer. Die Gasse lag verlassen, soweit mein Blick reichte.

Doch auf einmal schien er verschwunden, mein Verfolger. Auf meinem Stadtgang am Montag hielt ich regelrecht Ausschau nach ihm, entdeckte ihn aber nirgends. Mir war fast, als hätte ich ihn mir nur eingebildet.

Am späten Dienstagnachmittag, mehr oder weniger auf den letzten Drücker, ging ich in die Bibliothek, um meine fälligen Bücher zurückzugeben. Ich hatte einem der Romane eine zweite Chance gegeben, hauptsächlich weil er im früheren Irland spielte, und er hatte sie genutzt: Zum Schluss hatte ich Zeit und Raum vergessen und erst als ich das Buch zuklappte bemerkt, wie spät es geworden war. Wunderbar.

Die Bibliothek ist ein kleiner grauer Bau in der Green Street, etwas unterhalb der Kirche St. Mary's. KERRY COUNTY COUNCIL – *Dingle Library* steht außen, zusammen mit einem geheimnisvollen Pendant in Gälisch, LEABHARLANN AN DAINGIN – Worte, die ich jedes Mal aufs Neue fasziniert mustere. Die Öffnungszeiten sind dienstags bis samstags von halb elf bis halb zwei und von halb drei bis fünf. Besonders letztere Uhrzeit ist für mich wichtig, denn an Tagen, an denen Bücher fällig sind, wird es bei mir aus Gründen, die ich nicht völlig durchschaue, immer spät.

Mrs Brannigan schenkte mir ihr wohlwollendstes Bibliothekarinnenlächeln, als ich mit meiner Umhängetasche durch die dunkle Kassettentür trat. Zwei Kinder, ein blondes Mädchen in einem verwaschenen blauen Sweatshirt und einem knielangen Rock und ein sommersprossiger, etwas aufgeschwemmt wirkender Junge mit frechem Grinsen, waren vor ihrer Theke damit beschäftigt, einen ausgestopften Fuchs behutsam aus einer Schachtel zu befreien, in der er durch allerhand dazwischengestopfte Stoffreste und anderes Füllmaterial vor Beschädigungen geschützt worden war. Es war ein prachtvolles Exemplar. In der Bibliothek steht, verteilt auf hoch an den Wänden angebrachten Regalbrettern, von Mäusen über Hasen bis hin zu Jagdfalken ein ganzer Zoo ausgestopfter Tiere, alle von Mister Brannigan präpariert; vor seiner Krankheit ist das sein Hobby gewesen. Ausgeliehen werden sie ausschließlich an die Schulen der Umgebung.

»Gut, dass Sie kommen«, sagte Miss Brannigan, nachdem sie mit den Kindern ausgehandelt hatte, wann im Verlauf der Woche sie die Gans abholen durften, und die beiden abgezogen waren. »Der Drucker spinnt noch immer.«

»Hat sich kein Computerfreak gefunden?«, fragte ich.

»Ach, Sie wissen doch, ich bin nicht überzeugt, dass Freaks die richtigen Leute sind, um ernsthafte Probleme zu lösen.«

Ich musste grinsen. »Alles klar. Ich schau's mir an.«

»Handbücher und so weiter habe ich bereitgelegt.«

Ich stapelte die Bücher vor ihr auf die Theke. Zuoberst zu liegen kam der Roman, der mich bis vorhin aufgehalten hatte, und auf den tat sie ihre Hand und fragte: »Hat er Ihnen gefallen?«

Ich nickte. »Auf den zweiten Anlauf hin.«

»Das wusste ich«, meinte sie zufrieden und begann, die Bücher rückzubuchen.

»Das Ende habe ich allerdings nicht richtig verstanden«,

räumte ich ein. »Wieso er sich an das Tor seines Widersachers kettet und alle tatenlos zusehen, wie er verhungert.«

Ein feines Lächeln glitt über Mrs Brannigans Gesicht. »Im alten Irland«, erklärte sie, »war das die größte Schmach, die man einem Feind antun konnte: sich auf der Schwelle seines Hauses zu Tode zu hungern.«

»Ach so«, machte ich verblüfft. Meine Vorfahren mögen aus diesem Land stammen, doch in solchen Momenten merke ich, wie fremd es mir immer noch ist.

Nachdem die Bücher im Rückgabekorb verstaut waren – Arbeit für die Praktikantin am nächsten Morgen –, schloss Mrs Brannigan mir das Büro auf. Das befindet sich in einem Nebenraum, dessen schmale weiße Tür so unauffällig ist, dass ich sie die ersten vier Jahre in Dingle nie bemerkt habe: Darauf, dass sie vor 1998 nicht da gewesen ist, könnte ich einen Eid schwören, den mir jeder Lügendetektor glauben würde.

Im Büro steht eine große Glasvitrine, gedrängt voll mit toten Tieren, die draußen auf den Regalen in der Bibliothek keinen Platz haben. Während ich mich vor dem Computer einrichtete, holte Mrs Brannigan den ausgestopften Fuchs, offenbar in der Absicht, ihn auch noch darin unterzubringen. Auf den ersten Blick nicht machbar.

»Wissen Sie«, sagte sie versonnen, während sie vor den weit geöffneten Türflügeln der Vitrine stand und die Anordnung der leblosen Mäuse, Kaninchen und Bussarde betrachtete, »manchmal glaube ich allen Ernstes, dass es eine Strafe Gottes war. Das mit meinem Mann.«

»Wie bitte?«, sah ich irritiert hoch. Ich war schon auf der Suche nach dem hartnäckigen Druckauftrag gewesen.

»Es ist eskaliert, wissen Sie? Am Anfang waren es Tiere, die überfahren worden waren. Später Vögel, die jemand geschossen hatte. Aber das gefiel ihm nicht. Verletzungen, Schusswunden. Man kann viel flicken, natürlich, aber es bleiben Spuren, es sieht unecht aus und so weiter. Richtig wertvoll sind nur unverletzte Präparate. Makellose Exemplare.«

»Verstehe«, sagte ich.

Sie schob die polierten Holzständer mit den Eulen und Tauben darauf umher in dem Versuch, Platz zu schaffen für den großen Fuchs. »Er hat angefangen, lebende Tiere zu kaufen. Als er die Garage ausgebaut hat, so riesenhaft – über den Kanal weg, bis an die hintere Grenze unseres Grundstücks; er hat sie praktisch verdoppelt – dachte ich, er baut ein Gehege. In Wirklichkeit hat er eine Gaskammer gebaut.«

»Eine Gaskammer?«, echote ich. Hört man nicht jeden Tag.

»Nicht groß, wie ein Schrank etwa, mit Käfigen darin, die gepolstert waren. Damit die Tiere weich fallen und Federn oder Barthaare heil bleiben, verstehen Sie? Man konnte die Kammer luftdicht zumachen und an den Auspuff des Wagens anschließen. Und das hat er gemacht, immer wieder und wieder. Zum Schluss war es eine Besessenheit.« Sie betrachtete die starre Menagerie hinter Glas. »So sind alle diese Tiere gestorben. Makellos.«

Ich musterte die zahllosen gläsernen Augenpaare, die aus der Vitrine ins Leere starrten, und fühlte plötzlich eine gruselige Verwandtschaft: War mein eigenes künstliches Auge nicht auch so etwas wie ein Glasauge? Abgesehen davon, dass es hundert Millionen mal teurer war und allerhand technischer Krimskrams darin eingebaut ist?

»Wozu erzähle ich Ihnen das alles?« Sie drehte sich um, lächelte tapfer. »Haben Sie den Fehler schon gefunden?«

»Noch nicht, aber gleich.« Ich brauchte etwas länger als sie, ins Hier und Jetzt zurückzufinden, doch das nächste Fenster, das ich aufklickte, zeigte den wartenden Druckauftrag an, und mit einem weiteren Klick hatte ich ihn gelöscht. »Fertig.«

»Wunderbar«, meinte sie. »Danke. Dafür dürfen Sie sich jetzt ein paar besonders schöne Bücher ausleihen. Vorausgesetzt, Sie finden welche in den verbleibenden…« – sie blickte zur Uhr über der Tür – »…acht Minuten.« Ihre Munterkeit wich besorgtem Ernst. »Ich muss heute pünktlich gehen, die Pflegerin meines Mannes hat Dienstagabends Kirchenchorprobe. Lassen Sie nur, ich mache den Computer selber aus.«

Ich schlenderte also noch ein wenig durch die Reihen der Regale. Sie reichen mir kaum bis zur Schulter, was die Bibliothek größer wirken lässt, als sie ist. Obwohl es einen Katalog gibt, benutze ich den nie, sondern lasse mich vom Zufall leiten, nehme, was mir gerade ins Auge fällt. Ein dickliches Mädchen, die letzte Besucherin für heute, warf mir skeptische Blicke zu. Sie schleppte bereits einen Stapel mit sich, an dem sie bis zu ihrer Silberhochzeit lesen würde, und hatte immer noch nicht genug.

Die meisten Bücher hier sind sorgsam gebundene, hochbetagte Antiquitäten, was bei Romanen angehen mag, aber den gesamten Bereich Technik und Naturwissenschaften praktisch wertlos macht. Ein auffallend großer und zudem zentral untergebrachter Teil der Sammlung widmet sich der Geschichte Irlands, und eine eigene Abteilung darin führt mehr Bücher über die Herkunft von Familiennamen, als ich gewettet hätte, dass es überhaupt gibt. Der Name Fitzgerald ist, habe ich daraus gelernt, in der Gegend um Dingle in der Tat häufig anzutreffen. Womöglich bin ich hier nicht nur in der Geburtsstadt meines Vaters, sondern tatsächlich im Land meiner Vorväter.

Was mich, offen gestanden, nicht besonders berührt. Ich ging die Regalreihen mit den Romanen durch. Die meisten davon hatte ich schon gelesen, aber selbst in einer Bibliothek, die so klein ist, dass man sie für überschaubar hält, tauchen doch immer wieder neue Buchrücken auf. Oder zumindest welche, die einem bis dahin nicht aufgefallen sind. Drei Minuten vor fünf hatte ich meine Beute beisammen und kam gleichzeitig mit dem dicklichen Mädchen an der Theke an. Ich ließ ihr den Vortritt, was mir ein schüchternes Lächeln einbrachte.

»Soll ich Ihnen das Rückgabedatum aufschreiben?«, fragte Mrs Brannigan, wie jedes Mal.

»Ja, bitte«, sagte ich, wie jedes Mal, während ich die Bücher in meiner Umhängetasche verstaute.

So trat ich hinaus, eine volle Tasche über der Schulter und je ein Buch rechts und links in der Hand, als er plötzlich vor mir stand wie aus dem Boden gewachsen und sagte: »Mister Fitzgerald, ich muss Sie dringend sprechen.« Mein Verfolger.

Hinter mir hörte ich Mrs Brannigan abschließen und eilig davongehen. Das dickliche Mädchen war noch dabei, ihre Bücher auf verschiedene Körbe an ihrem Fahrrad zu verteilen. Es war nicht die Zeit und der Ort, mein Gegenüber einfach mit einem Kinnhaken niederzustrecken.

»Wer sind Sie, und was wollen Sie?«, fragte ich also und sah ihn finster an.

Entweder hatte er über Nacht einen Benimmkurs absolviert, oder er empfand vor mir mehr Respekt als vor anderen, jedenfalls hielt er so weit Abstand, dass ich ihn eingehender betrachten konnte. Heute trug er eine dünne Jacke aus einem violetten, schimmernden Material und darunter ein Hemd, auf dem Fischgräten und Knochen abgebildet waren. Und er sah immer noch aus wie ein nervöses Frettchen.

»Itsumi«, sagte er und streckte die Hand zum Gruß aus. »Harold Itsumi ist mein Name.« Er hatte den gedehnten Slang der Westküste drauf. Kein Chinese. Ein Amerikaner japanischer Abstammung. Er registrierte, dass ich beide Hände voller Bücher hatte und keine Anstalten machte, daran etwas zu ändern, also nahm er seine Hand zögerlich zurück. »Ich bin Anwalt.«

»Ach nein.«

Er blinzelte. »Doch«, meinte er. »Und ich würde Sie gerne vertreten.«

»Schön«, sagte ich. »Geben Sie mir Ihre Karte. Ich rufe Sie an, falls sich die Notwendigkeit ergeben sollte.«

»Nein, Sie missverstehen mich.« Er trat unruhig von einem Bein aufs andere. »Ich würde Sie gerne in einem ganz bestimmten Prozess vertreten. In einem Prozess Fitzgerald gegen die Vereinigten Staaten von Amerika. Einem« – er würgte es beinahe heraus – »Schadensersatzprozess.«

Ich öffnete den Mund, aber dann wollten sich doch keine Worte einstellen, und ich starrte ihn bloß an. Irgendwie brauchten die Gedanken in meinem Kopf diese Zeit, um sich neu zu sortieren.

»Es geht um viel Geld, Mister Fitzgerald«, schob er nach. »Ihr Fall hat das Potenzial für die größte Schadensersatzsumme, die jemals an eine einzelne Person gezahlt wurde.« Er leckte sich die Lippen. »Hunderte von Millionen Dollar, Mister Fitzgerald.«

Ich schüttelte den Kopf. »Ich weiß nicht, wovon Sie sprechen.«

Er räusperte sich, sah sich um und wartete, bis das dickliche Mädchen, das bis jetzt eifrig gelauscht hatte, endlich davonfuhr. Er sah ihr nach. »Können wir vielleicht irgendwo hingehen, um das alles zu besprechen? Anstatt hier auf der Straße herumzustehen, meine ich.«

»Ich wüsste nicht, was wir zu besprechen hätten.«

Er musterte mich abschätzig, schlang einen Arm um sich, als wäre ihm kalt – vielleicht war ihm ja auch kalt, bei der dünnen Jacke, die er trug –, und sagte: »Ich besitze Unterlagen über Sie, Mister Fitzgerald. Ich will im Augenblick nicht weiter darauf eingehen, woher, aber ich habe sie jedenfalls. Und das heißt, ich weiß Bescheid über Sie.«

»So.«

Er beugte sich vor und kam mir dabei unangenehm nahe. Ich roch ein an Stahl und Neon erinnerndes Rasierwasser und wich unwillkürlich zurück. »Ich weiß«, zischte er, »dass Sie ein *Cyborg* sind.«

Diesen Begriff wiederzuhören war wie ein elektrischer Schlag, aber seine unangenehme Art machte es einem leicht, sich im Griff zu behalten. »Wenn das ein Schimpfwort ist«, erwiderte ich, bemüht, desinteressiert zu erscheinen, »dann kenne ich es nicht.«

»*Cyborg*«, dozierte er heftig. »Ein Kunstwort, zusammengezogen aus dem Begriff *kybernetischer Organismus*. Erstmals geprägt von dem Australier Manfred Clynes im Jahre 1960. Gemeint ist ein Lebewesen mit technischen Implantaten, die automatisch im Gesamtgefüge des Organismus funktionieren und dessen Fähigkeiten über das normale Maß hinaus verstärken, insbesondere dessen Anpassungsfähigkeit an eine ansonsten feindliche Umgebung.«

»Wird es eine schriftliche Prüfung darüber geben?«

Er bekam allmählich einen roten Kopf, was in Kombination mit seinem violetten Blouson putzig aussah. »Ich weiß, dass man Sie zu einer Kampfmaschine umgebaut hat, Mister Fitzgerald. Man wollte mit Ihnen den Soldaten des 21. Jahrhunderts schaffen. In Ihren Muskeln sind Kraftverstärker implantiert, Teile Ihres Skeletts, darunter Ihr kompletter rechter Arm, sind durch Knochen aus einer hochverdichteten Titaniumlegierung ersetzt worden. Sie haben elektronische Sinnesorgane, mit denen Sie ultraviolettes und infrarotes Licht, Gamma- und Röntgenstrahlen, Viren, chemische Kampfstoffe und so weiter wahrnehmen können. Sie –«

»Das klingt alles wahnsinnig spannend«, unterbrach ich ihn, ehe er noch mehr solcher Staatsgeheimnisse durch die schmale

Green Street schreien konnte. »Aber mein Eindruck ist, dass Sie einfach zu viele schlechte Science-Fiction-Filme gesehen haben.«

Er versteifte sich, schürzte die Lippen. »Ah ja«, meinte er und nickte verstehend. »Natürlich. Man hat Sie zum Stillschweigen verpflichtet, selbstverständlich. Sie dürfen sich nicht verraten. Ich könnte ja einfach nur … auf den Busch klopfen, sagt man so?« Er kniff die Augen zusammen und erzielte einen Gesichtsausdruck, der mich flüchtig an die alten Bruce-Lee-Filme denken ließ. »Aber«, fuhr er fort, »es gibt da etwas, das Sie nicht wissen.«

»Ich weiß eine Menge nicht«, räumte ich bereitwillig ein.

Ein Mann mit wettergegerbtem Gesicht und einem ebenso wettergegerbten Pullover kam die Straße hochgestapft, auf die knallrot-golden bemalte Front von *Dick Macy's Pub* zusteuernd, und warf uns jenen unergründlichen Blick zu, den die Einwohner Dingles erkennbar Fremden vorbehalten. Der angebliche Anwalt, der sich nicht einmal gegen die Modeindustrie wehren konnte, es aber mit den mächtigsten Geheimdiensten dieses Planeten aufnehmen wollte, musterte den Fischer seinerseits argwöhnisch. »Kann ich Sie nicht vielleicht doch überreden, die Unterhaltung woanders fortzusetzen?«, fragte er dabei. »Ich wohne in Brennan's Hotel, und die Bar dort ist ebenso verschwiegen wie vorzüglich. Die Hotelmanagerin – eine reizende Person übrigens – mixt die Drinks höchstpersönlich.«

Ich spürte einen heißen Stich in meinem Unterbauch. Ein Leck in der Nuklearbatterie? Im nächsten Moment wurde mir klar, dass es die Erwähnung des Hotels und Bridgets war, die diese Empfindung ausgelöst hatte. Die Aussicht, Bridget Keane auf einem Barhocker gegenüberzusitzen und einen Drink von ihr serviert zu bekommen, durfte aber in diesem Zusammenhang natürlich nicht die geringste Rolle spielen. Sagte ich mir.

»Ich bin nur ein Soldat in Frührente«, meinte ich lahm.

»Sie sind das Opfer eines gewissenlosen Experiments«, widersprach der Mann, der sich Harold Itsumi nannte. »Sie sind das Opfer verbrecherischer Machenschaften.«

»Sagt ausgerechnet ein Anwalt.« Ich musste mich konzentrieren. Mit keiner Silbe durfte ich irgendetwas von dem, was er sagte, bestätigen. Im Grunde hätte ich ihn auf der Stelle stehen lassen, nach Hause gehen und bei Reilly Alarm schlagen müssen.

Und dann gleich mit Kofferpacken anfangen können.

Dieser Mann war auf dem besten Weg, mein Leben zu ruinieren.

»Wenn wir mit den Beweisen, die ich habe, und Ihrer Aussage vor Gericht gehen, müsste die Regierung schon Richter bestechen und Zeugen ermorden, um noch einmal davonzukommen«, prophezeite er mit beklemmender Zuversicht. Er hob beschwörend die Hände. »Alles, was ich will, Mister Fitzgerald, ist, dass Sie sich die Papiere anschauen. Wenn Sie die Sache danach auf sich beruhen lassen wollen – in Ordnung. Dann zahle ich einfach Ihre Drinks und belästige Sie nicht weiter.«

Alles wusste er offenbar doch nicht über mich, sonst wäre ihm klar gewesen, dass ich mit einem Drink ohnehin nichts anfangen konnte.

»Na schön, ich komme mit«, sagte ich. Im Interesse der nationalen Sicherheit musste ich mehr über diesen Mann und seine Quellen in Erfahrung bringen. Sagte ich mir. »Aber ich warne Sie gleich, Sie verschwenden Ihre Zeit.«

»Warten Sie, bis Sie die Dokumente gesehen haben«, meinte Itsumi siegessicher.

So wisse: Es wird nichts auf der Stelle bleiben, wo es jetzt steht, die Zeit wird alles niederwerfen und mit sich raffen. Und nicht allein die Menschen werden ihr zum Spielball dienen – sind sie doch nur ein ganz geringes Teilchen von dem, was in der Macht des Zufalls steht –, nein, auch Landschaften, Länder, Kontinente.

Seneca, AD MARCIAM

6

Was in seinen Dokumenten stand, interessierte mich nicht die Bohne, das wusste ich schließlich alles selber. Woher er sie hatte, mochte schon interessanter sein. Aber als wir einträchtig die Green Street hochstapften, kreisten meine Gedanken, ich muss es zugeben, mit flatternder Begeisterung um die Frage, ob Bridget im Hotel sein würde, was ich zu ihr sagen sollte, wie ich mich am besten gab. Und was durfte ich bestellen? Keinen Drink jedenfalls – der konnte jemanden veranlassen, mit mir anzustoßen und zu erwarten, dass ich Alkohol in mein rudimentäres Verdauungssystem schüttete, in einer Menge, die meine über die Jahre mühsam am Leben gehaltene Darmflora abtöten würde. Nein, besser, ich nahm einen Kaffee. Den konnte man endlos umrühren, man konnte so tun, als sei er noch zu heiß, und ihn am Schluss stehen lassen, weil er zu kalt geworden war.

Solcherlei Gedanken machte ich mir also, während ich neben einem mir unbekannten Mann herging, der auf ungeklärte Weise Zugang zum bestgehüteten militärischen Geheimnis des ausgehenden zwanzigsten Jahrhunderts gefunden hatte. Vielleicht, kam mir in den Sinn, war es tatsächlich angebracht, ein bisschen was zu tun für das Geld, das mir allmonatlich auf mein Konto überwiesen wurde.

»Sie haben mir noch nicht gesagt, woher Sie kommen«, sagte ich so beiläufig wie möglich.

Itsumi sprudelte förmlich über vor Auskunftsfreude. »Aus Los Angeles. Das heißt, dort bin ich geboren und aufgewachsen, studiert habe ich in Columbia, Missouri, und meine Kanzlei liegt heute in San Francisco«, erklärte er.

»Und verdient man gut mit Schadensersatzprozessen?«, fragte ich und konnte mir nicht verkneifen, hinzuzufügen: »Ich dachte immer, das sei eher die unterste Schublade des Rechtswesens.«

Er wurde rot. »Nein, das verstehen Sie falsch. Ich arbeite in der Hauptsache für verschiedene Menschenrechtsorganisationen. Ich setze mich für die Rechte von Minderheiten ein.«

»Wie mich zum Beispiel. Einen weißen, anglo-irischen Protestanten aus Boston, Massachusetts.« Wir kamen in die Main Street. Der Hausmeister der Schule am Eck strich gerade ein paar Stangen des Gitters um den Schulhof und sah bei dem Wort *Protestant* alarmiert hoch.

»Ganz ehrlich, Mister Fitzgerald, ich verstehe Sie nicht.« Auf einmal zeigte Itsumi in völlig unasiatisch wirkender Weise Gefühle. Und siehe da, es war der Zorn des Gerechten, der ihn beseelte. »Man hat Ihnen unvorstellbar Schreckliches angetan. Man hat Ihnen alles versprochen und nichts gehalten, und dann hat man Sie mit einem zerstörten Leben abgeschoben und ruhig gestellt – warum lassen Sie sich das gefallen? Warum *kämpfen* Sie nicht? Sie sind doch Soldat, Mister Fitzgerald! Ist man nicht Soldat, um zu kämpfen?«

Es fiel mir schwer, weiter den Unbeteiligten zu spielen. All diese Fragen hatte ich mir schließlich selber schon oft gestellt, ohne je eine Antwort zu finden.

»Man ist Soldat«, sagte ich mühsam, »um das Wohl seines Landes zu schützen. Das kann bedeuten, zu kämpfen. Aber ob es das bedeutet, entscheidet nicht der Soldat, sondern der gewählte Präsident.«

Er sah mich fassungslos an. »Amen«, meinte er dann. Wir standen vor Brennan's Hotel, und er hielt mir die Tür auf. »Na, ich schätze, Sie werden anders denken, wenn Sie meine Unterlagen gelesen haben.«

Der Eingangsbereich mit der Rezeption war in dunklem Grün gehalten, die Wände mit seidig schimmernder, grüner Tapete tapeziert, vom gleichen Farbton wie die Schreibunterlage auf der massiven Empfangstheke. Eine Sitzgruppe, eine alte Wanduhr mit Pendel, ein Sideboard und ein tief hängender Leuchter, der düster vor sich hin glomm. Wahrhaft hell wurde es erst, als Bridget auftauchte und meinen Begleiter anstrahlte. »Hallo, Mister Itsumi.« Sie sah mich an, und ich glaubte zu bemerken, dass sich ihr Lächeln um eine Winzigkeit verdüsterte. »Hallo«, nickte sie mir zu.

»Miss Keane«, meinte Itsumi händereibend, »Mister Fitzgerald und ich würden gern die Gastlichkeit Ihrer Bar für eine Weile in Anspruch nehmen. Ließe sich das einrichten?«

Sie nickte bereitwillig. Eine kupferfarbene Locke hing ihr verwegen ins Gesicht. »Natürlich. Gehen Sie einfach schon vor, ich komme sofort nach.«

»Danke.«

Itsumi ging voran, er kannte sich offensichtlich aus. In der Bar lag der gleiche schwarz-weiß gemusterte Teppichboden wie im Empfang, aber ansonsten war die vorherrschende Farbkombination Gelb und Braun. An den hohen, gelb gestrichenen Wänden hingen Bilder jeder Größe und Art, blasse Zeichnungen, schlichte Drucke und gerahmte Fotografien, über dem um diese Zeit noch nicht befeuerten offenen Kamin außerdem ein enormes Gemälde in Öl. Wir setzten uns an die Bartheke.

»Ich schlage vor«, sagte Itsumi, die Hand besitzergreifend auf das dunkel polierte Holz gelegt, »wir bestellen unsere Drinks, dann gehe ich die Papiere holen. Um diese Zeit sind wir hier weitgehend ungestört.«

»Kein Einspruch«, nickte ich und verstaute meine Bücher sorgsam in einem der Sessel.

Bridget kam herein, trat hinter die Bar, wischte ein paar Stäubchen von der ansonsten blitzblanken Spüle und fragte nach unseren Wünschen.

»Einen *Wild Irish Rose*«, sagte Harold Itsumi und grinste mich an. »Ein bisschen stark für diese Uhrzeit, aber sehr zu empfehlen.«

»Danke«, erwiderte ich, Bridget zugewandt. »Aber ich nehme lieber nur einen Kaffee, wenn Sie das haben.«

»Selbstverständlich«, nickte sie und nahm eine Kaffeetasse mit dem Signet von Brennan's Hotel darauf aus dem Schrank.

»Also«, sagte der Anwalt und klopfte auf die Theke. »Ich geh dann mal eben die Sachen holen.«

»Alles klar«, meinte ich. Ich konnte es kaum erwarten, dass er verschwand.

»Mein Zimmer ist im obersten Stockwerk. Es wird ein bisschen dauern. Laufen Sie nicht weg.«

»Keine Sorge. Lassen Sie sich ruhig Zeit.«

Er sagte im Weggehen noch etwas, aber es ging im Mahlgeräusch der Kaffeemaschine unter. Ich sah zu, wie ein dünner Strahl heißen, frisch aufgebrühten Kaffees in die Tasse lief, und dachte an Zeiten, als dieses Getränk unverzichtbarer Bestandteil meines Tagesablaufs gewesen war. Inzwischen wusste ich kaum noch, wie Kaffee schmeckte. Falls ich es je gewusst habe; immerhin gibt es namhafte Stimmen, die sich weigern, das beim Militär übliche Gebräu als Kaffee zu bezeichnen.

»Milch? Zucker?«

»Nichts, danke«, sagte ich. Ich hatte ohnehin nicht vor, ihn zu trinken. Einmal nippen, höchstens. Dann fiel mir ein, dass ich einen Grund zum Umrühren brauchte. »Das heißt, doch, zwei Stück Zucker bitte.«

Sie kramte zwei verpackte Zuckerstücke aus einer Schachtel, legte sie auf die Untertasse und stellte mir den Kaffee hin. »Bitte sehr.«

»Danke.« Aus der Nähe sah ihre Haut aus wie Milch mit hellbraunen Flecken. Ich riss meinen Blick los und widmete mich umständlich dem Auspacken des Zuckers, während sie sich an die Zubereitung von Itsumis Cocktail machte. Der zu mehr als der Hälfte aus purem Whiskey bestand, wie ich aus den Augenwinkeln registrierte.

»Hat er Sie also gefunden«, sagte sie beiläufig, während sie Zitronen halbierte und auspresste.

Ich sah hoch. »Gefunden?«

»Mister Itsumi. Er sucht Sie seit Freitag. Ich konnte ihm nur sagen, dass ich Sie öfters in der Nähe des Hotels sehe, aber ich wusste nicht, wie Sie heißen oder wo Sie wohnen.«

Mir wurde heiß wie von einer ganzen Gallone kochenden Kaffees. Sie hatte mich bemerkt. Ich kam mir vor wie ein Halbwüchsiger, der dabei erwischt worden ist, wie er durch ein Astloch in die Umkleidekabine der Mädchen spioniert.

»Sie haben öfter hier in der Gegend zu tun, nicht wahr?«, meinte sie lächelnd.

»Ähm«, machte ich und hätte beinahe aus Verlegenheit den Kaffee hinabgestürzt. Ich konnte mich gerade noch bremsen. »Ja, habe ich.«

»Aber Sie stammen nicht aus Dingle, oder? Ich würde sagen, Sie sind auch Amerikaner.«

»Ja. Ich … Mein Vater ist hier in der Gegend geboren.« Ich erkannte meine eigene Stimme kaum wieder.

»Fitzgerald, ach ja. Das ist rings um Dingle früher ein häufiger Name gewesen.« Sie sah von ihrem Schneidbrett und ihrer Zitronenpresse hoch und schenkte mir ein rasches Lächeln, das ich am liebsten in Gold gefasst hätte. »Ich bin auch nicht von hier. Mich hat es aus Donegal herverschlagen. Dort gibt es nicht so viele Hotels, wissen Sie?« Sie widmete sich wieder dem Drink. »Und Sie? Was machen Sie beruflich?«

»Oh. Das ist eine lange Geschichte.« Ich hüstelte, um Zeit zu gewinnen. Ich hatte keine Ahnung, was ich erzählen sollte. Ich sehe nun mal beim besten Willen nicht aus wie ein Rentner.

In diesem Augenblick fiel der Schuss.

Für normale Ohren war es einfach ein lautes, knallendes Geräusch aus den oberen Stockwerken des Hotels, ein Laut, den man genauso gut für den Knall einer zufallenden Tür halten konnte. Aber eine Automatik, von der ich bis zu diesem Tag nicht gewusst hatte, dass sie im Hintergrund meines Daseins ständig aktiv war, blendete praktisch im selben Moment Daten in mein Blickfeld ein, die unaufgefordert das Ergebnis der Akustikanalyse lieferten: *Schuss aus einer halbautomatischen Waffe.*

»Was war das?«, hörte ich Bridget noch sagen, aber das gehörte schon einer anderen, unwirklichen Welt an, einer Welt, die hinter mir versank. Beinahe reflexhaft hatte ich in den Kampfmodus umgeschaltet, spürte das Turboherz anspringen, fühlte Energie heiß glühend durch meinen Körper schießen. Ich schnellte von meinem Sitz, war mit einem einzigen weiten Satz am Durchgang zur Rezeption, raste wie ein Geschoss weiter und die Treppen hoch. Die teuerste Droge der Welt, Alpha-Adrenalin, kreiste in meinen Adern und veränderte meine Zeitwahrnehmung, ließ alles ringsum wie in Zeitlupe ablaufen. Ich war Speedy Gonzales. Ich war der Rote Blitz. Während der Feind durch Öl watet, während er sich bewegt, als sei die Luft zu zähem Gelee erstarrt, komme ich über ihn wie ein Peitschenhieb, wie der Zorn eines Gottes, der Blitze schleudert und seine Widersacher mit Felsen zermalmt.

Ich bewältigte die Treppen in übermenschlich weiten Sprüngen und hatte dabei das Gefühl zu schweben. Ohne fühlbare Anstrengung raste ich Stockwerk um Stockwerk aufwärts. Kraftverstärker in meinen Muskeln, betrieben von atomarer Energie, kontrolliert von bioneuronischen Verschaltungen, rasend schnell und unvorstellbar stark, schleudern mich vorwärts. Ich bin der Fleisch gewordene Albtraum des Feindes. Sollte er überleben – was unwahrscheinlich ist –, wird er noch jahrelang nachts aufwachen, schreiend und in Schweiß gebadet.

Das oberste Stockwerk. Hier, hatte Harold Itsumi gesagt, lag sein Zimmer. Das stimmte mit den Ergebnissen der Akustikpeilung überein, und das war beunruhigend. Ein letzter Satz, innehalten. Ein kurzer Flur lag vor mir, in dem eine Tür offen stand. In der Tür ein Mann, weiß, etwa sechs Fuß groß, Mitte vierzig, dunkles, kurz geschorenes Haar, Erbarmungslosigkeit im Blick.

Doch als er mich sieht, schreit er auf. Kein Wunder. Seine Ausbilder und seine Erfahrung mögen ihn auf vieles vorbereitet haben, bestimmt aber nicht auf den Anblick eines Mannes, der unter der Decke hängt wie *Spiderman*, die bloße Hand ins nackte Mauerwerk gekrallt. Er schreit auf, stolpert rückwärts ins Zimmer zurück und schlägt die Tür zu, als könne ihn das auch nur im Entferntesten retten.

Ein Sprung, und ich bin vor der Tür. Ein Tritt, und sie fliegt in tausend Fetzen durch den Raum dahinter. Ich sehe den Vermummten in Panik ins Bad flüchten, die Waffe im Anschlag. Blitzartige Lagebeurteilung. In einer Ecke des Raumes: Harold Itsumi am Boden, zusammengesunken, die linke Seite des Schädels blutiger Brei, offensichtlich tot. Ein Aktenkoffer auf dem Schreibtisch, offen, leer. Spuren eines Handgemenges.

Ich gehe auf Infrarot und sehe Umrisse des Feindes, durch die Wand zum Bad hindurch, die sicher dünn ist, wie alle nachträglich eingezogenen Wände in alten Häusern mit engen Zimmern. Er kauert neben der Tür, die Hand erhoben, und zweifellos hält er seine Waffe darin. Was weiß er über mich? Was *kann* er wissen? Weiß er, dass ich am leichtesten zu töten bin, wenn man es schafft, mich zu überraschen und mir eine Kugel durch den Hals und das Rückgrat zu schießen oder durch das linke Auge? Ich gleite näher, schnell wie ein Karateschlag und geräuschlos wie ein Schatten. Immer noch wirkt das synthetische Hormon, das mich brennen lässt wie eine Thermitladung, immer noch ist die Zeit auf meiner Seite, immer noch tausche ich Sekunden im Verhältnis zwei zu eins.

Aus dem Bad kommen Geräusche, die ich nicht einordnen kann. Ein leises Quietschen. Ein Rascheln, Klappern … Ein Hinterhalt, damit muss ich rechnen. Ich gehe neben der Badtür in Position und hole aus. Einem Zuschauer, hätte es einen gegeben, wäre die Abfolge meiner Bewegungen wie eine schemenhafte, irreale Darbietung vorgekommen, doch ich habe Zeit zu überlegen und zu zielen. Ich stehe neben der Badtür, unmittelbar vor dem thermischen Abdruck des Killers. Welchen Hinterhalt er auch vorbereitet, er wird davon ausgehen, dass ich durch die Tür kommen muss. Aber das muss ich nicht. Ich hole aus und ramme die Faust mitten durch die Mauer, direkt auf seinen Kopf gezielt.

Steine brechen, Splitter spritzen weg, schlagen singend gegen Armaturen. Doch der Schlag geht ins Leere. Da ist kein Kopf, wo meine Faust hinhämmert. Blitzartig ziehe ich den Arm zurück, spähe in das klaffende Loch. Das Bad: leer. Mit jäher Klarheit begreife ich, dass ich mich von dem Infrarotbild habe täuschen lassen. Der Killer hat tatsächlich hinter dieser Mauer gehockt und gelauert, aber nicht auf mich, sondern auf

Harold Itsumi. Und er muss lange gewartet haben, deswegen ist seine Körperwärme noch derart deutlich im Stein gespeichert.

Noch im Begreifen werfe ich mich herum, erwische im Sprung den Heizkörper, von dem ich mich abstoßen kann, und breche mitsamt der Tür ins Bad. Ein Fenster steht offen. Ich schnelle hoch, bin in Sekundenbruchteilen an der Brüstung und sehe den Vermummten noch unten im Hof über den Hotelparkplatz hetzen. Eine dünne Strickleiter baumelt in die Tiefe; ein Hilfsmittel, das ich nicht brauchen werde. Während eine Zielautomatik auf den Flüchtigen einrastet, rote und gelbe Linien in meinem Blickfeld erscheinen, vollautomatische Triangulationen und Berechnungen durchgeführt werden, steige ich aufs Fensterbrett und setze zum Sprung an. Ich werde ihm aus vierzig Yard Entfernung und achtundzwanzig Fuß Höhe ins Kreuz springen und ihn in etwas verwandeln, das seine eigene Mutter nicht wieder erkennen wird.

In diesem Augenblick setzte das Turboherz aus. Ein schrilles, metallisches Geräusch sich ineinander verkeilender Zahnräder hallte in meinem ganzen Körper wider, ein Schlag wie ein auftreffendes Dum-Dum-Geschoss riss an meiner Körpermitte, und im nächsten Moment schien mein Kopf platzen zu wollen, meine Augen aus den Höhlen zu quellen, mein Blut sich durch meine Haarwurzeln ins Freie zu bohren.

Zum Glück kippte ich nach hinten, zurück ins Zimmer. Ich konnte nichts tun, mein Körper gehorchte mir nicht mehr, ich war nur damit beschäftigt zu keuchen und zu japsen und nach Luft zu schnappen, und mein Herz raste wie ein Maschinengewehr. Ich stürzte zu Boden, fiel auf Mauertrümmer, riss Badezimmerarmaturen mit mir, doch das Bewusstsein war nicht zu verlieren, nicht bei einem Blutdruck jenseits jeder medizinischen Wahrscheinlichkeit. In mir pumpte und vibrierte alles. Wilde Reihen nie gesehener Codes rasten über den virtuellen

Bildschirm, der mir durch mein künstliches Auge ins Blickfeld geschaltet war. Alarmstufe Rot. Es zerriss mich.

Aber noch nicht gleich. Ich lag auf dem Rücken, starrte die pulsierende Badezimmerdecke an und durfte eine Unmenge so beruhigender Mitteilungen lesen wie *Unexpected error 804 occurred – call system administrator.* Immerhin bekamen meine Lungen die Sache allmählich so weit in den Griff, dass ich fluchen konnte.

Trotz der Mahnung *Too many errors – please shut down Combat Mode* zog ich mich bei erster Gelegenheit am Fenster in die Höhe und spähte hinaus. Unter Alpha-Adrenalin kommt einem jede Sekunde wie die Ewigkeit vor, trotzdem waren genug davon verstrichen, um dem Killer eine geruhsame Flucht ermöglicht zu haben. Doch, oh Wunder, er war noch da. Er stand in der Ausfahrt des Parkplatzes und schaute zu mir hoch, als begriffe er immer noch nicht, was da über ihn hereingebrochen war. Und als überlege er, ob er es wagen konnte, zurückzukehren.

Hätte ich einen Revolver gehabt, ich hätte ihn mühelos erschießen können und es auch getan. In Ermangelung eines solchen hob ich einen Stein auf, der aus der zertrümmerten Mauer stammte, zielte und warf mit all der Kraft, die meine Schöpfer mir verliehen haben. Übermenschlich viel Kraft also. Zweifellos wusste der Unbekannte nicht, wie ihm geschah, als der Brocken ihn wie ein von einer Kanone abgefeuertes Geschoss an der Schulter traf. Ich hörte ihn schreien, sah ihn rückwärts stolpern und fallen und im Schatten verschwinden. Ich schloss mein linkes Auge, ließ Infrarotsensoren und Restlichtverstärker arbeiten und sah, wie er sich aufrappelte und, sich die Schulter haltend, um ein Hauseck verschwand. Ich hatte ihn verfehlt. Eigentlich hatte ich seinen Kopf treffen wollen, und wäre es mir gelungen, wäre er zweifellos liegen geblieben.

Ich schaltete, schweren Herzens, den Kampfmodus ab. Oder was davon noch übrig war. Schlagartig fiel Erschöpfung auf mich wie ein schweres Tuch, und meine Lungen begannen noch einmal zu pumpen, noch mehr Schulden abzuarbeiten. Meine rechte Hand zitterte. Ich hatte einen salzigen Geschmack im Mund und wusste, dass Abgründe an Müdigkeit auf mich warteten. Später.

Ich verließ das Bad und betrachtete den Leichnam des kleinen korpulenten Anwalts mit den Schlitzaugen und dem zweifelhaften Geschmack in Kleidungsfragen. Sein Hemd mit dem Knochen- und Fischgrätenmuster sah aus wie ein absurder Kommentar zu seinem Schicksal.

Seine Unterlagen. Ich machte mir nicht die Mühe, danach zu suchen. Offensichtlich hatte jemand gewusst, dass er sie besaß. Jemand, der getötet hatte, um – ja, was? Um sie zurückzubekommen? Ihre Weitergabe zu verhindern? Oder aus Versehen? Auf jeden Fall mussten die Papiere wichtiger gewesen sein, als ich gedacht hatte.

Den Mann wollen wir preisen und selig nennen, der jede kleinste Spanne seines Lebens gut angewendet hat. Er hat das wahre Licht gesehen. Er hat gelebt und gewirkt.

Seneca, EPISTOLAE MORALES

7

Die Polizisten wuselten umher, eindeutig überfordert von den Dimensionen dieses Falls. »Wir müssen Spezialisten anfordern«, hieß es erst und später »Habt ihr die Jungs in Tralee schon erreicht?« oder »Hat Tralee zurückgerufen?«, bis endlich einer der Polizisten, ein magerer Mann mit pockennarbiger Haut, sein Mobiltelefon zusammenklappen und erleichtert verkünden konnte: »Sie sind unterwegs. Spätestens in zwei Stunden sind sie hier.«

Bridget und ich saßen in der Sitzecke neben der Rezeption und beobachteten das Getümmel schweigend. Ich war nicht imstande gewesen, sie daran zu hindern, hinaufzugehen und sich dem Anblick von Itsumis Leichnam auszusetzen, und ich hatte ihr keine ihrer Fragen beantworten können. Auch die Polizisten hatten es nicht gekonnt, hatten nur große Augen gemacht und ungläubig geschnauft und angefangen, Hektik zu verbreiten. »Ich komme gleich zu Ihnen«, rief einer von ihnen, ein stiernackiger, zerknittert wirkender Mann mit strähnig-grauen Haaren, jedes Mal, wenn er an uns vorbeihetzte. Zwei bullige Gestalten in Uniform standen in der Tür und verwehrten einem aufgeregten Reporter, der einen großen Fotoapparat um den Hals trug – vermutlich vom Lokalblatt –, den Zutritt zum Hotel. »Das ist Behinderung der Presse«, heulte er ein ums andere Mal, was die beiden Polizisten aber nicht davon abbrachte, die Presse weiterhin zu behindern.

»Der Mann sah total normal aus«, erklärte mir Bridget mehrmals mit fahlem Gesicht, als hätte ich das Gegenteil behauptet. Ich wusste nicht einmal, wen genau sie meinte – Itsumi vermutlich.

»Ich komme gleich zu Ihnen«, rief der Polizist von vorhin mal wieder, eilte an uns vorbei und wollte in den Speisesaal, der das vorläufige Hauptquartier der Untersuchungen bildete. Doch jemand verwickelte ihn in der Tür in ein Gespräch. Fetzen davon bekam ich mit: die *kolossalen Zerstörungen* in dem Zimmer seien *völlig unerklärlich*, könnten *unmöglich das Werk eines Einzelnen* sein und man müsse *vermutlich nach einem Vorschlaghammer oder dergleichen* suchen.

Bridget neben mir zitterte unmerklich. Sie tat sichtlich, was sie konnte, um sich im Griff zu behalten, aber die Anspannung war unübersehbar. »Mrs Brennan wird das nicht gefallen«, meinte sie kopfschüttelnd. »Überhaupt nicht wird ihr das gefallen.«

Am liebsten hätte ich die Hand ausgestreckt und auf ihre gelegt, aber ich ließ es und sagte stattdessen, in beruhigendem Ton, wie ich hoffte: »Ich glaube nicht, dass jemand Ihnen einen Vorwurf machen wird.«

Ihr Kopf ruckte herum, und sie sah mich mit großen Augen in flirrendem Hellgrün an. »Denken Sie?«

»Was passiert ist, hat weder mit Ihnen noch mit dem Hotel das Geringste zu tun. Mister Itsumi war Anwalt. Wir wissen nicht, mit welchen Leuten er es zu tun hatte.«

Sie nickte, schluckte, legte die Hand auf die Brust. »Der arme Mister Itsumi. So ein schrecklicher Tod. Ich sollte mich nicht so anstellen, wirklich wahr.«

Der Polizist, der uns die ganze Zeit vertröstet hatte, schien sich endlich ernsthaft mit uns beschäftigen zu wollen. Blieb nur noch ein untersetzter, hektischer Mann mit hochrotem Kopf, der neben ihm herlief und auf ihn einredete: »... Löcher in der Decke, die nicht wie Einschusslöcher aussehen. Und die Tür hat es in Splitter zerlegt, keiner größer als eine Zeitung!«

»Ja, ja, ich weiß«, sagte der grauhaarige Polizist und wedelte mit der Hand, als wolle er ihn verscheuchen. »Das sollen die aus Tralee untersuchen. Ein paar von denen kommen aus Nordirland; die haben in Sachen Zerstörung alles gesehen, was es gibt. Sorgen Sie einfach dafür, dass nichts verändert wird.«

Während der andere mit verstört wirkendem Gesichtsausdruck abzog, holte der Grauhaarige einen Stuhl heran und einen Notizblock aus der Tasche und setzte sich zu uns, wobei er die Lehne des Stuhls vor die Brust nahm. »Tja«, seufzte er und schlug das Deckblatt seines Notizblocks um, »diesen Abend haben wir uns weiß Gott alle anders vorgestellt. Das ist ja eine unglaubliche Sauerei da oben ...« Er fischte einen Kugelschreiber aus einer Jackentasche. »Ich bin übrigens Sergeant Seamus Wright. Bis die Kollegen vom NBCI eintreffen, leite ich wohl oder übel die Untersuchungen.«

Er notierte unsere Namen, Adressen und Telefonnummern und ermahnte uns, dass wir die Stadt bis zum vorläufigen Abschluss der Ermittlungen nicht verlassen dürften. »Tja«, meinte er dann und blätterte auf eine neue Seite. »Miss Keane, Sie können sich meine Frage sicher denken. Was ist hier passiert?«

Bridget Keane erzählte genau das, was sie erlebt hatte. Dass wir einen Schuss gehört hätten und ich daraufhin hinaufgeeilt sei. Dass das Haus von mehreren Schlägen regelrecht erschüttert worden sei, aber sie konnte nicht mehr sagen, wie viele es waren. Und dass ich wenig später heruntergekommen sei und gesagt hätte, sie solle die Polizei rufen, Mister Itsumi sei ermordet worden.

»Haben Sie eine Idee, wie der Mörder ins Haus gelangt ist?«, wollte der Sergeant wissen. Bridget schüttelte den Kopf. »Könnte es einer der anderen Hotelgäste gewesen sein?«

Ein Wortwechsel von der Eingangstür her, der rasch laut genug geworden war, um den allgemeinen Tumult zu übertönen, lenkte uns ab. »Ich *wohne* hier!«, rief jemand. »Zufällig *wohne* ich in diesem Hotel!« Ein Hotelgast, fuchtelnd und zeternd. »Was, zum Teufel, ist überhaupt los?«

»Oje«, entfuhr es Bridget. »Entschuldigen Sie, darum muss ich mich kümmern.« Sie sprang auf und eilte zum Eingang, um sich des verstörten Gastes anzunehmen.

Sergeant Wright sah ihr einen Moment gedankenverloren nach. »Sie macht sich ziemliche Sorgen, was?«

Ich nickte.

»Unnötig«, meinte er und konzentrierte sich wieder auf seine Notizen. »Prachtvolle Frau.« Er starrte eine Weile auf das Papier, um den Faden wiederzufinden. »Mister Fitzgerald, als Sie die Treppe hinaufgingen, was fanden Sie da vor?«

Ich erzählte ihm eine Version, die so nahe an der Wahrheit war, wie sie sein konnte, ohne meine eigene Beteiligung an dem Vorgefallenen zu erwähnen. Mit anderen Worten, eine Version, die mit der Wahrheit relativ wenig zu tun hatte. Doch Sergeant Wright sah keinen Grund, mir nicht zu glauben. Hätte ich ihm erzählt, dass ich, ein einzelner Mann, die Zerstörungen im dritten Stock angerichtet hatte, alleine, mit bloßen Händen und innerhalb einer einzigen Minute, hätte er bestimmt nicht einfach genickt und gesagt: »Gut, vielen Dank, Mister Fitzgerald. Ich glaube, im Moment soll es damit gut sein. Wenn der Inspector vom NBCI kommt, wird er Ihnen sicher auch noch ein paar Fragen stellen wollen; es wäre also nett, wenn Sie sich die nächsten Tage zur Verfügung halten würden. Aber jetzt sollten Sie vielleicht erst einmal zum Arzt.«

Ich glotzte ihn verständnislos an. »Zum Arzt?«

Er deutete mit dem Hinterende des Kugelschreibers auf meine Hände. »Sie bluten. Schätzungsweise haben Sie sich an der zersplitterten Tür oben verletzt.«

Wäre das, was ich getan hatte, ein Kampfeinsatz gewesen, hätte ich einen Ganzkörperanzug aus Kevlar getragen, mit speziell verstärkten Handschuhen und einer Menge zusätzlicher Ausrüstung, unter anderem einem schweren Gewehr ohne Abzug, steuerbar über eine bionische Schnittstelle in meiner rechten Hand, die imstande war, Steuerimpulse durch die Haut hindurch an ein dazu passendes Gegenstück zu übertragen. Ohne diesen Anzug aber war meine Haut an vielen Stellen regelrecht zerrieben worden zwischen dem unnachgiebigen Titanstahl innen und den verschiedenen harten Hindernissen außen. Besonders die rechte Hand sah übel aus nach dem Zertrümmern der Wand. Ich hatte es nur nicht bemerkt. Schmerzunempfindlichkeit war die am längsten anhaltende Wirkung der Drogen, unter deren Einfluss ich gekämpft hatte. Ich musste die Blutungen gestoppt haben, ohne dass es mir zu Bewusstsein gekommen war. Mit dem Nebeneffekt, dass die Wunden für das ungeschulte Auge harmloser aussahen, als sie waren, insbesondere im schummrigen Licht der Hotelhalle.

Ich lehnte das Angebot des Sergeants ab, mich begleiten zu lassen. Es waren ja nur ein paar Schritte bis zur Praxis von Dr. O'Shea.

»Ach du meine Güte«, sagte der, als er mir öffnete.

Die Sprechstunde konnte keine Viertelstunde vorbei sein. Im Flur standen noch die Stühle, und es roch noch nach kranken, ängstlichen Menschen.

»Was haben Sie denn angestellt?«, wollte er wissen, als ich auf der Behandlungsliege lag. Ich erzählte es ihm. Alles. »Ach du meine Güte«, sagte er ein zweites Mal und ließ sich schwer auf den nächstbesten Stuhl fallen. »Ein Mord? Heilige Mutter Gottes. Ein Mord.«

Er ging alles noch einmal durch, was ich ihm erzählt hatte, wollte es ganz genau wissen. Ich antwortete, so gut ich konnte, aber meine Zunge schien mit jedem Wort schwerer zu werden und meine Augenlider auch.

»Er muss in gefährliche Dinge verwickelt gewesen sein, dieser Anwalt«, meinte O'Shea kopfschüttelnd. »Seltsam. Und als er hier war, habe ich ihn für einen harmlosen Spinner gehalten. Einen, der im schlimmsten Fall eines Tages auf eine Kiste steigt und vom nahen Weltende predigt.« Er stand endlich auf, griff nach meiner rechten Hand und besah sie sich mit ernster Miene. »Das müssen wir nähen.« Er fing an, Instrumente und Medikamente auf ein Tablett zu legen. »Wie hieß das Zeug? Alpha-Adrenalin? Das habe ich ja noch nie gehört. Was soll denn das sein?«

»Ich weiß nicht, was es in Wirklichkeit ist«, sagte ich und starrte an die Decke, fühlte dem Schmerz in meiner Hand nach, der langsam durch die Schleier auf meinem Bewusstsein kroch. »So haben sie es uns gegenüber immer genannt. Das stärkste Aufputschmittel, das es gibt. Es ist den körpereigenen Stoffen so verwandt, dass keine Gewöhnung eintritt.«

Aus den Augenwinkeln sah ich O'Shea besorgt die Stirn runzeln. »Ich weiß nicht, was ich Ihnen da spritzen darf. Ich fürchte, diesmal müssen Sie sich um Ihre Schmerzen selber kümmern.«

»Kein Problem«, erwiderte ich und aktivierte die Sedierung. »Legen Sie los.«

Er begann die Wunden an meiner Hand und meinem Arm

zu nähen. Ich spürte die Stiche, aber nicht den Schmerz. Vielleicht spürte ich ihn auch, und es war mir in diesem Moment gleichgültig. Man hat meinem Körper so viele Schmerzen zugefügt, was kam es da auf ein paar Nadelstiche mehr oder weniger an?

Plötzlich war da wieder dieses Bild, diese Erinnerung. Als hätte ein furchtbarer Regensturm Schlacke und Asche weggespült und freigelegt, was so lange zugedeckt gewesen war.

Ich liege auf dem Rücken und starre in einen Himmel, an dem sechs Sonnen leuchten, angeordnet zu einem Ring. Doch der Himmel ist dunkel, und alles tut mir weh, jede Faser meines Körpers brennt, meine Lunge fühlt sich an wie verätzt, jeder Atemzug ist purer, gleißender Schmerz. Ein böser Gott hat mich zermalmt, in Stücke zerrissen und in den Boden gestampft, doch ich lebe immer noch, als könnte ich nicht sterben, als wäre selbst diese Gnade mir verwehrt.

Da beugt sich ein Gesicht über mich, das Gesicht eines Riesen, bis zu den Augen von grünem Tuch verhüllt. Ich sehe in seine Augen und weiß, dass ich etwas Furchtbares getan habe und die Strafe verdiene, die mir zuteil wird.

»Wie geht es Ihnen, Duane?«, fragt der Riese und streift das Tuch ab. Er lächelt. Er hat einen silbergrauen Bart und lächelt.

»Ich habe gesündigt«, sage ich. Oder ich versuche es zu sagen, ich weiß nicht, ob mein Kehlkopf und meine Stimmbänder meine Absicht in verständliche Worte umzusetzen imstande sind. Ich weiß nicht einmal mehr, ob ich überhaupt noch einen Kehlkopf und Stimmbänder habe. Man hat mir alles genommen, vielleicht auch das.

»Wir haben es geschafft«, sagt der Riese. »*Sie* haben es geschafft. Der Sechs-Millionen-Dollar-Mann wird bald nur ein armes Würstchen sein gegen Sie.«

Es wird Abend und es wird Nacht, und schon sehe ich das

Gesicht des Riesen nicht mehr, sondern sinke weiter nach hinten, endlos tiefer und tiefer. Das Letzte, was ich höre, ist, wie jemand lacht und sagt: »Sechs Millionen Dollar wäre auch ziemlich billig …«

Ich erwachte, weil O'Shea mich an der Schulter rüttelte und, als ich die Augenlider mühsam aufstemmte, sagte: »Ich habe nicht von einer Vollnarkose gesprochen, Mister Fitzgerald.«

»Ah ja. Entschuldigen Sie. Sind Sie schon fertig?« Ich hatte das Gefühl, zu lallen.

»Ich weiß nicht, wer hier mehr fertig ist, Sie oder ich«, knurrte der Arzt. »Wenn Sie aber Ihre Hände meinen, die sind verbunden.«

»Danke.« Es war keine versehentliche Vollnarkose gewesen. Ich wusste, was es war: die Erschöpfung nach einem Kampfeinsatz unter *full power*, die mich in wenigen Stunden vollständig verschlingen und schlafen lassen würde wie ein Stein. Ich hob die Arme, um sie zu betrachten. Es sah weniger schlimm aus als befürchtet: Um den rechten Unterarm lag ein normaler Mullverband, die Hände waren steril verbunden, jeder Finger einzeln, sodass ich in meiner Beweglichkeit kaum eingeschränkt war.

»Ich gebe Ihnen etwas Verbandmaterial mit, dann können Sie die Verbände morgen Abend oder übermorgen früh noch einmal erneuern. Am Sonntag oder so spätestens können Sie die Fäden ziehen«, sagte O'Shea. »Und kommen Sie übernächste Woche noch mal zum Nachsehen.«

»Übernächste Woche?«, wiederholte ich, während ich mich aufsetzte. »Normalerweise trauen Sie mir eine schnellere Heilung zu.«

»Das tue ich diesmal auch, aber ich bin nächste Woche nicht da.« Er bedeutete mir, aufzustehen. »Kommen Sie, ich will Sie noch röntgen.«

Ich bewegte Schultern und Arme probeweise. »Muss das

sein?« Abgesehen davon, dass ich mich fühlte, als hätte eine Horde bösartiger Gorillas ihr Mütchen an mir gekühlt, kam mir alles vor wie immer.

Dr. O'Shea stemmte verärgert die Hände in die Hüften. »Ich habe den Eindruck, Sie nehmen das auf die leichte Schulter, Mister Fitzgerald. Nur weil ich Ihre Wunden so gut genäht habe, dass ein paar Lagen Mull zum Verbinden ausreichen, heißt das nicht, dass die Verletzungen nicht schwer gewesen wären. An einigen Stellen gingen die Schnitte wirklich tief, bis hinab auf diese ... Stahlknochen, die Sie da rechts haben.«

»Titancomposit«, sagte ich.

»Wirklich, das war ausgesprochen dumm von Ihnen. Sie haben eine gefährliche Maschinerie aktiviert, die seit weit über einem Jahrzehnt nicht benutzt worden ist. Und Ihr Körper ist älter geworden. Ihr Bindegewebe ist empfindlicher als früher ... Das dürfen Sie unter keinen Umständen noch mal tun.«

»Schon gut«, nickte ich und hob kapitulierend die Hände. »Ich werde aufpassen.«

»Ich bitte darum.«

Ich tappte ihm nach in den Röntgenraum, stellte mich gehorsam hin, wie er es befahl, und hielt brav still, wenn er es sagte. Um ihn versöhnlicher zu stimmen, erkundigte ich mich, ob seine Abwesenheit in der kommenden Woche wenigstens bedeute, dass er endlich Urlaub mache.

»Halb und halb«, lächelte er. »Ab Mittwoch nächster Woche findet in Dublin ein europäischer Ärztekongress statt – Bioethik, Gentechnik, Menschenrechtsfragen, lauter hochgestochenes Zeug, aber eine gute Gelegenheit, alte Freunde zu treffen. Und ich fahre schon Samstag und verbringe vorher ein paar Tage bei meiner Schwester.« Er zeigte mir auch die Geschenke, die er für deren Kinder besorgt hatte. »Und nun raten Sie mal: Der Teddybär ist für meinen Neffen, und der Metallbaukasten für meine Nichte. So herum haben sie es sich gewünscht, ich schwöre es. Verrückte Welt, oder?«

»Ja«, sagte ich. »Komplett wahnsinnig.«

Er legte die Filmkassette in eine Plastikschachtel mit der Aufschrift *Zu entwickeln* und meinte, ein Gähnen unterdrückend: »Genug gearbeitet für heute. Sie melden sich übernächste Woche bei mir?«

Ich nickte.

»Und Sie versprechen mir, nicht mehr den Kraftprotz zu spielen?«

»Ich passe auf mich auf«, erwiderte ich.

Draußen auf der Straße kaute ich an meiner letzten Antwort herum. Ich war ihm ausgewichen. Was er über die Maschinerie in meinem älter gewordenen Körper gesagt hatte, war logisch gewesen und leuchtete mir ein. Trotzdem hatte ich ihm nicht versprechen können, es nicht wieder zu tun. *Es.* Den Kampfmodus einzuschalten. Zum *Cyborgkämpfer* zu werden.

Ich hatte es als Reflexhandlung abgetan, aber wenn ich tief in mich hineinhorche, hat es mir *gefallen*. Ich habe es *genossen*, stark zu sein, ein letztes Mal wenigstens, übermenschlich stark und schnell und unbesiegbar. Wenn es auch genau dieser Traum gewesen ist, der mein Leben gezeichnet und entstellt hat: In den Tiefen meiner Seele träume ich ihn noch immer.

Ich kehrte in Brennan's Hotel zurück mit der unklaren Idee, mit Hilfe meiner besonderen Sinne nach Spuren zu suchen, die den Beamten der *An Garda Síochána* entgangen waren und die morgen früh nicht mehr vorhanden sein würden. Vielleicht auch mit der unklaren Idee, noch etwas länger mit Bridget zusammen zu sein, wer weiß.

Aber als ich im Hotel ankam, waren die Polizisten schon abgezogen, und hinter der Rezeption stand eine fremde Frau mit hochgesteckten Haaren, einer beeindruckenden Perlenkette um den Hals und hoheitsvollem Benehmen. Ein Blick auf meine verbundenen Hände genügte ihr, um zu wissen, wer ich war. »Sie müssen Mister Fitzgerald sein«, sagte sie auf eine seltsam unbestimmte Weise, der ich nicht entnehmen konnte, ob sie erfreut oder angewidert war, meine Bekanntschaft zu machen. Sie zog die Hand, die sie mir schon hatte reichen wollen, wieder zurück, aber ich nehme an, der Verbände wegen. »Falls Sie Miss Keane suchen, die ist schon nach Hause gegangen. Sie war ziemlich durcheinander, das arme Kind. Ich bin übrigens Maude Brennan, die Besitzerin des Hotels.«

Ich sagte irgendetwas in dem Versuch, höflich zu sein, aber ich weiß nicht mehr was. Nur, dass Müdigkeit an mir zog wie ein steinernes Gewicht.

»Unglaublich, was diese Verbrecher angerichtet haben«, fuhr sie fort, ohne darauf einzugehen. »Ich habe ja meinen Augen nicht getraut. Als hätte jemand eine Baumaschine da oben gehabt, einen Bagger oder was weiß ich … Ein Hotelgast ermordet! Schrecklich.«

»Sind die Polizisten schon fertig?«, fragte ich, ohne in dem Moment zu merken, wie unnötig die Frage und wie offensichtlich die Antwort war.

»Jedenfalls haben sie aufgehört für heute. Es sind zwar noch Spezialisten gekommen, wie ich das verstanden habe, aus Tralee, aber die machen wohl erst morgen weiter.« Sie verzog den vornehm schmalen Mund. »Und sie übernachten woanders, stellen Sie sich das vor.«

»Hat sich denn irgendetwas ergeben? Irgendwelche neuen Erkenntnisse?«

»Ich habe das Gefühl, die wissen überhaupt nicht, wo sie anfangen sollen.« Ein missbilligendes Kopfschütteln. »Nicht sehr vertrauenerweckend, muss ich sagen.«

»Oben ist alles abgesperrt, nehme ich an«, sagte ich.

»Ja«, nickte Mrs Brennan. »Zugeklebt und versiegelt, wie im Film.« Sie seufzte hoheitsvoll. »Ein Glück, muss man fast sagen, dass wir zurzeit wenig Gäste haben. Unausdenkbar, wenn die Saison bereits begonnen hätte. Es wird so schon schwierig genug, den Service aufrechtzuerhalten.« Sie beklopfte ihre Brust mit einer flatternden Bewegung, als wolle sie sich Luft zufächeln oder einen Krampf in der Lunge lösen. »Sie werden alle Hotelgäste vernehmen, denken Sie nur! Furchtbar. Mein Hotel wird in den Zeitungen stehen, als Ort eines Verbrechens – ich wage nicht, mir auszumalen, was das nach sich zieht.«

Ich erinnere mich noch an meinen ersten kraftverstärkten Sprung. Nein – *erinnern* ist ein zu schwaches Wort dafür. Wenn ich daran zurückdenke, habe ich vielmehr einen Moment vor Augen, der wie ein leuchtendes, in unirdischen Farben strahlendes Bild in meine Erinnerung gebrannt ist, als immer währende Gegenwart, als ein Augenblick, der niemals vorüberzugehen scheint.

Es gab eine Turnhalle, die ringsum dick gepolstert war – Decke, Wände, Boden, alles. Wie eine riesige, dunkelblaue Gummizelle. Ich stand auf dem rot markierten Absprungpunkt und visierte, den Anweisungen des Trainers folgend, das Ziel an: einen sechs Fuß hohen Stapel Matratzen, aufgebaut in etwa vierzig Fuß Entfernung. Es handelte sich um spezielle Matratzen, wie man sie in Hollywood für gefährliche Stunts verwendet. Ich solle mir keine Gedanken darüber machen, ob das überhaupt zu schaffen sei, hatte der Trainer gesagt, ich solle nur visieren und springen. Der tatsächliche Sprungverlauf würde von speziellen Kameras aufgezeichnet werden und wichtige Hinweise für die Feinjustierung des Systems liefern. Nur das war Sinn und Zweck der Übung. Angeblich.

Ich ging also, den Blick auf das Ziel geheftet, gehorsam in die Knie, führte die Arme nach hinten, holte Luft und …

Springe.

In dem Augenblick, in dem ich abhebe, scheinen die Gesetze der Schwerkraft, in deren unnachgiebigem Griff ich mein Leben lang gelebt habe, aufgehoben zu sein. Ich springe nicht, ich fliege, werde angetrieben von einer unfassbaren Kraft, erfüllt von trunken machender Leichtigkeit. In diesem einen Augenblick scheint es, als seien mir keine Grenzen mehr gesetzt, als sei ich entrückt in einen Olymp von Göttern, die nicht denselben Regeln unterworfen sind wie sterbliche Menschen, als sei es in mein bloßes Belieben gestellt, auf dem anvisierten Ziel zu landen oder aber das Dach der Halle zu durchstoßen und die Erde zu umrunden, ach was, das Sonnensystem hinter mir zu lassen …

Natürlich landete ich dann doch auf dem Matratzenstapel, und ziemlich schief dazu. Natürlich war es doch nur ein Sprung gewesen. Doch dieser erste Moment … dieser eine Augenblick … Mir scheint manchmal, dass ich in diesem einen Sekundenbruchteil mein ganzes Leben dargebracht, meine Vergangenheit und meine Zukunft zugleich geopfert habe. Aber was auch immer in Wahrheit geschehen ist, ich träume davon bis auf den heutigen Tag.

Es war Zeit, heimzugehen. Es war dunkel und spät am Abend. Ich war müde, ausgelaugt, erschöpft. Ich würde ins Bett fallen und hundert Stunden schlafen, das war so sicher wie die Umlaufbahn des Mondes. Trotzdem blieb ich, als ich aus dem Hotel trat, erst einmal stehen und lauschte jener einsamen Stimme in mir, die etwas anderes sagte. Sie gehörte meinem römischen Philosophenfreund, Seneca. *Den Mann also wollen wir preisen, der jede kleinste Spanne seines Lebens gut angewendet hat,* sagt er. Zweifellos eine gute Maxime, die einem allerdings immer noch aufbürdet, zu entscheiden, was das denn ist, *gut.*

Es ließ mir keine Ruhe. Ich musste nach Bridget sehen. Ich sah sie vor meinem geistigen Auge in ihrer Küche sitzen, zitternd und bebend, wie ich sie zurückgelassen hatte, nur allein jetzt, über einer einsamen Tasse Tee, eine Schachtel Beruhigungstabletten neben sich… Ein dringendes Gefühl riet mir, noch bei ihr vorbeizugehen.

Ich ging durch eine wenig belebte Upper Main Street und eine stille Chapel Street und gelangte zu ihrem Haus, doch das lag dunkel und reglos. Es ist ein kleines Gebäude aus weißem Holz, mit großen Fenstern, deren Vorhänge sämtlich zugezogen waren, umgeben von einem schiefwinkligen, verwilderten Garten, in dem Wildblumen mit dem Unkraut um die Wette wuchern. Hinter dem Haus kommt nichts mehr, nur noch eine jener uralten, weit übermannshohen Steinmauern, die hier zu Lande die Weiden und Felder umgrenzen.

Sie schlief also schon. Man hätte es gesehen, wenn irgendwo im Haus Licht gebrannt hätte, und wäre es nur als Widerschein an der Mauer gewesen. Gut.

Ich wandte mich zum Gehen, als mir aus einem letzten Gefühl von Unbehagen heraus einfiel, doch noch einmal auf Infrarotsicht zu gehen. Dr. O'Sheas Warnungen in allen Ehren, aber das war ja nur eine simple, ungefährliche Umschaltung in jenem Gerät, das ich gegen mein rechtes Auge eingetauscht habe und seither in dessen Höhle mit mir trage.

Wie mit grauem Mehl hingepudert tauchten Fußabdrücke auf. Der Griff an der Haustür leuchtete regelrecht. Die Spur einer Hand am Briefkasten.

Doch mit den Fußspuren stimmte etwas nicht. Ich kniff das linke Auge zu, um genauer sehen zu können. Es gab Fußabdrücke, deren Spitzen auf das Haus zu gerichtet waren, doch darüber – und heller, also jünger – war eine Spur von Schritten, die das Haus verließen.

Ohne nachzudenken und ohne die leiseste Ahnung, was ich sagen würde, falls sie doch zu Hause sein sollte, klingelte ich. Vor meinem inneren Auge tauchten Szenen schmerzhafter Peinlichkeit auf – Bridget, in einen Morgenmantel gehüllt, die schlaftrunken öffnete und fragte, was ich wolle um diese Zeit, und ich wusste nichts zu entgegnen, für alle Zeiten zur lächerlichen Figur werdend –, doch ich klingelte noch einmal, länger, klingelte Sturm. Nichts rührte sich. Sie war nicht zu Hause. Sie war gekommen, um wieder zu gehen.

Zu einer Freundin, sagte ich mir. Frauen gehen in Situationen wie dieser zu Freundinnen. Das wusste ich zwar nur aus Filmen, aber völlig aus der Luft gegriffen konnte das ja auch nicht sein.

Bis zur Weisheit leben!, fordert Seneca. *Wer dahin gelangt ist, hat zwar nicht das weiteste, doch er hat das höchste Ziel erlangt.* Ich starrte eine Weile unbestimmt vor mich hin und sinnierte über die Frage, ob ich nun Weisheit erlangt haben mochte. Zumindest, was Bridget anbelangte, oder? Oder auch nicht. Vielleicht war ich einfach nur an der Grenze zum Delirium angelangt. Ich beschloss, nach Hause zu gehen.

Dadurch, dass ich die Infrarotsicht aktiviert gehabt hatte, war die automatische Überwachung noch aktiv, sonst hätte ich die beiden Männer vermutlich überhaupt nicht bemerkt. So aber leuchteten ihre Umrisse in meinem Sichtfeld hell auf, zusammen mit dem Vermerk SUSPICIOUS BEHAVIOR. Diese kühne Einschätzung beruht auf einer bildverarbeitenden Technik, die imstande ist, in einem digitalisierten Bild Gesichter von Menschen ausfindig zu machen, in diesen Gesichtern wiederum die Augen, und anhand einer Abschätzung der Blickparallaxe festzustellen, ob diese Augen mich beobachten und vor allem, wie lange. Es gibt einen kulturell bedingten und in psychologischen Untersuchungen eindeutig messbaren Maximalwert für die Dauer eines absichtslosen Blickkontakts, und wenn dieser Wert um mehr als das Doppelte überstiegen wird, schlägt mein ODP, mein *observation detection processor*, ein knapp pflaumengroßer Computer unterhalb meiner Leber, der mit nichts anderem beschäftigt ist als damit, Alarm.

Der erste Mann stand neben dem Eingang zu *O'Leary's Pub* und drückte sich, als ich die Main Street herabkam, ein wenig tiefer in den Schatten des Hauseingangs daneben, ohne mich aus den Augen zu lassen. Er war groß, schlank, sauber rasiert und trug die Haare kürzer geschnitten, als es hier zu Lande üblich ist. Ein glattes, ausdrucksloses Gesicht. Ich war einen Moment versucht, es mit Hilfe eines Faustabdrucks etwas ausdrucksstärker zu gestalten. Aber ich dachte an Dr. O'Sheas Ratschläge, an meine kunstvoll verbundenen Hände und an die knochentiefe Müdigkeit in mir und ging einfach vorbei. Er folgte mir nicht.

Der zweite Mann stand an der Bushaltestelle in der *Mall*, im trüben Schein einer Straßenlaterne, und beobachtete mich doch wahrhaftig über den Rand einer Zeitung hinweg. Wenn er sich die Mühe gemacht hätte, auch einen Blick auf den Fahrplan zu werfen, hätte er festgestellt, dass der letzte Bus zwei Stunden zuvor gefahren und sein Beobachtungsposten daher alles andere als unverdächtig war.

Was, zum Teufel, ging hier vor? Das fragte ich mich noch, als ich zu Hause anlangte. Aber was auch immer vor sich gehen mochte, ich würde ein andermal darüber nachdenken müssen. Ich war mit Mühe in der Lage, mir die Zähne zu putzen und mich aus meinen Kleidern zu schälen, dann sank ich ins Bett und in einen Abgrund an Schlaf.

Was ist denn wesentlich im Menschenleben? Nicht dass wir mit unseren Schiffen auf allen Meeren segeln [...] und auf der Suche nach Unerforschtem auf dem Ozeane schweifen (die Erde reicht für unsere Freveltaten schon nicht mehr aus), nein, dass wir unserer Laster Herr geworden sind – es ist kein größerer Sieg. Es gibt Unzählige, die Völker und Städte beherrschen, doch nur sehr wenige haben sich selber beherrscht.

Seneca, NATURALIUM QUAESTIONUM

8

Das Telefon riss mich aus schweißnasser Betäubung. Es war Reilly.

»Um Himmels willen, George«, keuchte ich und tappte mit dem Hörer in der Hand in die Küche. So weit reicht das Kabel gerade. Ich glotzte die Zeiger der Uhr an, rechnete schlaftrunken. »Bei Ihnen muss es doch mitten in der Nacht sein?!«

»Halb drei, um genau zu sein«, drang Reillys väterlich-ölige Stimme über den Atlantik.

Ich rieb mir mit dem Handrücken die Stirn. Sie war schweißnass. Was war bloß los? »Sie sollten schlafen, George. Sie sind nicht mehr der Jüngste.«

»Duane«, sagte Reilly mit jenem besorgten Unterton, der mir immer die Nackenhaare aufstellt, »uns hat hier eine Nachricht erreicht, dass in Ihrem irischen Fischerkaff irgendein Wichser einen amerikanischen Touristen abgemurkst hat.«

»Was?!« Ein ungutes Gefühl kroch mir den Rücken hoch. War es zu fassen, dass diese Nachricht sich derart schnell über den Planeten verbreitet hatte?

Ich blinzelte mit den Augen. Jetzt hieß es wachsam sein und mir nichts anmerken lassen. »Ach ja«, sagte ich, als fiele es mir gerade wieder ein, »stimmt. Da hat gestern so was die Runde gemacht ...«

»Sehen Sie? Und auf dieser Runde ist es inzwischen bis nach Washington gekommen.«

»Ich kann es kaum glauben«, sagte ich. Ich zog mir einen Küchenstuhl heran. Ich musste mich setzen. »Ich kann kaum glauben, dass Sie sich neuerdings um so einen Kleinkram kümmern.«

»Ich habe immer ein wachsames Auge auf meine Kinder, das wissen Sie doch. Und die Vorstellung, dass jetzt Horden von Journalisten in Ihrer Nachbarschaft umherstreifen und Fragen stellen, gefällt mir absolut nicht.«

»Hier streifen keine Horden von –«

»Jetzt noch nicht«, sagte Reilly. »Aber was nicht ist, kann noch werden. Und deshalb würde ich es gern sehen, dass Sie nach Hause kommen. Zumindest für eine Weile.«

Mein Blick galt dem Wasserhahn. Ich war völlig ausgedörrt. Ich konnte es kaum erwarten, das Gespräch zu beenden und mich mit Wasser voll laufen zu lassen. »Ich bin zu Hause, George«, sagte ich.

»Sie wissen, was ich meine. Es geht doch nur darum, dass wir hier viel besser auf Sie aufpassen können, Duane. Meinetwegen nur ein paar Wochen. Bis sich drüben alles wieder beruhigt hat.«

Die Wendung, die das Gespräch nahm, gefiel mir immer weniger. »Hören Sie, George«, sagte ich, langsam, weil mein Kopf voll Watte war und mir das Denken schwer fiel, »ich weiß nicht, was für eine Nachricht Sie da erreicht hat. Hier kursieren allerlei Gerüchte, und die meisten, die ich gehört habe, sagen, dass sich irgendwelche IRA-Splittergruppen bekriegen, weiter nichts.« Jetzt half nur noch dreistes Lügen. »Das regt hier niemanden großartig auf, habe ich das Gefühl.«

»Hier steht, dass eine Ermittlergruppe des *National Bureau of Crime Investigations* eigens aus Tralee angereist ist.«

»Das ist nichts Besonderes. Tralee ist die nächstgrößere Stadt. Und was ich gehört habe, sind die bloß angekommen, haben sich den Tatort flüchtig angeschaut und sind dann ins nächste Pub gegangen.« Das war wenigstens nur halb gelogen; die Besitzerin des Hotels hatte ja etwas in der Art angedeutet.

»Und der Tote? Das soll ein Amerikaner japanischer Abstammung gewesen sein. Können Sie mir sagen, was so jemand mit der IRA zu tun haben soll?«

Ein ächzendes Geräusch entschlüpfte mir. Ich log nicht nur, ich log auch noch schlecht. »Keine Ahnung«, sagte ich müde, weil mir keine plausible Erklärung einfiel.

»Mir gefällt das alles überhaupt nicht«, sagte Reilly.

»Sie machen sich unnötige Sorgen, George, glauben Sie mir«, beschwor ich ihn. Dieser Tonfall half manchmal, man durfte bloß nicht überziehen. »Ich würde mich doch sofort melden, wenn sich eine sicherheitsrelevante Situation ergibt, das wissen Sie.«

»Hmm«, machte Reilly nachdenklich. Endlich.

»Ich bin vor Ort. Wenn ich es nicht beurteilen kann, wer dann? Irgendein junger Analytiker bei der CIA, der beweisen will, was er draufhat?«

»Vorsicht, das ist eine ungesicherte Leitung«, mahnte Reilly nervös. »Übrigens noch so etwas, das mir nicht gefällt.«

»Schon gut. George, ich schlage vor, Sie gehen jetzt erst mal ins Bett. Ich verspreche Ihnen, dass ich die nächsten Tage das Haus hüte, so gut es geht, und Sie sofort anrufe, wenn ich lieber verreisen will. OK?«

Eine Weile summte es vielsagend im Transatlantikkabel, dann meinte er müde: »OK. Machen wir es so. Passen Sie auf sich auf, Junge.«

»Schlafen Sie gut, George.«

Endlich legte er auf. Ich hängte mich, den Hörer in der

Hand, an den Wasserhahn und trank, bis nichts mehr hineinwollte. Dann schlurfte ich wieder ins Schlafzimmer, unterwegs den Telefonhörer entsorgend, und fiel zurück auf die verschwitzten Laken.

Gabriel Whitewater war es, der die Hand hob. Ich erinnere mich. Ich erinnere mich auch, wie uns das beeindruckt hat. Er war unser Anführer, unausgesprochen, aber unbestritten.

Wir saßen um den großen weißen Konferenztisch in dem großen weißen Konferenzraum, in dem alle wichtigen Angelegenheiten des Projekts besprochen wurden, wir, die stärksten Männer der Welt, die Helden des kommenden Jahrhunderts, die Unbesiegbaren, und wir wussten, dass das noch nicht das Ende war, dass es weitergehen würde mit uns und wir noch besser, noch stärker, noch unbesiegbarer werden würden.

Es war aufregend. Es war besser als Sex. Es war die beste Zeit unseres Lebens.

Uns gegenüber saßen ein General, breitschultrig, kantiges Gesicht, gutes altes West-Point-Material, und ein Arzt mit der zyanotischen Haut eines starken Rauchers und Augen, die immer leicht fiebrig wirkten. Der General hielt die Arme verschränkt und sagte nichts, begnügte sich damit, uns zu betrachten. Der Arzt musterte uns der Reihe nach und sagte dann: »Sie können *Superman* inzwischen ganz passabel Konkurrenz machen, habe ich gehört.«

Wir tauschten belustigte Blicke. Am Tag zuvor hatten wir vor der versammelten Ärzteschaft sämtliche Weltrekorde im Weitsprung, Hochsprung und Hammerwerfen gebrochen, und wir hatten uns dabei nicht einmal besonders angestrengt.

»Wer, zum Teufel, ist *Superman*?«, hüstelte einer von uns. Raues Gladiatorenlachen in der Runde.

»Wir warten eigentlich bloß darauf, dass man endlich unsere genauen Maße nimmt«, feixte ein anderer. »Ich meine, es wird echt Zeit, dass wir auch solche geilen hautengen Trikots bekommen.«

»Mit Cape bitte«, ergänzte ein Dritter. »Ich stehe total auf dieses Cape.«

Der Doktor hob die Hand. »Moment. Ich sagte ›passabel‹. Für ein Trikot reicht das nicht. Von einem Cape ganz zu schweigen.« Er wartete, bis er sich unserer uneingeschränkten Aufmerksamkeit sicher war. »*Superman* hat nämlich noch so einiges zu bieten, das Ihnen bisher empfindlich abgeht.«

»Hitzeblick«, meinte einer.

»Röntgenblick«, konterte ein anderer.

»So ähnlich«, räumte der Mann im weißen Kittel ein und holte eine kleine Schachtel aus der Tasche, aus blauem, ledergeprägtem Karton, fast wie diese Schatullen, in denen romantische Helden im Film den Frauen ihrer Träume Verlobungsringe offerieren. Er stellte sie vor uns auf den Tisch. »In der wirklichen Welt reden wir von Teleskopsicht, Vergrößerungsblick, Restlichtverstärkung und Infrarotsicht.«

Er klappte den Deckel auf. Auf roten Samt gebettet, starrte uns ein Auge an.

Wir hielten den Atem an.

Der Doktor nahm es heraus und hielt es hoch. »Eines der kompaktesten Hochleistungsgeräte, die je gebaut wurden. Ein Wunder der Technik und Mikrominiaturisierung. Randvoll mit Hightech. Sein Bauplan füllt allein sieben dicke Bände, und unter Brüdern stellt es einen Wert von achtundvierzig Millionen Dollar dar. Genau betrachtet ist diese kleine Murmel das teuerste Juwel der Welt.« Er legte das leblos glotzende Ding auf die blanke Tischplatte und versetzte es in rasche Drehung, wie den Kreisel eines Roulettes. »Wer will es haben?«

Wir atmeten immer noch nicht. Wir waren noch nicht fertig damit, zu begreifen, was die Worte des Doktors in der Konsequenz zu bedeuten hatten.

Doch da hörten wir schon Gabriels tiefen Bass. »Ich«, sagte er. Wir wandten die Köpfe und sahen, dass er die Hand gehoben hatte, ohne zu zögern.

Erst viel später fiel mir ein, dass die Iris des Implantats bereits genau dasselbe Schwarz gehabt hatte wie Gabriels Augen.

Eigenartiges Licht beim Erwachen. Es brauchte eine Weile, bis ich begriff, dass so vom Schlafzimmer aus der Nachmittag aussah. Und noch einmal endlos, bis mir einfiel, dass ich heute zur Post musste. Fütterungszeit für Raubtiere.

Ich wälzte mich aus dem Bett, schlurfte ins Bad. Nach einer kurzen, wegen der verbundenen Hand umständlichen Dusche sah ich nach, wie es unter den Verbänden aussah und entschied, dass alles so bleiben konnte. Wenn ich ein Hemd anzog, das den Verband am Unterarm verdeckte, fielen die umwickelten Finger kaum auf. Mit etwas Glück würde niemand lästige Fragen stellen.

Schlimmer sah mein Gesicht aus. Die Haut unterhalb der Augen war übersät mit kleinen schwarzen Körnchen. Sie gingen ab, wenn ich daran rieb. Ich betrachtete meine Fingerspitzen und begriff, dass es getrocknetes Blut war: Verkrustungen winziger, punktförmiger Blutungen, eine Folge davon, dass mein Turboherz aktiv gewesen war und meinen Kreislauf auf übermenschliche Touren gebracht hatte. Ich entsann mich, dass das jemand uns gegenüber einmal als mögliche Nebenwirkung erwähnt hatte, höchst beiläufig allerdings.

Ich rubbelte alles ab und trug etwas Creme auf. An ein paar Stellen waren dunkle Flecken unter der Haut zu sehen, die ich gleich mit abdeckte. Das würde in den kommenden Tagen eventuell noch schlimmer werden. Die Augen sahen auch nicht gut aus. Das linke war gerötet, als litte ich unter Grippe, das rechte hing wieder einmal deutlich tiefer als das andere. Mein künstliches Auge, das mit so viel Hightech voll gestopft ist, dass sein Bauplan allein sieben dicke Bände füllt, wiegt dementsprechend sehr viel mehr als ein natürliches Auge. Im Lauf der Jahre gibt das umliegende Gewebe, das aufgrund des Alterungsprozesses ohnehin an Festigkeit verliert, diesem Zug nach, und die Augenhöhle verformt sich entsprechend. Bisweilen schließen die Augenlider nicht mehr richtig, nachts zum Beispiel. Deswegen muss ich heute regelmäßig Augentropfen nehmen. Und mit sechzig werde ich aussehen wie Quasimodo.

Es nieselte leicht, als ich aus dem Haus trat. Nicht so stark freilich, dass ein Einheimischer darauf Rücksicht genommen hätte, also tat ich es auch nicht. Es roch nach Salz und Fisch und Moder, und während die Stadt trübselig dalag, spielten ein paar Fetzen Sonnenlicht weiter bergan in den steinumsäumten Feldern Fangen.

»Sie?«, wunderte sich Billy, als ich an seinen Schalter trat.

»Ich«, nickte ich und hielt es für sein neuestes Spielchen.

Er schüttelte den Kopf, rutschte von seinem Hocker und verschwand nach hinten. Während ich wartete, musterte ich die Schlagzeilen der Zeitungen, die auf einem Bord unterhalb des Regals mit den Ansichtskarten auslagen. Die irischen Blätter berichteten von Unruhen in Nordirland, wie immer.

»Tut mir Leid, Mister Fitzgerald«, meinte Billy, als er mit leeren Händen zurückkam. »Heute habe ich nichts für Sie.«

Mein Blick suchte den Wandkalender. »Aber heute ist doch Mittwoch, oder?«

Seine Hände malten wirre Figuren in die Luft. »Der Fahrer hat was von Streiks in Dublin erzählt. Kann sein, dass es daran liegt. War auch ungewöhnlich wenig Post heute.«

Ich musterte ihn eindringlich. Es war kein Jux. Ich hatte noch zwei Dosen übrig, haltbar bis morgen Mittag. Kein Problem. Aber es war beunruhigend. Zwölf Jahre lang hatte es nicht eine einzige Verspätung gegeben, und ausgerechnet jetzt fing es an? »Na schön«, sagte ich und zuckte locker mit den Schultern, um dem Jungen zu zeigen, wie wenig mir das zu schaffen machte. »Dann probiere ich es eben morgen noch mal.«

»Genau«, grinste der erleichtert.

Als ich zurück auf die Straße trat, waren sie wieder da. Die Typen, die mir gestern Abend aufgefallen waren. Der mit dem glatten Gesicht. Der von der Bushaltestelle. Keiner von beiden sah in meine Richtung, aber sie hatten jeder ein Mobiltelefon am Ohr und telefonierten. In der Tür der Bank stand noch so jemand, ein weiterer neben einem Laternenmast. Ich entdeckte ein Auto, in dem zwei Männer saßen, die weiter nichts taten, als ausgiebig genug in meine Richtung zu schauen, um meinen ODP zu reizen. Einer von ihnen telefonierte ebenfalls.

Ich hätte mir gerne eingeredet, dass ich Gespenster sah. Dass diese Mobiltelefone heutzutage einfach eine Pest waren, selbst hier in Irland. Es wollte mir bloß nicht so richtig gelingen.

Ich wandte mich straßaufwärts. Am Eck stand auch ein Mann mit Telefon. Als ich näher kam, verdrückte er sich, als habe ihn sein Gesprächspartner an dringende Verpflichtungen erinnert.

Vor Brennan's Hotel parkte ein dunkelblauer Lieferwagen mit einem höchst staatlich aussehenden Emblem an der Seite. Nicht schwer zu erraten, wem der gehörte, zumal ein Polizist daneben Wache hielt. In der geöffneten Seitentür des Wagens hantierte ein Mann, der einen staubigen grauen Anzug und Plastikhandschuhe trug, mit allerlei Gerätschaften.

»Ist Sergeant Wright da?«, fragte ich den Polizisten.

Er wies steif mit dem Kopf auf die Eingangstür des Hotels. »Drinnen beim Inspector.«

Ich ging hinein. An der Rezeption stand eine magere, unlustig dreinblickende Frau, die ich noch nie gesehen hatte. Der Sergeant saß mit einem Mann in der Sitzgruppe hinter ihr; er nickte mir sofort zu und machte seinen Gesprächspartner, der einen langen braunen Mantel trug, auf mich aufmerksam.

»Inspector Eugene Pinebrook«, stellte der sich vor. Er hatte Mühe, aus dem Sessel hochzukommen, und seine Stimme war mit einem asthmatischen Pfeifen unterlegt. »Schön, dass Sie es einrichten konnten, Mister Fitzgerald.«

Ich konnte mich zwar nicht erinnern, etwas wie einen Termin ausgemacht zu haben – ich hatte damit gerechnet, angerufen zu werden, und war nur in der Hoffnung, Bridget zu sehen, zum Hotel gekommen –, aber ich nickte und versicherte ihm, dass es kein Problem sei.

»Darf ich so frei sein zu fragen, was Sie beruflich machen, Mister Fitzgerald?« Über Augensäcken von beachtlichen Ausmaßen blickten mich bronzene Augen durchdringend an.

»Ich bin Angehöriger der US-Streitkräfte im vorzeitigen Ruhestand«, gab ich ihm die für offizielle Stellen vorgesehene Auskunft.

»Sie sehen noch reichlich jung aus für einen vorzeitigen Ruhestand, wenn Sie mir die Bemerkung gestatten.«

Ich betrachtete seine warzige Haut und die dünnen, streng in der Mitte gescheitelten Haare darüber. Er sah reichlich alt aus für jemanden, der noch im Dienst war. »Es hat gesundheitliche Gründe, Sir.«

Pinebrook nickte versonnen, betrachtete mich und schien sich seine Gedanken zu machen. »Der Tote war auch Amerikaner, wussten Sie das?«, fragte er, übergangslos das Thema wechselnd. Vermutlich polizeiliche Vernehmungstaktik.

»Ja«, nickte ich.

»Woher?«

»Wir hatten uns kurz vorher in der Stadt getroffen. Er hat mich auf einen Drink eingeladen.«

»Einfach so?«

Ich nickte. »Er wollte, dass ich ihm mehr darüber erzähle, wie es ist, in Irland und speziell hier in Dingle zu leben. Als Amerikaner, meine ich.«

Pinebrook räusperte sich. »Was, ähm, qualifiziert Sie besonders, darüber Auskunft zu geben, wenn ich fragen darf?«

»Ich lebe seit zwölf Jahren hier«, sagte ich. »Nachdem ich ihm das gesagt hatte, hat er mich auf einen Drink eingeladen. Und da ich nichts anderes zu tun hatte, bin ich mitgegangen.«

»Da Sie ja im Ruhestand sind. Seit zwölf Jahren demnach schon, oder?«

»Ja.«

»Verstehe.« Er machte sich keine Notizen, aber er sah so aus, als speichere er jedes Wort in einem unfehlbaren Gedächtnis. Er wiegte erneut grüblerisch sein Haupt, während ich in Gedanken rasch noch einmal meine Antwort durchspielte auf die Frage, die unausweichlich kommen musste. Ein Geräusch hatte ich gehört, und es hatte für mich wie ein Schuss geklungen. Ich wollte der Sache nachgehen. Auf der Treppe hörte ich das Splittern von Holz und krachende Schläge, worauf ich zu rennen anfing. Als ich oben ankam, war die Tür zertrümmert, und in dem Zimmer dahinter lag der Tote. Ich war geschockt und durcheinander und außerdem außer Atem und bin eine Weile ziellos auf und ab gelaufen (wodurch erklärt war, dass man Spuren meiner Kleidung finden würde), bis ich mich wieder gefangen hatte. Dann ging ich hinunter zum Empfang und sagte der Hotelmanagerin, sie solle die Polizei rufen, es sehe so aus, als sei ein Mord passiert. Nein, mir ist auf der Treppe niemand begegnet. Auch sonst habe ich niemanden gesehen.

»Ach, ehe ich es vergesse«, sagte Pinebrook unvermittelt,

»eine andere Sache… wahrscheinlich ist es zwecklos, dass ich Sie frage, aber wissen Sie zufällig, wo Miss Keane ist?«

Ich starrte ihn an und fühlte das Geplapper meiner Gedanken verstummen, bis nur noch beängstigende Stille in meinem Kopf herrschte. »Miss Keane?«, echote ich klanglos.

»Die Hotelmanagerin. Sie ist heute früh nicht zum Dienst erschienen. Zu Hause ist sie auch nicht«, erklärte der Inspector. »Tatsächlich scheint niemand zu wissen, wo sie ist.«

»Vielleicht«, schlug ich vor, »bei einer Freundin?«

Pinebrook schüttelte den Kopf, was bei seinem gewaltigen Schädel regelrecht bedrohlich aussah. »Wir haben in der Tat schon beträchtliche Anstrengungen unternommen, sie ausfindig zu machen, aber so ungern ich derlei sage, Miss Keane ist spurlos verschwunden.«

Ich kehrte beunruhigt nach Hause zurück. Ob ich das anschließende Verhör überstanden habe, ohne Pinebrooks Argwohn zu wecken, weiß ich nicht. Ich kann mich kaum daran erinnern, was ich gesagt habe. Mir ist, als hätte ich auf alles, was ich sagte, immer nur wie ein Echo die Worte *Miss Keane ist spurlos verschwunden* gehört.

Trotzdem sah ich sie auf dem Heimweg überall, die Männer mit den ausdruckslosen Gesichtern, die sich keinerlei Sorgen über die Höhe ihrer Mobiltelefonrechnung zu machen schienen. Sie wirkten auch beim besten Willen nicht wie frisch Verliebte, die es keine Sekunde ohne die Stimme der Geliebten aushalten. Und keiner von ihnen blickte je in meine Richtung.

Was definitiv feststand war, dass Bridget gestern Abend nach Hause gegangen war und dieses Zuhause gleich wieder verlassen hatte, um – wohin zu gehen? Wie leicht oder wie schwer war es, sich in Irland vor der Polizei zu verbergen? Konnte ihr etwas passiert sein?

Wer waren diese Männer, die mich beobachteten? Und *warum* taten sie es?

Mir war unwohl dabei, Reilly am Morgen belogen zu haben, und je mehr Zeit dahinging, desto unwohler wurde mir. Womöglich hatte Reilly Recht. Womöglich tat ich gut daran, unterzutauchen und zumindest eine Weile unter den Fittichen des amerikanischen Adlers Schutz zu suchen.

Wenn ich ihn andererseits jetzt anrief und ihm die Wahrheit berichtete, würde er mich nie mehr aus den USA fortlassen. Ich kannte ihn lange genug, um das mit Sicherheit zu wissen. Er würde mich dabehalten, nicht als Strafe, sondern aus purer Sorge. Für Reilly waren wir seine Söhne, sein Familienersatz. Er litt Qualen um uns. Zumindest, solange sein Ansehen bei seinen Vorgesetzten nicht gefährdet war. Deren Wohlwollen war ihm im Zweifelsfall jederzeit wichtiger als unseres.

Ich stand vor dem altertümlichen Wandtelefon und zermarterte mir das Hirn nach einer plausiblen Erklärung, einer beruhigenden, glaubwürdigen Ausrede dafür, dass ich ihn nicht sofort informiert hatte. Aber meinem armen Hirn wollte nichts einfallen.

Was hatte in den Unterlagen gestanden, die Harold Itsumi besessen hatte?

Und wer besaß sie jetzt?

Ich nahm den Hörer ab, wählte 001, hielt inne und hängte wieder ein. Nein. Ich wollte die Hoffnung noch nicht aufgeben, dass es eine Erklärung gab für all das und einen raffinierten Weg, damit fertig zu werden. Allerdings war ich, wenn eine solche kluge Lösung existieren sollte, nicht der, der sie finden würde. Ich holte das Mobiltelefon aus seinem Versteck. Ehe ich mit Reilly sprach, wollte ich mich noch einmal mit Gabriel beraten.

Aber ich hatte zu lange gegrübelt. In Kalifornien war es inzwischen schon zehn Uhr vormittags und Gabriel längst auf Tour. Ich versuchte es über den normalen Anschluss bei ihm zu Hause und über das Mobiltelefon in dem Haus mit den Flamingos, weil er, wie ich ihn kannte, jede verfügbare Minute an dem *unglaublich* blauen Pool verbringen und sich von dem Roboter mit den siebenundzwanzig verschiedenen Sorten Mineralwasser verwöhnen lassen würde. Aber offensichtlich hatte Gabriel noch eine Menge Häuser mehr zu hüten in Santa Barbara.

Egal. Dann musste auch der Anruf bei Reilly warten. Ich stopfte das Gerät zurück und ging in die Küche. Ich zitterte beinahe vor Hunger; eine weitere Nachwirkung des *Combat Mode*. Jede Faser meines überbeanspruchten Körpers schrie nach Nahrung, gierte nach Nährstoffen, lechzte danach, aufgefüllt zu werden mit allem, was der Einsatz der Implantate und Aufputschmittel verbraucht hatte. Das Verlangen war so unerbittlich, dass sogar das Konzentrat auf einmal beinahe verlockend aussah.

Wie ich mich an dieses graue, widerliche Zeug gewöhnt habe! Als man es mir – angeblich war es ein Versehen gewesen, uns erst *nach* den entscheidenden Eingriffen aufzuklären, peinlich, aber nicht mehr zu ändern – das erste Mal vorgesetzt und gesagt hat, das sei in Zukunft alles, was ich in größeren Mengen zu mir nehmen dürfe, habe ich ungläubig gelacht, dann, als ich begriff, dass sie es ernst meinten, einen Tobsuchtsanfall bekommen und anschließend wochenlang Depressionen. Nie wieder einen Hamburger? Nie wieder ein Bier? Nie wieder die riesigen *enchiladas* bei *Pedro's*? Die ersten Monate musste ich immer wieder erbrechen, selbst wenn es der Hunger hinabgezwungen hatte. Es dauerte lange, bis soldatische Disziplin über den Abscheu siegte.

Soldatische Disziplin? Wenn ich das heute hinschreibe,

kommt es mir vor, als sei von jemand anderem die Rede, nicht von mir. Als sei das, woran ich mich erinnere, die Erinnerung an das Leben eines anderen. Eines Jungen, der in einem Bus nach South Carolina sitzt, auf dem Weg zur Grundausbildung. Der die Haare geschnitten bekommt und währenddessen durch das Fenster einen *Hornet* Jagdbomber im Landeanflug beobachtet. Der endlose Runden über die Gefechtsbahn dreht, das Sturmgewehr im Anschlag, während der *Drill Instructor* immer wieder dieselben Befehle brüllt. Ein Junge, der in der geräuschvollen Dunkelheit des Schlafsaals liegt, todmüde und doch hellwach, der an die Decke starrt und sich fragt, ob er das Richtige getan hat.

Das scheint alles tausend Jahre her zu sein und außerdem jemand ganz anderem passiert. Heute sitze ich hier in dieser kleinen grauen Küche, öffne eine unbeschriftete Dose, leere die schleimige, fahlweiße Masse in einen Teller und überlege, ob ich Minzsoße dazu nehme oder Tabasco oder etwas anderes. Und manchmal geschieht es, dass ich dasitze, esse und begreife, wie mein Leben, jede einzelne Entscheidung, die ich getroffen habe, mich hierher geführt hat, an diesen Ort, an diesen Tisch, vor diesen Teller. Als würde ein Schleier gehoben, begreife ich in diesen magischen Augenblicken, was es heißt, dass ich niemals wieder einen saftigen Braten mit Backpflaumen essen werde oder ein Stück Pizza, von dem Fäden geschmolzenen Käses weghängen, nicht einmal mehr einen Apfel. Ich glaube in solchen Momenten sogar zu erahnen, was es mit dem Leben insgesamt auf sich hat, und es ist die Ahnung von etwas so Gewaltigem, Ungeheurem, dass ich scharf einatme und den Kopf schüttle und mich frage, wie die Boston Red Sox spielen werden, nur um es loszuwerden.

Dann suche ich Zuflucht bei Seneca, immer wieder nur bei ihm. Wesentlich in einem Menschenleben, sagt er, ist nicht, alle möglichen Siege zu erringen oder großartige Dinge zu vollbringen – wesentlich ist, seiner Laster Herr zu werden, das ist der größte Sieg. Man muss so weit kommen, sich innerlich über die Drohungen und Versprechungen des Schicksals zu erheben, und verstehen, dass es nichts hat, was würdig wäre, unsere Hoffnungen daran zu hängen. Wesentlich ist, widrige Geschicke frohmütig ertragen zu lernen. *Du bist nicht unglückselig, wenn du es nicht zu sein glaubst*, sagt er.

Um diese Überzeugungen geht es, so verstehe ich ihn. Nicht das, was mir geschieht, ist wesentlich, sondern wie ich mich dazu stelle. Was mir geschieht, kann ich mir nicht aussuchen, aber was ich darüber denke, sehr wohl. Ich könnte mich in Verzweiflung fallen lassen und bejammern, dass ich keinen nennenswerten Darm mehr habe: Es würde mir keinen Zoll davon zurückbringen und nicht das Geringste ändern, außer, dass ich mich schlecht fühlen würde. Das zu verstehen ist, was wahrhaft frei macht. Manchmal verstehe ich es sogar.

Unser Leben ist lang genug und ist uns reichlich zugemessen, die größten Dinge zu vollbringen, wenn wir es nur als Ganzes gut zu nutzen wissen. Wenn wir es aber verschwenderisch und unachtsam verfließen lassen und uns für keine große Aufgabe einsetzen, und schließlich tritt die letzte Notwendigkeit heran, dann fühlen wir: Das Leben, das wir in seinem Gange nicht beachtet haben, ist nun vergangen.

Seneca, DE BREVITATE VITAE

9

Irgendwann an diesem Nachmittag ging ich die Liste mit den Telefonnummern und Adressen durch, die Gabriel mir genannt hatte, und ich spielte mit dem Gedanken, einen von ihnen anzurufen.

Juan auf jeden Fall nicht. Er ist derjenige unserer Gruppe, zu dem ich am wenigsten so etwas wie ein persönliches Verhältnis habe. Ich glaube, den anderen ging das ähnlich – mit Ausnahme von Gabriel. Er und Juan verstanden sich stets bestens. Ich bezweifle, dass irgendjemand kapiert hat, warum eigentlich.

Mir war Juan Gomez immer ein Rätsel. Vom ersten Tag an empfand ich ihn als anstrengend. Er ging an alles mit einer derartigen Verbissenheit heran, als hinge das Schicksal der Welt davon ab, dass er keine Fehler machte. Er neigte dazu, in Streitfragen einen Standpunkt einzunehmen, den er für den moralisch überlegeneren hielt, und einem dann beibringen zu wollen, was richtig und was falsch war. Er wäre wahrscheinlich ein guter Richter geworden – oder ein schrecklicher, wer weiß? Verlässlich war er immer, das muss man sagen. Wenn man mit ihm einen Treffpunkt und eine Uhrzeit ausmachte, die Welt hätte untergehen können und er wäre trotzdem pünktlich zur Stelle gewesen.

Vielleicht waren diese rigide Haltung und seine moralischen Ansprüche eine Art Reaktion auf die Lebenseinstellung seines Vaters. Soweit ich weiß, stammt er aus Texas, kennt seine Mutter nicht und ist von einem ziemlich verrückten Vater großgezogen worden, der keine Arbeitsstelle länger als zwei Monate behalten konnte, ständig hinter Frauen her war und in Schwierigkeiten landete. Die beiden mussten öfter bei Nacht und Nebel fliehen, mit ihren paar Habseligkeiten, wenig mehr, als in drei Koffer passte. Juan scheint aus einer Art Aggression heraus zu handeln – und zu überleben –, die jemandem, der so etwas nicht mitgemacht hat, wahrscheinlich kaum zu vermitteln ist.

Dann war da Jack Monroe. Lebte jetzt in irgendeinem Kuhkaff in Iowa, kaum zu glauben. Ich dachte an ihn und fragte mich, ob er wohl noch dieses unglaublich helle, platinblonde Haar hatte, an dem man ihn damals wahrscheinlich selbst aus dem Weltraum erkannt hätte. Bestimmt ist er aber immer noch sehnig und durchtrainiert, er war der Typ, der ein Leben lang in Form bleibt. Und bestimmt ist er heute alles andere als gut aussehend. Sein Gesicht war von einer starken Jugendakne zerfurcht worden, was ihm beim Rasieren Probleme machte. Ich habe nie vorher und nie nachher jemand kennen gelernt, der so oft so viele kleine Pflaster im Gesicht trug. Er sagte nie viel, und wenn, dann in der rauen, kurz angebundenen Weise, wie sie Leute aus Nebraska bisweilen an den Tag legen. Und beim Essen war er immer als Erster fertig, weil er seine Mahlzeiten hinabschlang wie ein Wolf.

Im Lauf der Zeit stellte sich heraus, dass seine Haut generell ein Problem mit Verheilen und Vernarbung hatte. Von uns allen hat er mit Abstand die auffälligsten Narben davongetragen. Falls es mit den Jahren schlimmer geworden sein sollte als das, was ich seinerzeit beim Duschen zu sehen bekommen habe, sieht er heute aus wie Frankensteins Monster, wie aus lauter Einzelteilen zusammengenäht.

Ansonsten ist er ein Konservativer, wenn ich jemals einen kennen gelernt habe. Recht und Ordnung, Vaterland, Amerika, und keine weiteren Fragen. Ich fühlte mich unwohl bei der Vorstellung, ihm anzuvertrauen, dass ich unserem Führungsoffizier Informationen vorenthalten hatte, von denen die Möglichkeit bestand, dass sie die nationale Sicherheit betrafen, und das hauptsächlich aus dem höchst eigennützigen Motiv, meinen Wohnsitz in Irland und die damit verbundenen Freiräume nicht gefährden zu wollen.

Blieb Forrest DuBois, der einzige reiche Erbe, den ich je kennen gelernt habe, Nachfahre französischer Einwanderer und, wie man vermuten darf, bis auf den heutigen Tage des Französischen mächtig, weil dies in seiner Familie so Sitte war. Wenn ich an Forrest denke, sehe ich seine hellwachen, kornblumenblauen Augen vor mir und den ständigen Ausdruck grimmigen Zorns darin. Sein Vater hatte ihm nicht zugetraut, mit dem Familienvermögen angemessen – sprich so, wie er selbst – umzugehen, und ihn mit einem überaus raffinierten Testament im Rahmen der gesetzlichen Möglichkeiten quasi ausgebootet. Offiziell gehörte ihm das Vermögen seines Vaters, aber es wurde von einem Stiftungsrat verwaltet, der sich den Ansichten seines alten Herrn verpflichtet fühlte und den er nicht loswurde, obwohl er alles versuchte. Ich sehe ihn noch vor mir, wie er am Tisch sitzt, einen Brief eben dieses Stiftungsrates lesend und sich die Haare zerwühlend, die von so ausgewaschenem Braun waren, dass sie mittlerweile wahrscheinlich gut als grau durchgehen dürften. Er saß oft mit Stephen Myers zusammen, der in Sachen Recht und Geldanlage beschlagen gewesen war, um seine juristischen Optionen zu diskutieren und sich anzuhören, was man alles Aufregendes mit den Millionen machen könnte, die von den alten Freunden seines Vaters stockkonservativ verwaltet wurden. »Das Haus können sie dir nicht nehmen«, diesen Satz habe ich noch im Ohr.

Sie hatten es ihm tatsächlich nicht genommen, wie es aussah. Er wohnte bis auf den heutigen Tag darin. Ich fragte mich, was er dort wohl machte, jahrein, jahraus, zwischen all den Stilmöbeln und den Ölportraits seiner Vorfahren, von denen er uns damals in eher angewidertem Tonfall erzählt hat.

Wenn er guter Laune war, war es immer angenehm gewesen, mit ihm zu reden. Er war einer von den Burschen, die zu allem, was so vor sich geht, Hintergrundinformationen haben, jemanden kennen, der ihnen was im Vertrauen verraten hat, eben hinter die Kulissen gucken. Sein Rat wäre womöglich sogar ganz interessant gewesen.

Doch wie ich so dastand, im Flur, vor dem Wandapparat, die Liste mit den Namen und Adressen in der Hand, wurde mir klar, was der wirkliche Grund gewesen war, dass ich nie versucht hatte, Kontakt mit den anderen aufzunehmen. Wann immer ich mir gesagt hatte, ich hätte mich verpflichtet, es nicht zu tun, war das eine Ausrede gewesen. Ich hatte weitaus gravierendere Verstöße gegen weitaus gewichtigere Vorschriften begangen, ohne mit der Wimper zu zucken. Selbst die Überwachung unserer Telefone wäre kein wirklicher Grund gewesen, es nicht zu tun, wenn ich es wirklich gewollt hätte. Es gab Briefe, es gab Telefonzellen, es gab Faxgeräte und seit einigen Jahren E-Mail, und abgesehen davon ließ man uns nach dem, was Gabriel erzählt hatte, sowieso allerhand durchgehen inzwischen. Schließlich muss mir auch irgendjemand seinerzeit den Brief mit der Anschriftenliste zugeschickt haben.

Der wirkliche Grund, warum ich mich nie gemeldet hatte, war, dass ich es nicht gewollt hatte. Selbst jetzt rief die Idee, eine dieser Nummern zu wählen, vor allem die Vorstellung in mir wach, wie wir in einigen Jahren stundenlang am Telefon hängen und über nichts anderes reden würden als über unsere Gebrechen und Beschwerden. Wir würden gemeinschaftlich unsere Wunden lecken, ständig *weißt du noch?* sagen, von alten Zeiten schwärmen, angeben mit den Frauen, die wir flachgelegt hatten. Wir würden nach und nach einen Club bilden, der in der Vergangenheit lebte.

Und das wollte ich nicht. Ich wollte in der Gegenwart leben, mich abfinden mit dem, was hier und jetzt war. Ich wollte nicht darüber nachdenken, was einmal gewesen war und was ich verloren hatte und was unter anderen Voraussetzungen hätte sein können und all dieses unfruchtbare Zeug. Ich hatte keinen Kontakt zu den anderen gesucht, weil sie für die Vergangenheit standen, mit der ich fertig werden oder die ich zumindest abschließen wollte.

Ich musste an die Männer mit den Mobiltelefonen denken und an den toten Anwalt, der angeblich geheime Unterlagen besessen hatte, und an Bridget, die spurlos verschwunden war. Die Vergangenheit war nicht abgeschlossen. Die Vergangenheit war noch nicht einmal vergangen. Sie war gerade dabei, mich wieder einzuholen.

Um acht Uhr – zwölf Uhr in Kalifornien – versuchte ich es noch einmal in Santa Barbara, aber mittags Pause zu machen schien nicht zu den Gewohnheiten von Gabriel Whitewater zu zählen.

Ich zog mich mit einem Buch in meinen Lesesessel zurück, für ungefähr fünf Minuten, bis eine innere Unruhe mich wieder aufspringen ließ und dazu trieb, das Schlafzimmer aufzuräumen und alle Zimmer durchzufegen, etwas, das bei mir normalerweise eher zu kurz kommt.

Kurz vor neun wählte ich Gabriels Nummer erneut, und es hob immer noch niemand ab. Ich fand seltsam, was mir schon heute Mittag hätte eigenartig vorkommen müssen: dass jemand, der angeblich ein Nebengewerbe betreibt, keinen Anrufbeantworter geschaltet hat, wenn er nicht zu Hause ist.

Ich ließ es so lange klingeln, bis ich aus der Leitung geworfen wurde.

Dann holte ich das Mobiltelefon hervor, um das Spielchen in der Villa mit den Flamingos zu wiederholen. Ich tippte die Nummer sorgfältig neu ein – um die Möglichkeit auszuschalten, dass ich mich vorhin verwählt hatte und seit Stunden den völlig falschen Apparat anrief –, ließ es klingeln und stellte mir hoffnungsvoll vor, dass es in einem solchen Haus einfach seine Zeit dauerte, bis man vom *unglaublich* blauen Pool bis ans Telefon gelangte, erst recht, wenn einem dabei ein selbsttätig umherfahrender Kühlschrank zwischen die Beine geriet.

In diesem Augenblick klingelte das Wandtelefon.

Reilly!, schoss es mir durch den Kopf. Hastig schaltete ich das Mobiltelefon aus und schob es zurück in sein Versteck, gerade so, als bestünde die Gefahr, dass er es über die Telefonleitung sehen konnte. Dann hob ich behutsam den Wandapparat ab und meldete mich.

»O'Shea hier, guten Abend«, vernahm ich die sonore Stimme des Arztes. »Ich hoffe, ich störe nicht; auf der anderen Nummer war die ganze Zeit belegt –«

Mir fiel ein Stein vom Herzen. »Sie sind es!«

»Das klingt, als hätten Sie jemand anders erwartet.«

»Nein, befürchtet.« Ich schüttelte den Schreck ab. »Spielt keine Rolle. Was kann ich für Sie tun, Doktor?«

Ich hörte ihn schmunzeln. »Umgekehrt – ich fürchte, ich muss noch etwas für Sie tun, ehe ich nach Dublin verschwinde. Am besten morgen Abend, so gegen sechs.«

»Wieso das denn?«, fragte ich unbedacht. Ich war so verwirrt, dass mir nicht einmal auffiel, wie unbedacht die Frage war.

Er zögerte. »Soll ich es Ihnen wirklich sagen?«

»Ich bitte darum.«

»Ich habe die neuen Röntgenbilder entwickelt, und wie es aussieht, hat einer Ihrer Beinverstärker bei Ihrem Kraftakt etwas abbekommen. Spüren Sie nichts?«

Ich bewegte beunruhigt die Beine, erst das eine, dann das andere. »In welchem soll das denn sein? Rechts oder links?«

»Das habe ich gerade mit Absicht nicht erwähnt. Sie spüren also nichts?«

»Beide fühlen sich an wie immer. Wie sie sich seit 1990 eben anfühlen.«

»Hmm.« Er raschelte mit seinen Unterlagen. »Ich habe mit Röntgenbildern von Metallkonstruktionen nicht so viel Erfahrung, aber mir will scheinen, dass an dem Hydraulikelement, das an der Ummantelung des rechten Femurs ansetzt, etwas entweder schon gebrochen ist oder demnächst zu reißen gedenkt. Was genau man da machen kann oder muss, kann ich nicht sagen, aber ich würde es mir gerne aus der Nähe ansehen. Ein, zwei Großaufnahmen des Oberschenkels, nichts Dramatisches.«

Ich drehte das rechte Bein langsam nach außen und bildete mir ein, Metall auf Metall schaben zu hören, glaubte zu spüren, dass etwas lose war. Einbildung, sagte ich mir. »Einverstanden«, sagte ich Dr. O'Shea. »Ich komme morgen Abend.«

Nach dem Gespräch starrte ich eine Weile vor mich hin, folgte einer losen Kette von Assoziationen, die von einem Gedanken an Dr. O'Sheas Praxis weiterglitt zu dem Bild der Chapel Street bei Nacht, und plötzlich wurde mir bewusst, was auf dem Grund meiner Unruhe lag: Bridgets Verschwinden. Ich würde keine Ruhe finden, ehe ich nicht etwas unternommen hatte.

Draußen war es schon dunkel, außerdem windig, was es

rechtfertigte, meine dunkelste Windjacke anzuziehen. Niemand war zu sehen, als ich aus dem Haus trat. Ich ging bis ans Ende der Straße, wo entlang des Drahtzauns um ein seit langer Zeit leer stehendes Firmengebäude ein Trampelpfad auf ein Stück Wiese führt, über das man ans Ufer gelangt und auf einen befestigten Spazierweg bis vor zum Hafen. Dort überquerte ich eine Baustelle, auf der seit Jahren nichts vorangeht – das dürre Absperrgitter hängt schief in ein paar mit Beton ausgegossenen Autoreifen und rostet vor sich hin – und kam auf der Strand Street heraus, wo jede Menge Leute unterwegs waren, von denen kein Einziger telefonierte. Niemand beachtete mich, wie ich, die Kapuze über den Kopf gezogen und die Hände in den Taschen, durch kleine Quergässchen stapfte, und wenig später stand ich vor Bridgets Haus, das so dunkel dalag wie am Abend zuvor und Verlassenheit atmete.

Die Schalter meiner inneren Steuerung fühlen sich an wie fremdartige Muskeln – wahrscheinlich, hat mir einer der Ärzte im *Steel Man Hospital* einmal erklärt, weil im Grunde alles, was wir Menschen tun können, ist, irgendwelche Muskeln zu bewegen. Zu lernen, damit umzugehen, war, als lerne man mit den Ohren zu wackeln oder als übe man bizarre Breakdance-Bewegungen ein. Im Lauf der Zeit hat sich für jeden Schalter ein Ort in meinem Körper herausgebildet, an dem ich ihn zu lokalisieren glaube. Dieser Ort hat nichts mit der Stelle zu tun, an der sich der jeweilige Schalter tatsächlich befindet – alle Schalter liegen in Wirklichkeit in ein und demselben Steuerelement neben meiner rechten Niere –, vielmehr ist er eine mentale Hilfskonstruktion, die es erleichtert, ihn rasch und sicher zu bedienen. Eine Art Verwandter des Phantomschmerzes nach Amputationen.

Die Schalter für meine Wahrnehmung scheinen sich hinter meinem rechten Auge zu befinden, nebeneinander, aber gut unterscheidbar. Ich schaltete auf Infrarotsicht: blasse Spuren an der Gartentür, auf dem Plattenweg zum Haus, an der Klingel. Viele Stunden alt. Vermutlich einer der Versuche der Polizei, Bridget ausfindig zu machen.

Das Haus selber lag dunkel und kalt da, deutlich dunkler als die bewohnten, beheizten Häuser rechts und links. Ich hätte eine Wette angeboten, dass es seit vierundzwanzig Stunden niemand mehr betreten hatte, und diese Wette mit Sicherheit gewonnen.

Ich knipste die Infrarotsicht aus und den Restlichtverstärker an. Das Dunkel der Nacht ertrank im körnigen Grün der künstlich erzeugten Bilder. Ich glitt über den Zaun und unter einem zerfransten Busch hindurch in den dunklen Hintergrund des Gartens. Im Schatten der übermannshohen Steinmauer verharrte ich reglos, lauschte mit leicht aufgedrehtem Gehör auf mögliche Reaktionen. Nichts.

Auf eine Taschenlampe verzichten zu können ist entschieden von Vorteil für einen Einbrecher. Ich hatte trotzdem eine dabei, eine kleine Stablampe, die einen kaum fingerdicken Lichtstrahl abgab, außerdem ein paar handliche Werkzeuge, die man als Normalbürger schwerlich auf legalem Weg bekommt und die ich bei meinem Ausscheiden aus dem aktiven Dienst irgendwie vergessen haben muss zurückzugeben. Ich suchte sorgfältig nach der geeigneten Stelle, sie zum Einsatz zu bringen.

Häuser sind in Irland selten mit einer Terrasse ausgestattet, weil das Wetter die meiste Zeit entweder zu regnerisch oder zu windig ist, als dass man etwas damit anfangen könnte. Was es aber in der Regel gibt, ist eine zweite Tür auf der Rückseite des Hauses; meistens führt sie aus der Küche ins Freie, in den Gemüsegarten oder auf einen gekiesten Hinterhof. Eine solche Tür hatte auch Bridgets Haus, und davor ein gekiestes Stück Weg, auf dem ein Mülleimer und eine große Topfpflanze einträchtig nebeneinander standen. Sie sah unproblematisch aus, diese Tür. Wobei die Frage nicht war, ob ich hineinkommen würde – das würde ich auf jeden Fall; ich spürte sogar anflugsweise Lust, wieder mit Wucht durch eine solide Wand zu brechen –, sondern, ob ich hineinkommen würde, ohne *Spuren* zu hinterlassen.

Ich huschte über den mageren Rasen und die überwucherten Reste von Gemüsebeeten, ging vor der Tür in die Hocke und fuhr mit der rechten Hand langsam am Türstock entlang, auf die Wahrnehmungen eines Geräts lauschend, das im äußersten Glied meines Ringfingers sitzt und ursprünglich dazu gedacht war, Zündstromkreise von Minenfallen aufzuspüren. Es eignet sich natürlich genauso gut zum Aufspüren einer Alarmanlage. Die es hier nicht gab. Ich zückte eines meiner raffinierten kleinen Werkzeuge, machte mich über das Schloss her und war Sekunden später drinnen.

Es war die Küche, und es roch seltsam – ranzig, abgestanden, zugleich süßlich-fruchtig und modrig. Es hätte nicht geschadet, gründlich zu lüften, aber ich zog die Tür trotzdem leise hinter mir ins Schloss und sah mich um, natürlich ohne Licht zu machen. In der Spüle stand ungespültes Geschirr, Tassen, Teller, ein Topf. Ich schaltete die Restlichtverstärkung kurzzeitig aus und warf einen Blick in den Kühlschrank. Eine angebrochene Flasche Milch, und auf einem kleinen Tablett trockneten ein paar Scheiben Wurst vor sich hin. Das sah alles nicht so aus, als hätte hier jemand eine von langer Hand vorbereitete Reise angetreten. Ich schloss die Kühlschranktür, sah mich weiter um. Den Mülleimer unter der Spüle zu inspizieren erforderte den kurzen Einsatz der Stablampe, und danach war mir zumindest klar, woher all diese Gerüche kamen.

Ich setzte meinen Weg fort, ins Wohnzimmer. Ich wusste nicht genau, was ich suchte. Irgendeinen Hinweis. Spuren eines Kampfes, vielleicht. Aber das behaglich eingerichtete Wohnzimmer sah aufgeräumt aus. Ein Sofa mit ein paar zerknautschten Kissen. Ein Fernseher, der noch auf Standby geschaltet war. Ein Regal mit Büchern, Grünpflanzen und einer Sammlung kleiner Tonvasen. Ich fragte mich, ob die Polizei schon im Haus gewesen war oder sich damit begnügt hatte, Nachbarn und Bekannte zu befragen. Im infraroten Bereich war jedenfalls alles dunkel und nicht mehr die geringste Spur übrig.

Unter der ins Obergeschoss führenden Treppe stand ein kleiner Sekretär, auf dem sich Briefe und andere Unterlagen stapelten. Der Platz lag so geschützt, dass ich die Lampe ein wenig länger benutzen konnte, ohne Gefahr zu laufen, von draußen bemerkt zu werden, aber ich entdeckte nur die in einem Haushalt üblichen Rechnungen, nichts, was ungewöhnlich gewesen wäre. Doch etwas anderes weckte mein Interesse, ein Gegenstand, der mir vor dem Einschalten meiner Taschenlampe nicht aufgefallen war: das Portrait eines Mannes in einem schweren silbernen Aufstellrahmen.

Es war ein junger Mann mit wildem, dunklem Haar und wilden, dunklen Augen, den ich noch nie gesehen hatte, weder in Bridgets Nähe noch sonst wo. Er sah finster drein, das Kinn kämpferisch vorgeschoben, allenfalls um die Mundwinkel mochte man sich den Anflug eines Lächelns einbilden. Gut aussehend. Voller Leidenschaft.

Und es war, als sähe mich dieser Mann grimmig an, würde jeden Moment den Mund aufmachen und fragen: *Was machen Sie im Haus meiner Liebsten?*

Ich war ein Eindringling. Ein Eindringling, der vorgebeugt über den privaten Unterlagen einer ihm im Grunde fremden Frau stand und mit einer kleinen Taschenlampe das Foto eines fremden Mannes anleuchtete. Ich knipste das Licht aus, richtete mich auf und sah mich um. Zu peinlich, falls ich erwischt werden sollte; ich musste aufpassen.

Ich blieb eine Weile reglos stehen und horchte in die Stille des Hauses, fühlte seine Kühle, roch den fremden Geruch. Was tat ich eigentlich hier? Ging es mir wirklich um Bridget und ihr Verschwinden? Glaubte ich allen Ernstes, ich würde irgendwelche bedeutsamen Spuren finden? Bildete ich mir ein, ich könnte sie aufspüren, nachdem dies der hiesigen Polizei nicht gelungen war, Leuten, die alle und jeden kannten, denen man bereitwillig Auskunft gab und die auf einen umfangreichen organisatorischen Apparat zurückgreifen konnten – nur weil ich, ein Fremder in diesem Land, ein Unbekannter in dieser Stadt, zufällig ein paar technische Spielsachen, die aus einem James-Bond-Film stammen könnten, in meinem Körper herumtrug?

Nein, war die Antwort. Was ich wirklich wollte, war, dieser Frau nahe zu sein. Und ich brachte es nicht fertig, aufzuhören mit dem, was ich tat.

Ich lauschte auf meinen Atem, als ich die Treppe hinaufstieg, hörte das unmerklich leise Surren der passiv in den Beinmuskeln mitgezogenen Kraftverstärker. Meine Hand glitt über den Handlauf, und weil die Stufen ein wenig knarrten, bewegte ich mich so langsam, dass ich sogar den normalerweise fast nicht spürbaren Unterschied in der Beweglichkeit meiner beiden Arme fühlen konnte: Seit den Operationen ist mein rechter Arm zwar stärker, aber auch geringfügig schwergängiger als der linke.

Ein kleiner Flur, drei Türen. Die erste, die ich öffnete, ging in einen Abstellraum, in dem ein Regal mit Schuhen stand, daneben ein abgewetzter Koffer, ein paar Kartons mit Krimskrams und in der Mitte des Raumes ein leerer Wäscheständer. Eine Hand voll Wäscheklammern lag auf dem Boden darunter verstreut, als habe jemand die getrocknete Wäsche in höchster Eile abgenommen.

Hinter der nächsten Tür war das Bad. Die Zahnbürste fehlte,

und die Reihen der Kosmetika auf den Ablagen wiesen deutliche Lücken auf. Auch hier Spuren von Hektik: umgefallene Tuben und Flakons, Wattestäbchen auf dem Boden, ein Handtuch, das zerknüllt in einer Wasserlache lag.

Im infraroten Bereich: nichts. Selbst wenn ich einen Tag eher hier gewesen wäre, hätte ich nicht mehr gesehen. Bridget hatte sich nicht lange genug in diesem Raum aufgehalten, um deutliche thermische Spuren zu hinterlassen. Sie war nach Hause gekommen, hatte so rasch wie möglich gepackt und war wieder gegangen, wohin auch immer. Warum? Was hatte sie dazu veranlasst? Alles deutete darauf hin, dass sie das Haus bereits mit dem festen Vorsatz, sofort wieder zu verschwinden, betreten hatte.

Die dritte Tür. Sie führte in ihr Schlafzimmer. Das Fenster ging zum Garten und der Steinmauer hinaus, und man konnte einen schweren Vorhang aus dickem Samt davor ziehen. Trotzdem musste das trübe Licht der Nachttischlampe genügen.

Eine Tür des Kleiderschranks stand weit offen, eine andere war nur angelehnt, und eine Menge Pullover, Kleider und Hosen lagen – offenbar aussortiert – über das zerwühlte Bett verstreut. Dunkle, von altem Staub gezeichnete Streifen zeigten an, wo ein kleiner Koffer gelegen hatte, der vermutlich auf dem Schrank aufbewahrt worden war. Hast und Eile auch hier, als wäre jemand hinter ihr her gewesen. Jemand, den sie kannte und fürchtete.

Ich berührte eines der Kleider, die noch auf den Bügeln hingen. Es war das Kleid, in dem ich sie am vergangenen Samstag auf dem Weg zu Dr. O'Shea gesehen hatte. Es war aus dunkelgrünem Samt, mit zarten weißen Stickereien verziert und an den Rändern mit einer gelben Borte eingefasst. So, wie es da hing, wirkte es altmodisch und kitschig, aber an ihr hatte es umwerfend ausgesehen. Ich fuhr mit der Hand den Ärmel entlang, fühlte den weichen Stoff. Es roch noch nach ihr, bildete ich mir ein. Der ganze Schrank verströmte ihren Duft.

Hinter der Tür stand eine Frisierkommode, die Bridget nicht zu benutzen schien, denn es stapelten sich Zeitschriften und Körbe mit Strickwolle darauf so hoch, dass der Spiegel fast uneinsehbar war. An der Wand darüber hingen zahlreiche gerahmte Fotos, teils sepiabraune, uralte Porträts uralter Menschen, teils verblassende, schlecht gemachte Schnappschüsse aus moderneren Zeiten, alle um ein großes, farbiges Bild in einem schneeweißen Rahmen angeordnet: ein Hochzeitsfoto. Es zeigte Bridget im Hochzeitskleid und den Mann vom Sekretär unten als ihren Bräutigam.

Darunter hing noch ein Foto ihres Mannes, in einem schwarzen Rahmen und mit einem Stück Trauerflor daran. Es war ein offiziell wirkendes Bild, auf dem er ernst dreinblickte, beinahe gefasst. Er war also tot. Was zumindest erklärte, warum man Bridget immer alleine sah.

Mein Blick fiel auf eine angefangene Strickarbeit aus weißer Wolle in einem der Körbe darunter. Ein kleiner, halb fertiger Strampelanzug, wie ich feststellte, als ich ihn hochhob. Jetzt erst bemerkte ich, dass Bridget auf dem Hochzeitsbild schwanger war. Ich starrte den Strampler an, dem noch der rechte Ärmel und ein Teil des Rückens fehlte, und hatte das überwältigende Gefühl, dass mir dieses winzige Kleidungsstück eine Geschichte zu erzählen versuchte. Eine Geschichte, die ich bloß nicht verstand. Bridget war schwanger gewesen – wo war das Kind?

Ich legte die unvollendete Handarbeit zurück und beschloss zu gehen. Es war sinnlos, was ich hier tat. Ich hatte hier nichts verloren. Ich schnüffelte im Leben dieser Frau herum, ohne jede Berechtigung, einen Notfall auf verachtenswerte Weise ausnutzend.

Ich beugte mich über das Bett, um die Nachttischlampe wieder auszuschalten. Aus den Laken stieg ein Geruch nach Weiblichkeit auf, unerwartet und intensiv. Ich fuhr hoch und verharrte zitternd in der Dunkelheit, unfähig, mich zu bewegen. Ich sah die Dunkelheit auch nicht, ich sah Gesichter. Gesichter, die ich vergessen zu haben glaubte. Nichts vermag einem Erinnerung so überwältigend stark zurückzurufen wie Gerüche.

Die Männer, die mich zu dem gemacht haben, was ich heute bin ... ich weiß nicht, was sie getrieben hat, mich – und was das betrifft, *nur* mich; es war nicht Teil des Projekts – mit jenem besonderen Implantat auszustatten. Am Schluss hat ohnehin jeder gemacht, was ihm einfiel. Vielleicht wollten sie mir etwas Gutes tun. Aber vielleicht haben sie während der Operation auch nur dreckige Witze gerissen und sich auf die Schenkel geklopft vor Lachen. Und vor Neid.

Dank dieses experimentellen Implantats bin ich der einzige Mann in der Geschichte der Menschheit, der vollkommene Kontrolle über sein Geschlechtsorgan besitzt. Unabhängig von jeder Stimmung und Verfassung bräuchte ich nur einen meiner bionischen Schalter zu betätigen, um eine Erektion zu bekommen, die so hart ist und so lange anhält, wie ich es wünsche. Stundenlang, wenn ich das wollte.

Dummerweise scheinen sie vergessen zu haben, dass ich mehr als dreihundert Pfund schwer bin und so stark wie ein Bagger, und dass ich im Augenblick eines Orgasmus die Kontrolle über all das verlieren würde. Eine Frau, die mit mir schliefe, wäre in akuter Lebensgefahr.

Ich mag eine Fähigkeit besitzen, um die mich alle Männer beneiden, aber ich habe noch nie davon Gebrauch gemacht.

Nun aber bringt doch den allergrößten Verlust an Lebenszeit das Hinausschieben mit sich. Man lässt gerade den bestehenden Tag verstreichen und bestiehlt die Gegenwart, weil man sich auf das Späterkommende vertröstet. Das größte Hindernis des Lebens ist die Erwartung, die sich auf den nächsten Tag richtet. Du verlierst dadurch das Heute.

Seneca, DE BREVITATE VITAE

10

Am nächsten Morgen klingelte es an meiner Tür. Ich erwachte, blickte stirnrunzelnd an die Decke und fragte mich, wer etwas von mir wollen könnte. Noch ehe ich auf irgendeine Idee gekommen war, klingelte es wieder, länger und drängender diesmal, und jemand rief: »Mister Fitzgerald?«

Die Stimme kam mir vage bekannt vor, wenngleich ich sie in dem Moment nicht einordnen konnte. Ich wälzte mich aus dem Bett und zerrte meinen Morgenmantel unter einem Stapel schmutziger Wäsche hervor. Einer der Ärmel war nach innen gestülpt, und noch ehe ich alles zurechtgezogen hatte, fing es an der Tür an zu klopfen. »Polizei! Machen Sie auf!«

Jetzt erkannte ich die Stimme wieder. Der Sergeant, der uns nach dem Mord an Harold Itsumi vernommen hatte. Wright oder so. Ich rief »Ja, ja«, schlurfte vernehmlich zur Tür und öffnete.

Er war es. In einem Mantel, der so grau war wie seine Haare, stand er vornübergebeugt da und studierte das Namensschild an meiner Klingel. Hinter ihm warteten zwei finster dreinblickende Polizisten in Uniform und ein Auto, dessen Fahrer sich die Mühe gemacht hatte, es die hundert Yard von der letzten Stelle, an der man in unserer Straße ein Auto wenden kann, rückwärts bis vor mein Haus zu manövrieren.

Der Sergeant richtete sich auf. »Wer ist Helen Magilly?«

»Die Frau, die vor mir hier gewohnt hat«, sagte ich.

»Einen Moment dachte ich, Sie hätten mir die falsche Adresse genannt.«

»Ich bin noch nicht dazu gekommen, das Schild auszutauschen.«

»Tja«, sagte er. »Kann passieren.« Er sah mich mit einem Blick an, als bedauere er es, nun förmlich werden zu müssen. »Mister Fitzgerald, wo waren Sie gestern Abend zwischen neun und zwölf Uhr?«

Sie starrten mich an, alle drei. Ich unterdrückte jede Regung von Schreck oder Schuldbewusstsein, überlegte nur fieberhaft, was ich falsch gemacht, welche verräterische Spur ich hinterlassen haben mochte, und sagte: »Hier. Zu Hause.«

»Ich nehme an, dafür gibt es keine Zeugen.«

Ich schüttelte den Kopf. »Ich wüsste nicht, wen.«

»Verstehe.« Er nickte, um mir zu zeigen, wie sehr er es verstand. »Ich muss Sie bitten, mitzukommen, Mister Fitzgerald.«

Vielleicht war ein Siegel an der Tür angebracht gewesen, das ich beim Eindringen zerrissen hatte. Mein Sensor erspürt nur elektrischen Strom, keine dünnen Klebstreifen. Aber was brachte sie auf die Idee, dass ausgerechnet ich es gewesen sein sollte? Ich bildete mir ein, dass ich jede eventuelle Infrarotkamera bemerkt hätte. Fingerabdrücke? Ich hatte geglaubt, in keiner Fingerabdruckkartei außerhalb der Vereinigten Staaten verzeichnet zu sein. Falls ich mich da getäuscht haben sollte, war es am besten, ich legte mir schon mal eine plausible Ausrede zurecht.

»Was wird mir vorgeworfen?«, fragte ich.

»Der Inspector will Sie sprechen.« Sergeant Wright machte eine wegwerfende Handbewegung. »Alles halb so wild. Ziehen Sie sich was an, wir fahren Sie hin.«

»Okay. Einen Moment.« Ich wollte die Haustür anlehnen,

aber der Sergeant sagte rasch: »Lassen Sie offen, bitte. So, dass ich die Hintertür sehen kann.« Er lächelte müde. »Nur der Form halber.«

Also ließ ich die Tür offen, ging ins Schlafzimmer und schlüpfte in die nächstbesten Sachen. Meinen dunklen Sweater stopfte ich tief nach hinten in den Schrank und wählte stattdessen ein farbenfrohes Holzfällerhemd, und bevor ich hinausging, vergewisserte ich mich, dass ich nicht etwa mein Einbruchswerkzeug noch in den Hosentaschen der Jeans stecken hatte. Dann schloss ich das Haus sorgfältig zu, folgte den stummen Weisungen der Beamten auf den Rücksitz des Wagens, wo sie sich rechts und links von mir hinsetzten, und als das so weit geregelt war, stieg der Sergeant vorne zu, und die Fahrt ging los. »Und warum der Inspector mich sprechen will, wissen Sie nicht zufällig?«, versuchte ich es, als wir aus meiner schmalen Straße heraus waren, doch Wright wandte kaum den Kopf. »Das soll er Ihnen selbst sagen.«

Ich bemühte mich, ruhig zu atmen, und sagte mir, dass im äußersten Notfall Lieutenant Colonel Reilly über die nötigen Kontakte in die diplomatischen Ebenen verfügte, um mich aus jedem Schlamassel herauszuholen. Das wäre dann zwar genau das, was ich hatte vermeiden wollen, aber wenn ich zwischen einem Zimmer in einem Militärstützpunkt in Amerika und einer Gefängniszelle in Irland zu wählen habe, nehme ich doch lieber den Stützpunkt.

Aber zu meiner Überraschung bog der Wagen nicht in die Chapel Street ab, sondern hielt vor dem Haus von Dr. O'Shea. Man hieß mich aussteigen, dirigierte mich durch umherwimmelnde Menschen mit Plastikhandschuhen und Fotoapparaten. Aus der Haustür kamen uns Männer mit düsteren Gesichtern und Kisten voller Unterlagen entgegen. Inspector Pinebrook wartete im Behandlungszimmer, mit verschränkten Armen auf der Kante des Schreibtischs lehnend, doch erst als ich die mit Kreide gezeichneten Umrisse auf dem Boden neben dem Karteischrank sah, dämmerte mir, was geschehen war.

»Dr. O'Shea …?« Meine Stimme hörte sich nicht an wie meine Stimme. Sie hörte sich an, als würge mich jemand.

Pinebrooks linke Augenbraue wanderte ein Stück aufwärts. »Ja«, nickte er. »Üble Sache.«

In den Kreideumrissen war ein großer dunkelbrauner Fleck zu sehen, an der Wand darüber gab es viele kleine dunkelbraune Flecken, und dann war da eine verschmierte Spur abwärts, die die Fantasie aufs Grausigte beflügelte.

Ich sagte irgendetwas, aber ich weiß beim besten Willen nicht mehr, was.

»Eine der Arzthelferinnen hat ihn heute Morgen entdeckt, so gegen sieben«, berichtete Pinebrook. »Tot. Erschossen. Mit mehreren Schüssen, ganz ähnlich wie der Amerikaner im Hotel. Scheint sogar derselbe Typ Waffe zu sein.«

Ich hörte nur mit halbem Ohr zu. »Und wann? Gestern Abend, nach dem, was mich der Sergeant fragte, oder?«

»Unser Mediziner meint, später als neun Uhr und früher als elf Uhr.«

Ich nickte, sagte, ohne zu überlegen: »Um neun Uhr hat er mich noch angerufen.«

»Ich weiß«, meinte der Inspector befriedigt. »Sie waren sogar der Letzte, den er angerufen hat.« Er nahm mit spitzen Fingern den Hörer des Telefons auf, drückte die Wahlwiederholungstaste und wies auf das Display. »Ihre Nummer. Das brachte mich auf die Idee, Sie herzubitten.« Er legte den Hörer behutsam wieder auf und wischte sich bedächtig die Reste des Puders von den Fingern, den man wohl benutzt hatte, um die Abdrücke auf dem Apparat zu sichern. »Darf ich fragen, weswegen er Sie sprechen wollte?«

Mir wurde heiß. Die Wahrheit konnte ich ihm natürlich unter keinen Umständen sagen. »Die Wunden, die er mir vorgestern Abend verbunden hat«, fiel mir schließlich als Ausrede ein. Ich zeigte meine rechte Hand vor, zog das Hemd ein Stück zurück, sodass auch der Verband um den Unterarm zu sehen war. »Er wollte wissen, wie sie verheilen.«

»Ich wünschte, mein Hausarzt wäre auch so fürsorglich«, knurrte Pinebrook und rieb sich die linke Seite des Brustkorbs. »Der verdammte Kerl kann sich nicht mal merken, dass ich einen Herzschrittmacher habe. Jedes Mal misst er mir den Puls und wundert sich, wie regelmäßig der ist.«

»Haben Sie schon eine Vorstellung, wer es war?«, fragte ich. Mein eigenes Herz schlug derart wild, dass ich versucht war, die Sedierung zu aktivieren.

Der Inspector gab einen knurrenden Laut von sich. »So, wie es aussieht, ein Junkie auf der Suche nach Stoff. Nebenan ist der Schrank mit den starken Mitteln aufgebrochen und leer geräumt, alle Schubladen sind durchwühlt, als hätte jemand Geld gesucht, und so weiter. Wie im Film.«

Ich traute meinen Ohren nicht. »Ein Junkie?«

»Ich sagte, so sieht es aus«, sagte Pinebrook. »Ich habe nicht gesagt, dass ich es glaube. Es wäre tatsächlich das erste Mal, dass ich außerhalb Dublins von so einem Fall höre.«

In meinem Verstand drehten sich die dummen alten Zahnräder mit quälender Langsamkeit. Ich sah umher, versuchte zu verstehen. Da war das Leuchtgerät an der Wand, leer. Leer bis auf ein winziges Fitzelchen Papier, das in einer der Klammern verfangen hing. Ein abgerissenes Stück eines Aufklebers.

»Und was *glauben* Sie?«, fragte ich, während ich unauffällig auf Teleskopblick schaltete. Ein paar dunkle Flecken auf den Fetzen. Buchstaben. *teel* las ich.

Jede Wette, dass auf dem Aufkleber *John Steel* gestanden

hatte. Meine Röntgenbilder hatten am Leuchtgerät gehangen, und jemand hatte sie überaus hastig von dort weggerissen.

»Was ich glaube?«, räsonierte der Inspector. »Ich glaube, dass der Drogendiebstahl vorgetäuscht ist. Ich glaube, dass der Mörder jemand ist, der normalerweise in amerikanischen Großstädten unterwegs ist, wo solche Verbrechen glaubwürdiger sind als hier, in der tiefsten Provinz von Kerry, mein Gott!«

Ich sah ihn an. Seine bronzenen Augen musterten mich durchdringend. »Aber Sie haben nicht mich im Verdacht, oder?«, fragte ich.

Er hustete, klopfte sich auf die Brust, räusperte sich ausgiebig. »In diesem kleinen Provinznest, Mister Fitzgerald«, sagte er mit einem asthmatischen Unterton in der Stimme, »in dem selbst der letzte Totschlag im Zustand der Volltrunkenheit Jahre her ist, sind innerhalb von zwei Tagen zwei Menschen brutal ermordet worden. Und jedes Mal waren Sie sozusagen in der Nähe. Denken Sie nicht, dass das etwas ist, das einen Kriminalisten stutzig machen sollte?«

»Ich habe nichts damit zu tun«, erklärte ich.

»Das mag sein. *In dubio pro reo*. Aber –« Er hustete noch einmal, zog ein Taschentuch hervor, wischte sich über den Mund und betrachtete es dann angeekelt. »Ich muss hier raus. Der Geruch von Arztpraxen ist mir unerträglich. Ich verstehe nicht, wie es jemand den ganzen Tag in einem derartigen Gestank aushalten kann.«

Also gingen wir hinaus. Vor der Tür wich der pfeifende Klang aus seinem Atem. »Unser Computer weiß allerhand interessante Sachen über Sie, Mister Fitzgerald. Das heißt«, korrigierte Pinebrook sich, »ob sie wirklich so interessant sind, weiß ich nicht, weil er sie nicht herausrückt, sondern mich an eine Abteilung des Innenministeriums verweist, von der ich bis gestern nicht gewusst habe, dass es sie überhaupt gibt.« Er warf einen skeptischen Blick zum Himmel, an dem es Massen schwerer Wolken wieder einmal sehr eilig hatten. »Darf ich fragen, was für eine Art Zeugenschutzprogramm das ist?«

»Darüber möchte ich nicht reden«, sagte ich, und das war zur Abwechslung die reine Wahrheit.

»Verstehe«, nickte der Inspector. »Diese Art von Programm.« Er wiegte sinnierend das Haupt, und ich hätte was darum gegeben zu wissen, was jetzt darin vorging. »Wie auch immer«, fuhr er nach einer geraumen Weile fort, »ich muss trotzdem darauf bestehen, dass Sie vorläufig die Stadt nicht verlassen.«

»Das hatte ich sowieso nicht vor.«

»Umso besser«, meinte er. Er begann, in den weitläufigen Taschen seines Mantels zu kramen. »Worum ich Sie außerdem gern bitten würde …«

Er ließ das Ende seines Satzes so lange in der Luft hängen, dass ich ihm den Gefallen tat und zurückfragte: »Ja?«

»Dass Sie es mich wissen lassen, falls Sie in Ihrer Umgebung etwas Ungewöhnliches bemerken.« Er war endlich fündig geworden, reichte mir seine Karte. »Unter einer dieser Nummern sollte ich jederzeit zu erreichen sein. Zum Leidwesen meiner Frau, anbei bemerkt, aber darauf nehmen Sie bitte im Ernstfall keine Rücksicht.«

»Danke.« Die Karte war reichlich angeknittert und sah aus wie auf einem schlechten Kopierer selbst gemacht. Ich steckte sie ein. »Und was verstehen Sie unter *ungewöhnlich*?«

Pinebrook zog schulterzuckend seinen Mantel zurecht. »Fremde, die Ihnen auffallen. Leute, die Sie beobachten. Anrufe, bei denen sich niemand meldet. Ungewöhnliches eben.«

Männer mit ausdruckslosen Gesichtern und Mobiltelefonitis zum Beispiel.

»Ehrlich gesagt wäre bei mir schon ein ganz normaler Anruf etwas Ungewöhnliches«, sagte ich.

»Mr Fitzgerald, ich hoffe stets, dass meine bösen Vorahnungen nur böse Vorahnungen sind. Aber wie ich vorhin erwähnte, es gibt mir zu denken, dass Sie *de facto* mit beiden Morden in Verbindung stehen. Ich würde ungern erleben, dass Sie der Nächste sind, der tot vor mir liegt.« Der Inspector winkte einem seiner Mitarbeiter und bedeutete ihm, herzukommen. Dann nickte er mir zerstreut zu. »Ich wünsche Ihnen noch einen schönen Tag.«

So ließ er mich stehen, und da sonst auch keiner etwas von mir wollte, zuckte ich mit den Schultern und ging.

Als ich zurück auf die Straße trat, sah ich von weitem den Postlaster wegfahren, was mich auf die Idee brachte, noch einmal mein Glück bei Billy Trant zu probieren.

»Ah, Mister Fitzgerald!« Billy war im hinteren Teil damit beschäftigt, Rollcontainer mit Paketen in allen Sorten und Größen umherzuschieben. »Gute Neuigkeiten! Heute ist es dabei, Ihr Päckchen dressierte Zirkusflöhe. Ich muss nur eben die Sachen aussortieren, die weitergehen …«

»Ich habe Zeit«, rief ich zurück.

Ich wartete also, betastete geistesabwesend die Macken, Kerben und Schrammen der alten hölzernen Posttheke, lauschte den beim Umwuchten schwer aufprallenden oder hohl klappernden Paketen und versuchte zu verstehen, was das alles zu bedeuten hatte, was um mich herum geschah.

Natürlich war es kein Drogensüchtiger gewesen. Wer immer Dr. O'Shea ermordet hatte, es war ihm um die Röntgenbilder gegangen. Nur – woher hatte er davon gewusst? Letzten Endes, schien mir, reduzierten sich alle Rätsel auf dieses: was das für Unterlagen gewesen waren, die Harold Itsumi mir hatte zeigen wollen.

»Das tut mir jetzt aber Leid«, meinte Billy mit betrübtem Kopfschütteln, als er aus dem Sortierraum nach vorne kam, mein Päckchen in der Hand. »Dass ich Sie so lange habe warten lassen, für nichts.«

»Wieso denn für nichts?«, wunderte ich mich.

»Ich hab es beim Ausladen gesehen und dachte die ganze Zeit, es sei Ihr Paket.« Billy legte den Karton vor mich hin. Es hatte dieselben Abmessungen, war aus derselben beigefarbenen Wellpappe, trug denselben umlaufenden blauen Streifen mit dem Logo des Herstellers, eines gewissen *Pit Packer, Pittsburg*, dieselben Aufkleber und so weiter – aber es war nicht an mich adressiert, sondern an jemanden in Ballyferriter. Im Absenderfeld prangte der Stempel eines Versandhauses für Künstlerbedarf in Maine.

»Es ist auch viel leichter als Ihre Zirkusflöhe«, meinte Billy und ließ es mich in die Hand nehmen. Es war tatsächlich leicht, und es raschelte wie Stoff, wenn man es bewegte.

»Und für mich ist wirklich nichts dabei?«, fragte ich und reichte ihm das Paket zurück.

Er schüttelte den Kopf. »Ich hab alles abgesucht, ehrlich. Und so viel ist es ja auch wieder nicht.«

Ich sah auf die Uhr. Ich hatte noch eine Dose Konzentrat und knapp drei Stunden, sie aufzuessen.

»Aber Sie könnten«, fiel es Billy ein, »einen Antrag auf Nachforschung stellen.« Eifrig zerrte er ein verstaubtes, an den Rändern vielfach eingerissenes Formular aus einer Ablage. Allzu oft ergab sich die Notwendigkeit, nach verschollenen Sendungen zu forschen, anscheinend nicht. »Hier. Da oben tragen Sie den Absender ein und den Tag, wann es losgeschickt worden ist, in dem Feld hier machen Sie Angaben zum Inhalt, Zirkusflöhe in Ihrem Fall –«

Ich schüttelte den Kopf. »Daneben, Billy.«

Er grinste mich hilflos an. Kein schöner Anblick. Sobald dieser junge Mann einem Zahnarzt in die Hände fiel, würde er ein komplett künstliches Gebiss bekommen und irgendjemand bei seiner Krankenversicherung einen Herzanfall. Ich reichte ihm das Formular zurück. »Danke für die Mühe. Aber ich glaube, das bringt auch nichts.«

»Vielleicht klappt es ja morgen.«

»Ja, vielleicht.«

Es wunderte mich schon gar nicht mehr, dass sie wieder da waren, als ich aus der Post kam, die Männer mit den Telefonen an den Ohren. Ich spürte ihre Blicke wie Messerstiche im Rücken, als ich die Main Street hinabging, und dass ich mir sagte, dass dieses Gefühl Einbildung sein musste, half auch nichts.

Zu Hause aß ich die letzte Dose Konzentrat, obwohl ich keinen Hunger hatte. Aber länger als bis zwölf Uhr konnte ich sie nicht aufbewahren, und im Moment war völlig unklar, wann ich Nachschub erhalten würde. Ich musste Reilly anrufen, beschloss ich, während ich die ausgekratzte Dose mit verdünnter Säure ausspülte. Heute noch, beschloss ich, nachdem ich die Dose in den Müll geworfen hatte und wie üblich ein paar Minuten das Wasser in den Abguss laufen ließ, damit die Säure die Rohrleitungen verschonte.

Aber noch war es zu früh am Morgen in Washington, D.C., der Hauptstadt meines mächtigen Heimatlandes. Ich nutzte die Zeit, um nachzulesen, was Seneca über die Zeit sagt. Dass uns nämlich nicht zu wenig Zeit im Leben gegeben ist, sondern dass wir in Wahrheit nur zu viel davon vergeuden. Er gebraucht den Vergleich mit einem königlichen Schatz, der, wenn er in die Hände eines Verschwenders gerät, ihm zwischen den Fingern zerrinnt, während ein mäßiger Besitz in der Hut eines guten Verwalters reichlich Zinsen tragen kann.

Das war wieder eine der Stellen, die mir das Buch in der Hand schwer werden lassen. Ich ließ es sinken und starrte die

Wand an und fühlte mich gemeint. Als Junge bin ich groß und stark und gesund gewesen. Groß bin ich immer noch, stark bin ich in geradezu übermenschlichem Maß, aber ich bin dafür zum Krüppel geworden. Ich betrachtete meine rechte Hand und versuchte mir vorzustellen, dass die Knochen, die einst darin waren, längst vermodert sind, verrottet in irgendeinem Haufen medizinischen Abfalls. Aber zum Glück reicht meine Vorstellungskraft nicht so weit.

Ich musste an Dr. O'Shea denken. Wie es ihn fasziniert hatte, meinen Körper zu untersuchen. Wie sich Grauen und Begeisterung auf seinem Gesicht abgewechselt hatten, während er die ersten Röntgenbilder von mir studierte. Nun war er tot, gestorben eben dieser Bilder wegen, wie es aussah. Meinetwegen also. Es war mein Fehler gewesen, ihn überhaupt in diese Sache hineinzuziehen.

Ich hatte damals mehrere Wochen lang versucht, mit meinem unversehens steif gewordenen Ringfinger zu leben, aber es war mit jedem Tag beschwerlicher geworden. Es musste etwas geschehen, und möglichst etwas, das keinen Rücktransport ins *Steel Man Hospital* einschloss.

Obwohl mir klar war, dass es im Grunde ein technisches Problem war, fragte ich Mrs Brannigan nach einem Arzt. Sie nannte mir Dr. O'Shea, fügte aber mit pikiertem Gesichtsausdruck hinzu, es gebe da allerdings *Gerüchte* ... Als ich nachhakte, erzählte sie mir, dass man dem Arzt zahlreiche heimliche Affären nachsagte, und versicherte mir, sie wisse aus zuverlässiger Quelle, dass das keineswegs nur üble Nachrede sei.

Ich glaube, das gab den Ausschlag. *Ein Mann, der Geheimnisse zu wahren verstand.* Ich beschloss, es zu riskieren.

An einem der folgenden Abends passte ich einen Moment ab, in dem er allein in der Praxis war. Er war nicht begeistert, so spät noch gestört zu werden, aber er betastete meinen Finger, und man konnte förmlich sehen, wie die Buchhaltung auf einmal unwichtig wurde. »Das fühlt sich ausgesprochen seltsam an«, sagte er. »Was genau haben Sie eigentlich gemacht?«

Worauf ich fragte: »Was genau umfasst eigentlich die ärztliche Schweigepflicht?« So hatte alles angefangen.

Und nun war es zu Ende.

Wir verschwenden unser Leben, weil wir glauben, wir würden ewig leben, sagt Seneca. Deshalb ist uns der einzelne Tag nichts wert; stattdessen richten wir den Blick immer auf entfernte, künftige Ziele, vertrösten uns auf das, was eines schönen Tages kommen soll, und bestehlen so die Gegenwart, die doch die einzige Wirklichkeit ist. Den allergrößten Verlust an Lebenszeit, schreibt er, bringt das *Hinausschieben* mit sich …

Mit seltener Klarheit wurde mir bewusst, dass es genau das war, was ich gerade tat. Das Buch klappte wie von selber zu, meine Hand legte es wie von selbst beiseite, ich stand auf, erfüllt von einer Entschlossenheit, die sich wunderbar kraftvoll, wütend und lebendig anfühlte, ging ans Telefon und wählte die Nummer von Reillys Büro. Eine Sekretärin stellte mich durch, und Reilly war hörbar überrascht, meine Stimme zu vernehmen. »Duane? Sie? Am frühen Morgen?«

»Hier ist es zwölf Uhr mittags«, sagte ich kühl. »Ich war schon auf der Post, allerdings vergebens, und das bereits zum zweiten Mal. Und da dachte ich, ich rufe besser an und frage, ob es Probleme mit dem Versand der Nahrungskonzentrate gibt.«

Einen Moment herrschte Stille. »Nicht dass ich wüsste«, meinte Reilly nach einer Weile schlaff. »Mir liegt nichts vor.«

»Könnten Sie sich vergewissern? Die Lieferung hätte Dienstag kommen müssen, heute ist Donnerstag, und sie ist immer noch nicht da.«

»Unangenehme Sache. Aber ich schätze, auf diese Entfernung kann das schon mal vorkommen.«

Er klang, als sei er plötzlich zu einer knochenlosen Masse zusammengesunken. Er klang, als interessiere ihn das nicht die Bohne.

»*Auf diese Entfernung?*«, wiederholte ich. Möglich, dass meine Stimme einen eher unentspannten Tonfall annahm. »George, was reden Sie da? Ich denke, da ist dieser teure Paketdienst im Spiel, der immer pünktlich liefert? Was ist aus dem geworden? Ist er pleite? Hat er die Zusammenarbeit mit der irischen Post gekündigt? Zwei Tage Verspätung, ich bitte Sie. Ich lebe doch nicht auf Madagaskar.«

»Ja, ja. Ehrlich gesagt, ich habe im Moment keine Ahnung. Aber wenn Sie wollen, werde ich mich erkundigen.«

»Ja«, sagte ich. »Will ich.«

»Wäre es nicht besser, Sie kämen einfach in die Staaten zurück? Ich könnte Ihnen bis heute Abend eine Maschine schicken, die Sie –«

»Das ist gut gemeint«, entgegnete ich, ohne nachzudenken, »aber im Moment darf ich die Stadt nicht verlassen.« *Fuck!*, dachte ich noch in derselben Sekunde.

Das brachte immerhin das Adrenalin in Reillys Stimme zurück. »Was erzählen Sie mir da?«

Ich atmete tief durch. »Es hat einen zweiten Mord gegeben. Und der ermittelnde Inspector hält mich für einen wichtigen Zeugen.«

»Ein Zeuge? Sie?«

»Er wird demnächst feststellen, dass er sich irrt.«

Reilly gab ein schnaubendes Geräusch von sich. »Das ist doch schwule Scheiße, Mann. Unter keinen Umständen treten Sie mir vor irgendeinem Gericht als *Zeuge* auf!«

»Das wird nicht passieren«, sagte ich. Manchmal reicht

es, dem alten Reilly etwas oft genug zu sagen, damit er es glaubt.

»*Goddammit,* Duane«, brodelte er, »was wird das heute für ein Scheißtag? Erst rammt mich auf dem Weg ins Büro beinahe so ein gottverdammter Schwanzlutscher mit seinem gottverdammten Truck, und jetzt erzählen Sie mir, dass Sie Zeuge in einem Mordfall sind?!«

»Ich habe nichts gesehen, ich weiß nichts. Ich bin kein Zeuge. Der Inspector greift bloß gerade nach jedem Strohhalm.« Ich fühlte Ärger in mir aufwallen. »Und das ist wirklich nicht das Problem, das mich beschäftigt, George. Das Problem, das mich beschäftigt, ist das Ausbleiben der Nahrungskonzentrate. Deswegen rufe ich an.«

»Schon gut, schon gut. Ich kümmere mich darum.« Er schien sich etwas aufzuschreiben und fing dann wieder an: »Wieso weiß ich nichts von einem zweiten Mord? *Goddammit,* erzählen Sie schon, Duane! Was verdammt noch mal ist da bei Ihnen los?«

»Es ist ein Arzt hier in der Stadt. Sie sagen, es sieht aus, als habe ein Junkie nach Stoff gesucht.« In Washington war das Alltag und keine Erwähnung in den Lokalnachrichten wert. Ich konnte förmlich spüren, wie Reillys Interesse erlosch, und damit sich das nicht auf mein Anliegen übertrug, schob ich nach: »Und was meinen *Stoff* anbelangt …«

»Ich habe gesagt, ich kümmere mich darum, Duane«, sagte Reilly genervt. »Ich melde mich, sobald ich was weiß.«

»Mir wäre es lieber, Sie würden als Allererstes ein Paket losschicken, per Express.«

»Ja, okay«, meinte er unlustig. »Werd ich veranlassen.«

»Danke«, sagte ich und hängte ein.

Am liebsten hätte ich danach meinen Kopf gegen die Wand gehämmert. Ich ließ es nur aus Rücksicht auf die Baustatik. Was hatte ich mir dabei gedacht, ihm die Sache mit Pinebrook auf die Nase zu binden?

Nichts, natürlich. Die Geschichte meines Lebens ist eine Abfolge von Momenten, in denen ich mir nichts gedacht habe.

Kurz nach halb zwei, als ich gerade vollauf damit beschäftigt war, mich in düstersten Gedanken zu suhlen, klingelte es schon wieder. Wenn man bedenkt, dass ich bis zum Vortag keine Wette darauf angenommen hätte, dass meine Klingel überhaupt noch funktioniert, war das eine mehr als bemerkenswerte Steigerung.

In der Erwartung, wieder ein Regiment Polizisten vor meiner Tür vorzufinden, weil Inspector Pinebrook die eine oder andere Frage eingefallen war, öffnete ich. Aber es war Mrs Brannigan, die Bibliothekarin.

»Ihr Buch«, sagte sie und streckte mir mit strahlendem Lächeln einen großformatigen Bildband entgegen.

»Mein Buch?« Ich sah sie verdutzt an. Dass sie Hausbesuche machte, war mir völlig neu. Ich besah mir den Wälzer. *Sagen und Mythen Irlands* stand in keltisch angehauchten Lettern auf dem Umschlag, über einem Foto des Hochlands von Connemara.

»Das Sie vorbestellt hatten. Ich dachte, ich bringe es Ihnen einfach vorbei«, sagte sie.

»Aber«, schüttelte ich den Kopf, »ich habe –«

»Vielleicht können wir das drinnen klären?« Ohne abzuwarten, kam sie die zwei Stufen herauf, und ich, verblüfft, ließ sie eintreten.

»Also«, sagte sie, als ich die Haustür zugemacht hatte, »das Buch ist laut meinen Unterlagen von Ihnen vorbestellt worden und jetzt auf Sie eingetragen. Bitte.« Sie drückte es mir in die Hand.

»Ich soll das vorbestellt haben?«, vergewisserte ich mich.

»Laut meinen Unterlagen«, wiederholte sie mit einem merklich ungeduldigen Unterton in der Stimme. »Ich kenne doch Ihre Unterschrift, Mister Fitzgerald…« Dann beugte sie sich plötzlich vor und flüsterte: »Sie sollen ins Café Liteartha kommen, heute um sechzehn Uhr. Finnan MacDonogh will dringend mit Ihnen sprechen.«

Ich muss sie völlig entgeistert angesehen haben. Endlich, mit meiner üblichen Verspätung, begriff ich, was hier gespielt wurde. »Wer«, fragte ich flüsternd zurück, »ist Finnan MacDonogh?«

Miss Brannigan verdrehte die Augen. »Der Sänger von *Finnan's Folk*«, zischte sie ärgerlich. »Die berühmte Folkband, Sie wissen doch. Er schreibt auch die Lieder und so weiter.«

Das Konzertplakat fiel mir wieder ein. Letzten Samstag war das gewesen. Vor fünf Tagen. Vor einer Ewigkeit.

»Und warum will er mich sprechen?«, fragte ich.

Sie nickte, als habe sie auf diese Frage gewartet. »Er meinte, ich soll Ihnen sagen, es geht um Miss Keane.«

Die Wahrheit steht allen offen. Sie ist noch von keinem in Beschlag genommen. Ein großer Teil von ihr bleibt auch noch künftigen Geschlechtern aufgespart.

Seneca, EPISTOLAE MORALES

11

Also ging ich ins Café Liteartha. Das übrigens genau die Buchhandlung ist, in der ich einst meinen Seneca gekauft habe. Ein kleiner Laden mit einer unübersehbaren, dunkelrot gestrichenen Vorderfront und einem Schaufenster, in dem vor Landkarten der Dingle-Halbinsel vorwiegend gälische Bücher ausgestellt sind sowie Heinrich Bölls *Irisches Tagebuch* in mehreren verschiedenen Sprachen. Die Eingangstür, in mattem Beige gehalten, ist etwas zurückgesetzt, der Boden davor schwarz-weiß gekachelt. Ich öffnete die Tür, was eine Klingel veranlasste, tätig zu werden, und ein Mädchen mit rostroten Locken, das hinter der mächtigen, museumsreifen Kasse saß und las, dazu, aufzublicken. Ich lächelte ihr flüchtig zu und hielt entlang einer Regalwand mit ehrfurchtgebietend vielen verschiedenen Wörterbüchern der gälischen Sprache auf die Tür zur eigentlichen Attraktion und vermutlichen Haupteinnahmequelle des Hauses zu, das Café im Hinterzimmer.

Kaffeegeruch umfing mich, als ich die zweite Tür öffnete, und das Aroma von Tabak. Der Raum war überschaubar, ein paar schmale Fenster ließen Licht herein, und hinter einer Theke aus dunklem Holz boten sich einem Mann, der der Bruder des Mädchens vorne hätte sein können, eine Vielzahl von Betätigungsmöglichkeiten wie etwa, Gläser und Tassen zu spülen, Kaffee zu kochen oder Kuchen zu verkaufen. Nicht, dass er von diesen Möglichkeiten übertriebenen Gebrauch gemacht hätte: Er zog es vor, mit verschränkten Armen auf das dunkle Holz gestützt, an einer schlecht gedrehten Zigarette zu saugen und zuzuhören, was ihm ein auffallend magerer Mann mit verhaltener Stimme in unverständlichem Slang erzählte.

Das übrige Ambiente versuchte jedenfalls nicht, einen durch geschmackvolles Design zu beeindrucken. Ein paar altehrwürdige, blank gescheuerte Holztische standen herum, umringt von einer Sammlung verschiedenster, schlichter Stühle, auf denen hier und da jemand saß und über einem halb vollen Glas meditierte oder sich schweigend dem Rauchen einer Zigarette widmete. Und einer davon war Finnan MacDonogh, der Musiker, das ungebärdige Wuschelhaar stramm nach hinten gebunden und finstere Falten im ansonsten reglosen Gesicht. Er hatte eine Tasse Kaffee vor sich stehen und schien mich zu erkennen, woher auch immer, jedenfalls bot er mir mit einer minimalistischen Bewegung seiner rechten Hand – genau genommen war es kaum mehr als ein Zucken seines Zeigefingers – Platz an. Ich setzte mich.

»Möchten Sie etwas trinken?«, fragte er ohne weitere Begrüßung. »Einen Kaffee vielleicht? Der Schokoladenkuchen hier ist übrigens legendär.«

»Danke«, sagte ich. »Nein.«

Er musterte mich aus ernsten, rauchgrauen Augen, die wirkten, als hätten sie im Leben schon allerhand Unerfreuliches gesehen. »Verstehe«, sagte er schließlich und holte, ohne weiter in mich zu dringen, eine zerknautschte Packung Zigarettentabak hervor. »Seit ein paar Tagen sind eine Menge seltsamer Fremder in der Stadt, ist Ihnen das auch aufgefallen?«, fragte er, während er sie umständlich auffaltete.

Das war der Moment, in dem mir das Ganze, das ohnehin

mehr als merkwürdig begonnen hatte, ausgesprochen verdächtig vorzukommen begann. Verdächtig genug, um es gerechtfertigt erscheinen zu lassen, unauffällig meinen Kampfstatus zu prüfen. Mein internes System lieferte ein OK, mit den bekannten Einschränkungen zwar, aber trotzdem beruhigend. Falls das hier eine Falle war, würden sie jedenfalls kein leichtes Spiel mit mir haben.

»Es sind ständig Fremde in Dingle«, sagte ich so ausdruckslos wie möglich. Pokerface, wie im Film. Zwei Gestalten, die einander abtasten und sich so wenig Blöße wie möglich geben wollen.

Wie zur Bestätigung rappelte es an der Tür vom Laden her. Drei Mädchen, Anfang zwanzig höchstens, in grellbunten Parkas und mit Rucksäcken auf dem Rücken, drängten kichernd und giggelnd herein. »Oh schau mal!«, kiekste es aus dem Redeschwall heraus und etwas wie »... und dann hat er gesagt, weißt du, was er dann gesagt hat?«

Was daraufhin geschah, passierte mit der Präzision eines aufklappenden Springmessers. Finnan MacDonogh warf dem Barkeeper einen raschen Blick zu, unvermittelt wie ein Blitzschlag, und der, eben noch die Unbeweglichkeit selbst, stand in der nächsten Sekunde vor den Mädchen. Mit ausgebreiteten Armen drängte er sie zurück nach vorn in den Laden, in beruhigendem Bass etwas auf sie einredend, das ich nicht verstand. Im Hinausgehen zog er die Tür hinter sich zu, man hörte noch enttäuscht piepsende Widerworte in ostinatem Bass ertrinken, dann kehrte Stille ein, und schließlich kam er zurück. Niemand sah auch nur auf; niemand außer mir jedenfalls.

»Solche wie die meine ich nicht«, sagte Finnan, der sich längst wieder seiner im Bau befindlichen Zigarette widmete. Er sah kurz hoch und fügte mit einem unmerklichen Kopfnicken hin zu den anderen Gästen des Cafés hinzu: »Wir sind hier unter Freunden, verstehen Sie? Hier können wir ungestört reden.«

Ich konnte nicht anders, ich musste mich umsehen. Und diesmal erwiderten einige meinen Blick. Ich sah in entschlossene, verschworene Mienen. Untergrund, man spürte es förmlich. Augen, die nichts sahen, Ohren, die nichts hörten, und Zungen, die heilige Meineide zu schwören bereit waren. Mächtige Pranken, die nicht zögern würden, sich zu Fäusten zu ballen. Und wer mochte wissen, was außerdem noch in den Taschen der Kittel und Mäntel steckte, die ich sah.

Die Frage war nur, wie ich in dieses Bild passte.

Nicht, dass ich Zweifel gehabt hätte, mich zur Not gegen diese sechs, sieben Männer zur Wehr setzen zu können. Das stand außer Diskussion. Es war noch genug Alpha-Adrenalin in meinem System, um ihnen keine Chance zu lassen, egal was sie aus ihren Taschen ziehen mochten. Lediglich das Café Liteartha würde im Falle eines Falles aufhören, eine Attraktion zu sein, und zwar für geraume Zeit.

Alles kein Problem also, bis auf den Umstand, dass das genau die Art von Vorfall wäre, die mich ohne weitere Verzögerung in eine amerikanische Militärmaschine Richtung Heimat bringen würde.

»Darf man wissen, wie Mrs. Brannigan zu Ihnen in Beziehung steht?«, fragte ich.

Finnan hob die Schultern. »Freundin der Familie? Vertraute? Kluge Beobachterin, Kundschafterin, Mitarbeiterin? Suchen Sie es sich aus.« Er leckte die Klebefläche seines Zigarettenpapiers und rollte das Ganze zu einem bemerkenswert gelungenen Endergebnis. »Die irische Kultur am Leben zu erhalten ist leider Gottes immer noch eine weitgehend subversive Tätigkeit.«

»Das können Sie sicher besser beurteilen als ich«, räumte ich ein und lehnte mich zurück, auf optimale Verteidigungsposition bedacht. Ringsum rührte sich niemand. Ich hatte das Gefühl, dass jeder im Raum zuhörte.

Er zückte ein Feuerzeug, drehte die Zigarette in seinen Fingern und betrachtete sie dabei, als fiele es ihm schwer, sein Werk den Flammen zu überantworten. »Der Name Bridget Keane sagt Ihnen etwas?«, fragte er.

»Die Hotelmanagerin von Brennan's Hotel«, nickte ich.

Er nickte ebenfalls, schob sich die Zigarette endlich zwischen die Lippen und zündete sie kurz entschlossen an. »Bridget ist meine Schwester«, erklärte er, während er den ersten Zug Rauch ausstieg. »Deshalb wollte ich mit Ihnen sprechen.«

Obwohl bestimmt nichts dergleichen geschehen ist, kommt es mir in der Rückschau so vor, als habe sich in diesem Augenblick das Licht im Café verändert, die Gerüche, die Geräusche ringsum, die Mienen auf den Gesichtern, alles. Von einem Moment zum anderen war alle Bedrohlichkeit verschwunden wie nie gewesen, und was ich in Finnan MacDonoghs Gesicht las, war nicht Abweisung, sondern tiefe Sorge.

»Ihre Schwester!?«, wiederholte ich ungläubig.

Er betrachtete das glühende Ende seiner Zigarette. »Was wissen Sie über das, was am Dienstagabend im Hotel passiert ist?«

»Dienstagabend?« Ich war noch dabei, Zusammenhänge zu erkennen und Schlussfolgerungen zu ziehen, und so etwas beansprucht mich im Allgemeinen zu sehr, als dass ich zu besonders geistreichen Antworten imstande gewesen wäre. »Es gab einen Mord.«

»Ich meine, was nicht in der Zeitung stand.« Er streifte den ersten hauchdünnen Ascheansatz ab. »Dieser Anwalt, der ermordet wurde, Harold Itsumi – wann haben Sie ihn das erste Mal getroffen?«

Ich widerstand der Versuchung, mit den Schultern zu zucken. »Eine halbe Stunde vorher.«

Finnan MacDonogh nickte, als habe er mit dieser Antwort gerechnet. »Harold Itsumi checkte am Donnerstag ein, nachmittags um vierzehn Uhr. Das Erste, was er tat, nachdem Bridget ihm den Zimmerschlüssel ausgehändigt hatte, war, ihr einen Ordner mit Unterlagen zu geben und sie zu bitten, ihn im Hotelsafe für ihn aufzubewahren.«

Mir schwante etwas. Mir schwante auch, dass mir nicht gefallen würde, was ich gleich zu hören bekommen sollte.

Finnan zog geradezu inbrünstig an seiner Zigarette. »Sie hätte es besser wissen müssen. Frauen und ihre verdammte Neugier…« Der Rauch kam aus seinem Mund, als erbreche er. »Oder sie war einfach kopflos, wer weiß. Jedenfalls, sobald sie in dem Trubel nach dem Mord das erste Mal allein ist, holt Bridget diesen Ordner aus dem Safe und liest darin.« Er ließ dem brennenden Ende seiner Zigarette keine Chance, Asche anzusammeln. »Seither hat sie grässliche Angst, Mister Fitzgerald. Sie ist untergetaucht, hält sich vor aller Welt versteckt und fürchtet um ihr Leben.«

Ich starrte ihn an und spürte förmlich, wie die Puzzlesteine in meinem Kopf sich mühlradschwer umherschoben auf der Suche nach dem passenden Anschlussstück. Das ganze Bild war immer noch nicht zu erkennen, aber ich begriff, dass das, was Finnan geschildert hatte, passiert sein musste, während ich bei Dr. O'Shea gewesen war, um meine Blessuren verbinden zu lassen. »Was sind das für Unterlagen?«

»Sie hat sie mich nicht lesen lassen. Sie hat nur gesagt, ich soll Ihnen zu essen und zu trinken anbieten.« Er musterte mich durchdringend. »Und sie hat prophezeit, Sie würden ablehnen.«

Das klang nicht gut. Das hieß, dass die Unterlagen des Anwalts tatsächlich Details über meine Beschaffenheit enthielten. Mit anderen Worten, Informationen der höchsten militärischen Geheimhaltungsstufe.

»Am Dienstagnachmittag, etwa drei Stunden vor dem Mord, hat ein gewisser Jeff Smith in Brennan's Hotel eingecheckt. Sein Koffer ist immer noch in seinem Zimmer, er selber ist seit Dienstag verschwunden. Und in dem Koffer war nichts als ein großer Ballen Verpackungsmaterial, luftgepolsterte Plastikfolie, an der man Spuren von Waffenöl gefunden hat.«

»Der Mörder«, sagte ich.

Finnan nickte kaum wahrnehmbar. Offensichtlich erachtete er es als überflüssig, eine solche Selbstverständlichkeit eingehender zu kommentieren. »Woraus zweierlei folgt«, sagte er stattdessen und beendete das Dasein seiner erst halb gerauchten Zigarette im Aschenbecher. »Erstens hat er gewusst, dass Itsumi im Hotel war. Zweitens hat er die Unterlagen aus Itsumis Zimmer mitgenommen und weiß also, dass es sich dabei um Kopien handelte. Wenn er zwei und zwei zusammenzählen kann, sagt er sich, dass meine Schwester möglicherweise die Originale hat. Und er läuft immer noch da draußen herum.«

Wie ein heißer Schwall überfiel mich das Verlangen, Bridget zu beschützen. Wenn es nur irgendeinen Sinn gemacht hätte, sich mit blankgezogenem Breitschwert und Schild vor sie zu stellen und sie zu verteidigen, ich hätte es getan. »Sie müssen sie in Sicherheit bringen, Finnan«, sagte ich mit trockenem Mund. »Das ist nichts, was vorbei sein wird, wenn Itsumis Mörder gefasst ist. Falls man ihn je fasst.«

»Das brauchen Sie mir nicht zu sagen. Aber sie will Sie vorher sehen.«

»Mich?«

Er machte eine unwillige Handbewegung in die Runde. »Deswegen wollte ich Sie sprechen. Um das zu arrangieren.«

Ich starrte ihn mit einem Gefühl plötzlicher Blutleere im Hirn an. Vermutlich hätte ich etwas sagen sollen, aber ich war dazu außerstande. Der Blitz schlägt ein, der Donnerknall folgt mit Verzögerung: So ging es mir mit dem Begreifen dessen, was Finnan MacDonogh gesagt hatte. Bridget wollte mich sehen! Das schien irgendetwas mit meiner Atmung zu machen, oder vielleicht brannten auch gerade irgendwelche Sicherungen meiner inneren Systeme durch, von denen ich bisher nichts gewusst hatte. Und nachdem der Donner vorübergerollt war, fiel mir ein, warum Begeisterung das ganz falsche Gefühl in diesem Zusammenhang war.

Ich sagte: »Das ist gefährlich.«

»Was Sie nicht sagen«, erwiderte MacDonogh.

»Ich habe«, erklärte ich – behutsam, um den Eindruck, ich litte an Verfolgungswahn, gar nicht erst aufkommen zu lassen –, »das deutliche Gefühl, dass ich verfolgt werde.«

Das schien er ausgesprochen witzig zu finden. Auch einige der Leute um uns herum konnten ein Lachen kaum unterdrücken.

»Im Ernst«, sagte ich, »Sie sollten die Unterlagen mir geben und Ihre Schwester so schnell wie möglich so weit wie möglich von hier fortbringen.« Ich hatte nur höchst undeutliche Vorstellungen davon, was ich mit den Dokumenten tun würde, außer sie von vorn bis hinten zu lesen. Die vage Vorstellung, es könnte gelingen, den entscheidenden Leuten glaubhaft zu machen, die Originale seien seit der Ermordung des Anwalts in meinem Besitz gewesen, und sie dadurch von Bridget abzulenken, schwebte verheißungsvoll im Nebel meiner Gedanken.

Finnan MacDonogh rutschte auf seinem Stuhl nach vorn und beugte sich über den Tisch. Nur ein bisschen, aber nachdem er die ganze Zeit reglos wie ein Ölgötze dagesessen hatte, wirkte diese Bewegung ausgesprochen eindrucksvoll. »Mister Fitzgerald, ich weiß nicht, wie gut Sie meine Schwester kennen, aber zweifellos nicht so gut wie ich, sonst hätten Sie keinen Atemzug daran verschwendet, das eben zu sagen. Wenn Bridget sich etwas in den Kopf setzt, ist es sinnlos, zu versuchen, es ihr auszureden. Sie ist in solchen Fällen zu allem imstande, insbesondere dazu, die unerwartetsten Dinge zu tun, ohne Rücksicht auf damit verbundene Gefahren. Die Erfahrung eines Lebens hat mich gelehrt, in Bezug auf meine Schwester einer ganz und gar simplen Strategie zu folgen: Was immer sie will, dass ich tue, das tue ich.«

Ich muss ihn ausgesprochen verblüfft angeschaut haben. »Sie haben Recht«, meinte ich dann. »So gut kenne ich sie tatsächlich nicht.«

Er holte mit entsagungsvollem Lächeln ein zusammengefaltetes Stück Papier aus der Tasche. »Wollen wir also jetzt aufhören, über Unmöglichkeiten zu reden, und dieses Treffen organisieren?«

»Was wäre eigentlich, wenn ich mich weigere, zu kommen?«

»Dann kommt Bridget zu Ihnen. Vermutlich. Irgendwie.«

Ich starrte ihn an und wusste nicht, ob ich mir das wünschen sollte oder nicht. »Klingt, als hätte ich keine Wahl, hmm?«

»Nicht, wenn Sie je wieder ruhig schlafen wollen.« Finnan faltete das Papier auseinander und legte es vor mich hin. Es war die Handzettelausgabe seines Konzertplakats. »Morgen Abend hat meine Band ein Konzert in O'Flaherty's Bar. Wissen Sie, wo das ist?«

»Bridge Street«, nickte ich.

»Ich schlage vor, Sie kommen dazu. Zwanzig Uhr. Wir spielen bis etwa halb zwölf, und es wird niemand in der Bar sein, den wir nicht seit mindestens zehn Jahren persönlich kennen. Zu dem Zeitpunkt, an dem wir unsere Instrumente hinaustragen, wird jeder sturzbetrunken sein und ringsum das völlige Chaos herrschen. Man wird uns decken, während wir uns absetzen, ohne dass irgendein Außenstehender auch nur ahnt, was vor sich geht.«

Es klang, als habe er so etwas schon öfter durchexerziert, als ihm lieb war. Die Entschiedenheit, mit der er seinen Tabaksbeutel aufrollte und in eine seiner Taschen stopfte, signalisierte deutlich, dass er die Unterredung als beendet betrachtete.

»Gut«, sagte ich also und stand auf. »Ich komme.«

Und damit ging ich. Den Handzettel ließ ich liegen. Jemand wie ich braucht keine Notizen auf Papier.

Ich sah kein einziges Mobiltelefon auf dem Heimweg. Wurde ich denn nicht mehr beobachtet? Oder hatten die Männer mit den astronomischen Telefonrechnungen ihre Geräte einfach eingesteckt, um für mich unsichtbar zu werden? Ich war mir nicht sicher, während ich von der Dyke Street aus nach Hause ging, öfters die Richtung wechselnd, im Kreis laufend, einem sinnlosen Kurs folgend, auf dem sich jeder Verfolger hätte entlarven müssen. Doch ich entdeckte niemanden.

Dafür passierte etwas, als ich die Hafenstraße entlangging.

Ich weiß immer noch nicht, wie ich das einordnen soll. Ich stand vor dem Schnellimbiss und wartete auf eine Lücke im Verkehr, ohne besondere Eile allerdings, weil das eine gute Gelegenheit war, mich unverdächtig umsehen und zum Beispiel nach Leuten mit Mobiltelefonen Ausschau halten zu können. Es war eine enge Stelle auf dem Gehweg. Hinter mir stand ein älteres Ehepaar, das sich über etwas stritt, das einer der beiden vergessen hatte, wobei ich nicht mitbekam, was, und es interessierte mich auch nicht. Beide waren nicht die Schlanksten, was die Stelle, wie ich im Nachhinein zugeben muss, noch mehr zu einem Nadelöhr für Fußgänger machte. Auf der Straße schoss gerade einer der großen Kühllaster der Fischfabrik heran, als ich einen heftigen Stoß in den Rücken bekam, der mich fast vor dessen Kühler geschleudert hätte.

Fast, wie gesagt. Einen Sekundenbruchteil zuvor hatte ich

nämlich mit der Bewegung begonnen, einen kleinen Schritt beiseite zu treten. So traf mich der Stoß statt in der Mitte des Rückens nur an der Schulter und brachte mich lediglich ins Taumeln, aber ich konnte mich auf dem Gehweg halten, und der Lastwagen donnerte vorbei.

Der Mann entschuldigte sich wortreich, mit grotesk weit aufgerissenen Augen, ein Bild völliger Untröstlichkeit. Er hatte eine rot geäderte Knollennase, trug eine graue Windjacke und eine billig aussehende Hose und roch nach billigem Rasierwasser. Als er das dritte Mal erklären wollte, wie Leid es ihm tue, packte seine Frau ihn am Arm und zog ihn fort, und als brächte ihn das zu sich, machte er, dass er wegkam.

Ein Anschlag? Das zu denken kommt mir paranoid vor. Denn: Wer hätte ein Interesse daran haben sollen, mich tot zu sehen? Meine unbekannten Verfolger etwa? Dann wussten sie nichts über mich. Denn die größte Gefahr, in die ich hätte kommen können, wäre die gewesen, mich vor aller Augen zu enttarnen.

Angenommen, der unvermittelte Stoß hätte mich direkt vor den heranrasenden Laster geschleudert. Der Sensor in meiner Blutbahn, der die Konzentration meines körpereigenen Adrenalins misst, hätte am Gradienten der Zunahme erkannt, dass ich in Gefahr bin, und auch ohne mein Zutun alle Systeme in Kampfbereitschaft versetzt. Eine Angelegenheit von Sekundenbruchteilen wäre das gewesen, die mir den Eindruck sich verlangsamender Zeit ringsum vermittelt hätten, ehe ich mich mit einem übermenschlichen Satz aus der Gefahrenzone katapultiert hätte. Mit anderen Worten, ich hätte den Lastwagen einfach übersprungen. Ein Aufsehen erregendes Schauspiel, ohne Zweifel. Man wagt sich kaum vorzustellen, zu welchen Fragen das Inspector Pinebrook inspiriert hätte.

Andererseits geht mir das Gesicht des Lastwagenfahrers

nicht aus dem Kopf. In dem Sekundenbruchteil, in dem ich ihn hinter seinem Steuer gesehen habe, hat er mich direkt angeschaut, mit großen Augen und einem rätselhaft verbissenen Gesichtsausdruck.

Und ich könnte schwören, dass er ein Headset aufhatte, wie man es für Mobiltelefone kaufen kann.

Ein Anschlag? Das macht keinen Sinn. Zu unsicher. Zu sinnlos.

Oder *will* mich jemand enttarnen?

Aber wozu?

Und Bridget will mich treffen.

Ich merke, ich verstehe einfach nicht, was hier vor sich geht.

Das menschliche Bedürfnis nach Spiel und Scherz wäre nicht so groß, wenn es nicht eine gewisse natürliche Grundlage hätte. Im Übermaß gepflegt, rauben sie freilich einem Charakter alles Gewicht und alle Kraft. […] Es ist ein großer Unterschied, ob du die Bande nur lockerst oder ganz auflöst.

Seneca, DE TRANQUILLITATE ANIMI

12

Beim Abmachen meiner Verbände musste ich an O'Shea denken und dass er mir nie wieder Verbände anlegen würde, und dann an den ersten Verband, den man mir in meiner Eigenschaft als werdender Cyborg abgemacht hat. Ein bescheidener weißer Mullwickel um den kleinen Finger der rechten Hand, aber vier Ärzte befassten sich damit, ihn zu entfernen, und sie sahen dabei so erwartungsvoll drein, dass man hätte meinen können, jeden Augenblick müsse das achte Weltwunder zum Vorschein kommen.

Doch der Mull fiel, und da war nichts weiter als mein alter kleiner Finger, und er sah aus wie eh und je. Einen Moment lang hatte ich Sorge, sie könnten enttäuscht sein, die vier Männer in den weißen Kitteln, doch sie schienen im Gegenteil geradezu begeistert. Ob ich ihn bitte einmal beugen könne, den kleinen Finger der linken Hand? Danke, und nun wieder strecken – fühlt er sich irgendwie anders an? Nicht? Wunderbar. Großartig. Duane, Sie sind der Größte.

Ein *bisschen* anders fühlte sich der Finger natürlich doch an, aber ich schob es darauf, dass er immerhin tagelang dick verbunden gewesen war und ich ihn nicht hatte rühren können. Kein Wunder, dass man den Eindruck hatte, er sei ein bisschen schwerer geworden und ein wenig schwerfälliger als vorher.

Dass er beim Beugen etwas ziepte, na ja, es hatte ja wohl irgendeine Operation an ihm stattgefunden, oder etwa nicht? Darauf schob ich es. Auf die Operation. Nicht auf das, was sie dabei mit mir gemacht hatten.

Später wurde meine linke Hand unzählige Male geröntgt, in den unterschiedlichsten Haltungen insbesondere des kleinen Fingers, und die Jungs mit den Brillen und Kugelschreibern beugten sich über die Aufnahmen und besprachen sich leise und vermaßen Details darauf mit Schieblehren. Man befestigte Sensoren an meiner Hand und meinem kleinen Finger und ließ mich tausendmal dieselbe Bewegung machen, und jede davon löste eine Kaskade zuckender Kurven aus, die über grün leuchtende Bildschirme irrlichterten oder von spinnenbeinartigen Stiften auf langsam dahinlaufende Papierrollen gekratzt wurden. Wir kamen uns enorm wichtig vor, mein kleiner Finger und ich.

So fing es an. Einige Zeit später standen neun Männer vor einer großen Glasscheibe und sahen zu, wie in dem gekachelten Raum dahinter der zehnte aus ihrem Bund hereingefahren wurde, bewusstlos, verbunden wie eine Mumie, eine Atemmaske auf dem Gesicht und Dutzende von Schläuchen, die aus Armen und Beinen kamen, und er war umzingelt von fiepsenden, blinkenden, pumpenden Geräten, die sich an sein Bett krallten wie stählerne Nachtmahre. Obwohl uns das Sichtfenster von der Intensivstation trennte, trugen wir grüne OP-Kleidung, bauschige Überziehschuhe und Mundschutz. Einer von uns würgte leise, aber es war nicht zu erkennen, wer. Wir machten keine Anstrengungen, es herauszufinden, denn was wir sahen, hätte noch ganz andere Reaktionen gerechtfertigt.

Dafür, dass er nur einen einzigen indianischen Urgroßvater hat – einen Cree, glaube ich, in der väterlichen Linie, sodass ihm seine Familie zufällig ihren Namen verdankt –, und er ansonsten von gottesfürchtigen Methodisten abstammt, hat Gabriel Whitewater viel von einem Indianer an sich. Rabenschwarze, durchdringend blickende Augen, sandelholzfarbene Haut und schwarzes Haar, das er vor dem Eintritt ins Corps zum Pferdeschwanz zusammengebunden getragen hat, zumindest auf dem alten Foto, das er mit sich trug. Die Überreste, die ihm der Friseur auf dem Stützpunkt gelassen hatte, trug er zurückgekämmt und mit reichlich Pomade, aber ich wette, heute läuft er wieder herum wie eine Rothaut auf dem Kriegspfad. Er hat ein knochiges Gesicht und einen Körper, für den das Wort »drahtig« erfunden wurde – wie geschaffen dafür, unmenschlichen Strapazen standzuhalten, grausamen Torturen zu trotzen und selbst die widerwärtigsten Erfahrungen an sich abperlen zu lassen. Ferne Vorfahren von ihm mögen sich einst, was weiß ich, die Zungen und Wangen durchbohrt, halluzinogene Pilze gegessen oder geheime Kräuter geraucht und schließlich ausgehungert auf einsamen Bergen sitzend deliriert haben, um die Macht Manitous, des Großen Geistes, zu erfahren – Gabriel ließ sich Gliedmaßen und Leib aufschlitzen, seine Adern von psychogenen Giften und Antibiotika durchspülen, delirierte schließlich inmitten von mehr Technik und Computerpotenz, als man gebraucht hätte, um eine Interkontinentalrakete zu steuern, und erfuhr die Macht Uncle Sams. Und als er sich wieder erhob, war er zu einem Supermann geworden.

Denn das Unglaubliche, das Wunder geschah. Vier Tage später schaffte Gabriel es bereits wieder allein zum Waschbecken, und vier Wochen danach rannte er wieder. Schneller, als je ein Mensch gerannt ist.

An O'Flaherty's Bar bin ich jahrelang vorbeigelaufen, ohne etwas anderes darin zu sehen als ein Haus mit einem Tor, auf das Musikinstrumente gemalt sind. Nicht einmal im Traum habe ich jemals daran gedacht, hineinzugehen. Der Teil meines Lebens, in dem es durchsoffene Nächte gegeben hat, ist Vergangenheit.

Als ich an diesem Freitagabend kurz vor acht doch hineinging, war ich vermutlich der einzige Besucher, der das mit dem Vorsatz tat, nicht einen Tropfen Bier zu trinken, und in der Hoffnung, der Abend werde möglichst schnell vorübergehen.

O'Flaherty's Bar ist innen kleiner, als man von außen denken würde. Der Boden besteht nur aus festgetrampelter Erde, zumindest hatte ich in dem schummrigen Licht, das kurz vor acht herrschte, diesen Eindruck. Ein dicker Holzbalken, der wie ein Stützpfeiler mitten im Raum steht, war von oben bis unten bepflastert mit Plakaten des heutigen Auftritts von *Finnan's Folk*. Auf dem kleinen Tischchen, das den Pfeiler in Brusthöhe umrundet, standen Getränke für die Musiker bereit, darum herum gruppierten sich Barhocker und Instrumentenkoffer aller Art.

Ich suchte mir einen Platz im Hintergrund, bestellte, um nicht aufzufallen, an der Bar ein Guinness, und vertiefte mich in die Betrachtung der Bilder und Zeitungsausschnitte, die alle vier Wände bis auf den letzten Fleck bedeckten, an manchen Stellen in mehreren Schichten, wie es schien. Es gab große Fotos großer Schiffe, sorgsam gerahmt und hinter Glas, anderes Zeug hatte man einfach mit Reißzwecken an die Wand gepinnt und mit Folie abgedeckt. Ich sah ganze Gruppen von Porträtfotos unbekannter, vermutlich längst verstorbener Männer, Titelblätter uralter Zeitungen mit Schlagzeilen, die irgendeinen Bezug zu Dingle oder Irland hatten, und immer wieder, sozusagen strategisch verteilt, Werbeplakate und emaillierte Werbeschilder der Guinness Brauerei. *Guinness Is Good For You*, behauptete eines keck.

Ich beobachtete die ritualhaft anmutende Einschenkprozedur. Grau schäumend läuft aus dem Zapfhahn, was ohne Zweifel die offizielle irische Nationaldroge ist – die Harfe, das Emblem der Guinness-Brauerei, ziert sicher nicht grundlos die Rückseiten sämtlicher irischen Münzen –, um im Glas schwarz zu werden, noch schwärzer als Cola und allem Anschein nach von ölig-zähflüssiger Konsistenz. Der helle Schaum, der, anders als bei jedem Bier, das ich in besseren Zeiten je getrunken habe, auf den ersten Blick ungefähr die Beschaffenheit von Rasierschaum zu haben scheint, wird mit einem Plastikschaber sorgsam bis auf einen dünnen Rest abgezogen, der sich dafür aber hartnäckig hält: Dass er von selber verschwindet, darauf kann man warten, bis man so schwarz ist wie das Bier darunter. Unmöglich, den ersten Schluck zu trinken, ohne ein grauweißes Bärtchen an die Oberlippe zu bekommen.

Ich dankte, als ich mein sozusagen geometrisch exaktes Getränk hingestellt bekam, bezahlte und verzog mich damit zu den Bänken, die entlang der Wände montiert sind, auf einen Platz zwischen dem Holzofen und der Tür zu den Toiletten. Es gab noch ein paar wenige Stühle und Tische, aber die meisten Besucher würden stehen müssen, vorzugsweise direkt an der Bartheke.

Es füllte sich allmählich. Am Eingang hielten zwei massive Männer mit Muskeln wie die sprichwörtlichen Ankertaue Wache und ließen nur Besucher ein, die sie oder sonst jemand vom Personal kannten. Sie nahmen diese Aufgabe beruhigend ernst; alle paar Minuten wandten sie sich mit Rückfragen an die Leute hinter der Bar, und erst wenn von dort ein Nicken kam, wurde die fragliche Person eingelassen. Touristen wiesen sie mit dem Hinweis ab, es handle sich heute Abend um eine geschlossene Gesellschaft.

»Es war aber als Konzert angekündigt«, protestierte einer, ein magerer, zerknittert wirkender Mann mit kehliger Stimme.

»Überall hängen die Plakate. Wir sind extra aus Killarney hergefahren.«

»Tut mir Leid«, beharrte der Muskelmann gleichmütig. »Wir haben unsere Anweisungen.«

»Verdammt blöde Anweisungen, wenn du mich fragst«, rief ein anderer streitlustig.

»Hört zu, Freunde«, sagte der andere Torwächter, »in Dingle gibt's jede Menge Pubs. Ihr werdet nicht nüchtern bleiben müssen, es sei denn, ihr legt's drauf an.«

Das, so schien es einem weitgehend unbeteiligten Zuschauer wie mir, war ein schlagendes Argument.

Aus reiner Neugier – redete ich mir zumindest ein; vielleicht war es auch der Umstand, dass ich seit Donnerstagmittag nichts gegessen hatte und das Zeug in dem Glas irgendwie so nahrhaft aussah – und obwohl mir klar war, dass mein rudimentäres Verdauungssystem alles andere als begeistert reagieren würde, probierte ich einen Schluck Guinness. Es war so bitter, dass es mir die Tränen in die Augen trieb. Himmel! Ich musste mich beherrschen, nicht auszuspucken. Ungläubig sah ich zu, wie jemand das erste Drittel seines Glases auf einen Zug leerte, um es anschließend selig lächelnd abzustellen. Ich hatte schon Probleme, meinen winzigen Nipper hinabzuschlucken, und musterte das, was noch in meinem Glas war – und dort auch bleiben würde –, ohne ansatzweise nachvollziehen zu können, wie jemand ein ganzes Glas voll davon zu trinken imstande war, von mehreren Gläsern ganz zu schweigen.

Endlich, als es in der Bar schon ungefähr doppelt so eng zuging wie in der Bostoner U-Bahn zur Rush Hour und der Lärmpegel der wortreich geführten Unterhaltungen einen Lautstärkelevel erreicht hatte, der es unvorstellbar machte, dass sich irgendeine Art von unverstärktem Musikinstrument dagegen durchsetzen würde, erfolgte der Einmarsch der Gladiatoren.

Unter allseitigem Johlen bahnten Finnan MacDonogh und seine Mitmusiker sich Schritt für Schritt den Weg zu den Barhockern in der Mitte des Raumes, auf denen teilweise schon Leute saßen, die die Instrumente sorgsam auf dem Schoß oder zwischen den Beinen hielten.

Doch als Finnan und seine Mannen nahten, wurden Plätze und Musikinstrumente anstandslos zurückgegeben, und das Unglaubliche geschah: So etwas wie gespannte Stille kehrte ein, und es bildete sich eine Art freier Raum rings um die Musiker, sodass sie anfangen konnten, ihre Instrumente zu stimmen.

In all dem Trubel streifte Finnan mich nur mit einem einzigen, flüchtigen Blick. Kein verschwörerisches Blinzeln, kein Nicken, dass alles nach Plan verliefe – er vergewisserte sich lediglich beiläufig, dass ich anwesend war. Dann hängte er sich die Gitarre um, und *Finnan's Folk* begann zu spielen.

Sie waren zu fünft. Ein dürrer Jüngling mit Nickelbrille spielte Querflöte, ein Mann mit einer violett schillernden Weste Geige, und ein reichlich verrückt wirkender Rotschopf betätigte eine Trommel, die aussah wie ein übergroßes Tamburin ohne Schellen. Eine ätherisch anmutende, strohblonde Frau spielte erstaunlicherweise Bass, auf einem zerschundenen Kontrabass mit jeder Menge Aufklebern auf dem Korpus, die auf all den Schrammen wie Heftpflaster wirkten. Finnan selber spielte abwechselnd Gitarre und Banjo und sang dazu mit einem unglaublich lauten Organ, das wahrlich keinen Verstärker nötig hatte.

Er sang hauptsächlich in Gälisch, zumindest glaube ich das, denn ich verstand kein Wort. Und er hatte eindeutig Charisma. Die Leute gingen mit. Die Musik mochte in meinen ungeübten Ohren fremd klingen, aber sie wurde jedenfalls mit Leidenschaft gespielt: Im Nu troff Schweiß von den Stirnen und aus den zerwühlten Haaren der Musikanten, Füße wippten heftig im Takt, und die Gesichter der Band waren ein Bild vollständiger Konzentration.

Der Saal kochte, hätte man gesagt, wenn es ein Saal gewesen wäre. So war der Raum ein Druckkochtopf, in dem sich Energie anstaute, die für eine Revolution ausgereicht hätte, doch zum Glück für die öffentliche Ordnung wurde sie in Musik und Gesang ventiliert. Viele der Anwesenden konnten die meisten Lieder lauthals mitsingen, jeder, der nicht gerade damit beschäftigt war, die Guinness-Vorräte zu dezimieren, klatschte den Takt mit, und je länger es ging, desto mehr gewann das, was so schlicht als Konzert angekündigt gewesen war, eine Intensität, die jedenfalls eine eventuelle seismologische Messstation in der Nachbarschaft von Dingle zu heftigen Fehlalarmen veranlasst hätte.

Auf geheimnisvolle Weise schafften es die Anwesenden, neben all dem Singen, Trinken und Klatschen auch noch so viel zu rauchen, dass die Luft im Raum zu einem dichten Etwas wurde, das in der Umgebung der spärlich vorhandenen Lampen weiß glänzte und eher wie eine kompakte Masse wirkte als wie etwas, das man atmen konnte. Von der Dekoration an den Wänden war praktisch nichts mehr zu erkennen. Mein echtes Auge, derlei seit Jahren entwöhnt, begann zu tränen, und mir fiel wieder ein, dass unter den Geräten, die man mir aufgrund der Einstellung des Projekts nicht mehr implantiert hatte, ein Giftgasfilter in den Atemwegen gewesen wäre.

Der Bierkonsum war ungeheuer, das jedenfalls blieb einem auch in all dem Dunst nicht verborgen. An der Theke kam man kaum nach mit dem Zapfen, und die fertigen Gläser wurden immer gleich paarweise weitergereicht. Rätselhaft, wohin all dieses Bier verschwand.

Und dann hockte sich einer neben mich, der bisher wippend in der Menge gestanden hatte, fiel förmlich auf die Bank, rot im Gesicht und strahlend vor Begeisterung, keuchte noch von dem Lied, das er eben lauthals mitgegrölt hatte, drehte sich zu mir um, sagte irgendetwas, das ich nicht verstand, entweder, weil sein Dialekt zu stark oder es sowieso Gälisch war, und prostete mir zu. Es klang wie »*Slontsche!*« und wie ein Trinkspruch.

Ich war so verblüfft, dass ich den Gruß erwiderte und ebenfalls trank. Einen zweiten Schluck, der schon nicht mehr so widerlich schmeckte wie der erste.

Und während ich das tat, begriff ich, dass ich seit über einem Jahrzehnt in Irland lebte und heute, hier, zum ersten Mal in einer irischen Kneipe ein Guinness trank, es wenigstens versuchte. Es trieb mir fast einen Schrei auf die Lippen. Der unschuldige Versuch des Mannes, mich ganz selbstverständlich in das Geschehen einzubeziehen, mich sozusagen aufzunehmen in die Gemeinschaft, die hier feierte, erschütterte mich gerade in seiner Unschuld, seiner Selbstverständlichkeit. So etwas wie das, was ich hier erlebte, ereignete sich in der einen oder anderen Form an jedem Abend in jedem Ort Irlands, doch ich war nie dabei gewesen. Und es gab einen Grund dafür. Der Grund war, dass ich anders war, nicht geeignet für ein Leben, in dem solche Dinge eine Rolle spielten.

Zum Glück ging das Fest weiter, folgte das nächste Lied, und den Mann neben mir trieb es wieder auf die Beine. Ich sah ihm zu und fühlte mich wie ein Eindringling, allem so fremd, wie ich tatsächlich war.

Ungefähr um Mitternacht, geraume Zeit, nachdem das letzte Lied verklungen war, waren im Gewühl erste Absetzbewegungen auszumachen. Die wenigsten standen noch zweifelsfrei aufrecht. Es wurden Hände geschüttelt und Schultern geklopft, Worte zum Abschied mit schweren Zungen gesprochen, seltsamerweise aber trotzdem verstanden, und so ging es Schritt um Schritt in Richtung Ausgang, verbunden mit weiteren bierseligen Umarmungen und hier und da einem raschen Griff nach einer Schulter oder einer Stuhllehne, um das Gleichgewicht zu wahren. Eine langsame Diffusion der Gäste, die ich von meinem Platz aus angespannt beobachtete, hieß sie doch, dass es für mich jeden Moment losgehen musste, wenn ich auch noch keine Ahnung hatte, wie.

Zur Tür hinauszukommen schien nicht so einfach zu sein. Wer auf die Straße hinausgelangt war, blieb dort erst einmal stehen, um lauthals weiter zu palavern, vorzugsweise mit Leuten, von denen er sich erst ein paar Minuten zuvor ausführlich verabschiedet hatte. Innen staute es sich zu einer Menschentraube, was aber im Grunde niemanden zu stören schien, schwadronierte es sich doch auf beiden Seiten der Tür gleich gut. Man hörte, wie draußen Autos angelassen wurden und dann ewig mit laufendem Motor dastanden, ohne dass sich etwas rührte. Angesichts des Alkoholkonsums der vergangenen Stunden und der Tatsache, dass sich gegenüber von O'Flaherty's Bar eine Station der *Garda* befand, kam mir das alles reichlich tollkühn vor. Chaotisch eben, genau wie Finnan MacDonogh es angekündigt hatte.

Der kam endlich auf mich zu, noch sichtlich erhitzt von dem Konzert, einen der beiden muskelbepackten Türsteher im Gefolge, bedeutete mir mit einer seiner sparsamen Gesten, mitzukommen, und verschwand vor uns durch die Tür, die zu den Toiletten und Zigarettenautomaten führte. Ich ließ mein immer noch fast volles Bierglas stehen und folgte ihm und dem Torwächter auf die Herrentoilette.

Finnan wirkte angespannt, wie er uns mit verschränkten Armen erwartete. Ohne sich um einen Mann in einem blau-rot geringelten Pullover zu kümmern, der mit offener Hose und geschlossenen Augen über einem Pissoir stand, die Stirn gegen die Wand gelehnt und offenbar mitten im Wasserlassen eingeschlafen, sagte er mit rauer Stimme: »Gut, das muss gehen. Tauscht die Jacken.«

Wir taten wie geheißen. Ich gab meine weite Jacke her, die aus Wasser abweisendem, atmungsaktivem Synthetikmaterial bestand, graublau, mit weißem, leicht rückstrahlendem Besatz an Ärmeln und Taschen, und bekam dafür ein aus schmutziggrauer Wolle handgestricktes, nach Schaf, Rauch und Männerschweiß stinkendes Teil, das mir viel zu eng war. Finnan musterte uns skeptisch, zupfte dem anderen ein bisschen am Haar herum und meinte dann: »Für die Dunkelheit wird's reichen. Du bist jetzt er, Steve.«

Steve sah mich an, lächelte entschuldigend und fing an, mit Schultern und Oberkörper leichte Bewegungen zu machen, von denen ich erst mit Verspätung begriff, dass sie ein Versuch waren, meine Haltung zu imitieren. Er zog den Kopf ein, die Schultern nach vorn, stand plötzlich so geduckt und steif da, dass ich fast protestiert hätte: So sah ich doch nicht aus!

Aber stattdessen blickte ich in den erbarmungswürdig fleckigen Spiegel und musste zugeben, dass er seine Sache ziemlich gut machte. So sah ich tatsächlich aus. Ein Schrank von Mann, der versucht, das Nachttischchen zu spielen.

Mein Double ging, und Finnan erklärte halblaut: »Wir haben mit ein paar zuverlässigen Leuten draußen eine Inszenierung für eventuelle Beobachter vorbereitet. Lautstarke Diskussionen, Chaos, eine kleine Schlägerei am Rande, und Steve in Ihrer Rolle mittendrin. Man wird auf ihn einreden, und von weiter weg wird es so aussehen, als dränge man ihn in eines der Autos, die in Richtung Castlemaine fahren werden, die schmale Straße bei Inch und Fybough entlang.«

»Und wir?«, fragte ich.

Er nickte und zog die Toilettentür auf. »Kommen Sie.«

Ich folgte ihm. Im Vorraum hielt er auf eine Tür zu, die der, die zurück in die Bar geführt hätte, genau gegenüberlag und auf der unübersehbar geschrieben stand: *Privat. Kein Zutritt.* Ein Hinweis, der für einen Finnan MacDonogh offensichtlich nicht galt, denn er öffnete sie, ohne zu zögern.

Dahinter lag ein hoher, kalter Hausflur mit grau verputzten Wänden, auffallend vielen auffallend altertümlich aussehenden Stromzählern unter der Decke und einem Fliesenboden, auf dem jede einzelne Fliese in mindestens zwei Teile zerbrochen war. Eine Treppe aus müdem, dunklem Holz führte in höhere Stockwerke, doch Finnan öffnete stattdessen eine weitere Tür am Ende des Flurs. »Vorsicht, Stufe«, sagte er.

Es ging ungefähr zwei Handbreit hinab, in einen Gang, der wie ein Keller aussah, mit gewölbter Decke, schlicht geweißelten Wänden und ohne Fenster. Bleigraue Bierfässer standen entlang einer Wand aufgestapelt, mehr als man in der Eile zählen konnte, und dann kamen wir auch noch an Kisten vorbei mit Getränken in Flaschen, die reichlich verstaubt wirkten, so, als stünden sie zwar auf der Karte, aber als hätte seit Menschengedenken niemand mehr danach verlangt.

Es war ein Labyrinth, durch das Finnan mich führte. Hier und da zweigte ein Gang ab, ab und zu war eine verschlossene Tür zu öffnen, doch der Musiker hatte entweder einen passenden Schlüssel dabei oder wusste, wo das Versteck eines solchen war, in welches dunkle Mauerloch oder unter welchen verstaubten Karton er greifen musste.

Endlich gelangten wir in eine Art Lagerraum oder Werkstatt. Wischmopp, Eimer und Staubsauger standen in einer Ecke, das Gerippe eines Kühlschranks daneben, und auf einem Tisch lag, was wohl dessen zerlegter Motor war. Auf den zweiten Blick sah ich mit Schaudern, dass jemand dabei war, Reparaturversuche mit Bindfaden und Aluminiumfolie daran zu unternehmen.

»Kommen Sie«, drängte Finnan. »Wir müssen uns beeilen.«

Er hatte die Türen eines großen Wandschranks aus dunkler Eiche geöffnet, der keine Rückwand hatte, sondern eine uralt aussehende Bohlentür in der Mauer dahinter verbarg. Mit vereinten Kräften zerrten wir ihren schweren, verrosteten Riegel beiseite. Die Tür ging nach innen auf, was auch unbedingt nötig war, wie mir klar wurde, als wir hinauskletterten in einen kaum mehr als zwei Handspannen breiten Spalt zwischen zwei Häusern. Mauerwerk im Rücken und Ziegelstein vor der Brust schoben wir uns seitlich hindurch, bis wir auf eine Straße entkamen, offenbar keinen Augenblick zu früh: Ein Kleinwagen tuckerte heran, die Scheinwerfer unvorschriftsmäßig weit abgeblendet, hielt gerade lang genug, dass wir uns auf den verdammt engen Rücksitz werfen konnten, und fuhr dann im gleichen gemächlichen Tempo weiter. »Unten bleiben«, zischte Finnan. Überflüssigerweise, denn er war derart eingekeilt neben mir zu liegen gekommen, dass es mir schwer gefallen wäre, mich aufzurichten, ohne ihn ernstlich zu verletzen.

Es ging in westlicher Richtung aus Dingle hinaus, in einem Tempo, als hätten wir alle Zeit der Welt oder als sei der Fahrer so betrunken, dass jede schnellere Fahrweise zu gefährlich gewesen wäre. Unverdächtig also. Und der Fahrer, ein vierschrötiger Mann mit wildem Bartwuchs, war alles andere als betrunken; sorgsam vergewisserte er sich immer wieder, dass uns niemand folgte, und er tauschte ab und zu entsprechende Bemerkungen mit Finnan, die so klangen, als mache er so etwas nicht zum ersten Mal in seinem Leben.

Bäuchlings auf dem Rücksitz eines japanischen Kleinwagens derart eingekeilt, dass man nur den Sitzbezug und höchstens aus dem Augenwinkel einen Zipfel Nachthimmel sieht, dauert eine Fahrt immer unerträglich lange. Ohne meine elektronischen Innereien zu bemühen, erinnerte ich mich gut genug an die Straßenkarte von Kerry, um mir zu sagen, dass die Straße, die wir fuhren, nach Murreagh, höchstens nach Ballydavid führen konnte. Meinem Gefühl zufolge aber mussten wir Neufundland erreicht haben, als das Auto endlich hielt.

Der Fahrer stieg ohne ein weiteres Wort aus und ließ den Wagen mit laufendem Motor stehen. Nachdem ich mich hinter Finnan ins Freie geschoben hatte, sah ich ihn noch in einem dunklen Haus verschwinden, das einsam in der Landschaft stand.

Finnan setzte sich ans Steuer, wartete, bis ich neben ihm saß, dann ging die Fahrt weiter, hinab von den befestigten, geteerten Wegen, die in Irland schon als Straßen betrachtet werden, über atemberaubende Feldwege und Trampelpfade, mehr oder weniger querfeldein, hinauf in ein nur undeutlich als riesiger dunkler Schatten erkennbares Gebirge.

»Der Ort, zu dem wir fahren, ist natürlich nicht Bridgets eigentlicher Unterschlupf«, erklärte er, während er das Auto eine Steigung hinaufquälte, für die es niemals entworfen worden war. »Sie ist nur heute Abend dort, nur für dieses Treffen. Es ist mein persönliches Versteck, in das ich mich manchmal vor der Welt verkrieche, um nachzudenken, deprimiert zu sein … oder neue Lieder zu schreiben. Manchmal auch alles zusammen.«

Ich sah ihn nur an, wusste aber nicht, was ich sagen sollte. Also sagte ich nichts.

Die Scheinwerfer funzelten weiter, über Grasnarben, glitzernde Steine am Wegesrand, ausgetretene Furchen im Boden. Der Motor jaulte erbarmungswürdig, ganz zu schweigen von den Martern, die die Stoßdämpfer erdulden mussten.

»Sie hat das schon einmal erlebt«, sagte Finnan nach einer Weile. »Wie es jemandem ergeht, der zu viel weiß. Patrick, ihr Mann … Er war bei der IRA. Weit oben in der Hierarchie. Wir wissen nicht genau, was er getan hat, aber jedenfalls hat er eines Tages dabei etwas erfahren, das er besser nicht erfahren hätte.

Er ist durchs ganze Land geflohen, aber sie haben ihn trotzdem gefunden und getötet. Britische Agenten. Bevor sie Patrick erschossen, haben sie ihm erlaubt, ein letztes Mal mit seiner Frau zu telefonieren. Bridget war damals im fünften Monat schwanger, hatte danach einen Nervenzusammenbruch und eine Fehlgeburt. Innerhalb von vierundzwanzig Stunden hat sie ihre gesamte Familie verloren.« Er warf mir einen schmerzvollen Blick zu. »Ich nehme an, Sie verstehen, warum sie Angst hat.«

Wie lange ich lebe, steht in eines anderen Hand. Von mir hängt ab, ob ich mein Leben bewältige wie ein Mann. Verlange nicht von mir, ich solle ein unrühmliches Dasein gleichsam in Dunkelheit durchmessen. Verlange, dass ich mein Leben selber lenke, nicht nur hindurchgetragen werde!

Seneca, EPISTOLAE MORALES

13

Die letzte Strecke fuhr Finnan ohne Licht, nur nach Gefühl, wie mir schien, und er erwies sich zumindest in dieser Beziehung als nicht sonderlich gefühlvoll. Obwohl ich an diesem Abend am liebsten auf jeden Einsatz meiner technischen Organe verzichtet hätte, konnte ich doch nicht anders, als sicherheitshalber auf Nachtsicht zu schalten. In einer grünlich-schwarzen, weithin offenen Landschaft entdeckte ich ein paar Schafe, die ihre Köpfe in unsere Richtung drehten, Hügel und Täler, aber nichts, das wie ein Weg ausgesehen hätte.

Trotzdem tauchte, noch ehe ich mich dazu durchgerungen hatte, eine entsprechende Bemerkung zu machen, etwas vor uns auf, das aussah wie ein Steinhügel von der Form eines der Länge nach halbierten Zylinders, nur dass es in der Infrarotwahrnehmung ein auffallend *warmer* Steinhügel war. Finnan ließ einen Moment lang die Scheinwerfer aufflammen und lenkte den Wagen dann in eine Art Unterstand aus entsprechend zurechtgebogenem Gestrüpp, das ihn bei Tag zuverlässig versteckt hätte und bei Nacht natürlich sowieso.

»Einen Augenblick noch«, sagte er, nachdem er den Motor ausgeschaltet hatte, und blieb reglos hinter dem Steuer sitzen, den Blick auf die samtgrün leuchtenden Ziffern der Armaturen gerichtet.

Es wurde mehr als ein Augenblick. Minuten vergingen, und wer niemals schweigend in einem dunklen Auto mitten in einer gottverlassenen nächtlichen Einöde gesessen ist, ahnt nicht, wie lang einem unter diesen Umständen eine Minute vorkommt.

»Darf ich fragen, was das werden soll?«, fragte ich schließlich leise.

»Wir sind nicht so allein, wie es aussieht«, entgegnete Finnan rätselhaft und zog, ohne den Blick von der Digitaluhr zu wenden, ein Sprechfunkgerät unter dem Sitz hervor. Er schaltete es ein, regelte das Hintergrundrauschen auf eine erträgliche Lautstärke zurück, und dann saßen wir da und lauschten dem einschläfernden Knistern und Pfeifen des Kurzwellenbandes.

Plötzlich war die Stimme eines Mannes zu vernehmen. »Eins«, sagte sie langsam und deutlich. »Klare Nacht. Wiederhole: Eins, klare Nacht.«

Gleich darauf meldete sich eine andere, hellere Stimme: »Zwei. Klare Nacht. Wiederhole: Zwei, klare Nacht.«

In gleicher Weise teilten uns auch Drei, Vier und Fünf mit, dass die Nacht klar sei. Finnan schaltete das Gerät zufrieden wieder aus, ohne selber einen Pieps gefunkt zu haben, zog den Autoschlüssel ab, sodass die grünen Ziffern und Anzeigen erloschen, und öffnete die Tür.

»Kommen Sie«, sagte er.

Ich begriff, dass Finnan Späher entlang unseres Weges postiert hatte, deren Aufgabe gewesen war, eventuelle Verfolger zu melden, und diese Meldung war für eine bestimmte Uhrzeit – vielleicht auch für mehrere Uhrzeiten – verabredet, sodass er informiert sein konnte, ohne dass wir unsere Position durch einen Funkimpuls hätten verraten müssen.

Er musste so etwas wirklich schon oft gemacht haben.

Wir gingen zu dem halbrunden Steinbau hinüber. »Es ist ein umgebauter Schafstall«, erklärte Finnan halblaut, während er die hölzerne Tür an der Stirnseite aufzog. »Erwarten Sie also nicht allzu viel Luxus. Und Vorsicht, es geht zwei Stufen hinab.«

Zwei Stufen tiefer war es immer noch dunkel. Es roch intensiv nach Schaf, außerdem nach Dung oder feuchtem Heu und nach Rauch. Finnan zog die Tür hinter uns zu, verriegelte sie und schob einen schweren Vorhang beiseite, und etwas Licht kam in die Sache.

Ich sah ein niedriges Gewölbe, gerade hoch genug, um in der Mitte zu stehen. Zwei Fensteröffnungen rechts und links waren mit Holzluken verriegelt. Auf dem Boden lagen zahlreiche große und kleine, größtenteils abgeschabte Teppiche und Teppichbodenstücke, einander teilweise überlappend. Eine Matratze, darauf ein Schlafsack, daneben eine hölzerne Truhe. Ein winziger eiserner Ofen mit einem kaum unterarmdicken Schornsteinrohr nach draußen verbreitete wohlige Wärme.

Am hinteren Ende des Gewölbes endlich stand ein Tisch, darum drei Stühle, darauf ein Leuchter mit drei Kerzen.

Dahinter saß Bridget Keane in einem schlichten grauen Kleid, die Hände gefaltet auf einem schmalen grauen Ordner ruhend, und sah uns mit angespanntem Gesicht entgegen.

»Hallo«, sagte sie leise, kaum hörbar, aber natürlich hörte ich es und konnte mich nicht länger gegen das Gefühl wehren, ein unterirdisches Zauberreich betreten zu haben.

Ich weiß nicht mehr, was ich sagte. Ich weiß nicht einmal, ob ich überhaupt etwas sagte. Jedenfalls setzten wir uns um den Tisch herum, und ich sah sie ungefähr eine Million Jahre lang einfach nur an.

»Schön, dass Sie gekommen sind, Duane«, sagte sie schließlich. »Ich darf Sie doch Duane nennen?«

»Selbstverständlich«, nickte ich. Das Kleid, das sie trug, hatte ich nie zuvor an ihr gesehen. Weich und schimmernd umfloss es ihre Gestalt, ein Stoff von der Farbe regenschwerer Wolken, der ihr wildes rotes Haar wie ein Buschfeuer aussehen ließ. Alles, was sie an Schmuck trug, war eine dünne Halskette mit einem Anhänger in Form eines Schwans. Ihre Augen erwiderten meinen Blick, grün und unergründlich wie Gebirgsseen, und als ich auf ihre schlanken, mit Sommersprossen übersprenkelten Hände hinabsah, nahm sie sie von dem Ordner herunter, und ich sah, dass er silbern war, nicht grau, und dass darauf das Wappen mit dem blutroten Zweig prangte, das einmal das Emblem unserer Einheit hatte werden sollen.

Es waren die Originalunterlagen, ohne Zweifel. Originaler ging es kaum.

Ich holte tief Luft und spürte eine pennälerhafte Befangenheit wie stählerne Klammern um meinen Brustkorb. Falls es nicht die stählernen Implantate waren, die sich sowieso darin befinden.

»Als Mister Itsumi mir das gab«, erzählte Bridget und berührte den Ordner sacht dabei, »sagte er zwar, ›falls mir etwas zustoßen sollte‹. Aber er sagte es auf eine alberne Weise, so, wie man eben einen Witz macht. Ich habe es nicht ernst genommen. Und als er plötzlich tot war ... Ich wollte einfach nur wissen, was mit diesem Mann geschehen war, verstehen Sie? Warum man ihn getötet hatte.«

»Und?«, fragte ich leise. »Verstehen Sie es jetzt?«

Sie schüttelte den Kopf. »Nein. Nicht wirklich. Nur, dass es etwas zu tun haben muss mit all diesen ... *unglaublichen* Sachen, die hier drinstehen.« Sie zog die Finger zurück, als sei der Ordner plötzlich glühend heiß geworden. »Duane, sagen Sie mir, stimmt das alles? Was da über Sie steht?«

»Ich weiß nicht, was da steht«, erklärte ich.

»Dass Sie ein ... *Cyborg* sind.«

Ich nickte. »Das stimmt.«

»Ein Soldat mit übermenschlichen Fähigkeiten? Das sind Sie?«

»Ja.«

Sie machte eine atemlose Pause. Ihre Augen waren groß und größer geworden, ich ertrank fast in ihnen. Dann schüttelte sie entschieden den Kopf. »Ich kann das nicht glauben. Tut mir Leid.« Es hatte beinahe etwas Komisches, wie sie das sagte, so trotzig. Und natürlich glaubte sie es. Schließlich hatte sie Finnan vor unserem Treffen im Café genau gesagt, wie er mich testen sollte.

Ich sah mich seufzend in dem niedrigen Unterschlupf um. »Was hier drinnen darf ich kaputtmachen?«

Finnan warf mir einen abschätzigen Blick zu, aus dem ich Skepsis zu lesen meinte. »Wie wär's mit dem Schürhaken? Sollte doch kein Problem sein, den ein bisschen zu verbiegen, oder?«

»Nein«, sagte ich und stand auf. »Sollte kein Problem sein.« Ich zog Steves müffelnde Schafwolljacke aus, ging zum Ofen, hob den schweren Haken aus ungefähr fingerdickem Stahl auf und schloss meine rechte Hand um das hintere Ende. Kein Problem. Der Druck der Belastung würde sich, wenn ich fest zupackte, gleichmäßig über den größten Teil des Handtellers verteilen. Ich aktivierte das Kraftverstärkersystem, und obwohl ich wusste, dass dem nicht so war, bildete ich mir ein, dass man dessen Summen auch außerhalb meines Körpers hörte. Dann drückte ich das vordere Ende des Schürhakens auf den Boden, stellte den Innenrist des linken Fußes dagegen und bog den Stahl mit einer einzigen, fließenden Bewegung zu einem schiefen Oval zusammen, das jedenfalls zum Feuermachen nie wieder taugen würde.

»Sie sind nicht einmal außer Atem«, stellte Bridget fest, als ich das Metalldings auf den Tisch legte. »Nicht halb so sehr wie ich.«

»Mit Atmung hat das auch nichts zu tun«, sagte ich, setzte mich und warf einen kurzen Blick in meine rechte Handfläche. Sie war ein wenig gerötet, aber ansonsten unverletzt. »Das war Elektrizität.«

Finnan nahm den ehemaligen Schürhaken hoch und versuchte, etwas an dessen neuer Form zu ändern, natürlich ohne das Mindeste auszurichten. »Dann haben also Sie die Zerstörungen in Mister Itsumis Zimmer angerichtet«, erkannte er.

»Als ich den Mörder verfolgt habe. Ja.« Ich knöpfte meinen rechten Hemdsärmel auf und streifte ihn zurück, so weit es ging. Dann legte ich den Arm so auf den Tisch, dass man im Licht der Kerzen die dünne Narbe sah, die wie ein leicht verwackelter weißer Strich die ganze Innenseite meines Armes entlangläuft, um sich im Ansatz des Handgelenks in fünf feinere Linien aufzuteilen, von denen jede bis an die Spitze eines Fingers führt. Es ist eine unglaublich dünne Narbe, wenn man bedenkt, was sich durch sie hindurch alles in meinem Körper abgespielt hat. »Die wichtigsten Muskeln meines rechten Armes sind durch so genannte Kraftverstärker ergänzt worden, eine Art kompakter Hydraulikpressen, wie sie ein Bagger hat, nur kleiner und schneller arbeitend. Weil Knochen derartigen Kräften nicht standhalten würden, hat man sie durch Implantate aus Titanstahl ersetzt. Die allerdings sinnlos überdimensioniert sind – wenn es nur auf sie ankäme, könnte ich einen startenden Jumbo-Jet aufhalten. Aber es kommt eben nicht nur auf sie an.«

»Um Gottes willen«, hauchte Bridget. Sie zuckte vor meiner Hand zurück, betrachtete die Narben, als stünde da eine unheilvolle Prophezeiung auf meinen Arm geschrieben.

Mit schmerzhafter Deutlichkeit wurde mir klar, dass ich, wie auch immer das hier weiterging, Bridget niemals wiedersehen würde. Nicht nur das, ich musste sogar dafür *sorgen*, dass ich sie nie wiedersah. Meine Pflicht war, ihr mit aller Überzeugungskraft, die mir zu Gebote stand, klar zu machen, welche Gefahr das Wissen um die Cyborg-Soldaten bedeutete, und dass nur ein Untertauchen, das einem Verschwinden von diesem Planeten nahe kam, sie retten konnte. Beide. Denn auch Finnan wusste zu viel, um sein bisheriges Leben weiterführen zu können. Und ihn würde es noch weit härter treffen, das war mir klar, seit ich gesehen hatte, wie er in seiner Musik aufging.

»Ich glaube«, sagte ich schließlich, »es ist am besten, ich erzähle Ihnen einfach die ganze Geschichte, von Anfang an.«

Dann zog ich meinen Arm zurück, knöpfte mein Hemd wieder zu und erzählte ihnen die ganze Geschichte, von Anfang an.

Allerdings ist nur schwer auszumachen, wo und wann alles begonnen hat, was in der Kette der Entscheidungen, die zu Ereignissen, und Ereignissen, die zu Entscheidungen führten, das erste Glied war. Ich denke, man liegt nicht allzu sehr daneben, wenn man zurückgeht zum November 1979, als die Botschaft der Vereinigten Staaten in Teheran gestürmt und etwa hundert Amerikaner in Geiselhaft genommen wurden. Etwa fünf Monate später – die Geiseln waren nach wie vor in der Gewalt der Iraner –, scheiterte am 25. April 1980 ein Versuch, sie durch ein Luftlandeunternehmen zu befreien, auf klägliche Weise bereits während des Anflugs, wobei acht Soldaten ums Leben kamen und die USA vor aller Welt blamiert waren.

Das hatte verschiedene Folgen. Zum einen bewirkte diese Blamage, dass der republikanische Herausforderer des amtierenden Präsidenten Carter, Ronald Reagan, in den anstehenden Wahlen leichtes Spiel hatte. Er gewann bekanntlich haushoch, und wie eine Art Geschenk der Ayatollahs kehrten die Geiseln einen Tag nach seiner Amtsübernahme in die USA zurück.

Eine andere, weit weniger bekannte Folge war, dass unter

den Militärs ein Umdenkprozess begann. Der Gedanke setzte sich durch, dass es nicht damit getan war, große und vernichtende Feldzüge führen und mit Atomwaffen drohen zu können, sondern dass die bewaffneten Auseinandersetzungen der Zukunft vermehrt gegen Terroristen aller Art geführt werden und Kommandounternehmen wie jenes, das in der iranischen Wüste gescheitert war, eher die Regel als die Ausnahme bilden würden. Man würde hierfür künftig spezielle Einheiten benötigen. Besondere Soldaten. Überragende Einzelkämpfer.

Oder noch mehr als das.

Ronald Reagan trat sein Amt im Januar 1981 an, und er war fantastischen militärischen Vorschlägen gegenüber bekanntlich äußerst aufgeschlossen. Neben dem weithin bekannt gewordenen SDI-Projekt, der *Strategic Defense Initiative*, die angreifende Nuklearraketen von im Weltraum kreisenden Laserkanonen abschießen und damit unschädlich machen wollte, stimmte er einem im Gegensatz dazu höchst geheimen Projekt zu, das unter dem Namen *Steel Man* lief und zum Ziel hatte, biotechnisch aufgerüstete Super-Soldaten zu entwickeln. Soldaten mit Atomantrieb und Superkräften. Soldaten, die aus dem Stand zehn Meter hohe Mauern überspringen konnten. Soldaten, die bei Nacht und Nebel sehen, unter Wasser atmen und Handgranaten fünf Meilen weit werfen konnten. Soldaten, grob gesagt, die künftigen Geiselnehmern, Guerilleros und Bombenlegern durch ihr bloßes Erscheinen auf der Bildfläche die Scheiße an den Beinen runterlaufen lassen sollten.

Mich und meine Kameraden, mit anderen Worten.

Bridget legte ihre Hände auf den Ordner. »Aber das müssen unvorstellbar schwere Eingriffe gewesen sein, um all diese Geräte in Ihrem Körper unterzubringen, all diese Veränderungen vorzunehmen«, meinte sie in hellem Entsetzen. »Ein regelrechter Umbau.«

»Das war es auch«, gab ich zu. »Eine Menge Operationstechniken sind eigens für das Projekt *Steel Man* neu entwickelt worden. Die mikroinvasive Chirurgie etwa, oder die Computertomographie. Man wollte Zahl und Größe der notwendigen Operationen so weit wie möglich reduzieren.«

Finnan sah äußerst skeptisch drein. »Tut mir Leid, aber wissen Sie, woran mich das erinnert? An eine Fernsehserie, von der ich einmal ein paar Folgen –«

»Der Sechs-Millionen-Dollar-Mann«, nickte ich. »Ich weiß.«

»Kann sein. Jedenfalls, wenn ich mich recht entsinne, hatte die Hauptfigur kraftverstärkte Beine, einen künstlichen rechten Arm mit Superkräften und ein künstliches Auge. Genau wie Sie, oder?«

»Fast. Steve Austin hatte sein künstliches Auge links, meines ist rechts.«

»Kommen Sie. Erzählen Sie mir doch nicht, dass das Zufall ist.«

Hätte ich zugeben sollen, dass mir das genauso wenig geheuer ist wie ihm? Als ich sieben oder acht Jahre alt war, ist diese Fernsehserie meine Religion gewesen und ihr Held mein Idol. Und im Lauf meines Lebens bin ich sein Ebenbild geworden. Wenn das nicht unheimlich ist, weiß ich nicht, was sonst.

»Einerseits ist es Zufall«, unternahm ich einen schwachen Versuch, im Bereich des rational Erklärbaren zu bleiben. »Wenn man das Projekt nicht abgebrochen hätte, wäre ich auch noch am linken Arm operiert worden, abgesehen von ein paar weiteren Implantaten, die nicht mehr zum Einsatz gekommen sind. Auf der anderen Seite … Denken Sie daran, dass man das SDI-Projekt *Star Wars* nannte, nach dem Film. Genauso hieß das Projekt *Steel Man* intern nur 6M, für *Six Million Dollar Man*. Es wurden ständig Witze darüber gerissen, wie billig sechs Millionen Dollar gewesen wären. Ich weiß keine genauen Zahlen, aber ich schätze, ein Cybersoldat kostete etwa eine Milliarde Dollar, eher mehr. Filme, die Wirklichkeit, das ging damals irgendwie fließend ineinander über. Vielleicht, weil Reagan Schauspieler gewesen ist. Wissen Sie, dass das SDI-Projekt aufgrund eines Briefes ins Leben gerufen wurde, den ein Zirkel von Science-Fiction-Autoren und NASA-Ingenieuren in Los Angeles an den Präsidenten geschrieben hat? Ich kann mir vorstellen, dass die Anregung für das Projekt *Steel Man* auf irgendwelchen Wegen tatsächlich aus Filmkreisen gekommen ist.«

In einer unerwartet entmutigt wirkenden Geste stützte Finnan seinen Kopf in die rechte Hand. »Das ist nicht zu fassen«, meinte er leise, eher zu sich selbst. Eine Weile starrte er ins Leere, dann sah er mich an mit einem Blick, dem man förmlich ansah, wie es dahinter ratterte. »Aber was hat das alles mit uns zu tun?«, fragte er. »Mit Dingle? Meine Schwester sagt, dass sie Sie schon seit Jahren in der Stadt sieht – warum? Was tun Sie hier? Und wer hat diesen Anwalt ermordet?«

»Ich nehme an, dass eine unbekannte fremde Macht dahinter steckt, die es auf die Unterlagen abgesehen hat, die er bei sich hatte, woher auch immer«, sagte ich, bemüht, die Beschämung zu überspielen, dass Bridget meine naiven Annäherungen die ganze Zeit bemerkt hatte. »Was mich anbelangt, ich lebe einfach hier. In aller Unauffälligkeit, hatte ich gehofft, aber irgendwie muss Mister Itsumi mich aufgespürt haben.«

»Sie leben hier. Einfach so.«

»Ja.«

»Wieso? Und wovon, wenn ich fragen darf?«

Ich lehnte mich zurück und spürte den vertrauten Ruck, den die schwere Nuklearbatterie in meinem Unterbauch bei dieser Art Bewegung macht. »Genau wie SDI war auch *Steel Man* mehr als nur eine Spur zu fantastisch. Um genau zu sein, das Projekt war ein Fehlschlag. Es gab massive Abstoßungsreaktionen, manche lernten nicht, mit den Implantaten umzugehen, viele starben während der schweren Operationen. In unserer Gruppe – wobei ich nicht weiß, ob es nicht auch noch andere Gruppen gab – waren wir zehn, als es losging, und davon waren 1991, als das Projekt gestoppt wurde, fünf tot. Eine Weile hing alles in der Schwebe, bis Präsident Clinton 1994 *Steel Man* endgültig beendete.« Ich machte eine Bewegung mit der Hand, die mir wohl zu so etwas wie einer Art Wegwerfbewegung geriet. »Die noch lebenden Cyborg-Soldaten wurden in den Ruhestand geschickt.«

»In den *Ruhestand*?« Finnan strich sich mit der Hand imaginäre Haare aus der Stirn. »Also, das ist das Verrückteste, was ich je in meinem Leben gehört habe. Das heißt, man hat Sie … *umgebaut*, aber nie eingesetzt?«

»Kein einziges Mal.«

»Nicht einmal, was weiß ich, bei irgendeiner Geiselbefreiung? Oder in Afghanistan, Terroristen jagen?«

»Nein.« Ich beugte mich vor und griff nach dem Schürhaken, den ich verbogen hatte. »Sehen Sie, wir funktionieren nicht richtig. Nicht wie geplant. Nicht so, dass man es hätte riskieren können, uns in Kampfeinsätze zu schicken. Kunststückchen wie das hier sind eine Sache, ein richtiger Krieg eine völlig andere. Und je älter wir werden, desto weniger gut funktionieren wir. Die Metallteile in uns bleiben unverändert, doch der Körper darum herum altert, verändert sich. Das hat man alles nicht ausreichend bedacht damals.«

»Furchtbar«, flüsterte Bridget tonlos. Das Grün ihrer Augen war dunkler geworden, schien regelrecht erloschen.

Finnan musterte mich. Er war sichtlich bemüht, die Teile des Puzzles zusammenzukriegen. »Diese unbekannte fremde Macht, von der Sie sprachen – wer könnte das sein?«

»Ich weiß es nicht. Da kommen einige infrage.«

»Und woher wussten die, was für Unterlagen Harold Itsumi mit sich herumgetragen hat?«

»Keine Ahnung.«

»Aber wenn die Cyborg-Technologie sowieso nicht funktioniert, was für einen Sinn macht es dann, hinter diesen Unterlagen her zu sein?«

»Vielleicht wussten sie *das* eben nicht. Oder sie denken, sie können es besser machen.«

Finnan zog den Ordner zu sich heran, schlug ihn auf, blätterte darin herum. »Anders gefragt. Das sind doch hier größtenteils Dokumente der höchsten Geheimhaltungsstufe. Hier, auf jeder Seite steht es, oben wie unten. *Top Secret. Streng vertraulich. Preisgabe kann mit Todesstrafe geahndet werden.*« Er legte die Hand auf Seiten, die ich als Teil der technischen Dokumentation wieder erkannte. »Relativ unmissverständlich, würde ich meinen. Und so was schleppt ein Anwalt im Handgepäck mit sich herum, um Sie dazu zu überreden, die Regierung auf Schadenersatz zu verklagen? Ich meine, kann man derartige Unterlagen in Prozessen vor amerikanischen Zivilgerichten überhaupt verwenden?«

»Ich bin völliger Laie in solchen Dingen«, sagte ich. »Aber ich kann es mir nicht vorstellen, nein. Ich denke, man würde sich schon strafbar machen, wenn man nur versucht, sie vorzulegen.«

»Und Harold Itsumi war jedenfalls alles andere als ein Laie.« Er blätterte ganz nach vorn, wo ein Blatt Briefpapier mit einer Reihe von Notizen in kleiner, pingeliger Schrift eingeheftet war. »Hier. Kanzlei Miller, Bauman, Itsumi und Partner, San Francisco. Klingt richtig professionell. Er hätte so etwas wissen müssen, das steht fest.«

»Vielleicht geht es doch«, warf Bridget ein. »Man hört schließlich die seltsamsten Geschichten über amerikanische Gerichtsurteile.«

»Ich glaube es trotzdem nicht.« Finnan schüttelte den Kopf, mit einer Miene, als wolle er einen Groschen darin dazu bringen, endlich zu fallen. »Außerdem, nein – die Frage ist doch eine ganz andere. Nämlich: Wenn es diesen unbekannten Fremden darum gegangen ist, an diese Unterlagen zu kommen – warum sind sie dann nicht mit den Kopien zufrieden, die sie aus Itsumis Zimmer erbeutet haben?«

Ich spürte meine Augenbrauen sich verdutzt heben. Das war in der Tat eine gute Frage. Eine, die ich mir selber längst hätte stellen sollen.

»Wie kommst du darauf, dass sie nicht damit zufrieden sind?«, fragte Bridget.

»Weil sie weitersuchen«, entgegnete Finnan. »Diese Fremden treiben sich immer noch in der Stadt herum, und das, obwohl die Polizei überall bei der Arbeit ist. Wir kriegen nichts über sie heraus, nicht einmal, wo sie übernachten. Und warum zum Beispiel hat man Dr. O'Shea ermordet? Das war doch kein eifersüchtiger Ehemann, der dieses Blutbad angerichtet hat.« Er holte tief Luft. »Und warum zum Teufel hat man bei dir eingebrochen?«

»Was?!«, rief Bridget.

Ich schluckte schuldbewusst.

Das würde jetzt peinlich werden, aber ich musste es richtig stellen …

»Die Fotos von Patrick waren noch da, keine Sorge. Ich hab sie in einem sicheren Versteck«, fuhr Finnan, an seine Schwester gewandt, fort, ehe ich etwas sagen konnte. »Aber als ich heute Morgen hin bin, um sie zu holen, war die Haustür aufgebrochen, die ganze Wohnung durchwühlt, jede Schublade, jedes Regalbrett. Ein einziges Chaos. Jemand hat etwas gesucht, und zwar ohne Rücksicht auf Verluste. Und ich wette, das, was er sucht, ist dieser Ordner.«

Ich merkte, dass ich unwillkürlich den Atem angehalten hatte, und atmete erst mal aus. Das klang nicht nach mir. Als ich die Wohnung verlassen hatte, war sie in tadellosem Zustand gewesen. Dieser Einbruch musste vergangene Nacht stattgefunden haben.

»Vielleicht waren die Kopien nicht vollständig«, schlug ich als Erklärung vor, eigentlich nur, um überhaupt etwas zu sagen.

»Wie sieht man Kopien so etwas an?«

Ich hob die Schultern. »Fehlende Seitenzahlen? Keine Ahnung.«

»Der springende Punkt ist doch«, meinte Finnan unduldsam, »dass, wer auch immer dahinter steckt, er jedenfalls genau weiß, dass es diesen Ordner gibt.« Er schob ihn mir hin. »Warum? Was soll das Ganze?«

Ich musterte das oben liegende Blatt, das Itsumi offensichtlich für persönliche Notizen eingeheftet hatte. *Duane Fitzgerald* stand da, dann ein Pfeil. *Boston. Brian Marconi, Friedhofsverwalter. Schickt Rechnungen für Grabpflege Eltern nach Dingle, Irland, postlagernd.* So also hatte er mich aufgespürt. Ganz schön trickreich, dieser Mister Itsumi.

Darunter standen noch ein paar Dinge, die mir im Moment nichts sagten, unter anderem, dreimal unterstrichen und mit dicken Fragezeichen versehen, die Worte DRAGON BLOOD. Nie gehört. Ich blätterte um und fand eine Adressenliste von uns allen, Stand etwa Anfang der Neunziger, komplett mit Telefonnummern. Bis auf die Adresse von Forrest DuBois waren alle durchgestrichen und mit dem Vermerk *unbekannt verzogen* versehen. Bei Forrest stand ein Datum, das etwa drei Wochen zurücklag, und eine Uhrzeit. Sah aus, als hätte Itsumi ihn erreicht.

Was er ihn wohl gefragt hatte? Ich nahm mir vor, bei nächster Gelegenheit selber anzurufen und zu fragen.

Ich blätterte die Seiten aus der technischen Dokumentation nur flüchtig durch. Das kannte ich sozusagen alles auswendig. Doch anders als ich erwartet hatte, beschränkte sich der Inhalt des Ordners nicht darauf. »Hier haben Sie es«, sagte ich zu Finnan. »Eine Menge Seiten, auf denen der Geheimhaltungsvermerk fehlt. Wahrscheinlich hat Itsumi geglaubt, dass er damit etwas anfangen kann.«

»Und warum fehlt der Geheimhaltungsvermerk?«, fragte Finnan zurück.

»Keine Ahnung. Schlamperei, vielleicht.« Ich blätterte in den Unterlagen, versuchte zu verstehen, worum es darin ging. Die hatte ich jedenfalls noch nie gesehen. Es waren Memoranden aus den achtziger Jahren, teilweise auf das interne Briefpapier des Projekts, teilweise auf schlichtes weißes Papier geschrieben. Es ging um Ergebnisse von Belastungstests. Jemand kritisierte den Einbau der Implantate vor eingehenderen Untersuchungen der langfristigen Verträglichkeit, warnte vor gesundheitlichen Spätfolgen und Risiken und verlangte eine Verschiebung von Phase II um mindestens fünf Jahre. Geschrieben 1988 von einem Professor Doktor Nathaniel Stewart. »Das war der wissenschaftliche Leiter, als ich dazugekommen bin«, erläuterte ich. »Ein sympathischer Mann, allerdings schon damals nicht mehr der Jüngste. Er schied ein halbes Jahr später altershalber aus, und danach habe ich, ehrlich gesagt, kaum noch durchgeblickt, wer eigentlich wofür verantwortlich war.«

Finnan schüttelte den Kopf. »Er ist nicht altershalber ausgeschieden«, sagte er. Er deutete auf die Papiere. »Blättern Sie ein paar Seiten weiter. Da finden Sie es.«

Ich blätterte ein paar Seiten weiter und fand es. Der Kohledurchschlag von Professor Stewarts Rücktrittserklärung, von ihm eigenhändig unterschrieben. »*Hiermit lege ich, Prof. Dr. med. Nathaniel Jefferson Stewart, die Leitung des Projekts ›Steel Man‹ mit sofortiger Wirkung nieder. Der Hauptgrund hierfür ist, dass ich die auf politischer Ebene getroffene Entscheidung, das Projekt im Hinblick auf einen sich anbahnenden Krieg gegen den Irak zu beschleunigen, nicht vor meinem Gewissen verantworten kann. Die im Rahmen von ›Steel Man‹ entwickelten Technologien befinden sich nach wie vor im Experimentierstadium. Sie ohne weitergehende Tierversuche und ohne eingehendere Untersuchungen ihrer langfristigen Verträglichkeit bereits jetzt bei Menschen einzusetzen ist nach meinem Dafürhalten in höchstem Maße verantwortungslos, ja sogar inhuman. Zum gegenwärtigen Zeitpunkt kann noch nicht einmal mit Sicherheit gesagt werden, ob die angestrebten Ziele überhaupt erreichbar sind, von einer Einsatzbereitschaft der Cyborgs unter Kampfbedingungen ganz zu schweigen.*«

Und so weiter. Auf insgesamt zwei Seiten zerlegte er das gesamte Projekt, bewies, dass das, was man mit uns gemacht hatte, bereits nach damaligem Kenntnisstand nie hätte gemacht werden dürfen.

»Das ist es«, sagte ich. Ich blätterte weiter und fand jede Menge Dokumente, die alles belegten. »Darauf wollte Itsumi seinen Schadenersatzprozess aufbauen. Man hat gewusst, dass man uns schaden würde, und hat es trotzdem getan. Das hier beweist es.«

»Stimmt das?«, fragte Finnan. »Sollten Sie im Golfkrieg eingesetzt werden?«

Ich nickte. »Darauf können Sie wetten. Wir sollten Saddam Hussein mitten aus seinem Führungsbunker holen. Krönender Abschluss des Krieges sollte eine Pressekonferenz auf einem Flugzeugträger sein, mit Saddam in Ketten.«

»Aber das war doch ...« Er überlegte, versuchte sich an die geschichtlichen Fakten zu erinnern. »Wie war denn das? Der

Irak hat Kuwait im August 1990 überfallen, oder? Und Mitte Januar 1991 begannen die Angriffe der Alliierten.«

»Die Geheimdienste wussten mindestens ein halbes Jahr vorher, dass ein Konflikt mit dem Irak unausweichlich sein würde. Da fiel schon die Entscheidung, die *Steel Men* zum Einsatz zu bringen. Bis dahin hatten wir nur relativ kleine Implantate – einen Kraftverstärker im Unterarm, diverse Sensoren, alles noch Sachen, die man mit einer simplen Batterie am Gürtel und einem Stecker im Bauch erledigen konnte. Sachen, die sich auch wieder hätten entfernen lassen. Doch dann ging es von heute auf morgen los mit den richtig großen Operationen. Schnell, schnell war die Devise. Wir hatten kaum Zeit, den einen Eingriff auszuheilen und mit den Implantaten zu trainieren, da wurde schon die nächste Operation angesetzt. Die Besetzung Kuwaits war der Moment, in dem man uns sagte, was los war. Dass wir in die Höhle des Löwen sollten. Haben Sie sich damals nicht auch gefragt, wieso die größte Streitmacht der Welt über fünf Monate braucht, um ein paar Panzer in die Wüste zu transportieren, ein Gelände, das als Aufmarschgebiet fast ideal ist? Man hat Zeit geschunden, so viel nur ging, solange noch die Hoffnung bestand, dass wir es schaffen. Erst als um Weihnachten herum klar wurde, wir schaffen es nicht, hat man Plan B aus der Schublade geholt. Deswegen hat man sich auch damit begnügt, Kuwait zu befreien.«

Die Reaktion der beiden war ein gleichzeitiges, sozusagen geschwisterliches Luftholen. »Das ist ungeheuerlich«, erklärte Bridget. »Ungeheuerlich von denen, aber auch Sie … Duane! Wie konnten Sie nur so etwas Schreckliches mit sich machen lassen?«

»Ich wollte meinem Land dienen«, sagte ich einfach.

Finnan nickte, als könne er das verstehen. Vielleicht verstand er es sogar. Er beugte sich vor, zog den Ordner wieder zu sich heran und blätterte darin herum, während Bridget mich überhaupt nicht mehr aus dem Blick ihrer tiefgrünen Augen lassen wollte.

»Eins ist mir unklar«, sagte Finnan. »Wieso Sie? Wie sind Sie dazu gekommen? Ich nehme doch an, bei so einem geheimen Projekt ist es nicht üblich, eine Stellenbeschreibung ans Schwarze Brett der Kaserne zu hängen.«

Ich nickte geistesabwesend. »Wir wurden nach bestimmten Kriterien ausgesucht. Gesundheit, ein bestimmter Grad an Fitness und Leistungsfähigkeit, bestimmte Gewebefaktoren und noch ein paar medizinische Voraussetzungen, die ich nie richtig verstanden habe. Außerdem musste man absolut ungebunden und ohne Verwandtschaft sein. Keine Ehefrau, keine Familie.«

»Kann es sein, dass es nicht allzu viele Kandidaten gab, die alle Bedingungen erfüllten?«

»Das weiß ich nicht.«

Finnan blätterte nach hinten bis zu einem zusammengefalteten Computerausdruck, einer dieser alten, die in schief sitzenden Großbuchstaben auf grün-weiß gestreiftes Papier gedruckt sind, das rechts und links eng gelocht ist. »6M war das interne Kürzel für das Projekt, sagten Sie?« Er schob mir den Ordner hin. »Schauen Sie sich das mal an.«

Ich löste mich aus dem Bann und allerlei unrealistischen Träumen und faltete das Blatt auseinander.

Es war eine Tabelle. DATABASE: MARINE CORPS stand darüber, ein Datum und ein Vermerk PROCEDURE: SELECT-6M.

Eine Liste von Namen, insgesamt 27, meiner an zweiter Stelle. Hinter jedem Namen war Dienstgrad und Einheit ausgedruckt, gefolgt von etwas, das laut Überschrift MEDICAL CONGRUENCE hieß, eine Zahl mit drei Stellen hinter dem Komma, die bei mir 0.988 betrug und nach der, wie ich jetzt bemerkte, die Liste sortiert war. Der Grad der medizinischen Eignung für das Projekt *Steel Man*, durfte man annehmen.

Den Schluss jeder Zeile bildete eine Reihe von Minuszeichen, hier und da von einer Ziffer unterbrochen. Ich studierte die Kopfzeile der Tabelle. RELATIVE stand da und darunter folgende Buchstaben: WI, CH, PA, BS, GP, OT. Bei mir war genau unter dem PA die Zahl 2 gedruckt. Und diese Zahl wiederum – jede Zahl eigentlich hinter den ersten zehn Einträgen der Liste, insgesamt drei davon gab es – war mit Rotstift eingekringelt. Darunter stand ein handschriftlicher Vermerk. *Regeln Sie das.* Und eine Unterschrift, die ich sofort erkannte.

Ich zögere, den Namen des Mannes zu nennen. Dies hier ist brisant genug. Sagen wir im Moment nur das: Er ist mächtig. Der Geheimdienst tut, was er sagt. Der Präsident hört auf ihn. Eine Menge Leute gehen davon aus, dass er einmal dessen Nachfolger wird.

Und dieser Mann war damals maßgeblich am Projekt *Steel Man* beteiligt gewesen? Das hatte ich nicht gewusst.

»Was heißt das?«, fragte ich.

Finnan tippte mit dem Finger auf die Buchstaben. »WI. *Wife.* Ehefrau. CH. *Children.* Kinder.«

Ein Entsetzen erfasste mich, so bodenlos, dass ich im ersten Augenblick glaubte, das Gefühl in den Tiefen meines Bauchs käme von einer jäh leckgeschlagenen, auslaufenden Nuklearbatterie. »PA. *Parents.* Eltern, mein Gott …!«

Ich betrachtete das Datum in der Kopfzeile des Computerausdrucks noch einmal. Mir schwindelte. Das *konnte* nicht wahr sein …

»SELECT-6M«, sagte Finnan. »Ich nehme an, das hier ist die Auswertung, wer medizinisch für das Projekt *Steel Man* infrage kommt, oder?«

»Ja«, nickte ich. »Sie sind alle da.«

Und wie immer man die MEDICAL CONGRUENCE ausgerechnet hatte, es war eine verdammt aussagekräftige Zahl: Die fünf Cyborgs, die noch am Leben waren, belegten auch die ersten fünf Plätze der Liste. Die Männer, die im Lauf des Jahres 1990 gestorben waren, weil sie die schweren Eingriffe nicht überstanden oder die Implantate nicht ertragen hatten, fanden sich alle irgendwo weiter unten.

»Welche?«, fragte Finnan.

Ich zeigte auf die Namen. Und dabei sah ich endlich, was hier stand. »Dieser medizinische Wert macht nach der vierten Zeile einen Sprung. Nur die ersten sind besser als 0.98, alle anderen sind 0.95 oder schlechter. Von denen hat man nur die genommen, die keine Familie hatten. Aber bei uns scheint es …« Ich deutete auf das Datum des Ausdrucks. »Eine Woche später ist meine Mutter gestorben, an einem Herzinfarkt, hieß es. Sie lebte damals schon lange von mir und meinem Vater getrennt, wir haben nur die Nachricht bekommen, und Vater musste sie beerdigen lassen. Zehn Tage danach ist er – er war Feuerwehrmann – bei einem Hotelbrand ums Leben gekommen.«

Ich deutete auf die erste Zeile. Gabriel Whitewater. »Seine ganze Familie ist zur gleichen Zeit ermordet worden, während eines Kampfes rivalisierender Drogendealer, hieß es.« Und dann war da noch, in der vierten Zeile, Juan Gomez. Unter PA stand eine 1. »Und er hier hat mal erzählt, dass es ihn gewundert hat, wie plötzlich sein Vater gestorben ist. Er sei noch rüstig gewesen, immer hinter den Frauen her und so weiter, und eines Morgens habe er einfach tot im Bett gelegen. Wann das passiert ist, weiß ich allerdings nicht.«

»Morde im Auftrag der Regierung?«, sprach Finnan aus, was mir nicht über die Lippen wollte. »Man brauchte diese Kandidaten mit den hohen Punktzahlen so unbedingt, dass man ihre lästige Verwandtschaft aus dem Weg räumte?« Er stieß angehaltenen Atem mit einem unheilvollen Pfeifgeräusch aus. »Wenn das stimmt, dann ist es keine fremde, unbekannte Macht, die hinter diesen Unterlagen her ist. Dann sind das Ihre eigenen Leute, Mister Fitzgerald.«

Ich schüttelte den Kopf. »Das kann nicht sein.« Ich starrte die roten Kringel an, die lapidaren Worte in dieser fahrigen Handschrift, und wartete auf einen Einfall, wie all dies anders zu erklären sein mochte. Vergeblich.

Finnan schwieg. Bridget auch. Mir fiel plötzlich wieder ein, was zu tun war.

Ich faltete das angegilbte Computerpapier zusammen und klappte den Ordner zu. »Wie auch immer«, sagte ich und sah sie an, »Sie sind in Gefahr. Ich denke, das Beste wird sein, ich nehme diese Unterlagen an mich, während Sie …«

»Kommt nicht infrage«, versetzte Bridget wie aus der Pistole geschossen, entwand mir den Ordner mit einem ebenso raschen wie entschlossenen Griff und presste ihn sich schützend vor die Brust. »Das ist meine Lebensversicherung«, erklärte sie mit wässrigen Augen.

Ich machte die überraschende Erfahrung, dass auch Superkräfte nichts ausrichten gegen Frauentränen. Plötzlich verstand ich, was Finnan über den Umgang mit seiner Schwester erzählt hatte. »Das ist nicht Ihre Lebensversicherung«, versuchte ich es trotzdem. »Das ist Ihr Todesurteil.«

»Mister Itsumi hat mir diese Unterlagen anvertraut«, beharrte sie, jeder Zoll weibliche Unvernunft. »Solange ich sie habe, kann mir nichts passieren.«

»Außer dass man Sie umbringt, genau wie man es mit Mister Itsumi getan hat.«

Sie schüttelte den Kopf. »Ich werde mir etwas ausdenken.«

»Etwas ausdenken? Ihre einzige Chance ist, dass die glauben, dass Sie die Unterlagen nie gehabt haben. Wer immer *die* sind.«

»Es geht nicht nur um mich«, sagte sie ebenso dickköpfig wie dunkelsinnig. »Es ist ein Problem, aber wir werden es lösen.«

Finnan warf mir einen teils entsagungsvollen, teils amüsierten Blick zu. Sein Kopf machte eine kaum merkliche Bewegung, die so etwas wie ein heimliches Kopfschütteln war. *Lassen Sie's*, sagte diese Geste.

Was hätte ich tun sollen? Ihr den Ordner gewaltsam entreißen? Natürlich wäre es kräftemäßig kein Problem gewesen. Kräftemäßig hätte ich auch einer Müllpresse ein halb zusammengefaltetes Auto entreißen können oder einem hungrigen Grizzly das Futter. Aber ich kam nicht an gegen diese Augen, diesen Blick, die feenhafte Zerbrechlichkeit ihrer Gestalt.

»Na gut.« Ich glaube, ich sank sogar ein bisschen in mich zusammen. »Wie Sie meinen.«

Finnan sah mahnend auf seine Taschenuhr. »Es ist Zeit. Colin müsste eigentlich schon da sein.« An mich gewandt fügte er hinzu: »Er wird Sie zurück nach Dingle bringen.« Damit stand er auf und ging zur Tür, um einen Blick hinaus in die Nacht zu werfen.

Bridget wartete schweigend, bis ihr Bruder hinter dem Vorhang verschwunden war, und sagte dann plötzlich mit verhaltener Stimme: »Ich habe mich immer gewundert, was mit Ihnen los ist. Weil Sie immer nur geguckt haben. Ich dachte, so wie der aussieht, kann der doch unmöglich derart schüchtern sein. Ich meine, jeder Mann hat es irgendwann bei mir probiert, und ich habe sie alle abgewiesen. Aber Sie haben mich neugierig gemacht.« Sie sah hinab auf den Ordner mit der Geschichte meines Lebens. »So was konnte ich ja nicht ahnen.«

Ich glaube, ich war rot wie eine Tomate, als sie aufhörte zu sprechen. Völlig außerstande, etwas zu erwidern. Ich war beinahe froh, dass in diesem Augenblick draußen ein Auto zu hören war und gleich darauf Finnan und ein vierschrötiger junger Mann mit ungesund ausgeprägter Akne hereinkamen und es Zeit war, zu gehen.

So werde ich sie in Erinnerung behalten: wie sie dasitzt, den silbernen Ordner auf dem Schoß, das Gesicht umlodert von ihrem roten Haar, und mir mit einem Blick nachsieht, der um versäumte Gelegenheiten zu trauern scheint.

Der Tod löscht alle Schmerzen aus. Er ist ihr Ende, und über ihn geht unser Leiden nicht hinaus. Er führt uns wieder in den gleichen Ruhezustand zurück, in dem wir uns vor der Geburt befunden haben.

Seneca, AD MARCIAM

14

Ich will der Toten gedenken. Ich glaube, es ist an dieser Stelle angebracht.

Ich gedenke meines Kameraden Vernon Edwards. Er sah aus wie ein hässlicher großer Bruder von Richard Gere und schaffte es, selbst im tiefsten Winter sonnenverbrannt daherzukommen, wie auch immer er das angestellt haben mag. Meistens trug er sein Haar so kurz geschoren, dass man Probleme hatte, auszumachen, von welcher Farbe es war. Braun, anbei bemerkt. Er hatte ein Gemüt wie ein Bulldozer, brachte es fertig, auf den Gefühlen von einem Dutzend Leuten gleichzeitig herumzutrampeln und sich dabei prächtig zu fühlen. Sein Trick war vermutlich, einfach niemanden ausreden zu lassen. Und er war zu jeder Tages- und Nachtzeit auf *full power*, auf Höchstgeschwindigkeit, vibrierte stets derart vor Anspannung, dass es auf einen überspringen konnte, wenn man längere Zeit neben ihm saß.

Und er wettete ständig. Eine Besessenheit. Vor jeder Operation wettete er mit jemandem, dass er sie nicht überstehen würde, und er ließ sich nicht auf den Tisch schnallen, ehe sich nicht zumindest eine der OP-Schwestern erbarmt hatte, dagegenzuhalten. Ich höre noch seine Stimme, die in diesen Momenten etwas von einer Kreissäge an sich hatte: »Kommen Sie, kommen Sie! Sie müssen doch Vertrauen in Ihre eigenen Fähigkeiten haben! Ich soll es riskieren, mich von Ihnen aufschneiden zu lassen, und Sie riskieren nicht mal ein paar Dollar?« Im Lauf des Jahres 1990 verlor er nach und nach an die zweitausend Dollar, doch ich glaube, er betrachtete das als eine Art Unterpfand seines Glücks. Es war seine Art, die Götter zu beschwören: Er bot ihnen ein Opfer dar.

Während des Eingriffs, bei dem man ihm die Skelettverstärker in die Beine implantierte, gewann er seine Wette schließlich. Er kollabierte und starb, ohne das Bewusstsein wiedererlangt zu haben.

Ich gedenke ferner meines Kameraden William Freeman. Bill war ein verdammt gut aussehender Bursche, das ist das Erste, was mir einfällt. Groß, langbeinig, ein Sprinter mit Weltklassequalitäten und natürlich ein begnadeter Baseballspieler. Seine Haut war von geradezu metallischer Schwärze, überall, kann ich berichten, denn er gab uns ausgiebig Gelegenheit, ihn in seiner ganzen Pracht zu bewundern. Bis er nach dem Duschen anfing, mit dem Einölen aufzuhören und sich in die Klamotten zu bequemen, waren andere fast schon wieder schmutzig.

Mit ihm zusammen auszugehen konnte verheerend für das eigene Selbstbewusstsein sein, vor allem, wenn man sich eigentlich selbst für gut aussehend hielt und gewohnt war, dass Frauen das auch so sahen. Dabei war er alles andere als charmant. Er trug einen dünnen Oberlippenbart, der ihn scheißarrogant aussehen ließ, und konnte einen mit gnadenloser Kühle abkanzeln. Wenn er etwas sagte, klang es immer irgendwie ungehalten, selbst wenn man ihn nur nach der Uhrzeit gefragt hatte. Er war der erste Mensch, der die Kreiszahl Pi auf eine Weise aufsagte, dass ich mich danach fragte, warum, verdammt noch mal, eigentlich das Universum so beschaffen sein muss, dass man für so etwas Simples wie das Verhältnis zwischen dem

Umfang und dem Durchmesser eines Kreises so etwas Kompliziertes wie eine irrationale Zahl braucht.

Gegen ihn war ich ein Pedant und Putzteufel. Überall ließ er abgeschnittene Fußnägel und ausgekämmte Haare liegen, und Unterhosen, nasse Handtücher und leere Burgerschachteln gehörten für ihn ohnehin nirgendwo anders hin als auf den Fußboden. Auch vom Lesen hielt er nichts, man musste ihn quasi mit Waffengewalt dazu zwingen. Er stammte aus einer Bergbaustadt; seine Mutter war früh an Lungenkrebs gestorben und sein Vater bei einem Schlagwetter getötet worden: Also gut, er würde diese Bücher lesen, wenn es dazu gut war, dass er nie wieder in diese verdammte Stadt zurückmusste.

Er musste nie wieder zurück. Er starb bei der Implantation der Nuklearbatterie und wurde auf dem Friedhof des Marine Corps beigesetzt. Ohne die Batterie.

Ich gedenke ferner meines Kameraden Jordan Bezhani, der das Opfer unseres kollektiven Spotts wurde, weil er zu schüchtern war, jemals eine Frau anzumachen. Ich glaube, er ist nur Soldat geworden, weil er gehofft hat, dass ihm die Uniform und der ganze militärische Nimbus helfen würde, eine Freundin zu finden. Soweit man wusste, hatte er auf der High School mal eine Zeit lang etwas mit einem Mädchen gehabt, was von seiner Seite aus ernst gemeint gewesen war. Er schien auch nicht wirklich auf diese schnellen Nummern aus zu sein, die wir im Sinn hatten. Er zog manchmal mit uns mit, blieb aber regelmäßig an der Theke kleben, aus seinen wässrigen braunen Augen in das wässrige blassgelbe Bier starrend, das die meisten Kneipen ausschenkten, ein stiernackiger, unscheinbarer Mann mit strubbeligem Haar, der sich für zu hässlich hielt, um mit uns mithalten zu können im Rennen um die Schönen des Abends. Und vermutlich hatte er da nicht Unrecht.

Er hasste es, schüchtern zu sein, aber er unternahm nie Anstrengungen, etwas daran zu ändern. Er war ziemlich träge, glaube ich. Wenn man ihn nicht daran hinderte, aß er irgendwelche Fertiggerichte direkt aus der Dose, ohne sie warm zu machen oder sonst wie zuzubereiten, und er war imstande, das tagelang so zu treiben und die leer gefressenen Dosen unter seinem Bett zu sammeln, weil er auch den Gang zum Müllcontainer endlos vor sich herschob. Er zeichnete manchmal, Porträts von uns oder den Ärzten, meistens aber Skizzen von Vögeln, die sich im Innenhof der Klinik um Brotkrumen stritten, und das hatte er irgendwie drauf. Man hätte seine Vogelbilder in Schulbüchern abdrucken können, wie sie waren, oder im *National Geographic*, meinetwegen. Er hätte etwas aus sich machen können. Etwas anderes als das, was man dann aus ihm machte, meine ich.

Er wurde im Verlauf des Trainings krank. Zuerst hielt er es für eine simple Erkältung und blieb ein paar Tage im Bett. Aber es war keine Erkältung. Es war eine Entzündung, die etwas mit den Implantaten zu tun hatte. Sein Fieber stieg, doch die Ärzte kamen nicht dahinter, was es verursachte und wo der Entzündungsherd lag. Er kam unter Beobachtung, und sein Fieber stieg weiter. Man verlegte ihn auf die Intensivstation, pumpte in ihn hinein, was die Giftküche der Medizin hergab, aber das Fieber stieg und stieg und brachte ihn eines Morgens um.

Ich gedenke ferner meines Kameraden Stephen Myers, den nur zwei Dinge interessierten: seine Karriere und Geld. Warum er sich dann allerdings ausgerechnet eine Laufbahn bei den Marines ausgesucht hat, wird mir ewig ein Rätsel bleiben, denn das Marine Corps mag für allerlei bekannt sein, bestimmt aber nicht für einen in irgendeiner Hinsicht üppigen Sold. Doch Stephen hatte immer Geld, und zwar reichlich. Und ja, er hatte noch so etwas wie ein Hobby, Wein nämlich. Manchmal kam er von einem seiner Ausflüge in die Stadt mit ein paar Flaschen französischen Weins zurück, richtig angestaubten, in Zellophan verpackten, mit diesen altertümlichen Etiketten mit Strichzeichnungen irgendwelcher Weingüter darauf, erzählte uns, was sie angeblich gekostet hatten – unglaubliche Beträge, die wir ihm auch nicht glaubten –, und köpfte sie schließlich zusammen mit uns. Obwohl ihm völlig klar war, dass es uns einen Scheiß interessierte, welchen Namen der Alkohol hatte, den wir uns in den Hals gossen.

Bei so einer Gelegenheit, zu vorgerückter Stunde und kurz vor Ende der letzten Flasche, vertraute er mir einmal an, dass sich seine Eltern früh getrennt und ihr schlechtes Gewissen ihm gegenüber mit großzügigen Geschenken, Bargeld vor allem, zu besänftigen versucht hätten. Er kam darauf, wie er es anstellen musste, sie gegeneinander auszuspielen, und mit dem Geld, das er auf diese Weise einheimste, betrieb er Vermögensaufbau, kaufte Aktien und machte ein Vermögen, noch ehe er achtzehn war. Er hatte auch immer Börsentipps oder Ratschläge zur Geldanlage parat, wenn man ihn fragte, und einige der Ärzte schienen durchaus ernst zu nehmen, was Stephen ihnen riet.

Vom Wesen her war er ein rätselhafter Typ, jemand mit einer fast fühlbar dunklen Ausstrahlung. Er fand nichts dabei, in der Kantine die Teller der anderen leer zu essen; eigentlich verdrückte er sogar Unmengen, wenn ich recht überlege, aber obwohl er nicht mehr Sport trieb als wir, hatte er eine Taille wie ein Balletttänzer.

In der Vorbereitungsphase des Projekts, als wir noch abends ausgehen durften, ging er nie mit uns fort. »Viel Spaß«, meinte er nur, wenn wir loszogen, und blickte uns aus seinen fischigen Augen gleichgültig nach. Abendelanges Anbaggern irgendwelcher Bräute hielt er für Zeitverschwendung. Wenn er entsprechenden Druck verspürte, regelte er das mit Geld, und natürlich gab er sich nicht mit billigen Nutten von der Straße zufrieden. Wie immer wusste er auch hier, wo das Beste zu finden war.

Stephen überstand alle Operationen, aber er kam nie wirklich mit dem Kraftverstärkersystem zurecht. Er riss Türen aus den Angeln, zertrümmerte Tische und Stühle, schleuderte Schubladen durch Räume und brach Essenstabletts in Stücke, nicht selten gut gefüllte. Man kalibrierte seine Systeme mehrere Dutzend Mal neu, verordnete ihm Hypnosesitzungen und Sondertrainings, und bei einem dieser Trainings sprang er aus Versehen viel zu hoch und zu unkontrolliert und brach sich, als er wieder aufkam, das Genick.

Ich gedenke zuletzt meines Kameraden Leo Seinfeld. Leo stammte aus der Bronx, war, wie er mal durchblicken ließ, aus einem jüdischen Waisenhaus dort geflüchtet, ein kompakter, stämmiger Bursche mit olivbraunem, eng anliegendem Lockenhaar und einem verblüffend zart wirkenden Gesicht. Er sprach nicht viel, und wenn, dann mit dünner, unbeteiligt wirkender Stimme. Seine Leidenschaft war das Schießen. Er schoss nicht besonders gut, wenn man Trefferpunkte als Maßstab nimmt, dafür aber gern. Bei jeder sich bietenden Gelegenheit fand man ihn auf dem Schießstand, mit jeder Waffe, die zu haben war, und wenn man ihn beobachtete, wie er ein MP-5N Maschinengewehr auspackte, zerlegte, reinigte und wieder zusammensetzte, wie er es aufnahm und anlegte, hatte man manchmal den Eindruck, einer intimen Handlung beizuwohnen.

»Es gibt einen Moment, in dem man eins wird mit der Waffe«, erklärte er mir einmal, eine Beretta M9 streichelnd, und wie er das sagte, hatte er etwas von einem Zen-Mönch an sich. »Du wirst die Waffe, die Waffe wird zu dir. Es gibt keine Trennung mehr. Das ist das Wunderbare.« Er legte die Pistole weg und schüttelte den Kopf. »Ich hasse es jedes Mal, wenn es wieder zu Ende geht.«

Bestimmt hat er es auch gehasst, wie es mit ihm zu Ende ging. Während eines routinemäßigen, nicht einmal besonders anspruchsvollen Trainings hatte er eine Fehlfunktion seiner Systeme, die ihn von innen heraus tötete.

Colin fuhr schweigend. Er wirkte müde, zugleich aber so, als habe er Anweisung, ein Gespräch mit mir zu vermeiden. Außerdem trug er, wie ich entdeckte, ein Hörgerät im linken Ohr, das nicht besonders gut zu funktionieren schien und schon das bisschen, das wir an Konversation trieben, mühsam machte. Kurz nachdem wir von der blanken Wiese auf den Feldweg gelangt waren, vollführte auch er das Spiel mit dem Funkgerät und wartete, bis ihm mehrere Stimmen aus dem Äther versicherten, dass *die Vögel schliefen*. Nach dieser beruhigenden Botschaft lenkte er den Wagen zurück auf die Straße, wo er das Licht aufdrehte und dermaßen Gas gab, dass in weitem Umkreis alle eventuell tatsächlich schlafenden Vögel unweigerlich aufgewacht sein müssen, und preschte zurück nach Dingle.

Dort nahm er eine Route durch schmale Altstadtgassen, hielt kurz in einem versteckten, finsteren Winkel, um mich aussteigen zu lassen, und brauste grußlos davon. Ich blieb stehen, wo ich war, scannte die Umgebung, fand aber nichts, was meinen Verdacht oder den meiner Systeme erregt hätte.

Auf einmal war ich es leid, dieses ganze technische Zeug in meinem Fleisch aktiv zu wissen. Ich schaltete alles ab, legte den Kopf in den Nacken und lauschte einfach – dem Rauschen des Windes, dem Gischten des Meers, dem einsamen, trunkenen Singsang eines anderen späten Wanderers. Über mir war nur der sternenlose Nachthimmel, man glaubte Wolkenformationen zu erahnen, schwarz in schwarz, und nahenden Regen zu riechen. Außerdem roch es nach Frittierfett von irgendwoher.

Ich war müde, müde und aufgedreht und traurig. Ich würde Bridget nicht wiedersehen, niemals.

Ich ging durch die Nacht und stille Straßen und hörte meinen Schritten zu, wie sie zwischen den Mauern hallten. Ich ging durch die Nacht und fragte mich, was Seneca getan hätte an meiner Stelle. Ob er wirklich Gleichmut bewahrt hätte. Mir schien, dass diese Trauer, diese Wehmut nicht zu fühlen bedeutet hätte, etwas Kostbares im Leben zu versäumen. Was sagen Sie dazu, Lucius Annaeus Seneca?

Müde ging ich den Weg nach Hause, müde zog ich auf den letzten Schritten meine Schlüssel hervor.

Dann sah ich etwas, das alle Müdigkeit mit einem Schlag von mir weichen ließ.

Die Haustür stand einen handbreiten, dunklen Spalt weit offen.

Ich schritt die Wohnung ab, mit einem tauben Gefühl im Leib, von dem ich nicht wusste, ob es Wut war oder Verzweiflung. Sie waren da gewesen. Das Infrarot zeigte ihre Spuren, wenige Stunden alt, helle grüne Schatten, in denen man beinahe Fingerabdrücke zu erkennen glaubte. Sie hatten das Bücherregal komplett leer geräumt, alles mitgenommen, jedes einzelne Buch. Jede Schublade war geöffnet worden, jedes Schrankfach durchwühlt. Meine Kleider hatten sie mir gelassen, aber mein Pass lag nicht mehr in der Nachttischschublade. Den Kühlschrank hatten sie ignoriert, das Glas Marmelade und die Flasche Tabasco darin standen unberührt, dafür war die Besteckschublade eingehend inspiziert worden. Vielleicht war es doch Wut, dieses taube Gefühl.

Hatten sie, wer immer sie waren – obwohl ich eben erst Beweise gesehen hatte, dass meine Eltern wahrscheinlich ermordet worden waren, weigerte ich mich auf schizophrene Weise immer noch zu glauben, dass meine eigenen Leute hinter mir her sein sollten –, hatten sie sich geärgert, dass sie mich nach dem Konzert verloren hatten? Hatten sie diesen Ärger an meiner Wohnung ausgetobt? Oder war, mich abwesend zu wissen, ihnen am Ende eine willkommene Gelegenheit gewesen?

Beim zweiten Durchgang entdeckte ich, dass sie sogar meine Matratze aufgeschlitzt hatten. Was, glaubten sie, konnte ein dreihundert Pfund schwerer Mann verstecken in dem Bett, in dem er schlief? Ich stopfte die Füllung zurück, so gut es ging. Wenn ich eine Decke darüber legte, ehe ich die Matratze frisch bezog, würde sie sich wenigstens das Wochenende über einigermaßen benutzen lassen.

Ich ging noch mal zur Haustür, betrachtete das Schloss eingehend. Nicht die geringste Spur von Gewaltanwendung. Gut, es ist kein rasend widerstandsfähiges Schloss, aber doch das beste und teuerste, das der Baumarkt von Tralee seinerzeit vorrätig gehabt hat. Man hätte meinen können, die Einbrecher hätten einen Schlüssel besessen.

Womöglich besaßen sie den sogar.

Mir fiel etwas ein. Ein dritter Durchgang, alle elektronischen Sinne auf Höchstleistung geschaltet, erbrachte immerhin, dass keine Wanzen, versteckten Kameras oder dergleichen angebracht worden waren. Als ich mir dessen so sicher war, wie zwar nicht mehr ganz aktuelle, aber zu ihrer Zeit fortgeschrittenste militärische Aufklärungstechnologie einen sicher sein lassen kann, wagte ich es, nach meinem Mobiltelefon zu schauen.

Es war, o Wunder, noch in seinem Versteck und unberührt. Also waren sie nicht allwissend. Ich hätte beinahe gegrinst, wäre ich nicht halb bewusstlos vor Müdigkeit und Hunger gewesen und zu derlei Anstrengung nicht mehr imstande. Eine innere Stimme riet mir, es gut sein zu lassen, also ließ ich es gut sein, kroch in mein ungemachtes Bett und sank in traumlosen Schlaf.

Wo keine Gefahr ist, erntet man auch keinen Ruhm. In gleicher Weise verfährt das Schicksal. Es sucht sich die Tapfersten als Gegner aus, an manchen geht es verächtlich vorbei. Die Menschen mit großer Kühnheit fordert es heraus und führt alle seine Kräfte gegen sie ins Feld.

Seneca, DE PROVIDENTIA

15

Am Morgen sah alles anders aus. Schlimmer. Eine Wohnung, in die eingebrochen worden ist, ist kein Zuhause mehr. Ruhelos strich ich durch die Zimmer, die im blassen Tageslicht grässlich leer aussahen.

Obwohl ich mir sagte, dass es nicht stimmte, fühlte ich mich beobachtet in meinen Wänden, eingesperrt, ausgeliefert. Und der Hunger in meinen wenigen verbliebenen Eingeweiden wurde zusehends unerträglich, machte mich unleidig und reizbar. Raus, nur raus. Meine älteste, unansehnlichste Wetterjacke überziehend, flüchtete ich förmlich ins Freie.

Hatte ich das Gefühl gehabt, in meiner Wohnung beobachtet zu werden? Draußen wurde es zur Gewissheit. Meine Freunde, die Männer mit den Mobiltelefonen, waren zurück. Am Ende meiner Straße standen zwei von ihnen sinnlos herum und sahen ebenso unverhohlen wie ausdruckslos in meine Richtung. Weiter vorne noch mal zwei. Keine Heimlichtuerei mehr. Sie wollten, dass ich sie sah.

Und ich sah sie, weiß Gott. An der Bushaltestelle, zu zweit, die Arme verschränkt, geduldig wie die Indianer auf alles wartend außer auf den nächsten Bus. Am Ortsausgang saßen zwei in einem dunklen, geländegängig aussehenden Auto, allerlei glotzäugige Geräte vor sich auf dem Armaturenbrett, Kameras vielleicht oder Infrarotsichtgeräte. Ich wollte es gar nicht genau wissen.

Und sie folgten mir, paarweise. Einer hatte immer das Telefon am Ohr, redete, gab wahrscheinlich einen minutiösen Bericht über jeden meiner Schritte an irgendjemanden durch.

Was sollte das? Mit jedem Schritt, mit jedem weiteren dieser glatten, leeren Gesichter wuchs mein Zorn. Am liebsten hätte ich mir einen der Typen geschnappt, oder auch zwei meinetwegen, und die Scheiße aus ihnen herausgeprügelt, bis ihre eigene Mutter sie nicht mehr erkannt hätte, sie so lange windelweich geschlagen, bis sie die Namen ihrer Auftraggeber lauthals herausgeheult hätten.

Ich musste mich wirklich beherrschen. Vielleicht sah man mir das an, denn nach einer Weile ließen sie die Abstände zwischen ihnen und mir deutlich größer werden.

Die erste Station war natürlich das Postamt. Ohne einen Funken Hoffnung, nur der Vollständigkeit halber, betrat ich den Laden. Billy Trant schüttelte nur den Kopf, sobald er mich sah. Kein Paket. Mittlerweile hätten zwei da sein müssen, die von Reilly versprochene Sondersendung nicht mal mitgerechnet.

»Sie können gern nach hinten kommen und sich selber umsehen«, bot Billy mir an und grinste schief und zahnlückig dazu. »Es ist nichts da.« Normalerweise wäre jetzt sein üblicher Witz gekommen, aber heute verzichtete er darauf. Was mir zeigte, dass er begriff, dass hier etwas vor sich ging, was nicht mehr lustig war.

»Danke«, winkte ich ab und machte auf dem Absatz kehrt. Auf lange Konversation zu diesem unerfreulichen Thema konnte ich gerade gut verzichten. Außerdem wollte ich den armen Jungen nicht in die Gefahr bringen, in einem unbedachten Moment womöglich zur Zielscheibe meiner Aggressionen zu werden. Oder zu der meiner Verfolger.

Ich ertappte mich dabei, dass ich den Weg die Main Street hoch einschlug, wie ich es immer getan hatte, um danach den Tag zu bewerten: Bridget gesehen – ein Punkt. Bridget nicht gesehen – null Punkte.

Aber das konnte ich mir sparen. Ab heute würde es nur noch null Punkte geben.

Ich blieb am Straßenrand stehen und überlegte. Die Straße runter und rauf blieben meine Begleiter ebenfalls stehen und warteten das Ergebnis meiner Überlegungen ab. Ich bemühte mich, nicht hinzusehen. Auf die Dauer nervte es, selbst auf Distanz. Mehr und mehr kam ich mir vor wie ein Stück Wild, das bis zur Erschöpfung gehetzt werden soll.

Und ich hatte Hunger. Mein Gott, hatte ich Hunger. Mein Bauch war ein Abgrund, eine große, schwärende Wunde, ein einziger Schmerz. Plötzlich hatte ich das Gefühl, es keine Stunde länger aushalten zu können. Wie von selbst setzten meine Füße sich in Richtung *SuperValu* in Bewegung. Fast anderthalb Jahrzehnte Dosenfraß und Essdisziplin waren vergessen. Uralte Instinkte übernahmen die Herrschaft. *Nahrung!*, befahlen sie, und ich gehorchte. *Jagen!*, sagten sie, und ich begab mich auf die Jagd.

So fand ich mich gleich darauf zwischen den Regalen des Supermarkts wieder, einen leeren Einkaufswagen vor mir herschiebend, und ich hätte keinen Eid schwören können, auf welchem Weg ich dahin gelangt war und wie viel Zeit verstrichen war. Ich wanderte die Reihen der Dosen, Gläser und Pappschachteln ab und wusste nicht, was ich tun sollte. Außer Gewürzen und Ähnlichem hatte ich hier noch nie etwas gekauft. Die letzte Mahlzeit, die auch ein unbeteiligter Beobachter so bezeichnet hätte, hatte ich im April 1990 oder so zu mir genommen; heute macht es mir schon Probleme, anhand der Verpackungen auszumachen, was für Lebensmittel darin verborgen sind. Was also sollte ich kaufen? Was von all dem Zeug konnte ich denn essen?

Die offizielle Antwort darauf war kurz und einfach: Nichts. Was immer ich, abgesehen von meiner speziellen Nährkost, zu mir nahm, würde im besten Fall meinen rudimentären Darm wirkungslos passieren, im schlimmsten Fall dagegen Verdauungsbeschwerden, Koliken und Krämpfe auslösen, die mich umbringen konnten.

Aber heute war ich bereit zu wetten. Hauptsache, ich konnte meinen Magen wieder füllen, egal womit. Fleisch vielleicht, dachte ich, als ich an der Metzgertheke vorbeikam. Proteine. Galten die nicht als leichter verdaulich? Vage Erinnerungen, dass Pflanzen fressende Tiere lange Därme haben, Fleisch fressende Raubtiere dagegen kurze, oder war es andersherum? Ich hatte keine Ahnung. Aber dieses blutrote Stück Fleisch da in der Auslage auf dem chromblitzenden Tablett lachte mich an, sang Sirenengesänge, ließ mir das Wasser im Mund zusammenlaufen.

»Das da«, sagte ich zu dem Mann hinter der Theke, und er wuchtete es bereitwillig auf sein Schneidbrett, zückte seinen großen Säbel und wollte wissen, wie viel davon.

»Alles«, sagte mein Mund, ehe ich einen klaren Gedanken fassen konnte.

Jetzt hob er doch etwas die Augenbrauen, der Mann mit dem Säbel, und die Frau neben mir warf mir merkwürdige Blicke zu. Das Fleisch auf die Waagschale. »Das kostet aber sechsunddreißig Euro!?« Zweifelnder Unterton in der Stimme, als sei das, was ich wollte, ein sicheres und weithin bekanntes Zeichen geistiger Unzurechnungsfähigkeit.

Mein Mund und mein Bauch waren Verbündete, ganz klar. »Okay«, hörte ich mich sagen und gleich darauf bekräftigen: »Das ist okay.«

»Na schön.« Atemlos sah ich zu, wie das rote Fleisch *(Beute! Nahrung!)* in beschichtetes Papier verpackt wurde, nahm es mit beiden Händen in Empfang und legte es mit einem Gefühl tiefer sinnlicher Befriedigung in meinen Wagen.

Was noch? Jetzt hatte ich Blut geleckt. War im Jagdfieber. Ich beschlich das Regal mit den Getränken und riss eine Flasche Orangensaft, herrlich golden, paradiesische Verheißung. Vitamine. Natürlich, Vitamine brauchte ich auch. Auf dem Weg zur Kasse brachte ich außerdem noch ein Glas Honig in meine Gewalt, ohne dass ich hätte sagen können, was mich daran reizte. Vielleicht, weil es so wehrlos dastand und süßen Genuss versprach.

Mein Geld reichte gerade. Ein paar Münzen hatte ich übrig, als ich mir mit meiner Tüte den Weg nach draußen bahnte, wo sie warteten, meine Verfolger. Ich warf ihnen einen Blick zu, der sie, wäre ich Superman mit dem Hitzeblick, zu kleinen schwarzen Aschehäufchen hätte werden lassen, und wandte mich in Richtung Hafen.

Überall Leute. Touristen, die aus Bussen stiegen. Flanierende Passanten vor den Andenkenläden, Ansichtskartenständer drehend, Pullover befühlend, Getöpfertes befingernd. Die Kais belebt, die Arbeiten in vollem Gang, lange Schlangen vor dem Schalter für die Bootsausflüge. Ich suchte Zuflucht, wollte mich in eine Höhle verkriechen und ungestört meine Beute verschlingen, unbeobachtet und ohne dass jemand sie mir streitig machte. Ich war irre vor Hunger. Das war nicht der Hunger von ein paar Tagen, das war ein Hunger aus zwanzig Jahren, eine mörderische, wahnwitzige, bodenlose Gier nach Nahrung. Den Plastikbeutel mit dem Fleisch, dem Orangensaft und dem Honig vor die Brust gepresst wanderte ich weiter, die Strand Street entlang, an der Fischfabrik vorbei, bis zum Kreisverkehr und dort immer Richtung Ventry. *Go west, young man.*

Natürlich standen sie an diesem Ortsausgang auch, und natürlich folgten sie mir in einigem Abstand. Außerstande, ihnen weitere negative Gefühle entgegenzubringen, ging ich einfach weiter, mir undeutlich bewusst werdend, dass ich unwillkürlich der Route meiner Sonntagvormittagspaziergänge aus verflossenen besseren Zeiten folgte. Linker Hand kam der Strand nach vielleicht einer halben Meile wieder an die Straße heran, nur durch einen schmalen Streifen Unterholz von ihr getrennt, den ich querfeldein durchquerte. Die rostigen, zerfressenen Wracks alter Fischerboote, die Bridget so gern fotografiert hatte, lagen immer noch da, unberührt von allen menschlichen Aufregungen ihrem eigenen Zeitplan des Verfalls folgend. Ich stapfte über Kies und Geröll und fand einen großen Stein, auf den ich mich setzen konnte.

Dann nahm ich die Tüte auf den Schoß, holte die Saftflasche und das Honigglas heraus und stellte beides behutsam auf den Boden zwischen die Kiesel. Meine Hände zitterten, als ich das Paket mit dem Fleisch auspackte. Es fühlte sich kühl und weich an, und der Geruch, als ich das Papier zurückschlug, war ekelhaft und unwiderstehlich zugleich. Sichernd sah ich mich um. Niemand war zu sehen, wenn ich auch nicht daran zweifelte, dass irgendwo meine Verfolger mit Ferngläsern saßen. Sollten sie. In diesem bebenden Moment zählte nur, dass ich die Zähne in dieses Stück Fleisch schlagen konnte.

Es leistete Widerstand. Ich hatte vergessen, wie zäh rohes Fleisch ist. Ich zog und zerrte und riss endlich einen kleinen Fetzen davon ab, kaute ihn mit zitterndem Genuss, schweißnass auf einmal. Meine Zähne schmerzten, kein Wunder, waren sie doch seit Jahren nur noch mit Kaugummi trainiert worden und richtiges Kauen nicht mehr gewohnt. Wie herrlich! Ich kaute, kümmerte mich nicht darum, ob mir der Sabber das Kinn hinablief, kaute nur und kaute und schlang es schließlich hinab, von urtümlicher animalischer Befriedigung erfüllt.

Die Zeit blieb stehen. Ob Stunden vergingen oder Monate, ich hätte es nicht sagen können. Auch das Fleisch, dieser schwere, wabbelige Brocken Kadaver in meinen Händen, wurde nicht weniger, war zu viel für mich, natürlich. Ich kaute einzelne Fasern und kleine Bröckchen, mein Unterkiefer schmerzte von der ungewohnten Anstrengung, aber ich riss und kaute wie im Rausch.

Irgendwann ließ ich das Fleisch sinken, langte nach der Flasche mit dem Orangensaft, schraubte sie mit einer Hand auf und nahm einen tiefen Schluck daraus, der kühl und intensiv wie reine Götternahrung meine Kehle hinablief, aber natürlich hätte ich das nicht machen sollen. Götternahrung für Sterbliche, das kann nicht gut gehen. Ich stellte die Flasche zurück, wischte mir mit dem Handrücken über den Mund und betrachtete irritiert die blutige Spur darauf, während ich schon spürte, wie es in meinen verkrüppelten Eingeweiden zu krampfen und zu zucken begann.

Himmel, was habe ich gekotzt! Nicht einmal in den schlimmsten Nächten meiner wilden Jugendzeit – und einige von denen waren wirklich legendär – habe ich derart gekübelt. Eine Urgewalt wütete in meinen wenigen Därmen, die stählerne Faust eines titanischen Schlächters, der unnachsichtig jedes einzelne unstatthaft zu mir genommene Molekül wieder aus mir herauszupressen gedachte. Ich hing über meinem Stein, geschüttelt und gebeutelt, würgte und fluchte und heulte beinahe, und irgendetwas machte ich dabei mit dem Fels unter mir, denn als ich es tausend Jahre später schaffte, mich zurück in eine halbwegs sitzende Position zu bringen, war nur noch Bruch übrig, ein Haufen Steine mit scharfen Kanten, die mit sanften, kollernden Geräuschen auseinander fielen. Meine rechte Hand tat weh und war staubig, und mir wurde schwindlig. Ich sank auf die Seite und blieb so liegen, einen Geruch nach Algen und Salzwasser in der Nase, und ein kühler Wind strich mir übers Gesicht. Das tat gut. Ich schloss die Augen.

Etwas Nasses weckte mich. Hatte ich geschlafen? Offenbar. Ich sah Möwen, ganze Kommandotrupps davon, die gierschnäbelig näher kamen. Ein feiner Sprühregen füllte die Luft. Einen Iren veranlasst das nicht einmal, sein Hemd zuzuknöpfen, geschweige denn, sich etwas überzuziehen. Nach ein paar Minuten hört so ein Regen auf, um nach ein paar weiteren Minuten wieder anzufangen. Man würde verrückt, wenn man ihn nicht einfach ignorierte.

Es gelang mir, mich aufzusetzen. Ich musterte die Überbleibsel des Felsens, auf dem ich gesessen hatte, und fühlte mich so leer wie noch nie. Unwillkürlich hielt ich in dem sauer riechenden Erbrochenen nach Metallteilen Ausschau; ich hatte das Gefühl gehabt, die Hälfte meiner Implantate zu erbrechen. Aber da war nur ein unverdächtiger, allmählich versickernder und zerlaufender rot-gelber Brei auf dem sandigen Kies.

Mein teurer Klumpen Fleisch lag im Dreck, und ich hatte den Eindruck, dass er es war, worauf die Möwen es abgesehen hatten. Ich ließ ihn liegen, die Orangensaftflasche auch, nur den Honig nahm ich mit. Von dem wusste ich wenigstens, dass ich ihn vertrug.

Schwere, tief hängende Wolken ballten sich über der Bucht, während ich langsam den Weg zurück nach Dingle ging. Was wollte ich dort eigentlich? Nach Hause zog es mich nicht. Mein Haus war leer, ein ungastlicher, entweihter Ort. Mir war kalt, ja. Aber wenn ich an zu Hause dachte, wurde mir nicht warm.

Ich setzte einen Fuß vor den anderen, immer weiter, immer am staubigen Rand der Straße entlang. Es nieselte immer noch, aus dem Staub wurde nach und nach eine dünne, braune Schmierschicht. Ich hatte es trotzdem nicht eilig.

Sie waren immer noch da, natürlich. Zwei Gestalten in einem schwarzen, geländegängig aussehenden Fahrzeug. Ich sah sie, als ich mich umdrehte, weil da so oft gehupt wurde. Sie krochen mit ihrem Wagen quasi am Rand meines Sichtfeldes hinter mir her, und die anderen Autofahrer, ahnungslos, mit wem sie es zu tun hatten, hupten das rollende Verkehrshindernis wütend an.

Aber mit wem ich es zu tun hatte, das wusste ich ja selber nicht. Im Augenblick war es mir auch herzlich gleichgültig. Ich stapfte dumpf dahin, einen ekelhaft sauren Geschmack im Mund, in der Kehle, in der Nase, und fühlte mich inwendig wund und elend. Einer der Momente, in denen ich meine Implantate in ihrer stählernen, teflonummantelten Unnachgiebigkeit besonders deutlich spüre. Das unterschiedliche Gewicht beider Arme. Der ständige Seitwärtszug an meiner Wirbelsäule. Die Atombatterie schien mir auf die Blase zu drücken, zumindest kam es mir so vor. Die Kraftverstärker, zwischen meine natürlichen Muskeln gezwängt und auf immer darin eingebettet, machten bei jedem Schritt feine, schabende Geräusche. Und ich hatte Halsschmerzen.

Weil mir die vage Idee kam, statt nach Hause einfach in ein Hotel zu gehen, bog ich am Kreisverkehr in die Upper Main Street ein. Zwar kam es mir kauzig vor, mir in demselben Ort, in dem ich ein Haus besaß, ein Hotelzimmer zu nehmen, doch die Vorstellung einer heißen Dusche und eines frisch gemachten Bettes in einem fremden, von allen Erinnerungen unbelasteten Zimmer war fast unwiderstehlich. Leisten konnte ich es mir, auf meinem Konto verschimmelte das Geld sowieso, aber ich würde zuerst noch frische Wäsche von zu Hause holen müssen. Und sollte ich, wenn schon, denn schon, in Brennan's

Hotel nächtigen? Zumindest tat es gut, das Für und Wider dieses Plans abzuwägen, während ich die Straße hochstieg. Es tat gut, überhaupt etwas vorzuhaben.

Am Rande fiel mir auf, dass die Polizei ihre Untersuchungen vor Ort abgeschlossen zu haben schien. Der dunkelblaue Transporter, der seit dem Mord an dem Anwalt wie festgeschraubt vor Brennan's Hotel gestanden hatte, war verschwunden, desgleichen die flatternden Absperrbänder um die vormalige Praxis Dr. O'Shea.

Ich registrierte das mit einer gewissen Verwunderung. Immerhin war keiner der beiden Mordfälle auch nur annähernd aufgeklärt. Aber wahrscheinlich machte die Polizei nur Wochenende, ruhte sich aus, um nächste Woche mit Verstärkung anzurücken.

Mir fiel ein, dass ich Geld brauchen würde, zumal wenn ich ohne Gepäck ins Hotel kam. Also ging ich erst mal an Brennan's Hotel vorbei und zu dem Geldautomaten bei der Bank schräg gegenüber. Ich stellte mein Honigglas sorgsam auf einem schmalen Sims unterhalb des Terminals ab, schob die Karte ein und drückte die üblichen Tasten.

Der Automat ratterte. Ratterte ungewöhnlich lange. Druckte ganze Romane auf den Registrierstreifen, der irgendwo hinter der massiven Fassade mitlief. Ich betrachtete das *Bitte warten – Ihr Auftrag wird bearbeitet* auf dem kleinen Bildschirm mit einem zunehmend mulmiger werdenden Gefühl.

Plötzlich sprang die Anzeige um und erklärte: *Konto gesperrt. Karte wird einbehalten.* Es gab ein schnappendes Geräusch, als würde sie nicht nur einbehalten, die Karte, sondern gleich vollautomatisch in Stücke geschnitten, und im nächsten Moment senkte sich die stählerne Abdeckung mit mitleidloser Unnachgiebigkeit herab und verriegelte das Terminal wieder.

Ich starrte den blanken Stahl begriffsstutzig an. Keine Karte, kein Geld – ich fühlte mich seltsam nackt mit meinen leeren Händen. Und wieso überhaupt sollte mein Konto gesperrt sein? Da musste ein Irrtum vorliegen. Der freilich frühestens am Montag geklärt werden konnte, und bis dahin würde ich ohne Geld sein, abgesehen von den paar Münzen in meiner Hosentasche. Und das mit dem Hotel war damit auch gestorben.

Ein so wütender Groll gegen die Tücken der Technik wallte in mir auf, dass ich mich nur schwer zurückhalten konnte, auszuprobieren, ob die Panzerung des Geldautomaten den Kräften eines Cyborgs standhielt. Dann fiel mein Blick zur Seite, die Straße hinab, wo einer der schwarzen Wagen am Straßenrand stand und die zwei Figuren darin mich ausdruckslos betrachteten, und ich begriff, dass hier kein Irrtum vorlag und dass auch nichts geklärt werden würde, wenn die Bank am Montag öffnete.

Sie hatten mein Konto sperren lassen.

Verdammt. Ich trat einen Schritt zurück, spürte meine Systeme anfahren, oder hatte ich es ihnen befohlen? Da war der Wagen. Der Feind. Ich ging darauf zu, zitternd vor Kraft und Wut, die Fäuste geballt, und jawohl, jetzt kam Ausdruck in ihre blassen Visagen. Der eine griff hinab nach dem Schlüssel und bemühte sich, den Motor anzulassen, der andere riss die Augen weit auf in panischer, herrlich anzusehender Furcht.

»Warum erschießt ihr mich nicht einfach?«, schrie ich sie an, und scheißegal, ob sie das überhaupt hören konnten durch ihre Windschutzscheibe hindurch. »Knallt mich doch ab und fertig! Was ist los? Seid ihr zu feige?«

Der Motor sprang an. Ich hob die rechte Faust. Ein Loch würde ich ihm hineinschlagen in seine verdammte Motorhaube, wenn er an mir vorbeifuhr, und wenn er etwa probieren sollte, mich über den Haufen zu fahren, würde ich sie beide mitsamt ihrem Wagen in kleine Stücke zerlegen, und dann würde die

Polizei ganz schnell wieder da sein mit allen Fahrzeugen, die es in Kerry überhaupt gab.

Doch der feige Hund fuhr rückwärts. Setzte mit jaulendem Motor zurück, und als ich zu rennen anfing, vollführte er ein wildes Wendemanöver, wie im Film, und raste davon.

Ich blieb stehen, schaltete alles ab, sah ihnen keuchend nach. Wirklich, warum erschossen sie mich nicht einfach? Alle meine Implantate würden mir nichts nützen gegen ein gut gezieltes, hinreichend großkalibriges Geschoss aus beispielsweise einem Barett M82A1A Scharfschützengewehr.

Ein paar Dutzend Passanten hatten die Auseinandersetzung beobachtet, grimmig dreinblickende, knollennasige Männer in Pullovern und Frauen, deren Mienen keinen Zweifel daran ließen, dass sie seltsam fanden, was sie da gesehen hatten. Und in sicherer Entfernung standen auch wieder glattgesichtige Gestalten mit Handys am Ohr. Zu viele. Sie waren zu viele. Alle meine Superkräfte nützten mir einen Scheiß gegen jemand, der ankam wie ein Heuschreckenschwarm.

Aber warum das alles? Wenn es ihnen nur darum ging, mich auszuschalten, dann hätten sie das doch leicht haben können. Wozu der Aufwand?

Ich schlich zurück zu dem Bankautomaten, der mir bis auf weiteres verschlossen bleiben würde, nahm wenigstens meinen Honig mit und machte, dass ich um die nächste Ecke verschwand. Und als ich zu Hause ankam, in meiner kahlen, kalten, geschändeten Wohnung, erwartete mich auf dem Anrufbeantworter die Nachricht von Lieutenant Colonel Reilly, dass er morgen Nachmittag in Dingle ankommen würde. Zu einem Inspektionsbesuch.

Ich gehorche Gott nicht, ich will, wie er will. Ich folge ihm aus freien Stücken, nicht weil ich muss. Niemals kann etwas über mich kommen, was ich traurig und mit unwilliger Miene aufnehme. Ich werde keinen Tribut mit Widerwillen entrichten. Alles aber, was uns Seufzer entlockt und Schrecken einjagt, ist ein Tribut an das Leben.

Seneca, EPISTOLAE MORALES

16

Mein Leben lang habe ich mir vorgenommen, ordentlicher zu werden, Socken nicht mehr wochenlang auf dem Boden herumliegen zu lassen, Staub zu beseitigen, ehe er sich in den Zimmerecken zu katzengroßen Haufen ballt, im Badezimmer kein Lager leerer Augentropfenflaschen entstehen zu lassen und nicht mehr alles Mögliche in die Ritzen des Sofas zu stopfen, nur damit es aus dem Weg ist. Heute bin ich froh, dass aus diesen Vorsätzen nichts geworden ist. Denn in einer Ritze meines Sofas habe ich ihn wieder gefunden, meinen Seneca.

Es war wie ein Geschenk, das schmale, abgegriffene Bändchen hervorzuziehen. Richtig, hier hatte ich gesessen, als ich zuletzt darin gelesen hatte. Ich musste es, ohne nachzudenken, neben mir in die Ritze versenkt haben, in der sich seit Jahren gebrauchte Papiertaschentücher, geleerte Salbentuben und Münzen sammeln. Die Einbrecher mussten es übersehen haben oder zumindest für unwichtig erachtet.

Sie hätten nicht falscher liegen können. Mehr denn je kommt es mir vor wie das einzige Buch, das ich wirklich brauche.

Seneca hält nichts davon, sich zu beklagen. Leben zu wollen, ohne irgendwelchen Unannehmlichkeiten zu begegnen, ist kindisch, und ein Mann sollte sich schämen für einen solchen

Wunsch. Schmerzen, Existenzängste, Verluste, Trauer – all das hat man sich gewünscht, als man sich wünschte, ein hohes Alter zu erreichen. All das gehört zu einem langen Leben wie Staub und Schmutz zu einer langen Reise.

Das Wetter schlägt wieder um, Wind, immer wieder Regenschauer, und ich wandere ziellos zwischen den Touristen umher, setze mich mal hier, mal dort auf eine Bank oder eine Mauer, wenn das Ziehen der Narben zu arg wird. An Tagen wie diesen spüre ich meine Rückenschmerzen. Und immer noch plagt mich Hunger, aber abgesehen davon, dass ich heute sowieso nichts kaufen könnte, werde ich mir den gestrigen Nachmittag eine Lehre sein lassen.

All das habe ich mir gewünscht, als ich mir wünschte, der zu werden, der ich heute bin. Das heißt das doch, oder? Es gibt die Goodies und Baddies nicht einzeln, nur gebündelt, im Set, als Komplett-Paket. Nur dass im Leben eben manche Dinge nicht mal im Kleingedruckten stehen, geschweige denn außen auf der Verpackung. Ich wollte Superkräfte, und ich wollte sie als einer der Ersten. Nun ja, da kann es einem so gehen wie, sagen wir, den ersten Käufern von Videorekordern: Möglicherweise setzt man aufs falsche System, und sehr wahrscheinlich zahlt man viel zu viel dafür.

Ich muss versuchen, mein Leben als Ganzes zu sehen. Wie alles zusammenhängt. Ich erinnere mich, dass ich als Kind letzte Wahl war, wenn es darum ging, eine Mannschaft zusammenzustellen. Einer von denen, die nicht schnell genug rennen können, um den Prügeln zu entgehen, und die nicht stark genug sind, um zurückschlagen zu können. Aber ich wollte stark sein, stark, groß und unbesiegbar. Das steht am Anfang: Ein Wunsch. Ein brennendes Verlangen. Dieses Verlangen brachte mich dazu, mit Hanteln und Maschinen zu trainieren, als ich entdeckte, dass es in meiner Schule einen Kraftraum gab. Ein verstaubtes, verwahrlostes Kellerloch im hintersten Winkel des Untergeschosses, dunkel und ungemütlich, mit Geräten in katastrophalem Zustand. Ich erinnere mich, dass es nur drei schmale Kippfenster hoch unter der Decke gab und eine fleckige Leuchtstoffröhre, die an manchen Tagen nervtötend zuckte, und dass man oft fast keine Luft bekam, so stank es.

Aber ich bin jeden Tag hin. Zuerst zusammen mit Freunden, doch die sprangen einer nach dem anderen ab, hatten anderes vor, waren nicht von demselben Ausmaß an Verlangen getrieben. Nach ein paar Wochen hatte ich den Raum für mich. Glaube ich; vielleicht hat es auch nur ein paar Tage gedauert. Man verschätzt sich ja leicht mit Zeiträumen in der Erinnerung an frühe Jugend. Ich war damals zwölf, wenn ich mich recht entsinne, höchstens dreizehn. Eigentlich zu früh für Krafttraining, habe ich viel später einmal gelesen, aber ich hatte Glück, die richtigen Gene, einen Körper, der dankbar auf das Eisenstemmen ansprach. Im Jahr darauf sahen mir das erste Mal Mädchen nach, daran erinnere ich mich genau. Und auch, *wie* sie mir nachsahen. Es fühlte sich auf verwirrende Weise zugleich gut und furchteinflößend an. Ich ahnte, dass diese Blicke etwas zu bedeuten hatten, aber ich wusste nicht genau, was, und so war die paradoxe Folge meiner wachsenden Attraktivität, dass ich mich geradezu im Kraftraum verkroch und an manchen Tagen fast bis zur Bewusstlosigkeit trainierte.

Dann kam *Conan, der Barbar* ins Kino. Arnold Schwarzenegger mit Muskeln, die nicht von dieser Welt waren. Ich besorgte mir das Filmplakat und hängte es über der Hantelbank auf. Der Hausmeister, der anfangs misstrauisch herumgeschlichen war und immer wieder gefragt hatte, wie lange ich noch zu üben gedenke, hatte mir den Raum längst als mein eigenes Reich überlassen. Irgendwann kam er sogar an und hatte so ein altes medizinisches Plakat dabei, *Der Mensch und seine Muskeln*, der berühmte fleischrote Mann ohne Haut, der einen Arm in die Höhe streckt, von vorne und von hinten und mit allen lateinischen Bezeichnungen. »Dachte, du kannst das vielleicht brauchen, Junge«, brummte er, als er es mir hinhielt. »Bei mir im Büro liegt es ja doch nur rum.«

Ich bedankte mich, hängte es neben Conan auf und verbrachte in der Folge mitunter Stunden damit, die Anordnung der Muskelstränge zu studieren und bei mir selber zu identifizieren. Ich hatte sogar den Eindruck, dass dadurch die Wirkung des Trainings verstärkt wurde; jedenfalls explodierten um diese Zeit herum meine Muskeln geradezu. Ich weiß noch, wie ich einmal meinem Vater half, die Waschmaschine hervorzuziehen, als unter ihr Wasser herauslief, und dabei platzte mein Hemd, riss einfach, weil es um meinen Oberarm zu eng geworden war. Dad sah mich an, mit halb stolzem, halb besorgtem Blick, und fragte nur: »Du nimmst aber keins von diesen Mitteln, oder?«

Ich wusste nicht, worauf er mit dieser Frage abzielte, und verneinte. Aber der Gedanke, dass es Mittel geben könnte, die einem zu noch gewaltigeren Muskeln verhelfen würden, beschäftigte mich lange. Ich glaube, wenn ich damals über Anabolika und Steroide und all diese Drogen Bescheid gewusst und Zugang dazu gehabt hätte, ich wäre der beste Kunde Bostons geworden. So aber kaufte ich einfach neue, größere Hemden und stemmte weiter meine Hanteln.

Eines Tages kam eine Lehrerin herunter, Miss Mantegna, eine kultivierte, schlanke Frau mit goldenen Korkenzieherlocken, die für ein Jahr als Vertretungslehrerin an unserer Schule war. Sie habe über den Hausmeister von mir erfahren und, na ja, sie sei vor kurzem in ihr Haus eingezogen und bräuchte einen starken jungen Mann, der ihr half, das Klavier anzuheben, damit sie endlich den Teppich darunter schieben konnte. Ob es mir was ausmachen würde, mal bei ihr vorbeizuschauen? Vielleicht gleich heute, so gegen drei? Klar, gern, sagte ich hilfsbereit, und sie schrieb mir ihre Adresse auf.

Ich ging wie versprochen hin, und dass sie nur ein dünnes Wickelkleid trug, als sie mir die Tür öffnete, registrierte ich ohne Argwohn. Dann stand ich bei ihr im Wohnzimmer und hob das Klavier an, damit sie den Teppich darunter zurechtrücken konnte, und sah plötzlich durch den weiten Ausschnitt ihres Kleides ihre Brüste, ihre blanken Titten, die da im sanft einsickernden Licht umherbaumelten. Schlagartig brach mir der Schweiß aus, und ich bekam einen Steifen, aber ich konnte meinen Blick nicht abwenden.

Und dann sah sie hoch und mir direkt ins Gesicht und fragte, ohne ihre Körperhaltung im Mindesten zu verändern: »Gefällt dir, was du siehst, Duane?«

Was antwortet man, gerade sechzehn Jahre alt, auf eine solche Frage, in einer solchen Situation? Ich weiß noch, dass ich nickte, rot im Gesicht, aber ich glaube nicht, dass ich irgendein Wort herausbrachte.

Sie stand auf, mit einer lasziven Bewegung, bei der ihre Hand an meinem Bein hochglitt und in gefährlicher Nähe zu einer sich hochexplosiv anfühlenden Stelle zu liegen kam. »Mir gefällt auch, was ich sehe.« Ich konnte ihr Parfüm riechen. Zumindest hielt ich das, was ich roch, damals noch für Parfüm. »Ich würde dir gern noch ein paar andere Dinge zeigen, Dinge, die uns bestimmt beiden gefallen. Das heißt, wenn du gerade etwas Zeit hast.«

Ich versicherte ihr hastig, dass ich durchaus Zeit hätte, jede Menge sogar. Ja, praktisch hätte ich den Rest des Tages rein gar nichts mehr vor. Ganz zu schweigen vom Rest des Monats oder meines Lebens.

»Wie schön«, lächelte sie und begann, mir das Hemd aufzuknöpfen. Ich muss ein ausgesprochen dämliches Gesicht gemacht haben, denn sie fügte in jenem beruhigenden Tonfall, den Lehrer einem in der Versetzung gefährdeten Schüler gegenüber gebrauchen, hinzu: »Betrachte es als eine Art Unterricht, Duane. Okay?«

Später ist mir klar geworden, dass das ihre Art zu leben war. Sie war ständig auf Achse, zog jedes Jahr als Aushilfslehrerin in eine neue Stadt, an eine neue Schule, in eine neue Umgebung. Ihr Klavier schleppte sie bei diesen Umzügen nicht aus Liebe zur Musik mit, sondern weil es ein für ihr Sexualleben unentbehrliches Hilfsmittel darstellte.

Wenn ihr Unterricht bei allen ihren Privatschülern annähernd so verlief wie bei mir, dann hat Darcy Mantegna jedenfalls eine Menge junger Männer in Amerika glücklich gemacht.

Die Ermahnung, die Kern unserer Abmachung wurde, gab sie mir auf der Schwelle zu ihrem Schlafzimmer. »Es ist vorbei, sobald du damit herumprahlst. Und falls du dich verliebst, ist es auch zu Ende«, sagte sie. »Du musst nur schlau genug sein, diese zwei Dinge bleiben zu lassen, und es wird der Sommer deines Lebens.«

Und so war es. Was für ein Recht also habe ich, mich zu beklagen oder mit meinem Schicksal zu hadern? Auch das war Teil davon, diese fünfeinhalb Monate, die allein schon mehr waren, als die meisten Männer in ihrem ganzen Dasein erleben. Ich war sechzehn, in dem Alter also, in dem die Manneskraft ihren Höhepunkt erreicht, und bekam beigebracht, was man damit alles anstellen kann. In gewisser Weise, kann man sagen, hat sie mich befreit. Ich habe danach viele Frauen gehabt, wobei ich eine gewisse Wahllosigkeit an den Tag gelegt habe, wie sie für junge Männer nicht untypisch sein dürfte, wenn ihnen die Schuldgefühle und Komplexe abhanden gekommen sind, durch die sie normalerweise im Zaum gehalten werden, aber zweifellos hätte sich das im Lauf der Zeit gebessert. Sex lernen Männer einfach leichter als die Lieb–

»Was machen Sie denn da?«

Es war Finnan, der das fragte, wie aus dem Nichts aufgetaucht plötzlich neben mir auf der Bank sitzend. »Wenn man fragen darf«, fügte er hinzu.

Ich hob meine rechte Hand vom Knie. »Damit, meinen Sie?«

»Offen gesagt sieht es aus, als stünden Sie kurz vor einem akuten Nervenzusammenbruch.«

»Ich habe bloß geschrieben.«

»Geschrieben. Aha.«

Ich seufzte. Ich hatte diesem Mann genug Staatsgeheimnisse anvertraut, um ihn und mich auf den elektrischen Stuhl zu bringen, da kam es auf dieses relativ belanglose Detail nicht mehr an. »Im Grunde ist es nur ein Stück Software«, erklärte ich. »Eine Spielerei, wenn Sie so wollen. Einer der Programmierer des Projekts hat es in seiner Freizeit geschrieben und mir eingespeist, als eine Art privates Experiment. Ich hätte auch nie geglaubt, dass ich ausgerechnet dieses Programm einmal so gern benutzen würde.«

Finnan musterte mich skeptisch. »Sie reden in Rätseln, Mister Fitzgerald. Was ich gesehen habe, war, dass Sie mit stierem Blick dasitzen und wie wild mit der Hand auf Ihrem rechten Knie herumhämmern. Sie wollen mir doch nicht erzählen, dass man Ihnen da eine Tastatur eingebaut hat?«

Ich hielt ihm meine Rechte vors Gesicht und wackelte mit den Fingern. »Fünf Finger. Ich kann mit dem Daumen allein anschlagen – Leerzeichen. Der Zeigefinger allein – der Buchstabe *e*. Daumen und Zeigefinger ergibt *n*, und so weiter. Insgesamt einunddreißig verschiedene Kombinationen sind möglich, ausreichend für alle Buchstaben des Alphabets plus einige Sonderzeichen, und über diverse Tricks mit Umschaltcodes noch weit mehr.«

»Einunddreißig?« Er versuchte, das anhand seiner eigenen Finger nachzuvollziehen, aber man braucht eine Weile, um dahinter zu kommen, wie man das machen muss, damit man sich dabei nicht verzählt. »Wieso ausgerechnet einunddreißig?«

»Hat irgendwas mit Zweierpotenzen zu tun.« Ich tippte die schwierigste Kombination auf mein Knie, die für den Buchstaben x steht: alle Finger unten, nur der Ringfinger abgespreizt. »Jedenfalls, das Programm zapft die Berührungssensoren an, die ich sowieso in den Fingerspitzen habe, und ermittelt daraus, welches Zeichen gemeint ist. Und Sie haben sicher in den Unterlagen gelesen, dass mein künstliches Auge mir eine Art virtuellen Bildschirm ins Gesichtsfeld blenden kann. Auf dem sehe ich, was ich schreibe. Daher vermutlich der stiere Blick.«

»Ja, ist klar«, nickte er geistesabwesend, immer noch mit möglichen Fingerkombinationen beschäftigt. »War das nicht sagenhaft mühsam zu lernen?«

»Was macht das, wenn man jahrelang Zeit zum Üben hat?«

Er schüttelte verwundert den Kopf. »Ich hätte irgendwie erwartet, dass Sie einen Satz nur zu denken brauchen, damit er gespeichert ist. Laienhaft gedacht, oder?«

»Ziemlich.« So etwas Ähnliches hatte ich auch einmal gedacht und mich dann belehren lassen müssen, dass nicht einmal Ansätze einer theoretischen Möglichkeit existieren, etwa aus den Gehirnströmen herauszulesen, was jemand denkt. Deshalb war es ja nötig gewesen zu lernen, mit fiktiven Muskeln umzugehen, die in Wirklichkeit elektronische Schalter waren, über die sich meine Systeme steuern ließen.

»Und was schreiben Sie so? Tagebuch?«

»So ähnlich«, sagte ich ausweichend, weil ich es plötzlich

leid war, fortwährend Details meiner diversen Abnormitäten zu erläutern. Ist das ein Tagebuch? Nach meinem Verständnis schreibe ich den Roman meines Lebens. Dessen einziger Leser ich zugleich bleiben werde, weil das Textprogramm zwar drucken könnte, es aber keinen Drucker gibt, der über die hierzu erforderliche Schnittstelle verfügt. »Sie sind doch nicht hier, um Konversation über meine Lebensgewohnheiten mit mir zu machen, oder?«

»Bin ich nicht, stimmt.« Er lehnte sich zurück, legte die Ellbogen auf die Rückenlehne der Bank und betrachtete das Treiben einer Gruppe Touristen, die gerade eines der Rundfahrtboote bestiegen, als interessiere ihn der Anblick brennend. »Meine Schwester macht sich Sorgen um Sie.«

Na gut, es gab mir einen Stich, das zu hören. Warum auch nicht. Trotzdem bemühte ich mich, mir nichts anmerken zu lassen, als ich erwiderte: »Schön. Aber sie sollte sich vor allem Sorgen um sich selbst machen, wenn Sie mich fragen.«

»Dafür hat sie ja mich.« Finnan streckte die Beine aus, ein Bild vollkommener Behaglichkeit bietend. »Wir wissen inzwischen übrigens, wie Ihre Verfolger organisiert sind. Sie haben ein großes Haus drüben in Ventry gemietet und völlig von der Außenwelt abgeschottet, und in Aunascaul richten sich auch welche ein. Und zwar so, dass man das Gefühl hat, die wollen für alle Zeiten bleiben.«

Ich nickte missmutig und ohne mir einen Reim darauf machen zu können. »Wissen Sie auch, warum die Polizei abgezogen ist?«

»Eine Sondereinheit hat das Kommando übernommen, weil bei den Morden in Dingle ein terroristischer Hintergrund vermutet wird.«

»Eine Sondereinheit?«

»*Special Services.* Der irische Inlandsgeheimdienst, mit anderen Worten. Der hervorragende Kontakte zur CIA und so weiter hat.«

»Ah ja. Und was genau tut sie, diese Sondereinheit?«

»Wie es aussieht, gar nichts. Außer dafür zu sorgen, dass niemand Ihre Beobachter daran hindert, das zu tun, was sie tun.« Er zupfte imaginäre Stäubchen vom Ärmel seiner speckigen hellbraunen Lederjacke. »Sie sollten untertauchen, Duane. So schnell wie möglich.«

»Ich kann nicht untertauchen«, sagte ich.

»Wir haben uns etwas ausgedacht. Das heißt, vor allem Bridget.«

»Es wird nicht funktionieren.«

»Darf ich vielleicht erst einmal erklären, worum es geht?«

Ich schüttelte den Kopf. »Ich bin gerührt, dass Ihre Schwester und Sie sich Gedanken um mich machen. Aber was immer Sie sich zurechtgelegt haben, es wird nicht funktionieren aus dem einfachen Grund, dass ich von der regelmäßigen Versorgung mit speziellen Nahrungskonzentraten abhängig bin. Selbst wenn es mir gelingen sollte, meinen Bewachern zu entkommen, ich kann nicht untertauchen. Es wäre mein Tod.«

»Richtig, die haben Sie ganz schön an der Leine«, nickte Finnan. »Bloß werden Sie ja nicht mehr regelmäßig versorgt. Sie bleiben doch neuerdings aus, Ihre speziellen Nahrungskonzentrate, oder?«

Ich schwieg. Dieser Mann schien einfach alles zu wissen.

Finnan warf einen unwirschen Blick in die Runde, über ankommende und abfahrende Autos, die einander in der Zufahrt zum Parkplatz behinderten. »Fragen Sie sich doch selbst, wie das aussieht. Ihre Spezialnahrung kommt nicht mehr. Gleichzeitig tauchen Dutzende von Leuten in der Stadt auf, die nichts anderes tun, als Sie zu beobachten und abzuwarten. Wozu? Was denken Sie? Ich denke, die warten schlicht und einfach darauf, dass Sie vor Hunger zusammenbrechen. Wahrscheinlich würden sie eingreifen, falls Sie durchdrehen, aber ansonsten schauen die seelenruhig zu, bis Sie schwach genug sind, dass man Sie ohne Risiko einsammeln kann. Oder? Unterbrechen Sie mich, wenn Sie glauben, dass meine Fantasie mit mir durchgeht.«

Ich holte tief Luft und meinte die diversen Kabelstränge und Panzerungen in meinem Brustkorb zu spüren. »Sie haben Recht. So sieht es aus.«

»Freut mich, dass wir zumindest darin übereinstimmen.«

»Aber es macht keinen Sinn. Ich meine, wozu der Aufwand? Wenn Duane Fitzgerald ein Problem wäre, würde ein Scharfschütze es mit einer einzigen Bewegung seines Zeigefingers lösen.«

»Vielleicht will man Sie lebendig.« Er zog seinen Tabaksbeutel aus der Tasche. »Abgesehen davon ist ein Toter mit einem Loch im Kopf nie die Lösung eines Problems, bei dem es um Unauffälligkeit geht.«

»Zwei Tote mit Löchern im Kopf gibt es schon, da kommt es auf einen mehr oder weniger nicht mehr an.«

Er drehte den Tabak in seinen Händen, betrachtete ihn, als frage er sich, wo der so überraschend herkam, und stopfte ihn zurück in seine Jacke. »Stimmt. Das heißt, man will Sie lebendig.«

Ich schüttelte den Kopf. »Man will die Unterlagen.«

»Warum sollte man Ihnen die Nahrungszufuhr abdrehen, bloß weil man die Unterlagen will?« Finnan sah mich an, wartete, ob mir eine kluge Antwort darauf einfiel, aber natürlich fiel mir keine ein. Er lächelte freudlos. »Darf ich jetzt erklären, was wir uns ausgedacht haben?«

»Von mir aus. Ich erkläre Ihnen anschließend, warum es nicht geht.«

»Aber erst anschließend?«

»Versprochen.«

»Gut.« Er beugte sich vor und senkte die Stimme. »Kommenden Mittwoch beginnt in Dublin ein Internationaler Ärztekongress. Das diesjährige Schwerpunktthema ist die Ethik der Medizin – Gentechnik, Klonen, pränatale Selektion, Sterbehilfe, Rechte von Behinderten und so weiter und so weiter. Die Weltpresse ist vor Ort, namhafte Menschenrechtsorganisationen haben Protestmärsche angekündigt. Wir können es organisieren, Sie nach Dublin und vor das große Auditorium zu bringen. Wenn die Weltöffentlichkeit erfährt, dass es Cyborgs gibt, muss Ihre Regierung wieder anfangen, Sie mit der Nahrung zu versorgen, die Sie brauchen. Und niemand kann Sie mehr behelligen.«

Ich war überrascht. Das klang nicht dumm. Ich musste an Dr. O'Shea denken. Genau diesen Kongress hatte er besuchen wollen. Den heutigen Tag hatte er mit den Kindern seiner Schwester verbringen wollen. Ich fragte mich, was aus dem Teddybär für seinen Neffen und dem Metallbaukasten für seine Nichte geworden war.

»Damit würde ich gegen meine Geheimhaltungsverpflichtung verstoßen«, sagte ich.

»Damit würden Sie gegen Ihre Geheimhaltungsverpflichtung verstoßen, ganz recht. Wenn Sie mich fragen, ist es höchste Zeit, dass Sie gegen Ihre Geheimhaltungsverpflichtung verstoßen.« Auf Finnans Stirn erschienen wieder die scharfen Falten, die mir schon im Café Liteartha aufgefallen waren. »Duane, die andere Seite ist auch Verpflichtungen eingegangen, und sie hat sie gebrochen. Sie sind denen nichts mehr schuldig.«

Ich dachte nach. Der Plan hörte sich gut an. Besser zumindest als alles, was mir selber bisher durch den Kopf gegangen war.

»Wie wollen Sie mich aus Dingle fortschaffen?«

Er zog, nach allen Seiten sichernd, eine zusammengefaltete

Karte aus der Brusttasche. »Das müssen Sie bewerkstelligen. Mit Ihren Superkräften.«

»Eine Kohorte seltsamer Männer lungert hier herum, um genau das zu verhindern.«

»Sie bewachen die Ausfallstraßen und Ihr Haus, richtig. Denen um Ihr Haus müssen Sie irgendwie entwischen. Und was den weiteren Weg anbelangt, steht nirgends geschrieben, dass Sie unbedingt eine Straße benutzen müssen.« Er faltete die Karte auseinander, merklich um Unauffälligkeit bemüht. »Ich werde Ihnen jetzt die Orte zeigen, ohne sie zu nennen. Wir glauben zwar, dass wir hier im Moment nicht abgehört werden, aber man weiß nie.« Er tippte auf eine Stelle im Stadtplan von Dingle. »Hier. Ein leer stehendes Haus. Eine Mauer dahinter, die Sie übersteigen.« Er blätterte um zur Karte der Halbinsel und deutete auf einen weiteren Punkt. Einen Punkt, der mich, gelinde gesagt, überraschte. »Und hier erwarte ich Sie.«

»Das ist ein Berg.«

»Sollte kein Problem für Sie sein«, nickte er. Sein Finger zeichnete eine Linie auf der Karte nach. Eine Linie, die ich kannte. »Für eventuelle Verfolger dagegen schon.«

Ich verstand. Er hatte sich wirklich etwas dabei gedacht. Wenn er es auch noch fertig bringen sollte, am Ende dieses Pfades mit einem motorisierten Fortbewegungsmittel auf mich zu warten, war das ein guter Plan. »Also gut. Wann?«

»Morgen Abend ab Mitternacht.« Das flüsterte er kaum hörbar und faltete dabei raschelnd die Karte zusammen. Dann sah er mich eindringlich an. »Nur Sie und ich wissen von diesem Treffpunkt. Und so soll es bleiben.«

Ich nickte. Er schob die Landkarte ein.

»Eins noch«, sagte ich, als er aufstehen wollte.

Er hielt inne, sah mich an. Die Falte auf seiner Stirn war so scharf, dass man Gemüse daran hätte schneiden können.

»Nach dem, was wir Freitagabend besprochen haben«, begann ich halblaut, »was haben Sie da für eine Vorstellung, wie die mich dazu gekriegt haben, mitzumachen?«

»Keine vorteilhafte, fürchte ich.«

»Und was denken Sie? Dass man mich gezwungen hat? Dass man mich schamlos angelogen, mich mit süßen Gesängen von Patriotismus und Dienst am Vaterland verführt hat, zu unterschreiben?«

»Etwa nicht?«

Ich schaute geradeaus, ließ den Blick schweifen und fragte mich, ob in diesem Moment eines dieser sagenhaft leistungsfähigen Richtmikrofone auf uns gerichtet war, die ich selber nur aus Agentenfilmen kenne. Mein ODP gab Entwarnung. Gut, allwissend war das auch nicht. Und der Gegner wusste, dass es das ODP gab. Wenn die schlimmsten Vermutungen stimmten, wer dieser Gegner war, dann hatte er es *gebaut*.

Und wenn schon.

»Man hat mich nicht zwingen müssen. Man hat mich auch nicht verführt. Man hat mich nicht angelogen, um mich zum Cyborg machen zu können. Die Wahrheit ist, ich habe mich darum gerissen.«

Er holte geräuschvoll Luft. »Das sieht in den Dokumenten aber anders aus.«

»Von denen wusste ich bis vorgestern Abend nichts.« Ich hatte das Gefühl, schnell reden zu müssen, damit ich loswurde, was ich zu sagen hatte, ehe er wieder verschwand. »*Steel Man* war zwar ein Geheimprojekt, aber natürlich hat es trotzdem Gerüchte gegeben. Es kursieren ständig verrückte Geschichten, und bei den meisten hört man nicht mal hin. Aber dass geplant war, Cyborgs zu bauen, das hat mich fasziniert. Ich bin den Gerüchten nachgegangen. Ich habe herumgefragt. Ich war einundzwanzig und habe mich bei jedem, von dem ich glaubte, er könnte was damit zu tun haben, freiwillig gemeldet. Damals lief das Projekt schon vier Jahre lang, hatte aber nur Grundlagenforschung gemacht. Als es um die praktische Erprobung ging, war die Frage, ob die Marines oder die Army es kriegen sollte.« Ich blickte zur Seite. »Später hat mir jemand erzählt, ausschlaggebend sei gewesen, dass die Marines schon einen Freiwilligen hatten. Mein ganzes Anwerbegespräch bestand darin, dass ich eines Tages in ein Büro zitiert wurde, wo mir ein gewisser Major Reilly die Hand schüttelte und sagte: ›Also, Corporal, packen Sie Ihre Sachen. Sie sind dabei.‹«

»Aber warum, um Himmels willen?«

»Erinnern Sie sich noch an den Film *Terminator*?«

Finnan stieß einen gequält klingenden Laut aus. »Das ist nicht wahr.«

»Ich bin aus dem Kino gekommen und habe mir als Erstes so eine Jacke gekauft. *Genau* so eine Jacke. Ich habe mir die Haare kurz schneiden lassen und genau diese Sonnenbrille besorgt. Ich bin durch die Stadt gegangen und habe mich wie ein Maschinenmensch gefühlt.« Ich sog die Luft ein, die nach Fisch roch und nach Salz. »Als der zweite Teil in die Kinos kam, war ich schon selber einer.«

Da war ein heller Fleck zwischen den Wolken, eine Ahnung blauen Himmels, und verwaschenes Sonnenlicht, das auf uns herabrieselte. Einen Augenblick lang mischte sich der Gestank schlecht verbrannten Diesels unter die Hafengerüche. Finnan schwieg. Für einen Moment vergaß ich, dass er da war, sprach nur mit mir selbst. »*The Six Million Dollar Man* durfte ich als Kind immer sehen, ich glaube, als eine Art Entschädigung dafür, dass ich ohne Mutter aufwuchs. Ich habe diese Sendung geliebt, weiß der Himmel. Ich saß vor dem Fernseher wie andere vielleicht vor dem Altar knien und hatte nur den einen einzigen Wunsch, der *Six Million Dollar Man* zu sein.« Ich schüttelte den Kopf. »Und nun bin ich es. Ist es nicht gespenstisch, wie das Leben spielt? Wie unsere Wünsche es formen; selbst die, die nicht gut für uns sind?«

Eine Möwe landete frech vor unseren Füßen, äugte auffordernd zu uns hoch und stolzierte, als wir nicht reagierten, beleidigt davon.

»Warum erzählen Sie mir das?«, fragte Finnan.

Ich sah ihn an, wollte es ihm sagen, aber als ich versuchte, es zu formulieren, fiel mir nichts ein. Es war mir in dem Moment wichtig gewesen. Aber ich konnte nicht erklären, warum.

Das habe ich schon immer gehasst: dazusitzen und etwas sagen zu müssen, aber nicht zu wissen, was.

»Ich werde kommen«, sagte ich stattdessen. »Montag.«

Er musterte mich einen langen Augenblick lang, dann schien er mit der Antwort zufrieden zu sein. Er nickte kurz, stand auf und ging davon, ohne sich noch einmal umzusehen.

Was nützen einem Menschen achtzig Jahre, die er unnütz vertan hat? Er hat sie nicht wirklich gelebt, er hat sich nur im Leben aufgehalten, und er ist nicht spät gestorben, sondern hat lange Zeit dazu gebraucht.

Seneca, EPISTOLAE MORALES

17

Die meisten meiner Erinnerungen an die anderen verbinden sich mit unserer Zeit im *Wood Man Camp*. Dabei waren wir dort nur ein paar Wochen lang, drei Monate höchstens, und das ist schon großzügig gerechnet. Doch im Rückblick scheint diese Periode ewig gedauert zu haben.

Wir wussten damals in groben Zügen, was auf uns wartete, hatten die entsprechenden Verpflichtungen unterschrieben und so weiter und waren in diesen Stützpunkt inmitten uralter Wälder gebracht worden. Wir trainierten, um in Form zu bleiben, und wurden immer wieder neuen Untersuchungen unterzogen, mit Geräten, die keiner von uns je zuvor im Leben gesehen hatte. Außer Ärzten und Soldaten waren auch jede Menge bebrillter Jungs anwesend, die die Brusttaschen ihrer weißen Hemden mit Kugelschreibern und Taschenrechnern voll hatten und kein Wort mit uns redeten, immer nur mit den Medizinern. Im Zentrum des Stützpunkts gab es einen Sicherheitsbereich, zu dem nicht einmal wir Zutritt hatten, nur die Jungs mit den Brillen, und ich nehme mal an, dass dort den technischen Entwicklungen, in deren Genuss wir kommen sollten, der letzte Schliff verpasst wurde.

Man erzählte uns einstweilen nur das unbedingt Notwendige, und gegen diese Regelung hatten wir auch überhaupt nichts einzuwenden, denn sie war die Voraussetzung dafür, dass wir Ausgang bekamen, und das jeden Abend, einen Fahrdienst inbegriffen. Die Straße zum Stützpunkt war militärischem Personal vorbehalten, ging ein paar Meilen durch den Wald, und dann begann die Stadt, groß, lärmend, hässlich, voller bunter Verheißungen, Kinos, Restaurants, Diskotheken, Bars und Bordellen. In den Kinos lief *Rain Man* und *Die Hard*; in den Restaurants gab es Spareribs in Portionen, von denen selbst Stephen und Jack satt wurden; in den Diskotheken waren wir, groß, stark und in Uniform, die Helden; in den Bars warteten die liebeshungrigen Sekretärinnen und Kassiererinnen der Stadt darauf, von uns abgeschleppt und beglückt zu werden; und die Bordelle… nun, eigentlich hatten wir die nicht wirklich nötig, aber nichts verbindet nun mal eine Männerclique so sehr, wie zusammen nackt auf einem riesigen Bett zu liegen, nacheinander dieselbe Frau zu besteigen und dabei von den anderen angefeuert zu werden.

Ich glaube, das war auch der heimliche Hintergedanke dieses Arrangements. Wir sollten uns als Gruppe zusammenraufen und die Hackordnung ein für alle Mal klarstellen, um uns nachher ohne weitere Ablenkungen auf die Herausforderungen konzentrieren zu können, die auf uns warteten.

Denn als die Untersuchungen und Vermessungen unserer gesegneten Körper beendet waren, ging es weiter, in unwegsame Einsamkeit diesmal, ins *Steel Man Hospital*. Dort war ringsum hundert Meilen Wüste und Geheimhaltung, und von nun an war Enthaltsamkeit angesagt. Von nun an waren wir mit den Exerzitien beschäftigt, die uns zu Cyborgs machen sollten, das heißt: mit Schmerzen.

In dieser Zeit wurde lediglich Vernon Edwards einmal erwischt, wie er es mit einer der Krankenschwestern trieb. Sie waren gerade voll dabei, das Krankenbett krachte und quietschte, dass man es vermutlich bis auf den Gang hinaus hörte, aber Vernon ließ sich weder durch sich öffnende noch durch hastig wieder geschlossene Türen daran hindern, die Sache geräuschvoll und energisch zu Ende zu bringen.

Danach herrschte einige Tage lang peinlich berührte Stille in den desinfizierten Fluren. Vernon kehrte zu uns in den Schlafsaal zurück, und wir feierten ihn wie einen Helden, die betreffende Krankenschwester dagegen blieb spurlos verschwunden.

»Ist doch ideal, oder?«, war Vernons Kommentar. »Du besorgst es ihr, und danach hast du nicht mal das Problem, sie selber wieder loswerden zu müssen.« Ich sehe ihn noch vor mir, die Hände hinter dem Kopf, ein breites, zufriedenes Grinsen im Gesicht. »Genuss ohne Reue, Jungs. Kann ich nur empfehlen.«

Wir waren schon ziemliche Machos.

Forrest war der Schlimmste. Wir anderen hatten für die Frauen die üblichen Begriffe, sprachen von *chicks*, die wir *knallen*, oder *brides*, bei denen wir *landen* wollten, wobei wir uns an die *Zehnen* oder *Neunen* hängten und alles darunter verachteten, und am nächsten Morgen benutzten wir die Baseball-Begriffe, wie man es eben so macht, sprachen von *second base* oder *home run*, um zu umschreiben, wie weit wir es geschafft hatten.

Doch Forrest gebrauchte im Zusammenhang mit Frauen immer nur den Begriff »Beute«. Ich kann mich nicht erinnern, dass er jemals von einer Frau gut gesprochen hätte oder gar so, als hätte er etwas für sie übrig. Für ihn waren sie Beute, die er nagelte, und Punkt. Und wenn er gehabt hatte, was er wollte, interessierte ihn nur noch, wie er die Frau schnell wieder aus dem Bett bekam.

Ich frage mich, ob wir in Wirklichkeit nicht einfach Angst hatten vor den Frauen. Ob wir nicht stark werden wollten in der Hoffnung, ihnen eines Tages gewachsen zu sein und der

Macht, die sie über uns besaßen. Und in diesem Streben sind wir über das Ziel hinausgeschossen. Wir sind so stark geworden, dass wir nicht einmal mehr für Sex taugen. Von Liebe ganz zu schweigen.

Irgendwann schleppte ich mich zurück in meine Wohnung, wo ich stundenlang nichts anderes tat, als dazusitzen und zu warten. Nein, eigentlich wartete ich nicht einmal. Ich saß nur da. Meine alten Narben schmerzten, wie sie es jetzt immer öfter tun, wenn sich ein Wetterwechsel ankündigt. Es ist ein Gefühl, als würde jemand unter meiner Haut einen Reißverschluss auf- und zuziehen, in manchen Minuten ein scharfes Reißen, in anderen ein rupfendes Ziehen, das vom Scheitel bis zur Sohle um mich herumfährt und einzig meine linke Seite ein wenig verschont. Ich war müde, und in meinem Hirn kochte es vor Gedanken. Erinnerungen kamen hoch, an früher. An meinen Vater, der mich großgezogen hat. An meine Mutter und wie sie uns hat sitzen lassen. Wobei Dad im Grunde seines Herzens froh gewesen schien, sie los zu sein. Sie ließen sich nicht scheiden, aber er redete praktisch nie von ihr, und ich kann mich nicht erinnern, dass er noch einmal etwas mit einer anderen Frau angefangen hätte.

So saß ich da, sah dem Licht zu, wie es schwächer wurde, bis es kurz nach sechs Uhr abends schließlich klingelte. Das Ritual begann, wieder einmal.

Lieutnant Colonel George M. Reilly ist ein Mann, auf den die Beschreibung »zu klein für sein Gewicht« wirklich zutrifft. Jedes Jahr sieht er ein bisschen kleiner und ein bisschen schwerer aus, wenn er *in persona* vor meiner Tür steht, und jedes Mal ist ihm die schlechte Laune auf mindestens Wurfweite anzumerken.

Ich habe über die Jahre den Verdacht entwickelt, dass diese

schlechte Laune davon herrührt, dass er, wenn er mich besucht, Zivilkleidung tragen muss, und dafür hat er nun wirklich keinerlei Talent. Es scheint so unvorstellbar, dass ein Mann von reichlich fünfzig Jahren im Laufe seines Lebens derart wenig Geschmack in Kleiderfragen entwickelt haben soll, dass man unwillkürlich geneigt ist, Reilly für farbenblind zu halten. Doch das ist er nicht. Er hat nur einfach sein Leben lang – vermutlich seit seine Mutter aufgehört hat, ihm die Hosen und Hemden herauszulegen – in der Hauptsache entweder Uniform oder Schlafanzüge getragen und es vermieden, die Existenz davon abweichender Kleidungsstücke zur Kenntnis zu nehmen. Zivil trägt er nur, wenn er muss, und das heißt paradoxerweise: nur im Dienst.

Tatsächlich habe ich ihn, seit ich in Irland lebe, nicht mehr in Uniform gesehen.

Obwohl ich das jederzeit vorgezogen hätte. Ich selber bin auch nicht gerade ein Modenarr, aber ich musste doch schlucken, als ich ihn vor meiner Haustür stehen sah. An diesem kühlen Sonntagabend in Dingle trug er eine furchtbare blass karierte Hose in Blautönen und ein Hemd aus beigefarbenem, längs geriffeltem Stoff, das für sich genommen gar nicht schlecht aussah, nur eben nicht an ihm und nicht in Kombination mit dem Rest seines Outfits. Seine grüne, sackartige Windjacke aus Polyester oder dergleichen war mit pseudoafrikanischen Mustern bedruckt und wäre nicht einmal in den siebziger Jahren entschuldbar gewesen. Und um das alles im Vergleich dazu wie eine lässliche Sünde aussehen zu lassen, steckten seine Füße in klobigen Turnschuhen mit atemberaubend neonfarbenen Streifen.

»Wie geht's Ihnen?«, fragte er, wie immer, und kämmte sich beim Hereinkommen das stetig grauer und dünner werdende Haar mit der Hand zurecht. »Ein beschissener Wind da draußen. Ich weiß nicht, wie Sie 's hier aushalten, Duane. Ich würd's hier keine zehn Tage aushalten, glauben Sie mir. Ach übrigens, ich hab Ihnen was mitgebracht.« Er streckte mir eine abgewetzte *WalMart*-Plastiktüte hin, die er unter den Arm geklemmt getragen hatte.

Darin waren zwei Dosen mit Konzentratnahrung, haltbar bis Dienstag zwölf Uhr.

»Warum nur zwei?«, fragte ich.

»Mehr war nicht aufzutreiben auf die Schnelle. Da ist grad irgendwie der Wurm drin, haben Sie ja gemerkt.«

Ich nahm eine der Dosen heraus. Es war eigenartig, sie in der Hand zu halten. Fremd. Verspätet. Als hätte ich ein Spielzeug geschenkt bekommen, das ich mir als Sechsjähriger gewünscht habe.

»Fallen Sie mir bloß nicht um den Hals vor Begeisterung«, knurrte Reilly. »Ich kann nichts dafür, dass die keine neuen Geschmacksrichtungen erfinden. Schlucken Sie 's runter und fertig.«

Ich hatte keinen Hunger. Mein Körper schien vergessen zu haben, dass es so etwas wie Nahrung je gegeben hatte. Aber er brauchte sie, das war klar. »Was dagegen, wenn ich gleich was esse?«

»Nein, nein. Machen Sie, wie Sie denken.«

Während ich in der Küche mit dem Dosenöffner hantierte, ging Reilly durch die Wohnung, spähte ins Schlafzimmer, inspizierte das Bad und begutachtete das Wohnzimmer. Ich hörte ihn Schubladen aufziehen und Schranktüren öffnen, und als er im Bad zu Gange war, fiel ihm irgendetwas auf den Boden, mit einem klirrenden Geräusch, das sich nach Scherben anhörte. Aber Reilly fluchte nicht einmal, sondern machte ungerührt weiter.

Ich habe mich immer gefragt, was er auf diesen Rundgängen

eigentlich zu finden erhofft. Eine verheimlichte Ehefrau und drei unmündige Kinder, versteckt im Schlafzimmerschrank? Oder traut er mir nicht zu, meine Wohnung zumindest so weit sauber zu halten, dass sich kein Schimmel an den Wänden bildet? Aber es ist ihm nicht abzugewöhnen, jedenfalls nicht mit mehr oder weniger spitzen Bemerkungen, und offenen Streit wollte ich immer vermeiden. Lieutnant Colonel George M. Reilly könnte in Unbotmäßigkeiten eine Gefahr für die nationale Sicherheit sehen, und sollte er zu dieser Ansicht gelangen, würde mich das nach den Vereinbarungen, die ich einst unterschrieben habe, dazu verpflichten, unverzüglich in die USA zurückzukehren.

»Sieht ein bisschen kahl aus bei Ihnen«, gab Reilly als Ergebnis seiner Inspektion bekannt. »Als ob Sie unter die Mönche gegangen wären. Was ist denn mit Ihren Büchern? Sie hatten doch 'nen Arsch voll Bücher, oder? Das ganze Regal ist leer. Geradezu trostloser Anblick.«

»Gestohlen«, sagte ich, während ich die Portion Pampe auf meinem Teller mit Salz und Tabasco würzte. »Vorgestern Abend. Einbrecher.«

»Einbrecher!« Reilly spuckte das Wort förmlich aus, in einem Tonfall entschiedenster Verachtung. »Einbrecher, die Bücher stehlen!« Das ging über sein Begriffsvermögen. Wie so vieles. Er schüttelte den klobigen Kopf. »Und da heißt es immer, in Europa sei das Leben so sicher. Warum kommen Sie nicht einfach wieder nach Hause, Duane?«

Ich holte einen Löffel aus der Schublade und nahm meinen Teller. »Werden Sie je begreifen, dass ich zu Hause *bin*, George?« Ich machte eine einladende Geste aus der Küche hinaus. »Gehen wir ins Wohnzimmer.«

Wir gingen ins Wohnzimmer, wie immer. Wie immer setzte Reilly sich breitbeinig auf das Sofa und beklagte sich, dass es zu hart sei (es ist ziemlich mühsam gewesen, ein Sofa aufzutreiben, das meinem Gewicht problemlos standhält). Ich ließ mich behutsam auf dem nicht ganz so widerstandsfähigen Sessel nieder und begann zu essen, während er die übliche Litanei abspulte.

»Ich habe mal wieder kein Auge zugemacht auf dem Herflug. Kommt mir das bloß so vor, oder rücken die die Sitze jedes Jahr einen halben Zoll enger aneinander? Eine fliegende Sardinenbüchse jedenfalls, und der Wichser neben mir musste dauernd aufstehen und sich hinsetzen, unruhig wie nur was.« Er knetete seine Hände, als hätte er ihm schließlich eine reingehauen und als schmerzten sie noch davon. »*Goddammit*, Duane, ich weiß, ich sage das jedes Mal, aber ich kann nicht verstehen, was Sie an diesem Land hier finden.«

»Es ist das Land meiner Vorfahren. Ihrer doch auch, schätze ich.«

»Schon möglich. Aber wenn, dann hatten sie jedenfalls Recht, auszuwandern.« Er rieb sich den Nacken. »Allein die Straßen. Angeblich Hauptverkehrsstraßen und dabei eng wie minderjährige Jungfrauen. Ich kann es immer nicht fassen, dass man vier Stunden braucht von Shannon bis hierher. Vier Stunden! Dabei können das doch kaum viel mehr als hundert Meilen sein, oder? Und dann noch Linksverkehr! Ich würde wahnsinnig werden, wenn ich selber fahren müsste. Schon auf dem Rücksitz wird mir schlecht. Dauernd denke ich, jetzt biegt er falsch ab und so weiter; wirklich, ich sollte die Augen zumachen, sobald das Taxi losfährt. Schlafen und von Florida träumen, bis wir vor dem Hotel stehen.«

»Sind Sie wieder in Brennan's?«

»Die Macht der Gewohnheit. Dabei sage ich mir jedes Mal, wenn ich diese alte Treppe hochsteige, das nächste Mal probierst du ein anderes Hotel aus. Jedes Jahr hoffe ich, die machen endlich was, renovieren oder modernisieren, aber nichts, noch immer die selben alten Möbel wie vor zehn Jahren.« Es würde George M. Reilly in diesem Leben vermutlich nicht mehr gelingen, den Unterschied zwischen alten Möbeln und Antiquitäten zu begreifen. »Immerhin haben sie jetzt das oberste Stockwerk abgesperrt, Sperrholzplatten vor der Treppe, eine richtige Baustelle, wie es aussieht. Kann was werden ab morgen. Wahrscheinlich werde ich tagelang kein Auge zumachen. Klar, ich hätte eine Maschine der Luftwaffe nehmen können, wie früher. Aber es ist nicht mehr so wie früher. Heute muss ich dafür tausend Formulare ausfüllen und von zweitausend Ärschen Unterschriften einholen, und machen Sie das mal an einem Samstagnachmittag. Es wird überhaupt immer schlimmer mit dem Papierkrieg. Seien Sie froh, dass Sie draußen sind aus der Mühle, Duane, Sie machen sich kein Bild. Ich meine, ich weiß ehrlich nicht, wieso die uns mit Gewehrkugeln auf Pappfiguren schießen lassen. Mit Kugelschreibern nach Formularen werfen, das wär's. Ich schreibe bloß noch Berichte, dann Berichte darüber, dass ich Berichte geschrieben habe, und am Schluss muss ich über die ganze Wichserei jemand einen Vortrag halten.« Er schnaufte und ächzte, damit ich auch bestimmt merkte, wie schwer er es hatte.

»Was gibt's denn Neues aus der alten Truppe?«, fragte ich ohne wirkliches Interesse, eigentlich nur, weil es Teil unseres Rituals war.

»Ach, was soll es schon Neues geben?« Das sagte er immer. »Einen neuen Vorgesetzten habe ich mal wieder, seit letzten Oktober. Oder September? Könnte auch September gewesen sein.« Er sinnierte höchst ernsthaft, und ich ließ ihn sinnieren, achtete nur darauf, interessiert in seine Richtung zu blicken, während ich mich in Wirklichkeit auf das Essen konzentrierte. »Lieutenant General Torrance, ich weiß nicht, ob Sie sich noch an den erinnern. Stammt aus New Orleans, guter Schütze, hat den MOS 8541 mit Auszeichnung absolviert. Sie müssten ihn damals in Quantico kennen gelernt haben, ein Schrank von einem Mann …«

Ich begriff, dass er es umgehen wollte, das Attribut »schwarz« in der Personenbeschreibung zu verwenden. Also tat ich ihm den Gefallen zu nicken und mit vollem Mund zu brabbeln: »Erinnere mich.«

Es tat gut, zu essen, zu spüren, wie der Magen sich füllte, aber zugleich spürte ich den Widerwillen, den mein Körper der Substanz entgegenbrachte, die ich ihm zuführen musste, einen Abscheu, der geradezu auf zellulärer Ebene verankert zu sein schien. Es war, als habe die lange Zwangspause meine Zellen aus einer Art Schock geweckt, in dem sie diese Nahrungszufuhr jahrelang geduldet hatten.

»Beeindruckende Karriere, muss man sagen. Er ist alle naselang im Pentagon, hat schon mit dem Verteidigungsminister zu Mittag gegessen und so weiter … Aber irgendwie weht ein anderer Wind. Manchmal habe ich das Gefühl, dass ich eine Menge Dinge nicht mehr mitkriege. Torrance ist so ein Typ, der immer die Tür hinter sich zumacht, wissen Sie?« Reilly rieb sich das Brustbein. »Und ehrlich gesagt war es mir in den letzten Jahren recht, dass Miller es locker genommen hat mit den Fitness-Tests. Torrance zieht die PFTs durch, dass ich manchmal denke, er will mich fertig machen. Macht mir nicht gerade die helle Freude, können Sie sich ja denken.«

Konnte ich auch. Reilly ist nicht mehr der Jüngste, der Fitteste war er noch nie, und die Armee ist sein Leben. Er würde lieber in einem sinnlosen Gefecht fallen als krankheitshalber in den Ruhestand geschickt zu werden.

»Wer sollte sich denn um uns kümmern, wenn nicht Sie?«, fragte ich, weil ich wusste, dass er genau das hören wollte. Papa Reilly und seine Söhne.

Sein Gesicht hellte sich auf. »Eben. Das sage ich denen auch immer. Wen gibt es denn noch, der von Anfang an dabei war? An Offizieren, meine ich?« Er winkte ab. »Aber wir sind eben bloß ganz kleine Rädchen in der Maschine.«

Ich hatte den Teller leer und stellte ihn beiseite. Es wurde Zeit, zu verhindern, dass der Abend zu einem weiteren belanglosen Durchlauf der üblichen Unverbindlichkeiten geriet, mit denen Reilly sich so wohl fühlte. Das Problem war nur, dass ich ihn nicht geradeheraus fragen konnte, was es mit dem Mord an Harold Itsumi auf sich hatte und wer die gesichtslosen Typen waren, die mich beschatteten. Was das anbelangte, saß ich in der Falle. Ihm gegenüber hatte ich so getan, als wisse ich nichts über den Mordfall, und damit, dass ich ihm das Auftauchen der Männer mit den unendlich belastbaren Mobiltelefonen nicht gemeldet hatte, hatte ich gegen meine Informationspflichten verstoßen. Mit anderen Worten, ich hatte mich in die Lage manövriert, so tun zu müssen, als hätte ich von alledem nichts mitbekommen.

Einen Punkt gab es allerdings, an dem ich ohne schlechtes Gewissen einhaken konnte.

»Was ist denn nun eigentlich los?«, fragte ich und zeigte ihm den leeren Teller. »Das war meine erste Mahlzeit seit Donnerstag. Das Paket, das Sie mir versprochen hatten, ist nicht gekommen, genauso wenig wie die regulären Lieferungen. Will man mich verhungern lassen oder was?«

Reilly rang die Hände, jeder Zoll ein gequälter Mann. »Tut mir wirklich Leid, Duane. Da ist irgendwas danebengegangen. Donnerstag? Verdammte Scheiße. Ich wusste nicht, dass Sie nur so wenig Vorrat… jedenfalls, nach unserem Telefonat habe ich sofort eine Sondersendung in Auftrag gegeben, ehrlich, das war mein nächster Anruf, und es hieß, alles klar, Colonel, geht heute noch raus, ist morgen da. Ich meine, man ist doch erst mal zufrieden, wenn man so was hört, oder? Erst auf der Fahrt zum Flughafen kriege ich die Information, dass irgend so ein verdammter Schwanzlutscher den Auftrag wieder gestoppt hat. Ich hab sie am Telefon rund gemacht, das kann ich Ihnen sagen. Schließlich haben sie einen Kurier losgeschickt, der mir bei der Zwischenlandung auf JFK die beiden Dosen ausgehändigt hat. Original in der *WalMart*-Tüte, können Sie sich das vorstellen? Die haben manchmal wirklich ein Rad ab, diese Geheimdiensttypen. Ich frage mich, wie er die überhaupt durch die Kontrollen gebracht hat, das Zeug verstößt doch gegen sämtliche... Jedenfalls, ich hatte sie den ganzen Flug über auf dem Schoß. Hab drauf aufgepasst wie auf Diplomatenpost.«

Ich nickte, um zu zeigen, dass ich angemessen beeindruckt war von derartiger Opferbereitschaft. »Und wie geht das weiter? Wenn die beiden Dosen leer sind, meine ich?«

»Morgen kommt eine reguläre Sendung. Hat man mir hoch und heilig versprochen.«

Ich hatte das dumpfe Gefühl, mit Hinhalteparolen abgespeist zu werden. Ich hatte außerdem das dumpfe Gefühl, dass ich es dabei nicht bewenden lassen durfte. »George«, sagte ich und versuchte so viel *Reden-wir-mal-Klartext*-Klang in meine Stimme zu legen wie möglich, »gibt es irgendetwas, was ich wissen sollte? Spielt sich hinter den Kulissen etwas ab, was mit mir zu tun hat?«

»Wenn ich das nur wüsste!«, platzte Reilly heraus. Dann sank er in sich zusammen und hockte eine ganze Weile da wie ein platt gefahrener Frosch, glotzte vor sich hin und rührte sich nicht. Ich sah ihn nur an, rührte mich genauso wenig und wartete, was da noch kommen mochte.

Schließlich sah er mich an. »Ich muss Sie etwas fragen, Duane.«

»Fragen Sie.«

»Hat jemand versucht, Kontakt mit Ihnen aufzunehmen?«

Ich machte das harmloseste Gesicht, das mir zur Verfügung stand. »Wer sollte denn mit mir Kontakt aufnehmen?«, fragte ich zurück, um nicht geradeheraus lügen zu müssen.

Was ich im Notfall natürlich trotzdem getan hätte, aber Reilly fuhr fort: »Ich durchschaue das selber noch nicht genau. Es hat was mit diesem Mord zu tun. Dem von Dienstag.« Er schnaufte und ächzte wieder ein bisschen. »Die haben mich kurz vor Mitternacht angerufen, ein Agent Osborn oder so. Ich wollte gerade ins Bett, na gut, bin ich eben noch mal nach Langley raus. Eine von diesen verdammten mitternächtlichen Besprechungen in den tiefsten Katakomben, bei denen man gallonenweise Kaffee trinkt und irgendwann das irre Gefühl kriegt, man entscheidet über Krieg oder Frieden. Jedenfalls, sie haben uns von dem Mann erzählt, der hier in Dingle ermordet worden ist.« Er stutzte. »In dem Hotel, in dem ich jetzt wohne, wenn ich's recht überlege. Verdammt noch mal.«

»Was war denn mit dem Mann?«, fragte ich rasch, ehe er vom Thema abkam.

Reilly schien es heute Abend wirklich nicht gut zu meinen mit seinen Händen, so wie er sie quetschte und walkte. »Ja. War wohl ein Anwalt aus Frisco, hat viele Bürgerrechtssachen gemacht und so. Harold Itsumi. Japanische Abstammung, die Eltern sind während des Krieges interniert gewesen, wahrscheinlich deshalb.« Er schüttelte den Kopf. »Jedenfalls, ein paar Tage, bevor er nach Irland geflogen ist, hat dieser Anwalt Forrest DuBois angerufen und sich nach einem Projekt *Steel Man* erkundigt.«

»Oha«, machte ich, und meine Überraschung war nur zum Teil gespielt.

»So ungefähr habe ich auch reagiert, als ich das gehört habe. Und die Jungs von der NSA haben angefangen zu mauern. Weil sie nämlich Mist gebaut haben.« Er fing wieder an mit seinen Versuchen, sich die Mittelhandknochen zu brechen. »Wenn Sie mich fragen, liegt das einzig und allein daran, dass man die Abteilung *Steel Security* gesplittet hat. Der Bereich Telefonüberwachung ist 1996 zur NSA gekommen, und jetzt stellt sich so ganz allmählich heraus, dass die das bloß als eine Art Kindergarten für ihr Nachwuchstraining benutzt haben. Geben sie natürlich nicht zu. Aber ich frage Sie, was wäre denn passiert, wenn wir das alles noch selber in der Hand gehabt hätten? Der Kerl hätte nach seinem Anruf den Hörer noch nicht aufgelegt gehabt, da hätten unsere Jungs schon vor seiner Tür gestanden, oder? Aber die Milchbubis vom NSA? Die haben's verpennt.«

»Woher wusste dieser Itsumi überhaupt von *Steel Man*? Ich meine, da muss doch jemand geplaudert haben?« Das war zur Abwechslung eine aufrichtige Frage, denn die Antwort darauf interessierte mich brennend.

»Ja, also dazu haben die uns eine Theorie präsentiert, von der ich auch nicht weiß, was ich davon halten soll. Nachdem sie aufgewacht sind und sich den Sand aus den Augen gerieben haben und merkten, dass da was passiert ist, was nicht hätte passieren sollen, haben sie angefangen zu recherchieren. Das verlassene Nest durchsucht, sozusagen. Wie auch immer, jedenfalls hat dieser Harold Itsumi an der University of Missouri studiert, und sie haben herausgefunden, dass er dort die letzten zwei Studienjahre mit einem gewissen James Stewart zusammen wohnte. Der wiederum ist der Enkel eines gewissen Professor Nathaniel Stewart, der, glaube ich, noch Projektleiter war, als Sie dazugekommen sind?«

»War er«, nickte ich und dachte an Bridget und an den Ordner in ihrem Besitz und an Stewarts Kündigungsbrief in dem Ordner.

»Gut, dann erinnern Sie sich noch an ihn. Schlank, weißhaarig, sah ein bisschen aus wie dieser Schauspieler, Donald Sutherland. Er ist letzten Dezember gestorben, zwei Tage vor Weihnachten. Der Professor, meine ich. Nicht der Schauspieler.« Reillys Blick wanderte über den Fußboden, als stünde dort alles in einer Art Staubflusen-Geheimschrift aufgeschrieben. »Daraus stricken die Nasen vom Geheimdienst jetzt ihre Theorie. Angeblich ist Stewart nämlich damals nicht aus Altersgründen ausgeschieden, sondern weil er gegen eine Fortführung des Projekts war. Und, sagen sie, ist doch vorstellbar, dass er aus Protest oder in der Absicht, das Projekt zu hintertreiben, geheime Unterlagen hat mitlaufen lassen. Völliger Blödsinn, wenn Sie mich fragen – wir hatten Sicherheitszonen, bewachte Ausgänge und Kontrollen wie im Lehrbuch; da ist keine Maus durchgekommen, geschweige denn, dass sich jemand einen Ordner voller Dokumente unter den Arm klemmen und einfach hätte hinausspazieren können. So stellen die sich das nämlich offensichtlich vor. Aber gut, Stewart soll also angeblich irgendetwas Belastendes mitgenommen haben. Bloß, anstatt was damit anzustellen, seinem Kongressabgeordneten Dampf zu machen, was weiß ich, verschließt er alles im Schreibtisch und lebt still und friedlich bis an sein seliges Ende. Nicht gerade logisch, wenn Sie mich fragen. Er stirbt also, kurz darauf kommt der Enkel, um das Haus des Großvaters aufzuräumen, findet die Unterlagen und, *wow*, was macht er jetzt? Er beschließt, sie seinem alten Kumpel Harold Itsumi zu geben, dem Bürgerrechtsanwalt.«

»Der anfängt zu recherchieren, ob an der Sache irgendwas dran ist.«

»Genau. Und als sie die Telefonabrechnungen seines Büros kontrolliert haben, sind sie darauf gekommen, dass er die Nummern aller *Steel Men* angerufen hat. Bloß ist Forrest der Einzige, der noch unter seiner alten Nummer erreichbar ist.« Er klatschte die Rückseite der einen Hand ärgerlich gegen die andere. »Das muss man sich mal vorstellen. Ich hätte bis letzte Woche gewettet, dass das im Lehrbuch für Anfänger stehen müsste, wie man mit Telefonnummern umgeht, wenn Leute, die der Überwachung unterliegen, umziehen. Die Nummern behält man natürlich, oder? Wir haben das damals jedenfalls so gemacht. Wir haben jede veraltete Telefonnummer auf unsere Überwachungszentrale umgeleitet, mit automatischer Anrufrückverfolgung und allem Schnickschnack. Dann wird dieser Bereich zur NSA geschlagen, und diese superschlauen Helden geben die Nummern einfach an die Telefongesellschaften zurück. Keine Fortführung der Überwachung, nichts.«

»Weiß man denn, was das für Unterlagen waren?«

»Nein. Sie haben wohl diesen James Stewart im Dauerverhör, aber er streitet alles ab.« Reilly schaute sinnierend vor sich hin. »Aber die Frage ist natürlich schon, woher hatte dieser Anwalt die Telefonnummern?«

»Und wer hat ihn umgebracht, als er hier war? Einer unserer Geheimdienste?«, fragte ich mit dem Gefühl, mich auf verminte Terrain zu wagen. Aber nach allem, was ich gehört hatte, konnte ich diese Frage riskieren.

Reilly fuhr unwirsch hoch. »Ach was. Die haben ihn doch aus den Augen verloren! Als man den Anruf bei DuBois bemerkt hat und auf die Idee gekommen ist, dass man diesen Itsumi eigentlich mal ein bisschen beschatten könnte, war der schon längst verschwunden. Die letzte Spur ist ein Geländewagen, den er in San Francisco gemietet hat. Der Mann von der Mietwagenfirma erinnert sich, dass Itsumi wissen wollte, ob er den Wagen auch in Texas zurückgeben könne. Daraufhin haben sie sich beim Haus von Juan Gomez auf die Lauer gelegt. Bloß, wer nicht kam, war der Anwalt. Der Mietwagen ist auch noch nicht wieder aufgetaucht. Sie haben's nicht direkt zugegeben, aber wenn Itsumi nicht abgemurkst worden wäre, würden sie sich immer noch fragen, wo er abgeblieben ist.«

Ich ließ mir das durch den Kopf gehen. »Aber wenn es nicht unsere Leute waren, wer war es dann? Und woher wusste er von den Unterlagen?« Rechtzeitig fiel mir ein, dass es nicht schaden konnte, mich ein wenig solidarisch zu zeigen, und ich fügte hinzu: »Falls es die überhaupt gibt.«

»Irgendwas muss wohl dran sein, aber, hol's der Teufel, ich blicke da einfach nicht durch«, knurrte Reilly. »Ein verfluchtes Gerangel um Zuständigkeiten ist das, und mir sagt keiner was. Es heißt, es sind irgendwelche Geheimdienstler hier, die den Fall untersuchen. Ich weiß nicht, haben Sie was bemerkt?«

Ich zuckte unschuldsvoll die Schultern. »So viele Touristen, wie hier immer herumlaufen ... Da hätte ich viel zu tun, wenn ich mir die alle angucken wollte.«

»Na ja. Die werden sich ja wohl mal bei mir melden.« Er studierte seine Armbanduhr, rechnete vermutlich aus, wie spät es in Washington war. »Ich glaube, ich muss noch ein bisschen telefonieren. Ein paar Leuten den Sonntag verderben. Ich habe ein Satellitentelefon mit«, fügte er nicht ohne Besitzerstolz hinzu, »neueste Technologie, mit Verschlüsselung und was weiß ich.«

»Verstehe«, sagte ich. Mit anderen Worten, die Besuchszeit war endlich vorüber.

Es dauerte noch ein bisschen, ehe es so weit war, dass er sich von meinem Sofa emporwuchtete. Ganz so unbequem schien es wohl doch nicht zu sein. Vorher musste er seine übliche Litanei gut gemeinter Ratschläge an mich loswerden, ein letztes Mal Irland schlecht machen und das Leben in Gottes eigenem Land verklären, anschließend versicherte er mir, dass ich ihn verstünde und er sowieso immer der Meinung gewesen wäre, ich sei das gelungenste Exemplar der Gattung

Steel Men, und damit war dem Ritual Genüge getan und der Zeitpunkt gekommen, zu gehen und mich meinem Schicksal zu überlassen.

»Was für ein beschissenes Wetter«, knurrte er noch einmal, als er auf die Straße hinaustrat, obwohl der Wind nachgelassen hatte und es kein bisschen regnete. Dann deutete er – die Macht der Gewohnheit – mit zwei Fingern an der Schläfe einen militärischen Gruß an, wandte sich ohne ein weiteres Wort ab und ging. Die neonfarbenen Streifen auf seinen Turnschuhen leuchteten in der anbrechenden Dämmerung, und alle paar Schritte fuhr er sich mit den Fingern durchs Haar.

Nachdem Reilly weg war, musste ich erst einmal lüften. Die Luft im Wohnzimmer war mehr als nur verbraucht, sie stank. Ich riss das Fenster auf, spähte hinaus, atmete den feuchten, salzigen Geruch des Meeres und hielt Ausschau nach meinen Bewachern. Einen Tag noch mussten sie mir lassen. Einen Tag unauffällig leben und dann untertauchen. Ich dachte über Finnans Plan nach. Eine Menge Leute würden eine Menge sehenswerter Gesichter machen. Und Reilly würde nie wieder nach Irland fliegen müssen.

Meine Wohnung sah also kahl aus? Da konnte ich ihm nicht einmal widersprechen. Nach diesem Besuch Reillys wirkten die Zimmer endgültig trostlos, fast wie Arrestzellen.

Einen Tag noch.

Ich würde Bridget wiedersehen. Ich würde sie fragen können, was genau sie gemeint hatte mit ihrer letzten Bemerkung. Dass ich sie neugierig gemacht hätte. Neugierig worauf? Und was würde sein, wenn ihre Neugier befriedigt war?

Mehr aus Zeitvertreib als aus Argwohn ging ich ein weiteres Mal durch die Räume, um sie auf Abhörgeräte zu überprüfen, und fand nichts. Aber dabei kam mir der Gedanke, dass ich, genau wie Reilly, eigentlich auch noch ein bisschen telefonieren konnte. In Kalifornien musste es um die Mittagszeit herum sein, und da sollte sich an einem Sonntag selbst ein so unternehmerisch veranlagter Frührentner wie Mister Whitewater zu Hause antreffen lassen.

Ich machte die Fenster sorgfältig wieder zu, zog die Vorhänge vor, schloss alle Türen zum Flur und vollführte in der damit bewirkten Abgeschiedenheit die Prozedur, das Mobiltelefon aus seinem Versteck zu holen. Dessen Ladezustand war befriedigend, befriedigender auf jeden Fall als der Guthabenstand der letzten Telefonkarte, die nur noch für wenige Minuten Ferngespräch gut war. Nicht einmal wenn ich noch Geld gehabt hätte, hätte ich es in der augenblicklichen Situation riskieren wollen, vorn in die Tankstelle zu spazieren und es für neue Telefonkarten auszugeben. Da hätte ich genauso gut ein Schild mit der Aufschrift *»Ätsch, mein Mobiltelefon habt Ihr nicht gefunden!«* ins Fenster stellen können. Nein, es musste so gehen.

Ich wählte Gabriels Nummer. Dass ich dadurch vermutlich die Nummer meines Mobiltelefons an seine Überwacher verriet, musste ich in Kauf nehmen. Es würde zumindest eine Weile dauern, bis das den Globus umrundet hatte; im Augenblick war nur wichtig, dass *meine* Überwacher nichts von diesem Telefonat mitbekamen.

Gabriel Whitewater war an diesem Sonntagmittag nicht zu Hause.

Ich betrachtete das sanft ausgeleuchtete Display des Telefons. Die Nummer stimmte. Meine Berechnung der Uhrzeit in Santa Barbara auch. Und der Job bei den Flamingos und den dreiundzwanzig Sorten Mineralwasser war nur bis Freitagabend gegangen, hatte er gesagt. Wo zum Teufel mochte er stecken?

Vielleicht doch beim Häuserhüten. Vielleicht umfasste der volle Service auch Wochenendaufenthalte und Übernachtungen. Oder es hatte sich schon der nächste Besitzer einer traumhaften Villa bei ihm gemeldet.

Ich rief trotzdem die Nummer an, unter der ich letzten Sonntag mit ihm gesprochen hatte. Wenn ich Gabriel dort nicht antraf, dann zumindest seinen Kunden, und vielleicht konnte der mir weiterhelfen.

»Ja?« Eine helle Stimme mit einem quengeligen Unterton, der sofort ein Bild in mir erzeugte: bleicher, bebrillter Mann, Millionen von Dollars im Internet gescheffelt, aber noch nie mit einer Frau geschlafen.

Ich erklärte ihm so knapp wie möglich, was ich wollte.

»Ach so«, machte er, dann war erst mal Pause. Eine Pause, die ich mir eigentlich nicht leisten konnte. »Sind Sie ein Freund von Gabriel?«, fragte er endlich zurück, als hätte ich ihm das nicht gerade erklärt.

»Ja«, sagte ich mit dem deutlichen Gefühl, ungeduldig zu klingen. Was nur gut sein konnte.

Er seufzte, als sei ihm das alles furchtbar lästig. »Na ja, ich schätze, dann muss ich's Ihnen eben sagen. Gabriel hatte einen Unfall.«

Bei diesen Worten spürte ich in den Tiefen meiner Eingeweide etwas, das sich anfühlte wie ein undokumentiertes Implantat, ein Ding aus Zangen und Greifern, das in diesem Augenblick anfing, sinnlos aktiv zu werden. »Einen Unfall? Was heißt das?«

»Ich hab's nicht selber gesehen. Eine Nachbarin hat es mir erzählt, aber sie ist eine vertrauenswürdige Quelle.«

»Was ist passiert?«

»Ein Lastwagen. Gestern Vormittag. Was merkwürdig ist, weil, Lastwagen fahren hier so gut wie nie herum. Und wenn, dann nicht schnell, wegen der vielen parkenden Autos. Meine Nachbarin hat gesagt, theoretisch hätte Gabriel noch beiseite springen können, der Wagen hat ihn bloß deshalb voll erwischt, weil er wie vor Schreck erstarrt dagestanden ist. Aber ich weiß nicht, ob das stimmt. Es muss übel gewesen sein. Man sieht noch Blutflecken auf der Straße, wo es passiert ist. Obwohl der Krankenwagen unglaublich schnell da war – als hätte er ums Eck gewartet, hat meine Nachbarin gesagt –, schätze ich mal, so was ist nicht zu überleben.«

Nach diesem Telefonat saß ich da wie gelähmt und spürte, wie mir der Schweiß ausbrach.

Vor Schreck erstarrt? Gabriel, ein Cyborg? Seine Systeme hätten ihn innerhalb von Sekundenbruchteilen vierzig Yard weit in Sicherheit katapultieren müssen.

Ich lehnte mich mit dem Rücken gegen die Wand und musste ein Gefühl bodenlosen Entsetzens niederkämpfen, das sich anfühlte, wie Treibsand sich anfühlen muss. Gabriel tot? Von einem *Lastwagen* überfahren?

Der Vorfall auf dem Rückweg vom Café Liteartha fiel mir wieder ein, und mir wurde einen Moment schwarz vor Augen. War das doch ein Anschlag gewesen? Konnte das wirklich nur eine Duplizität der Ereignisse sein?

Ich holte die Liste mit den Telefonnummern der anderen.

Juan Gomez ging nicht an den Apparat.

Forrest DuBois auch nicht.

Unter Jack Monroes Nummer klagte eine brüchige Frauenstimme: »Ich bin nur die Vermieterin. Ich bin zweiundachtzig Jahre alt und muss jetzt irgendwie mit all den Sachen von Mister Monroe fertig werden. Also, wenn Sie ein Freund von ihm waren, dann kommen Sie doch bitte vorbei und schauen Sie, was Sie noch brauchen können …«

Was mit Mister Monroe sei, gelang es mir zu fragen.

»Thrombose nennt man das, glaube ich, oder? Ein Blutgerinnsel jedenfalls. Ich verstehe das nicht. Am Freitagabend hat er mir noch die Einkäufe hochgetragen. Ein so junger Mann.«

Es piepste, während sie das sagte, und dann wurde die Verbindung gekappt. Ich saß da, starrte die Anzeige 0.00 EUR im Display an und ahnte, dass ich der letzte lebende Cyborg war.

Vorerst sieh zu, ob wirklich untrügliche Anzeichen auf ein kommendes Unglück hindeuten. Zumeist nämlich schlagen wir uns mit Vermutungen herum, und es narrt uns, was die Kriege zu beenden pflegt, das Gerücht.

Seneca, EPISTOLAE MORALES

18

Ich brauchte eine Weile, um mich aus meiner Betäubung zu lösen. Ich legte das nutzlos gewordene Mobiltelefon beiseite, ballte die Fäuste, spürte den Kontraktionen der Muskeln nach, holte tief Luft. Das fühlte sich gut an. Noch war ich am Leben. Noch hatte ich ein paar Möglichkeiten.

Ich tat das Telefon zurück in sein Versteck, obwohl ich auf absehbare Zeit keine Verwendung mehr dafür haben würde. Aber es war nicht nötig, eventuelle weitere Eindringlinge auf Gedanken zu bringen.

Dann stand ich auf, reckte mich, bewegte die Schulterblätter, spannte die Muskeln der Beine, bis sich mein Körper gut anfühlte und ich erfüllt war von einem Gefühl der Unbesiegbarkeit. Ich wusste, dass das nicht der Wirklichkeit entsprach, alles andere als das, aber im Augenblick brauchte ich es, mich so zu fühlen.

Mir fiel wieder ein, was Finnan gesagt hatte. *Denen um Ihr Haus müssen Sie irgendwie entwischen.*

Es konnte nichts schaden, das schon einmal auszuprobieren.

Ich ging vor meiner Hintertür in die Hocke und begann, die untere der beiden Gardinenstangen abzuschrauben, an denen ein verstaubtes, grässlich altmodisches Stück Vorhangstoff befestigt ist, das die Innenseite der Tür überspannt: ein innenarchitektonisches Detail, das geradewegs aus den Zeiten des Zweiten Weltkriegs erhalten geblieben zu sein scheint. Worauf ich ein wenig stolz bin, denn tatsächlich habe ich selbst diesen Vorhang angebracht und tatsächlich erst im Jahre 1995, wenn auch unter Verwendung eines Stoffrestes, den ich nebst einigen anderen schauerlichen Dingen in einem Karton auf dem Schlafzimmerschrank entdeckt hatte.

Aufgabe dieses Vorhangs ist, eventuellen Besuchern meiner Wohnung vorzuenthalten, dass sich in der Tür dahinter eine Vorrichtung befindet, die Türen für gewöhnlich nicht aufweisen. Eine Vorrichtung, die ich ebenfalls eigenhändig angebracht habe. Es waren dazu nötig: der Kauf einer Stichsäge, mehrerer Scharniere sowie zweier Verriegelungsbolzen aus Messing nebst der nötigen Schrauben, außerdem die Bekanntschaft eines ortsansässigen pensionierten Handwerkers, der mich in einem zwar betagten, aber robusten Kastenwagen zum Baumarkt nach Tralee mitgenommen hat, wo er mir nicht von der Seite gewichen ist, bis ich alles hatte, was ich brauchte und außerdem jede Menge Ratschläge aus seinem reichhaltigen Erfahrungsschatz, die ich nicht brauchte.

Ich nenne es meine »Katzenklappe«, was sie auch ist, abgesehen davon, dass sie groß genug wäre für einen ausgewachsenen Tiger. In der ersten Zeit, die ich, ein personifiziertes Staatsgeheimnis der Vereinigten Staaten von Amerika, allein in einem fremden Land gelebt habe, war ich die Sorge nicht losgeworden, dass sich eines Tages die Notwendigkeit ergeben könnte, unauffällig aus meinem Haus zu fliehen. Eine Hintertür ist für ein solches Vorhaben schon einmal kein schlechter Anfang, aber Häuser wie das meine sind Standard in Irland, weswegen mir übel gesonnene Verfolger sicher auch dessen Rückseite beobachtet und unweigerlich bemerkt hätten, wenn die Tür dort geöffnet worden wäre. Deshalb die Klappe: Sie ist so niedrig angebracht, dass ihr Wirken hinter der umlaufenden Gartenmauer weitgehend verborgen bleiben sollte, und erlaubt es so, die Tür zu benutzen, ohne sie öffnen zu müssen.

Ich hob den Vorhang beiseite, zog die Klebstreifen ab, die ich eines Tages über die Schlitze geklebt habe, um die Heizkosten im Rahmen zu halten, öffnete die Verriegelung und drückte gegen das ausgesägte Stück Tür. Es schwang leicht und geräuschlos nach außen, und ein Schwall kühler Abendluft drang herein.

Kühle, ja. Das war noch so ein Problem. Es genügte nicht, das Haus unbemerkt zu verlassen – man musste draußen auch unbemerkt *bleiben*. Und das ist im Zeitalter einer Beobachtungstechnologie, die mit Restlichtverstärkern und Infrarotdetektoren Nächte gewohnheitsmäßig zu Tagen macht, umso schwieriger, je kühler die Umgebung ist.

Doch glücklicherweise haben die Einbrecher, die meine Wohnung heimgesucht haben, noch mehr übersehen als nur mein Mobiltelefon. Ich ging in die Küche, öffnete den Kühlschrank und darin das Tiefkühlfach, das auf den ersten Blick von drei Tiefkühlpizzen in ihren Kartons belegt war. Allerdings hätte jeder, der einen zweiten Blick hineingeworfen und sich vor allem klar gemacht hätte, dass jemand wie ich mit Tiefkühlpizza absolut nichts anfangen kann, merken müssen, dass die Kartons nur Attrappe sind, eine schmale, selbst gebastelte Blende, die etwas ganz anderes verbirgt. Meinen Tarnanzug nämlich.

Ich zog das nachtschwarze, eiskalte Paket heraus. Über zehn Jahre hatte der Anzug unbeachtet vor sich hin gekühlt, aber als ich ihn nun hochhielt und schüttelte, glitt der Stoff geräuschlos und federleicht auseinander, als wäre nichts gewesen. Wundersame Welt moderner Werkstoffe. Es war, als hielte ich einen Schatten in Händen, einen Schatten in Form eines Ninja-Anzugs.

Die Außenseite dieses Anzugs ist nicht nur von unergründlich tiefem Schwarz, sie besteht auch aus einem Material, das imstande ist, Kälte enorm lange zu speichern. Damit der Träger eines solchen Tarnanzugs nicht darin erfriert, ist die Außenschicht gegen die Innenseite isoliert; trotzdem blieb mir fast der Atem weg, als ich hineinschlüpfte. Wie eine Klammer legte sich lähmende Kälte um Brust und Schenkel, und als ich die Gesichtsmaske überzog, biss der Frost in Wangen und Lippen, bis sie taub wurden.

Gewöhnungsbedürftig. Ich betrachtete mich im Flurspiegel. Es schien in einem anderen Leben gewesen zu sein, dass ich in diesem Anzug über einen Trainingsparcours gerobbt war. Meine Gestalt war so schwarz, dass sie wie ausgestanzt wirkte aus der wirklichen Welt.

Eine Stunde ungefähr blieb mir, wenn ich mich recht erinnerte. So lange war die Außenhülle imstande, meine Strahlungstemperatur zuverlässig auf einem Level zu halten, das zu niedrig war, als dass sich Infrarotsichtgeräte dafür interessiert hätten.

Eine Stunde. Mehr als genug.

Ich ging vor meiner Katzenklappe auf die Knie, atmete noch einmal durch und glitt in einer fließenden Bewegung hinaus wie ein dahinhuschender Schatten.

Es roch modrig von dem schmalen Bach her, der hinter meinem Haus entlangfließt und der mein Fluchtweg werden würde. An der dunklen Bruchlinie zwischen Rasen und Gartenmauer verharrte ich reglos. Nichts. Abgesehen vom trägen Gluckern des Bachs und fernen Geräuschen vom Hafen her war alles still. Unendlich langsam drehte ich den Kopf, scannte die Umgebung Grad für Grad mit voll aktivierter Sensorik.

Sie saßen in einem Wagen, der auf einem Feldweg entlang des Zauns um das leer stehende Firmengelände am Ende meiner Straße abgestellt war, und das vermutlich schon seit Stunden, denn die Motorhaube war bereits weitgehend abgekühlt. Zwei Männer, die sich unterhielten und dabei immer wieder auf zwei kleine Kästen blickten, die vor ihnen auf dem Armaturenbrett standen und von denen ich gewettet hätte, dass sie kein Satellitenfernsehen zeigten. Ich beobachtete die beiden eine Weile mit dem größten Zoom, den mein Auge bot, hatte aber nicht den Eindruck, dass irgendwelche Nervosität bei ihnen aufkam. Sie zückten keine Waffen, fummelten nicht nach Sprechfunkgeräten oder dergleichen, sie unterhielten sich einfach weiter, gemächlich-gelangweilt, und ab und zu nuckelte der hinter dem Steuer an etwas, das wie ein Trinkhalm aussah.

Ich würde mal behaupten, sie haben mich nicht gesehen.

Jäher Triumph stieg in mir auf, ließ mich breit grinsen unter meiner frostigen Maske und wischte das elende Gefühl beiseite, den Umständen und Entscheidungen anderer wehrlos ausgeliefert zu sein. Ich stemmte mich auf Fingerspitzen und Zehen, spürte die stählernen Vibrationen der Kraftverstärker und floss geschmeidig wie ein Tropfen Rohöl hinab zum Bach.

Dieses Rinnsal zieht sich schnurgerade hinter der landwärts gelegenen Häuserreihe dahin bis vor zur Hauptverkehrsstraße, die es in einer engen, langen Betonröhre untertunnelt, um auf der anderen Seite des Kreisverkehrs als normales, tief unterhalb des Straßenniveaus liegendes, zum größten Teil von sehenswert riesigen Farnen überwuchertes Bachbett wieder zum Vorschein zu kommen.

Dort gedachte auch ich wieder zum Vorschein zu kommen.

Wie ein schwarzer Käfer krabbelte ich über dem schmalen Kanal dahin, mich rechts und links davon auf wackligen Steinen und brüchigen Erdbrocken abstützend. An zwei Stellen wird der Bach von Anbauten überdeckelt: Das eine ist ein Anbau, der zum Haus einer kinderreichen Familie gehört, deren Vater jeden Morgen nach Killarney zur Arbeit fährt, das andere ist die Garage von Mister James Brannigan, die bekanntlich zu Zwecken makelloser Tierpräparation etwas größer ausgefallen ist, als es der mittlerweile verkaufte Wagen erfordert hätte. Unter diesen Bauten kroch ich hindurch, mit weitgehend angehaltenem Atem, bisweilen fast auf Höhe des modrigen Wassers.

Dann, gerade als ich mich innerlich für das Durchqueren der langen Röhre wappnete, hörte ich Stimmen über mir.

Ich zuckte zurück in den nächsten Schatten. Die Brücke. Ich hatte die kleine Fußgängerbrücke vergessen, die den Kanal kurz vor der Straße überspannt. Ein Stück weiter aus dem Ort heraus liegt ein bei Touristen beliebtes Restaurant, sodass dieser Fußweg durchaus Sinn macht.

Es waren eine Frau und ein Mann, in müßige Gespräche vertieft, kehlig seine Stimme und keck antwortend die ihre, und zum Glück achteten beide weniger auf das Geschehen in der dunklen Tiefe vor ihnen als auf das Schwarze in den Augen des anderen. Ich erstarrte zur Reglosigkeit, was mir in meiner eisigen Montur nicht schwer fiel. Konnte ich es wagen, mich einfach unter ihren Füßen hindurchzuschleichen? Was, wenn sie aus den Augenwinkeln doch eine Bewegung wahrnahmen? Oder in einem Moment der Verlegenheit beiseite sahen, genau in meine Augen?

Doch dann küssten sie sich, und ich wagte es. Es muss ein erster Kuss gewesen sein, denke ich, oder jedenfalls ein Meilenstein in ihrer Beziehung, denn sie sahen und hörten nichts mehr, nicht einmal den Stein kollern, den ich unter ihnen lostrat vor Hektik. Unbehelligt tauchte ich ein in die enge, endlose Röhre, die fast bis ins Herz Dingles führt.

Für so etwas wie das bin ich ausgebildet worden. Ich robbte Hunderte von Yards durch den klaustrophobisch schmalen Schacht und kam schlammbespritzt und erleichtert am anderen Ende ins Freie. Im Schutz eines der großen Farne zog ich meinen Anzug aus, rollte ihn zu einem Paket zusammen, das die Kühle noch eine Weile bewahren würde, und versteckte ihn, kletterte die Böschung hoch und tat beim Hinaustreten auf die Straße, so, als hätte ich mich gerade im Gebüsch erleichtert. Niemand nahm Notiz von mir. Ich sah die Mall hinauf und hinunter, ließ mein ODP arbeiten und schlenderte, als es Entwarnung gab, in Richtung Brennan's Hotel weiter.

Auf einmal hatte ich Angst, zu spät zu kommen. Ich wollte hören, mit wem Reilly telefonierte. Ich wollte mitbekommen, was er zu sagen hatte. Eine grimmige Anspannung erfüllte mich, als ich durch die dunklen Gassen stapfte, vorbei an rissigen Mauern und erleuchteten Fenstern, mit Schritten, die in meinen Ohren klangen, als sei ich meine eigene Armee.

Der Parkplatz hinter Brennan's Hotel lag still und verlassen da. *Private Car Parking* stand auf einem blauen Schild mit dem Logo des Hotels, und: *Guests Only*. Ganze zwei Autos nahmen das Angebot des weitläufigen Areals dahinter wahr; ein deutliches Zeichen, wie sehr der Mordfall dem Geschäft geschadet hatte. Die oberste Etage des Hauses war komplett verdunkelt, genau wie die meisten der anderen Fenster.

Reilly pflegt immer dasselbe Zimmer zu nehmen: Zweiter Stock, Nummer 23, eine Suite mit Blick auf den Hafen. So, wie die Geschäfte des Hotels augenscheinlich gerade gingen, war es sicher kein Problem gewesen, diese Gewohnheit auch bei kurzfristiger Buchung beizubehalten. Jedenfalls brannte Licht in dem Fenster, hinter dem ich ihn und sein Satellitentelefon vermutete.

Ich blieb in der gekiesten Zufahrt stehen. Neben einem der beiden aus schmucklosem Beton gegossenen Torpfosten lag ein halber, abgebrochener Ziegelstein. Ich hob ihn auf, drehte ihn in der Hand. Ohne Zweifel, das war der Stein, den ich von Itsumis Badezimmer aus nach seinem Mörder geworfen hatte. Ich schaute an der rückwärtigen Fassade des Hotels hoch, versuchte meine Erinnerung an den Ausblick von jenem Fenster dort oben mit der Sicht von hier unten in Übereinstimmung zu bringen, drehte mich um, betrachtete den Weg, auf dem der Fremde hatte flüchten können, weil ich ihn nicht richtig getroffen hatte. Was jetzt nicht mehr zu ändern war. Ich widerstand dem Impuls, den Stein mit der Hand zu zerbröseln, und ließ ihn wieder dorthin fallen, wo er gelegen hatte.

Ein Mann mit Kochmütze und weißer Schürze stand neben einer Tür auf der Rückseite des Hotels, rauchte eine Zigarette und sah gleichgültig zu mir herüber. Ich blieb stehen, wo ich war, und nahm das Fenster von Reillys Zimmer in Augenschein. Das Fensterbrett sah gut aus, ein massiver Steinsims, der dem irischen Wetter seit Jahrhunderten standhielt. Der Putz schien mir nicht ganz so alt, zudem bröckelte er, das Mauerwerk selbst war vielleicht auch nicht mehr das beste, was vermutlich der Grund dafür war, dass jemand ein paar stählerne Krallen darin verankert hatte, eine davon an einer für meine Zwecke denkbar günstigen Stelle. Ich wartete, bis der Koch mit seiner Zigarette fertig war und wieder hineinging, dann überquerte ich rasch den Platz, spähte noch einmal nach allen Seiten und schnellte, als ich mir sicher war, nicht dabei beobachtet zu werden, mit einem gewaltigen Sprung an der Rückwand von Brennan's Hotel hinauf.

Ich erwischte das Fensterbrett mit der rechten Hand, krallte mich fest, schwang herum und stemmte den linken Fuß gegen den Mauerhaken. Die rechte Fußspitze fand auch leidlich Halt, und so verharrte ich erst einmal – reglos lauschend, ob ich bemerkt worden war.

Niemand schrie, nirgends wurden Fenster aufgerissen, niemand, der Freunde und Familie aufgeregt zusammenrief. Es roch nur kräftig nach Küchendünsten und Müll hier oben. Ich zog mich behutsam höher, bis ich über den Fensterrahmen in das Zimmer dahinter spähen konnte.

Es war tatsächlich Reillys Zimmer. Bloß telefonierte er nicht. Er saß auf der Couch, hatte den Koffer mit der ausgeklappten Satellitenantenne neben sich stehen und unterhielt sich mit einem Besucher, der mit dem Rücken zu mir in einem antiken Ohrensessel saß.

Auch nicht uninteressant. Ich ließ mich wieder abwärts sinken, legte mein technisch verstärktes Ohr gegen die Mauer und drehte den Verstärker auf.

»... die endgültige Entscheidung ...«

»... auf keinen Fall zulassen, dass DRAGON BLOOD ...«

»... nicht entkommen, auch wenn er ein Cyborg ...«

Es war nicht ganz einfach, den Verstärker in Leistung und Frequenzgang so zu justieren, dass ich das Gespräch im Inneren des Zimmers mithören konnte, ohne durch überlaut durchkommende Außengeräusche taub zu werden. Der unbekannte Besucher sprach deutlicher als Reilly, aber mit wechselnder Lautstärke, und die leisen Passagen blieben trotz aller Technik unhörbar.

»... was die anderen tun, ist mir scheißegal. Ich bekomme meine Befehle aus Washington, und die führe ich aus.«

»Hören Sie, das ist alles ein großes Missverständnis.« Das war jetzt Reilly, leise, fast quengelig. »Sobald ich den General ans Telefon kriege ...« Murmel, brabbel, murmel. »Das sind meine Jungs, verstehen Sie doch. Ich betreue sie inzwischen seit bald zwanzig Jahren, und ich lege für jeden von ihnen die Hand ins Feuer.«

»Wenn Sie sich da nur mal nicht verbrennen, Major.« Ein gehässiges Lachen. »Wissen Sie, wie die Sie hinter Ihrem Rücken nennen? Froschgesicht. Verklemmter alter Sack. Papa Reilly. Wollen Sie noch mehr? Die machen sich lustig über Ihr Faible für klassischen Blues, Ihre Jungs.«

»*Das weiß ich alles längst*«, sagte Reilly mit einer Stimme, der durch die ein Fuß dicke Mauer anzuhören war, dass ihm gerade das Herz brach.

»Und dieser Arzt hatte Röntgenaufnahmen von Fitzgerald. Eine ganze Sammlung davon. Uns sind fast die Ohren abgefallen, als wir das Telefonat gehört haben. Wollen Sie etwa behaupten, dass Sie das auch gewusst haben?«

Ich erstarrte innerlich zu Eis.

O'Shea. Der Mann sprach von O'Shea. Ich schloss die Augen, rief mir ins Gedächtnis, wann was passiert war. O'Shea hatte Mittwochabend angerufen. Auf meinem normalen Apparat, weil auf dem Mobiltelefon besetzt gewesen war. Aber ich Riesenidiot hatte nicht geschaltet. Völlig gedankenlos hatte ich ihn aufgefordert, zu verraten, dass er Röntgenbilder von mir angefertigt hatte, und damit sein Schicksal besiegelt.

So also war es passiert.

Ich selbst hatte die Aufmerksamkeit seiner Mörder auf Dr. O'Shea gelenkt.

Schuldig, Hohes Gericht. Ich bekenne mich schuldig. Ich habe nicht geschossen, das nicht, dennoch bin ich schuldig.

Der Lauscher an der Wand hört seine eig'ne Schand …

Wie ein jäher Schmerz fiel mir ein, wie ich früher an der Wand zum Schlafzimmer meiner Eltern gehorcht habe. Merkwürdig – jahrelang habe ich nicht mehr daran gedacht, aber es ist wahr, das habe ich getan. Mit geradezu panischer Besessenheit habe ich nächtelang die Streitigkeiten meiner Eltern verfolgt und mir in fiebriger Schlaflosigkeit überlegt, ob ich nicht mit irgendwelchen Lügengeschichten erreichen konnte, dass sich Mum und Dad endlich lieb hatten, und wenn ich lauschte, habe ich gezittert bei jeder Erwähnung meines Namens. Nein, meine Mutter nannte mich, wenn es laut wurde hinter der geblümten Tapete, immer *»dein Sohn«*, als sei Dad allein verantwortlich für meine Existenz und meine Verbrechen, und sie sagte es mit einer glasharten, unversöhnlichen Stimme, die mir das Blut in den Adern zu Eis werden ließ. Am besten lauscht man übrigens durch eine Wand hindurch, indem man ein Holzklötzchen aus einem Kinderbaukasten mitten daraufsetzt und das Ohr fest dagegenpresst; das habe ich selber herausgefunden, lange ehe ich in der Schule etwas über Schallwellen und ihre Weiterleitung lernte.

Bei der Erinnerung an diese Nächte, die ich zitternd vor Kälte und Angst an der Wand ausharrte in dem Versuch, aus den Gesprächsfetzen, die ich mitbekam, mein Schicksal herauszulesen, kommt es mir unglaublich vor, dass ich immer noch am Leben bin.

Mit Mühe fand ich in die Gegenwart zurück. Das Gespräch war über unbedeutende Kleinigkeiten wie einen Mord an einem irischen Landarzt längst hinweggegangen.

»… auch eine Möglichkeit gewesen. Jeder der Cyborgs trägt schließlich sein Technisches Handbuch in seinem System mit sich herum. Es hätte ja jemand einen Weg gefunden haben können, es auszudrucken …«

»… eine Verschwörung? Das ist absurd …«

»… Riesensummen von Gerichten zugesprochen bekommen, selbst aufgrund viel absurderer Klagen. Das psychologische Profil von Whitewater beispielsweise zeigt, dass er dafür ansprechbar gewesen wäre …«

»… und was hat der Anwalt über DRAGON BLOOD herausgefunden? Und wie, vor allem?«

Immer wieder dieses seltsame Codewort. Ich hievte mich erneut aufwärts, die rechte Hand mit stählerner Unerbittlichkeit um das Fensterbrett gekrallt. Als ich wieder durch das Fenster lugte, sah ich, dass Reillys Besucher aufgestanden war und Anstalten machte, zu gehen. Zum ersten Mal war er vom Fenster aus zu sehen. Er war um die 45, durchtrainiert und breitschultrig, hatte dunkles, kurzes Haar und Augen ohne jeden Ausdruck. In der Hand hielt er ein Mobiltelefon, dasselbe Fabrikat, das meine Verfolger bevorzugten.

Ich kannte ihn. Es war niemand anders als der Mann, den ich in Harold Itsumis Zimmer verfolgt hatte. Sein Mörder.

Was die beiden weiter miteinander zu reden hatten, interessierte mich nicht mehr. Ich hatte genug gesehen. Ich ließ los und landete lautlos wie eine Katze unten auf dem Parkplatz.

Wir sitzen wieder um den großen weißen Konferenztisch in dem großen weißen Konferenzraum, in dem alle wichtigen Angelegenheiten des Projektes besprochen werden, wir, die fünf stärksten Männer der Welt, die Prätorianer einer zukünftigen Armee von Übermenschen, und wir fürchten, dass das noch nicht das Ende ist, dass es weitergehen wird mit uns und dass kein Entkommen mehr möglich ist.

Es ist entsetzlich. Es ist schlimmer als Krieg. Es ist der schlimmste Tag unseres Lebens.

Gerade als es so aussah, als hätten wir die riskantesten Operationen hinter uns und als hätten es wenigstens die, die noch am Leben sind, geschafft, ist unser Kamerad Leo Seinfeld durch eine Fehlfunktion seiner Systeme getötet worden.

Wieder einmal sitzen uns gegenüber ein General, ausgezehrt diesmal, das Gesicht verkniffen, ein Schreibtischkrieger aus dem Pentagon, und ein Arzt, der uns ansieht, als begreife er überhaupt nicht, worum es eigentlich geht. »Ich kann Ihnen versichern, dass uns diese Fehlfunktion absolut unerklärlich ist«, erklärt er ein ums andere Mal, als glaube er allen Ernstes, dass uns ausgerechnet das beruhigen könnte.

Juan Gomez ist unser Sprecher. Gabriel hat ihm zugenickt und damit diese Rolle übertragen. Juan stammt von mexikanischen Einwanderern ab und weiß, wie es ist, als Unterprivilegierter betrachtet zu werden. Er hat gelernt, wie wichtig der korrekte Gebrauch der Sprache ist, und er hat es gut gelernt. Allein sein Wortschatz ist ehrfurchtgebietend. Wenn er es darauf anlegt, kann er sprechen wie ein Theaterschauspieler – wohlakzentuiert, präzise und beeindruckend – und auf jeden Fall besser als jeder andere von uns. Er hätte einen hervorragenden Nachrichtensprecher abgegeben.

Die Rolle entspricht zudem seinem Naturell: Wenn Juan seine Meinung sagt, versucht er es zuerst auf eine Weise, die den anderen sein Gesicht wahren lässt. Doch wenn es sein muss, lässt er alle Rücksicht fallen, und dann wird es wirklich unangenehm für sein Gegenüber. Juan Gomez kann Worte in Waffen verwandeln.

Und wenn er überzeugt ist, dass er Recht hat, schließt er keine Kompromisse.

Er fängt an, unseren Standpunkt darzulegen. Der Arzt setzt zum wiederholten Mal seine halbgaren Unschuldsbeteuerungen dagegen. Juan reagiert erst zurückhaltend, doch der Arzt macht den Fehler, zu widersprechen, die Vorwürfe von oben herab abzuwehren, ein alberner Versuch, Halbgott in Weiß zu spielen. Daraufhin nimmt Juan Gomez ihn auseinander. Nie vorher und nie mehr danach habe ich miterlebt, wie jemand derart abgekanzelt, mit Argumenten, die wie rasche, präzise, geradezu chirurgische Schwerthiebe daherkommen, förmlich in seine Bestandteile zerlegt wird. Als Juan mit ihm fertig ist, ist alles Blut, das der Mann besitzt, in seinem Kopf versammelt, und der Windhauch einer sich öffnenden Tür würde ausreichen, ihn davonzublasen. Doch die Tür bleibt verschlossen. Vor unseren Augen stirbt der Mann seinen beruflichen Tod.

Eine gespenstische Stille tritt ein. Der General ist blass geworden. Offensichtlich fürchtet er, der Nächste zu sein, wenn er nicht unverzüglich handelt. Hastig greift er nach seiner Aktentasche, fördert einen Stapel Unterlagen zu Tage und fängt an zu erklären, dass zusätzliche Mittel bewilligt seien, um das Problem zu untersuchen und zu beseitigen und eine Wiederholung des Geschehenen für alle Zeiten und unter allen denkbaren Umständen auszuschließen. Zusätzliche Mittel in erheblichem Umfang, fügt er hinzu und bekräftigt: in *ganz* erheblichem Umfang.

Was das konkret heiße, will Juan wissen.

Ein neues Team Konstrukteure werde gerade angeworben, erklärt der magere General, Leute, die in keinerlei Verbindung mit den bisherigen Entwicklern stünden und völlig unabhängig von diesen arbeiten könnten. Sie würden das gesamte System noch einmal unter dem Gesichtspunkt der Sicherheit durchgehen, radikal, vorurteilslos und ohne Rücksicht auf die Kosten. Es würden zum größten Teil Leute aus der Raumfahrt sein, gewohnt, mit Konzepten wie *fail safe* und *worst case* umzugehen. Wo nötig, werde das System abgeändert, durch ergänzende Maßnahmen sicherer gemacht. Auf jede zur Verfügung stehende Weise würde verhindert werden, dass sich ein Systemausfall wie bei Sergeant Leonhard Seinfeld jemals wiederholen könne.

»Heißt das, es werden weitere Operationen nötig sein?«, fragt Forrest DuBois dazwischen.

Der General verstummt. Der Arzt sagt auch nichts. Es ist auch nicht nötig.

Wir wissen, dass es das heißt.

Die Sonne brennt herab auf Gerechte und Ungerechte. Ein heißer Wind weht.

Die Fahnen flattern, wie ein Wellenschlag die Flut der Stars 'n Stripes über uns. Die Trompete klingt blechern, aber sie funkelt erhaben im grellen Licht eines grellen Tages.

Wir stehen stramm. Der Sarg ist unter der Fahne und hinter all den Kränzen und Blumen nicht mehr auszumachen. Wir wissen, was darin liegt. Die Mehrzahl der Anwesenden ahnt es nicht einmal.

Die Reihe derer, die kurze oder weniger kurze Ansprachen halten, nimmt kein Ende. Die Sätze ähneln sich, die Worte sind von glanzlosem Ernst, Pathos schwingt in den Stimmen. Vaterland. Ehre. Tapferkeit. Pflichterfüllung. Gott wird beschworen, ein ums andere Mal, als bestünden Zweifel daran, dass er sich dieser Seele annehmen werde.

Uniformen. Reihenweise bunt glänzende Orden auf Heldenbrüsten. Schweißtropfen auf Stirnen, doch niemand wagt, sie abzustreifen. Haltung, Disziplin, dem gefallenen Kameraden die letzte Ehre erweisen, das ist es, was zählt.

Oder haben manche von denen, die wir für die Verantwortlichen halten, am Ende heimliche Zweifel? Zweifel an der Menschlichkeit Leos, an der Existenz seiner Seele? Sind wir noch Menschen? Macht es uns nicht mehr ganz so menschlich, wenn Teile von uns aus Stahl bestehen? Wenn ja, was ist der Unterschied zwischen Stahl und Kalk? Zwischen Stahl und Kohlenstoff? Ist nicht in Stahl sowieso Kohlenstoff enthalten? Ich weiß es nicht genau, aber ich meine, so etwas gelesen zu haben. Was nehmen Maschinen uns von unserer Menschlichkeit? Mir scheint das die falsche Frage, weil sie schon etwas voraussetzt. Nehmen Maschinen uns überhaupt etwas von unserer Menschlichkeit, so muss die Frage lauten. Sind Maschinen zu so etwas überhaupt imstande? Ich glaube nicht. Hat uns der Taschenrechner reduziert, weil er auch rechnen kann? Der Computer? Mindert es unsere Menschlichkeit, dass ein Computer Schachweltmeister werden kann? Wie denn? Werden wir nachher mit der siegreichen Maschine einen trinken gehen oder mit dem tragischen Verlierer? Bauen wir Maschinen nicht genau aus diesem Grund: damit sie etwas besser tun können als wir selbst? Nur deswegen doch bauen wir Bagger, schmieden wir Hämmer, legen wir Telefonleitungen um die ganze Welt.

Und wenn uns Maschinen, stählerne Knochen, künstliche Augen tatsächlich unserer Menschlichkeit berauben sollten – wie steht es dann um jemanden, der ein künstliches Hüftgelenk hat? Einen Herzschrittmacher? Einen genagelten Knochen? Ein Hörgerät? Eine Brille? Wo genau verläuft die Grenze? Wenn ein Mensch mit einem künstlichen Herzen kein Mensch mehr ist, welchen Sinn macht es dann, ihm eines einzupflanzen?

Der Militärrabbiner wechselt in psalmodierendes Hebräisch. Ich habe keine Antwort. Niemand hat Antworten. Alles, was wir haben, sind Fragen. Und Hoffnung, bestenfalls. Ein Schwarm Vögel schießt hoch über uns dahin, als wollten sich die Tiere in die Sonne stürzen.

Bill Freeman ist nackt, wie immer, wenn er sich eingeölt hat und wartet, dass es einzieht. »Sie haben meinen Vater geschlagen, als er jung war«, erzählt er mir. Ich bin schon dabei, mich anzuziehen. »Geschlagen, verstehst du? Wie man ein Tier schlägt. Einen Esel antreibt, der nicht will oder nicht mehr kann. Weil er schwarz war. Ich habe die Narben gesehen, aber erst, als er tot war. Er hat sie sein Leben lang versteckt.« Bill sieht aus wie ein Gott aus Ebenholz. Er streckt den Arm aus, spannt den Bizeps, und die Haut darüber glänzt wie schwarze Metallic-Lackierung mit all dem Öl. Ich betrachte sie, aber ich kann nebenbei den Blick auch nicht von seinem halb aufgerichteten Schwanz lassen. Der glänzt auch. »Damals habe ich mir das erste Mal gewünscht, Haut aus Stahl zu haben. Aus Panzerstahl, verstehst du?« Bill sieht auf mich herab, und seine Lippen kräuseln sich zu einem verächtlichen Lächeln. »Nein, das verstehst du natürlich nicht, *white guy*.«

Ich frage mich, ob ich je verstanden habe, was in den anderen vorging. Was sie antrieb. Was sie an diesen Ort gebracht, ihnen dieses Schicksal beschert hat.

Ich frage mich, ob ich je verstanden habe, was mich selber angetrieben hat. *Wirklich*, meine ich.

Die unteilbaren Güter aber, der Frieden und die Freiheit, gehören der Allgemeinheit ebenso ganz an wie dem Individuum. Der Weise bedenkt daher, durch wessen Verdienste ihm ihr Gebrauch und ihr Genuss zuteil wird, wer es bewirkt, dass ihn nicht eine politische Notwendigkeit unter die Waffen, zum Wachdienst, zur Verteidigung der Mauern ruft.

Seneca, EPISTOLAE MORALES

19

Der Montagmorgen brach ungewöhnlich kalt und klar an. Und am Hafen tat sich allerhand.

Zuerst sah ich nur das Schiff. Es war groß, selbst von meinem Küchenfenster aus nicht zu übersehen – ein militärgrauer Metallkoloss, gespickt wie ein Weihnachtsbaum mit Antennen und Radarschüsseln und zumindest in dem kleinen Hafen von Dingle geradezu gewalttätig aussehend. Ich verließ das Haus, ohne mich um meine Bewacher zu kümmern, und entdeckte auf dem Weg in die Stadt die orange-weiß-grünen Streifen der irischen Flagge am Heck des Kriegsschiffes wehen. *L. É. Morrigan* hieß das Schiff, und der großen Zahl staunender Zuschauer nach zu urteilen, die sich am Pier versammelt hatten, war ich nicht der Einzige, der nichts von irgendwelchen Manövern der irischen Marine gewusst hatte.

Doch die Aufmerksamkeit der Schaulustigen galt dem grauen Schiff nur zum Teil. Die größere Sensation, sah ich, war das Aufgebot an Polizei, das den Hafen bevölkerte. Mehr der blauen Polizeiautos, als die Grafschaft Kerry, ganz zu schweigen von Dingle selbst, je zuvor auf einem Fleck zu sehen bekommen hatte, weiträumig abgesperrte Kais, behandschuhte Männer in weißen Schutzanzügen, die mit bedächtigen Bewegungen jeden Quadratzoll des schmutzigen Bodens absuchten, und zwei Taucher, die im Hafenbecken zugange waren, betreut von einem kleinen Ruderboot mit etlichen Uniformierten darin.

Ich näherte mich dem Menschenauflauf bedächtig. Männer mit in die Stirn gezogenen Baseballkappen und Frauen mit fest verzurrten Kopftüchern kommentierten das Treiben der Polizei mit ernsten Stimmen und düsteren Mienen.

Ich musterte das Schiff mit den Antennen. Aus einem Impuls heraus schaltete ich meinen Teleskopblick ein, um mir die Gesichter der Matrosen darauf anzusehen. Junge Männer, wie nicht anders zu erwarten, und natürlich kannte ich keinen von ihnen – aber mehr als einmal glaubte ich hinter der einen oder anderen Sichtluke eine amerikanische Uniform zu erspähen. Das war hier kein Manöver, so viel stand fest.

Ich machte, dass ich weiterkam. Es gab in meinem Leben dringendere Dinge. Die Bank zum Beispiel, die meine Kreditkarte einbehalten hatte. Oder die Post, die meine Pakete einbehielt.

»Haben Sie gehört?«, empfing mich Billy mit aufgeregt hüpfendem Adamsapfel. »Im Hafen soll ein Toter angeschwemmt worden sein.«

»Was Sie nicht sagen«, erwiderte ich.

»Niemand weiß, wer er ist«, kolportierte er weiter.

»Mir wäre es lieber, mein Paket wäre angeschwemmt worden.«

»Oh«, machte Billy, blinzelte irritiert und fuhr sich mit der Hand durchs unbezähmbare Haar. »Also, ich fürchte…« Er verschwand nach hinten, wühlte in seinen Plastikboxen. »Das wäre mir aufgefallen, Mister Fitzgerald«, rief er dabei. »Ich hätte Sie sofort angerufen, meine ich. Weil Sie doch schon so lange auf Ihre Sendung warten.«

»Man hat mir versprochen, dass es heute kommt«, sagte ich.

Pause. Dann kam er zurück zum Schalter, mit leeren Händen. Er schüttelte den Kopf. »Was Leute einem so alles versprechen ...«

Ich stach aus dem Postamt hinaus auf die Straße und die Main Street hoch, zum Eingang von Brennan's Hotel hinein und an der Rezeption vorbei die Treppe hinauf, ehe eine völlig überraschte Mrs Brennan auch nur ein Wort herausbrachte, und hämmerte Sekunden später gegen Reillys verschlossene Tür. Der geringste Anlass sollte mir gerade recht sein, sie aufzubrechen.

Reilly öffnete im Schlafanzug, eine olivgrüne, wattierte Gesichtsmaske in die Stirn geschoben und offensichtlich noch halb im *Jet-Lag*-Schlaf. »Duane? Sie? Was, zum Teufel ...?«

Ich marschierte an ihm vorbei, ohne seine Einladung abzuwarten. »Ich war gerade auf der Post«, rief ich dabei, dass es in seinem Zimmer widerhallte. »Da kamen früher immer Pakete für mich an, erinnern Sie sich? Heute hätte auch wieder eines ankommen sollen. Bloß – es war keines da.«

Er schloss die Tür und nahm endlich die verdammte Schlafmaske ab. Sein Schlafanzug war von erfreulicher Schlichtheit; mit einem silbernen Blümchen auf den Schulterklappen wäre er glatt als Uniformersatz durchgegangen. »Post? War die überhaupt schon da?«

»War sie.«

Er fummelte nach seinem Wecker auf dem Nachttisch. »Wie spät haben wir es eigentlich? Ich kann noch mal anrufen, aber ich bin sicher, dass spätestens morgen –«

»Hören Sie auf, George«, zischte ich. »Sie wissen genau, dass kein Paket kommen wird. Es war nie beabsichtigt, wieder Pakete zu schicken. So ist es doch, oder?«

Er ließ das mit dem Wecker und sank matt auf den Bettrand. »Es ist ein Zuständigkeitsproblem. Das habe ich versucht, Ihnen zu erklären. Ich blicke gerade selber nicht richtig durch.«

»Verstehe.« Der Hörer seines Zimmertelefons lag neben dem Apparat. »Aber wie es kommen kann, dass Gabriel Whitewater von einem Lastwagen überfahren wird, verstehen Sie wenigstens das?«

Er sagte nichts. Er sah mich an, während seine Augen sich weiteten, ein Blick, in dem Entsetzen und grausiges Vorwissen verschmolzen. »Gabriel?« Er hauchte es. Plötzlich sah er klein aus, wie er da auf dem Rand des monumentalen Himmelbettes aus tiefbraunem, gedrechseltem Holz saß.

Ich fühlte kein Erbarmen. »Gabriel, ja. Samstagvormittag. Und in der Nacht vorher ist Jack gestorben, an einer *Thrombose*! Forrest ist nicht zu erreichen. Juan auch nicht. Was hat das zu bedeuten, George? Sagen Sie mir, was das zu bedeuten hat!«

»Sie sind in der Klinik. Juan hatte schon seit langem Gelenkbeschwerden –«

»Haben Sie mit ihnen gesprochen?«

»Ja, sicher, ich –«

»Wann?«

Er setzte zu einer Antwort an und sagte dann doch nichts, sah mich nur an wie ein waidwundes Tier seinen Jäger.

Ich zog mir einen Stuhl heran, hockte mich vor ihn hin und dachte nicht daran, das qualvolle Schweigen zu brechen.

»Es gibt diesen Plan schon eine ganze Weile«, flüsterte er schließlich. »Ich habe mich immer entschieden dagegen ausgesprochen, das müssen Sie mir glauben, Duane. Ich habe nicht geahnt, dass sie das als Notfalloption in Erwägung ziehen würden, nachdem das mit dem Anwalt aufkam ...«

»Was für ein Plan? Alle Cyborgs umzubringen?«

»Die *Steel Men* zu eliminieren. Sämtliche Spuren des Projekts zu tilgen.«

Ich war froh, dass ich saß in diesem Augenblick. Mir war, als klaffe in mir urplötzlich ein Abgrund auf, ein Schlund unfassbaren Entsetzens. Es ist eine Sache, sich zur Erklärung rätselhafter Widrigkeiten Theorien zurechtzulegen wie die, die eigenen Leute könnten es auf einen abgesehen haben, aber eine völlig andere, ein so ungeheuerliches Vorhaben bestätigt zu bekommen. Das eine ist gleichsam ein privater Groll, ein innerliches Wüten gegen das Unverständliche, eine Tändelei mit einem spielerischen Verfolgungswahn, um wenigstens provisorisch Sinn in das Unsinnige zu bringen – egal, wie grimmig ernst man den Gedanken denkt, es bleibt ein Gedanke, ein Spiel, berührt einen nicht. Aber gesagt zu bekommen: *Ja, genau so ist es,* das ist der Augenblick, in dem einem erst klar wird, was für ungeheuerliche Unterstellungen man hegte.

Nur dass es ab diesem Augenblick keine Unterstellungen mehr sind.

»Sie waren in Panik, Duane. Sie wussten nicht, wer der Anwalt war und was er vorhatte. Sie haben jeden Morgen damit gerechnet, dass, was weiß ich, die *Washington Post* mit einem Riesenartikel über das Projekt *Steel Man* aufmacht. Der Anwalt war verschwunden, und alles, was seine Partner wussten, war, dass ihm irgendjemand einen silbernen Ordner mit einem roten Emblem gegeben hatte und dass das der Anlass für die ganze Aufregung war.«

»Warum?«, fragte ich mit wunder Stimme. »Warum sollte es nötig sein, uns zu eliminieren? Wir haben doch geschwiegen. Wir haben vor uns hin gelebt, die verfluchten Nahrungskonzentrate gefressen und den Mund gehalten.«

»Sie haben überlegt, ob jemand vom Korps mit dem Anwalt gemeinsame Sache macht. Ich bitte Sie, Duane, schauen Sie doch, was manche Leute für Irrsinnsgelder bekommen, bloß weil sie nicht vom Rauchen losgekommen sind oder sich an ihrer Mikrowelle den Finger eingeklemmt haben. Ein Prozess, bei dem für jeden von Ihnen eine Milliarde Dollar Schadenersatz möglich gewesen wäre – das hätte eine Versuchung sein können.«

Ich schnellte von meinem Stuhl hoch, wie von selbst, als gebe es in mir ein System, von dem ich nichts wusste, aber es war nur Wut, gute, alte, natürliche Wut. »*Fuck*, George!« Ich stapfte zum Fenster, von dem aus man den Hafen sah und die Polizei und das Schiff. »Eine Milliarde Dollar? Was soll ich damit? Ich schaffe es doch nicht mal, meine reguläre Pension auszugeben. Was soll ich mit einer Milliarde Dollar? Meinen Darm krieg ich nicht mal für zehn Milliarden Dollar wieder.«

Er nickte. »Das sehen Sie so. Aber Gabriel zum Beispiel hat es anders gesehen. Er hatte selber Ideen in diese Richtung, das weiß ich. Der Anwalt hätte bei ihm offene Türen eingerannt.«

»Das ist lächerlich«, versetzte ich. »George, die Armee hat in den fünfziger Jahren Legionen von Soldaten in atombombenverseuchte Testgelände gejagt, und die Hälfte von denen ist später an Krebs gestorben. Sie haben Fall-out über ahnungslosen amerikanischen Bürgern niedergehen lassen, um untersuchen zu können, wie sich das medizinisch auswirkt. Jeder weiß das heute, jeder kann es nachlesen. Und was hat es da an Schadenersatzprozessen gegeben? Ich habe von keinem einzigen gehört. Also erzählen Sie mir nicht, dass der Präsident alle Cyborgs umbringen lassen will, weil er Angst vor einem Schadenersatzprozess hat. Das ist lächerlich. Da muss etwas anderes dahinter stecken.«

Reilly saß schweigend da, fuhr sich mit der Hand durchs Haar, sah kurz zu mir her und schaute wieder weg, ins Leere, hörte gar nicht auf, sich mit der Hand durchs Haar zu fahren. Es war ein ganz und gar entsetzlicher Augenblick. Es war der Augenblick, der mich ahnen ließ, dass die Wahrheit noch viel schrecklicher sein würde als alles, was meine Fantasie auszumalen imstande war.

»Es gibt da eine Sache, von der Sie nichts wissen«, sagte Reilly. Sagte er es wirklich, oder waren es meine überreizten Nerven, die mir einen Streich spielten? Ich hörte eine Stimme, die die seine zu sein schien, aber ich hätte keinen Eid schwören können, dass sie es war.

Ich glaube, ich habe irgendetwas erwidert, aber ich weiß nicht mehr, was. Kann sein, dass ich nur einen unartikulierten Laut von mir gegeben habe.

Aber ich erinnere mich, dass sich in diesem Augenblick eine regenschwere Wolke vor die Sonne schob und die Helligkeit des Morgens endete wie ausgeschaltet. Das tiefe Braun der Möbel und das Grün-Gelb der Decken, Kissen, Vorhänge und Tapeten verschmolz zur düsteren Theaterkulisse eines Zauberwaldes.

Reillys Stimme war ein qualvolles Wispern. »Man hat damals zwar das Projekt *Steel Man* aufgegeben, aber nicht die Idee, den perfekten Soldaten zu schaffen. Seit einiger Zeit versucht man es wieder. Diesmal auf gentechnischem Weg. Man wird so genannte *Chimären* erschaffen, Menschen, die über bestimmte Eigenschaften von Tieren verfügen – die Kraft eines Bären, die Wendigkeit eines Panters, die Widerstandskraft einer Spinne und so weiter.« Noch ehe er weitersprach, wusste ich, was er sagen würde. »Das Projekt läuft unter dem Codenamen *Dragon Blood*.«

Auf einmal war die Atombatterie in meinem Becken unerträglich schwer. Ich schleppte mich zurück auf den Stuhl. »Also dasselbe noch mal?«

»Man hat aus unseren Fehlern gelernt. Diesmal wird man nichts überstürzen. Erste Versuche laufen bereits, aber es wird noch einige Zeit dauern, ehe man Ergebnisse sieht. Naturgemäß. Ein Mensch braucht nun mal achtzehn Jahre, bis er erwachsen ist.« Mit dem Schlafanzugsärmel wischte er sich Schweiß von der Stirn. »Und dieses Projekt, Duane, wird mit allen Mitteln geschützt. Es ist eine Frage der nationalen Sicherheit.«

»Aber was hat das mit uns zu tun? Mit *Steel Man*?«

Reilly lachte auf, doch das freudlose Lachen ging in Husten über. »Können Sie sich das nicht denken? Angenommen, es sickert irgendwie durch, dass es ein Projekt *Steel Man* gegeben hat, was wäre die Folge? Der Kongress würde einen Untersuchungsausschuss einsetzen. Leute würden vernommen, Mitarbeiter von damals, von denen einige heute an *Dragon Blood* arbeiten. Die Existenz von *Dragon Blood* ließe sich nicht länger geheim halten. Sie können sich vorstellen, was die Senatoren dazu sagen, zu beiden Vorhaben nicht befragt worden zu sein.« Er schüttelte den Kopf. »Das wird man auf keinen Fall zulassen. Nicht bei einem derart langfristig angelegten Projekt.«

Das zudem bereits von seiner Konzeption her gegen alle internationalen Vereinbarungen verstieß. Ich begriff. Ich hatte zwar nicht die geringste Vorstellung davon, wie man sämtliche Spuren eines milliardenschweren Projekts beseitigen wollte, das Jahre gedauert hatte und an dem Hunderte von Menschen beteiligt gewesen waren, aber ich begriff, dass ich und die anderen Cyborgs gewissermaßen lebende Beweisstücke waren. Man kann Akten vernichten, Bänder und Festplatten löschen, Zeugen einschüchtern oder sich ihr Schweigen erkaufen – solange es fünf Männer gibt, die man nur vor ein Röntgengerät zu stellen braucht, um das Unglaubliche zu beweisen, sind alle anderen Maßnahmen nutzlos.

»Wie lange wissen Sie schon von *Dragon Blood*?«, fragte ich.

»Seit gestern Abend.«

Eine interessante Frage wäre gewesen, wo Harold Itsumi dieses Wort aufgeschnappt haben mochte. Eine Frage, die ich unmöglich aufwerfen konnte, ohne zu verraten, dass ich den verschwundenen Ordner zu Gesicht bekommen hatte.

»Ich fürchte, George, Sie hängen da mit drin«, sagte ich stattdessen. »Wenn die wirklich das *Steel-Men*-Korps eliminieren, werden Sie einen … *Unfall* haben, genau wie Gabriel und die anderen.«

Reilly sah mich apathisch an. Bei seinem Besuch am Sonntagabend hatte er nur angespannt und schlecht gelaunt gewirkt; jetzt sah er aus wie jemand, der sein ganzes Leben unaufhaltsam in Trümmer fallen sieht.

»Ich weiß«, sagte er schließlich, als sei damit alles gesagt.

»Und?«

Er stand auf, schwerfällig, als habe sich in den letzten Minuten sein Gewicht verdoppelt, und ging hinüber zu dem Schreibtisch, auf dem der Koffer mit dem Satellitentelefon lag. Darüber hing ein goldgerahmter Spiegel. »Das ist mein Leben«, erklärte er seinem Spiegelbild. »Was soll ich denn machen? Ich habe den Eid auf die Fahne geschworen, auf die Verfassung der Vereinigten Staaten. Ich habe geschworen, mein Leben zu geben, wenn es meinem Land dient. Zu sterben, wenn der rechtmäßig gewählte Präsident es befiehlt. Das ist mein Leben, Duane.«

Einen kurzen Moment lang hatte ich den Verdacht, alles könnte ein abgekartetes Spiel sein, in dem Reilly die Aufgabe zufiel, mir die Selbstaufgabe schmackhaft zu machen, die man offenbar von mir wollte. Sie mit Patriotismus und hehren Idealen hübsch golden anzumalen, die banale Tatsache, dass ein Kommando Agenten auf den Befehl wartete, mich zu töten.

Doch wenn Reilly ein so guter Schauspieler gewesen wäre, dann hätte er sich nicht in all den Jahren so viele peinliche Blößen gegeben. Nein, er sprach wirklich zu sich selbst. »Hören Sie auf, George. Mit Treue zur Verfassung hat das alles nichts zu tun. Das ist einfach ein dreckiges Geheimdienstspiel, weiter nichts.«

»Ja«, nickte er. »Ja, das ist es.« Er drehte sich zu mir um. »Sie hatten übrigens Recht.«

Man hört normalerweise gern, dass man Recht hat, aber im Augenblick hätte ich darauf verzichten können. »Ich? Womit?«

»Es waren unsere Leute, die Itsumi ausgeschaltet haben.«

Damit sagte er mir nichts Neues mehr, und ich ließ es bleiben, Unglauben oder Entrüstung zu heucheln. Stattdessen fiel mir ein, was an dieser Sache seltsam war, wenn man bedachte, was Reilly mir am Vorabend erzählt hatte. »Das heißt aber, dass sie die ganze Zeit gewusst haben müssen, wo er ist. Dass sie ihm nicht erst durch die Nachricht von seiner Ermordung auf die Spur gekommen sein können.«

Reilly nickte. »In Wirklichkeit wussten sie seit letzten Sonntag, dass Itsumi hier ist. Und sobald sie es wussten, haben sie ein Einsatzteam losgeschickt.«

Ich fragte mich, ob man Reilly auch erzählt hatte, welche Rolle ich bei der ganzen Sache gespielt hatte. »Seit letzten Sonntag …?«, echote ich, pulte an den Worten herum wie an einem Loch im Zahn, weil darin noch irgendeine Bedeutung zu stecken schien, die mir entgangen war.

»Sie wussten es von Ihnen, Duane«, sagte Reilly.

Diesmal brauchte ich keine Verblüffung zu heucheln. »Von mir?« Ich bekam den Mund zu und schüttelte fassungslos den Kopf. »So ein Unsinn. Letzten Sonntag wusste ich noch nicht einmal, dass es diesen Anwalt gab.«

»Aber Sie haben mit Gabriel Whitewater telefoniert und ihm erzählt, dass ein Asiate Sie verfolgt.«

»Was?«

Der Blick, den mir Reilly zuwarf, war verschleiert vor Schmerz. »Ein Mann des Einsatzteams war gestern Abend bei mir. Er hat mir die Aufnahme vorgespielt.«

»Eine Aufnahme?« Das war unmöglich. Wie sollte das möglich sein? Wir hatten über eine Leitung gesprochen, von der niemand etwas hatte wissen können …

»Sie haben versucht, eine sichere Verbindung herzustellen«, fuhr Reilly mit schwerer Stimme fort. »Ein Trick mit Ihrem Mobiltelefon und einem Privatanschluss in Whitewaters Nachbarschaft, dessen Nummer er Ihnen verschlüsselt mitgeteilt hat.« Er war enttäuscht, abgrundtief. Dass seine Jungs zu solcher Hinterlist, solch bodenloser Heimtücke fähig waren. »Ihr Pech war, dass zu dem Überwachungsteam Santa Barbara ein Computerfreak gehört, der innerhalb von zehn Minuten ein Programm geschrieben hat, um alle infrage kommenden Nummernkombinationen zu ermitteln und mit dem Telefonverzeichnis abzugleichen. Hundert mögliche Nummern waren es, und dreiundvierzig davon existierten als Anschlüsse. Als Sie Gabriel das zweite Mal angerufen haben, waren die alle auf Überwachung geschaltet.«

Also hatten sie mir mein Mobiltelefon absichtlich gelassen. Weil es sie interessierte, wen ich noch alles anrufen würde.

»Sie haben nichts davon gemeldet, Duane«, sagte Reilly. »Deshalb haben die Sie im Verdacht, dass Sie mit Itsumi gemeinsame Sache machen wollten.« Reilly sah mich mit geröteten Augen an. »Sie werden denen nicht entkommen, Duane. Die ganze Stadt steht unter Kontrolle. An jeder Ausfallstraße warten Wagen mit Radar und Infrarotgeräten. Ihr Haus wird überwacht. Die warten, bis Sie so geschwächt sind, dass sie Sie ohne Aufsehen einsammeln können.«

»Und warum um alles in der Welt? Warum dieser Aufwand? Warum schicken sie nicht einfach einen 8541-Absolventen, der mir kurz und schmerzlos ein CCI-Stinger-Projektil in den Schädel jagt?«

»Ich weiß es nicht. Vielleicht, weil wir im Ausland sind. Man versucht, es unauffällig zu machen.«

»Ist das unauffällig? Dutzende von Agenten, die eine ganze Stadt belagern?«

Er zuckte hilflos mit den Schultern. »Ich weiß es nicht, Duane. Ich weiß nur, dass sie ausdrückliche Weisung haben, Ihnen nichts zu tun. Ausdrücklich, und von verdammt weit oben.«

Das verblüffte mich aus irgendeinem Grund maßlos. Sie hatten Gabriel ohne großes Zögern platt gewalzt. Was sie mit Jack Monroe angestellt hatten, wusste ich nicht, aber bestimmt waren sie nicht zimperlich gewesen. »Bitte? Wieso das denn?«

»Solange Sie nicht gegen die Geheimhaltungspflicht verstoßen, nicht gewalttätig werden und so weiter.«

»Sondern dasitze und hungers sterbe.«

»Ich kann Ihnen keine weiteren Konzentrate mehr verschaffen, das ist wahr.« Er legte seine fleischige Hand auf den Koffer mit dem Telefon darin. »Aber eine Sache habe ich erreichen können. Vorausgesetzt, es läuft so, wie man mir versprochen hat. Ein Schiff aus unserem Stall, die *USS Rushmore,* ist von Cadiz in Spanien aus zu einer Nordatlantikmission unterwegs. Sie macht einen Schlenker und kommt morgen Abend vor dem irischen Hoheitsgebiet an.«

Immerhin. »Um was zu tun? Krieg zu führen gegen unseren eigenen Geheimdienst?«

»Sie hat eins von diesen neuen leichten Landungsbooten dabei, ein LCNT in Tragflügeltechnik. Das wird uns abholen. Dienstagabend, acht Uhr, am äußeren Pier. Sie kommen rein, nehmen uns an Bord und sind wieder weg, ehe jemand mitkriegt, was los ist.«

»Und dann?«

Er zögerte. Ein Zögern, das alles sagte. »Zumindest sind wir dann bei unseren Leuten. Marines, Duane. Wir werden eine Lösung finden. Glauben Sie mir.«

»Ich habe eher das Gefühl, dass ich, wenn ich in dieses Boot steige, ein Schaf bin, das auf eigenen Beinen zur Schlachtbank geht.«

»Das ist alles, was ich Ihnen anbieten kann. Sie werden mir ein letztes Mal trauen müssen.«

Ich sah ihn an und merkte, dass mir mittlerweile zu viel durch den Kopf ging, als dass ich imstande gewesen wäre, das Gespräch fortzusetzen. »Ich muss darüber nachdenken«, sagte ich. »Reicht es, wenn ich Sie morgen anrufe?«

»Im Grunde brauchen Sie nur abends rechtzeitig am Pier zu sein.«

»Ich rufe Sie trotzdem an«, sagte ich.

Damit ging ich, fest entschlossen, mein elendes Leben nicht durch einen elenden Tod zu beenden.

Man schreibt April 1991. Der Golfkrieg ist seit über einem Monat vorbei, gewonnen, Kuwait befreit. Man hat uns das Fernsehen wieder erlaubt, und wir verfolgen Berichte, dass die UdSSR ihre Truppen aus Polen abzieht, insgesamt 50 000 Mann. Die Kommentare der Korrespondenten atmen Verfall, Unruhe, Auflösung. Die Welt verändert sich in atemberaubendem Tempo.

Auch das Projekt *Steel Man* ist in Auflösung begriffen. Man hat drei Labors leer geräumt und abgeschlossen; durch die Glasscheiben sieht man nur noch leere, dunkle Räume. Offiziell ist es eine seit langem geplante Umstrukturierung, aber man fragt sich, warum sogar die Leuchtstoffröhren von der Decke genommen worden sind.

Man führt nur noch vergleichsweise kleine Eingriffe bei uns durch, angeblich alles Maßnahmen, die ein Systemversagen wie bei Leo Seinfeld ausschließen sollen. Unser Eindruck ist aber, dass jeder der Wissenschaftler mehr oder weniger macht, was ihm gerade einfällt. OP-Termine werden völlig kurzfristig bekannt gegeben, manchmal erst am Abend vorher, und oft genauso überraschend wieder abgesagt. Zum ersten Mal seit zwei Jahren gibt es Tage, an denen wir nichts zu tun haben. Es existiert kein Trainingsplan mehr, obwohl ab und zu angekündigt wird, es solle demnächst wieder einen geben. Larry Robinson, der das Projekt offiziell immer noch leitet, glänzt durch Abwesenheit; angeblich halten ihn dringende Verpflichtungen in Washington auf. Er telefoniere täglich mit den wissenschaftlichen Leitern der verschiedenen Ressorts, heißt es.

Und es werden immer weniger Leute im Stützpunkt. Als ich eines Tages an der Kantine für die Mannschaften vorbeikomme, sehe ich, dass man sie mit einem Raumteiler halbiert hat.

Auf dem Rückweg von Brennan's Hotel, ungefähr auf der Höhe von *Greany's Fish & Chips*, hielt unvermittelt ein Wagen neben mir. Ich sah auf das sich öffnende Beifahrerfenster hinab und direkt in Inspector Eugene Pinebrooks bronzene Augen.

»Hallo, Mister Fitzgerald«, sagte er mit müder Stimme. »Haben Sie einen Moment Zeit?«

Ich seufzte und nickte. Der Inspector bedeutete seinem Fahrer, ein paar Schritte weiterzufahren bis zu einer Stelle, an der man halten konnte, ohne den ganzen Verkehr zu blockieren.

»Vielleicht haben Sie schon gehört, dass es einen dritten Mord gegeben hat?«, fragte er, nachdem er sich mit müden Bewegungen aus dem Wagen gestemmt hatte.

Ich nickte. »Billy von der Post hat es mir erzählt.«

»Ein Amerikaner, schon wieder. Ein gewisser Victor Savannah, zumindest laut den Papieren, die wir bei ihm gefunden haben. Lag tot im Hafenbecken, ist aber nicht ertrunken.« Er gab einem lustlos dreinblickenden Jungen einen Wink, der auf dem Rücksitz Kartons mit Akten bewachte, worauf der einen manilafarbenen Umschlag vorkramte und herausreichte. »Werfen Sie doch bitte mal einen Blick darauf. Ob Sie dem Mann schon mal begegnet sind.«

Ich fand es bemerkenswert, dass er mich nicht nach einem Alibi für die vergangene Nacht fragte. Als hätte jemand ihm glaubhaft versichert, dass ich vom späten Sonntagnachmittag an durchgehend zu Hause gewesen sei. Schon interessant, diese Zusammenhänge. Ich nahm den Umschlag, den er mir reichte, zog das großformatige Foto heraus, das darin steckte, und sah es mir an.

Ohne große Verwunderung registrierte ich, dass das Bild jenen Mann zeigte, der gestern Abend bei Reilly gewesen war. Im Tod hatten seine Züge einen Ausdruck ungläubigen Staunens angenommen.

»Kenne ich nicht«, sagte ich, schob das Foto wieder in den Umschlag und reichte es zurück.

Pinebrook zögerte, es anzunehmen. »Auch nie gesehen? Hier in der Stadt, oder sonst irgendwo?«

»Nein.« Ich ließ den Umschlag durch das offene Wagenfenster auf den Beifahrersitz fallen. »Gefährliches Pflaster neuerdings, dieses Dingle. Drei Tote in einer Woche. Allmählich muss man sich fragen, ob man nicht besser von hier fortgehen sollte.«

Der Weise ist gegen jegliches Unrecht unempfindlich. Darum ist es bedeutungslos, wie viele Pfeile man gegen ihn schleudert, denn keiner wird ihn verwunden.

Seneca, DE CONSTANTIA

20

Bis zum Abend wollte niemand etwas von mir. Ich wartete, bis es draußen dämmerte, dann aß ich den Inhalt der letzten Dose Konzentrat. Ich ließ mir Zeit dabei, denn erstens würde es bis auf weiteres die letzte Nahrung sein, die ich zu mir nahm, und zweitens hatte ich den Rest des Abends ohnehin nichts anderes zu tun, als zu warten.

Das tat ich dann im Wohnzimmer. Ich saß auf meinem Sofa, schrieb vor mich hin und kämpfte gegen den Drang an, die Vorhänge an den Fenstern beiseite zu schieben und hinauszuspähen. Auf einmal hatte mich die Sorge befallen, sie könnten ausgerechnet an diesem Abend beschließen, ihre bisherige rätselhafte Zurückhaltung aufzugeben, und eine SWAT-Hundertschaft losschicken, um mein Haus zu stürmen. Ich wartete, horchte auf alle Geräusche – das ferne Rauschen des Meeres in der Bucht, das Moped des Ältesten der Nachbarn zwei Häuser weiter, ein klappernder Fensterladen –, und als es Zeit war, tat ich, als ginge ich zu Bett wie an jedem anderen Abend. Licht im Wohnzimmer aus. Licht in der Küche an. Die Zielperson, dank nicht zugezogener Vorhänge deutlich zu erkennen, trinkt ein Glas Wasser am Hahn. Licht in der Küche wieder aus, Licht im Bad an. Licht im Bad aus, Licht im Schlafzimmer an. Licht im Flur aus. Licht im Schlafzimmer aus, nur Nachttischlampe brennt noch, wird nach etwa fünf Minuten schließlich ausgeschaltet. Zielperson hat sich schlafen gelegt. Keine besonderen Vorkommnisse.

Ich war nicht in Gefahr, versehentlich einzuschlafen. Innerlich vibrierend lag ich voll bekleidet im Dunkeln auf dem Bett, starrte an die Decke und überlegte, wann meine Bewacher merken würden, dass ich nicht mehr da war. Ab wann es ihnen seltsam vorkommen würde, dass ich nicht aus dem Haus kam. Ich konnte nachher die Vorhänge im Wohnzimmer vorsichtig aufziehen; bei Nacht fiel das nicht auf, aber morgen früh würde es den Anschein erwecken, ich sei bereits aufgestanden, und da ich mich in den letzten Tagen manchmal auch erst spät hatte blicken lassen, würden sie mit etwas Glück vor dem Nachmittag nichts merken, und da würde ich schon weit weg sein.

Es war machbar. Es galt, den Dienstag zu überstehen und den Mittwoch ... Ich wusste nicht einmal, wann der Kongress in Dublin begann. Morgens? Oder erst abends? Keine Ahnung. Wahrscheinlich konnte man da auch nicht so einfach hineinspazieren. Aber das würde Finnan zweifellos regeln, kein Grund, mir Sorgen zu machen. Alles, worum ich mir Sorgen machen musste, war, rechtzeitig am vereinbarten Treffpunkt zu sein.

So lag ich da und starrte ins Dunkel, das Dämonen gebar. In dem Bemühen, nicht an das zu denken, was vor mir lag, stießen meine Gedanken auf die Erkenntnis, dass das, was wir vorhatten, nichts weniger war als der Versuch, die Vereinigten Staaten von Amerika in die Knie zu zwingen. Hier drei gewöhnliche Sterbliche – gut, einer nicht ganz so gewöhnlich, aber zweifellos sterblich –, dort die größte militärische, politische und wirtschaftliche Macht, die dieser Planet jemals gesehen hat. Und alles, was wir aufzubieten hatten gegen Panzerarmeen, Langstreckenbomber und Atom-U-Boote, waren Argumente und die Hoffnung auf eine entrüstete Öffentlichkeit. Der Gedanke an dieses ungleiche Kräftemessen verursachte höchst eigentümliche Krämpfe in meinem Bauch; ich war mehrmals der festen Überzeugung, dass es nun passiert sein musste: dass die Nuklearbatterie durchgerostet war und eine hoch radioaktive Substanz geheimer Zusammensetzung in meinen Bauchraum sickerte.

Nicht daran denken. Am besten überhaupt nichts denken. Es gab nichts mehr zu planen, nichts mehr abzuwägen, gar nichts. Es war beschlossene Sache, dass das Leben, das ich bisher geführt hatte, heute Nacht enden würde, egal wie. Daran gab es nichts mehr zu überlegen.

Ich habe schon einmal den Beschluss gefasst, mein Leben radikal zu ändern, damals, 1994, als mich die Nachricht vom Tod Mrs Magillys erreichte, der Mieterin des Hauses, das mir in Irland gehörte. Entgegen den Empfehlungen meines Führungsoffiziers Major Reilly, der sehr um seine baldige Beförderung zum Colonel besorgt war, schrieb ich an die für vorzeitig im Ruhestand befindliche Soldaten zuständige Stelle des Verteidigungsministeriums, wurde zu einem Gespräch nach Washington eingeladen und bekam die schriftliche Erlaubnis, mich in Irland niederzulassen.

Wir hatten noch über ein Jahr im *Steel Man Hospital* verbracht, mehr oder weniger sinnlos abwartend, was den bald in monatlichen Abständen neu ernannten Projektleitern einfiel. Es gab Gespräche darüber, einzeln, wie wir uns unsere Zukunft wünschten. Doch fast alles, was wir uns wünschten, wurde abgelehnt. Wir sagten, na ja, wir würden gerne tun, wofür wir gebaut wurden. *No chance,* hieß es. Eine Rückkehr zu den regulären Streitkräften kam gleichfalls nicht infrage. Geheimhaltungsprobleme. Schließlich fiel die Entscheidung, das Projekt einzustellen und uns in den Ruhestand zu versetzen. Befehl von Präsident Bush persönlich.

Innerhalb von Tagen gingen die Lichter im Stützpunkt aus. Wir wurden schließlich auch fortgebracht, durften uns auf einem Parkplatz vor der Stadt voneinander verabschieden und unsere Seesäcke dann in bereitstehende Autos laden, jeder in ein anderes. Niemand wusste, wohin der andere ging. Mich brachten sie zurück in die Nähe von Chicago, in einen verschlafenen kleinen Ort namens Auguria, wo man mich in einer Pension einquartierte, die anscheinend von einem unserer Geheimdienste betrieben wird. Da lebte ich eine Weile ohne die geringste Ahnung, was ich tun sollte. Ich kam mir vor wie ein weggeworfenes Stück Abfall. Und ich konnte mich nicht einmal betrinken! Der Brief des Maklers, der anfragte, ob er das Haus neu vermieten solle, kam wie ein Fingerzeig des Schicksals.

Der Umzug war einfach. Ich besaß praktisch nichts, und Reilly musste meine Reise organisieren, weil mir meiner Implantate wegen normale Linienflüge verwehrt waren. Ein Militärtransport brachte mich nach Shannon und ein Wagen des Fahrdienstes nach Dingle. Und dann bin ich wochenlang nur in der Gegend herumgelaufen. Es war unglaublich. Es war, als hätten meine Nerven erst hier in Irland aufgehört zu flattern.

Zwei endlos lange Stunden waren vorüber und Mitternacht vorbei, und endlich, endlich war es Zeit zu handeln. Als ich meinen Körper im *Zero-Noise-Mode* in Bewegung setzte, musste ich einen Seufzer der Erleichterung unterdrücken, den man vermutlich in der ganzen näheren Umgebung gehört hätte. Geräuschlos glitt ich aus dem Bett, floss durch den Flur, erledigte das mit den Vorhängen im Wohnzimmer und holte dann meinen Tarnanzug aus dem Tiefkühlfach. Wohlweislich hatte ich am Abend noch daran gedacht, die Glühbirne der Kühlschrankinnenbeleuchtung herauszudrehen und mittels eines harten Schlages gegen den Sockel zu einem nach langer, treuer Pflichterfüllung wohlverdienten Erlöschen zu bringen, sodass nicht der geringste verräterische Lichtschein in den Raum fiel, nicht einmal für einen kurzen Moment.

Diesmal tat es gut, den beißend kalten Stoff überzustreifen: als stünden meine Nerven in Flammen und würden auf diese Weise gelöscht. Es tat gut, zu spüren, wo mein Körper aufhörte und die Welt anfing. Und vor allem tat es gut, zu handeln.

Nachdem ich die Klappe an der Hintertür geöffnet hatte, sah ich mich noch einmal um. Dies also war mein Heim gewesen, viele stille Jahre lang. Seit dem Einbruch hatte ich mich nicht mehr wohl gefühlt, trotzdem erfüllte es mich mit Wehmut, diese Räume zurückzulassen. Würde ich sie jemals wiedersehen? Ich hatte das Gefühl, nein.

Am besten auch darüber nicht nachdenken. Handeln. Ich glitt hinaus in die kalte Nacht, unsichtbar, ein schwarzer Schatten vor einem schwarzen Hintergrund, ein kaltblütiges Kriechtier, lautlos dank gut geölter Scharniere und eines maschinengestützten Bewegungsmodus, den ich letztlich genau den Leuten verdankte, denen ich entkommen wollte.

Diesmal, beim zweiten Mal, war mir der Weg schon vertrauter. Geräuschloser als mein eigener Schatten huschte ich über den Kanal hinweg und unter den beiden Überbauten hindurch. Um diese späte Stunde fiel es auch niemandem mehr ein, auf der Fußgängerbrücke herumzustehen, und sogar in der Stadt war es ungewöhnlich still. Trotzdem zog ich den Tarnanzug aus, ehe ich aus dem Bachbett hinauf auf die Straße stieg; ein schwarzer Ganzkörperanzug tarnt einen eben nicht, wenn man durch nächtliche Straßen geht. Das tut man besser in Allerweltskleidung, mit leicht angesäuselt wirkendem Schritt. Den Anzug trug ich, zu dem erstaunlich kleinen Paket zusammengelegt, zu dem man ihn zusammenpressen kann, unter dem Arm: Es war nicht nötig, irgendwelche Spuren zu legen. Sollten sie sich ruhig die Köpfe zerbrechen, auf welche Weise ich aus dem Haus verschwunden war.

Ich mied die Straßen, die aus Dingle hinausführten, und hielt mich dicht an Mauern und Hauswänden. Es gab keinen Grund, daran zu zweifeln, dass ein Wagen mit eingeschaltetem Spürgerät an jeder Ausfallstraße lauerte. Außer mir war niemand unterwegs, und das hieß: auch keiner meiner Verfolger. Sie ahnten nichts. Sie dösten in ihren Autos und Quartieren, eingelullt von den zweifellos eintönigen Meldungen der Gruppe, die mein Haus bewachte und immer noch glaubte, ich liege schlafend in meinem Bett.

Dingle ist keine sonderlich abgeschlossene Stadt, alles andere als ein Gefängniscamp. Selbst im Ortsinneren hat es ausgedehnte, ummauerte Wiesen, und die wenigen Straßen sind nicht durchgehend bebaut. Die Stelle, die Finnan mir ausgesucht hatte, war dennoch besonders geeignet, unauffällig zu verschwinden: Ich musste nur zwischen zwei Gebäuden, einem Lagerhaus und einer Autowerkstatt, hindurchgehen und eine doppelt mannshohe Umfriedung übersteigen, um auf einen schmalen Weg zu gelangen, der, auf beiden Seiten von den für Irland charakteristischen Steinmauern begrenzt, direkt bergan führte. Es roch nach Wolle und Dung; vermutlich wurde dieser Weg hauptsächlich von Schafen frequentiert, und ich stiefelte gerade auf ihren kleinen schwarzen Hinterlassenschaften herum. Und wenn schon. Ich atmete befreit auf und stapfte los, dem Weg folgend, der direkt auf den Gipfel des Mount Brandon zu führen schien, der schwarz und gewaltig vor mir aufragte. Eine schmale Mondsichel, die verwaschen durch nächtliche Wolkenfetzen schimmerte, spendete ein wenig Licht, aus dem mein Nachtsichtgerät ein grünstichiges Bild zauberte, lediglich der Berg verweigerte sich solchen Mätzchen.

Ich habe in den vergangenen Jahren viel über die Halbinsel Dingle und ihre Geschichte gelesen, nicht zuletzt deshalb, weil die entsprechende Literatur in der Stadtbibliothek einen Schwerpunkt bildet, um den man kaum herumkommt, und obwohl ich die archäologischen Fundstätten nie besucht habe, war mir, als ich bergan stieg, klar, dass ich mich einer Gegend näherte, die einst eine Wiege des frühen Christentums gewesen ist. Im fünften bis achten Jahrhundert entwickelte sich in Kilmalkedar nordöstlich von Ballyferriter jene Kultur, der die irischen Missionare entstammten, die später unermüdlich und zahllos durch das kontinentale Europa zogen und es christianisierten. Auf wenigen Quadratmeilen findet man mehr steinerne Kreuze, gut erhaltene, bienenkorbartige Oratorien und Überreste eisenzeitlicher Kirchen als sonst irgendwo. Mein Fluchtweg würde irgendwann auf die *Saints' Road* einmünden, den Pfad der Heiligen und Pilger, die hier vor weit über tausend Jahren zur Spitze des Mount Brandon hinaufstiegen, einst eine der bedeutendsten Pilgerrouten des Abendlandes.

Plötzlich konnte ich es kaum erwarten. Schließlich wartete auch auf mich dort oben so etwas wie Erlösung. Ich fiel in einen maschinenunterstützten, für meine Verhältnisse lockeren Dauerlauf bergauf, der einen unvoreingenommenen Beobachter vermutlich dennoch nicht wenig erstaunt hätte. Doch einen solchen Beobachter gab es nicht. In grandioser Einsamkeit rannte ich über ansteigende Wiesen, setzte über hüfthohe Mauern hinweg, den Berg hinauf, einem ablandigen Wind entgegen, der an meinen Haaren zerrte und nach feuchtem Gras und Nebel roch, rannte, ohne mich umzusehen, und ließ die Stadt hinter mir zurück, die mein Zuhause gewesen war.

Gehen, um nie mehr wiederzukommen, scheint ein zentrales Thema in meiner Familie zu sein. Nach dem Tod meiner Eltern bin ich nie wieder in Boston gewesen. Mein Dad ist aus Irland weggegangen und hat zwar ab und zu davon gesprochen, seine Heimatstadt zu besuchen, aber er hat es nie getan. Und meine Mutter hat uns verlassen, um nie zurückzukommen, nicht einmal für fünf Minuten oder um Sachen zu holen oder mit Dad zu streiten.

Der größte Teil meiner Erinnerungen an früher ist unscharf und verwaschen, und es braucht Mühe und Zeit, mir Einzelheiten ins Gedächtnis zu rufen. Doch einige Szenen gibt es, die mir stets präsent sind, hell leuchtend und überwältigend farbig, wie diese von hinten beleuchteten Werbeplakate, die man manchmal auf Bahnhöfen oder Flughäfen findet. Eine davon ist die: Ich komme abends nach Hause. Ich bin sieben Jahre alt und staubig, weil wir den Nachmittag über auf einer Baustelle gespielt haben, auf der seit etlichen Wochen nicht mehr gearbeitet wird, ein herrliches, aber natürlich verbotenes Spielgelände. Ich ziehe die Haustür hinter mir zu und hoffe, dass es mir gelingt, nach oben zu schleichen, ehe Mom etwas bemerkt, aber in der Küche ist nicht Mom, sondern Dad. Dad steht am Herd und brät Steaks. Auf dem Tisch stehen zwei Teller und große Gläser und eine große Flasche Cola und drei Flaschen Steaksoße und eine Plastikbox mit Salat. Es riecht nach Steaks und Backkartoffeln. Ich bleibe stehen, weil ich Dad noch nie am Herd habe hantieren sehen. *Geh dich waschen*, sagt er mit einem seltsamen Lächeln. *Heute ist Männerabend.*

Während des Essens fragt er mehrmals, ob es mir schmeckt, so, als glaube er mir nicht, wenn ich begeistert kauend nicke. Dann erklärt er, dass Mom weggegangen ist, *für eine Weile*, und dass wir jetzt ein Männerhaushalt sind und miteinander zurechtkommen müssen und dass ich ihn dabei unterstützen muss, damit es klappt. Es klingt toll, wie er das sagt. Zum Schluss setzt er zögernd hinzu: *Kann sein, es ist für immer.*

Ich weiß nicht mehr, was ich daraufhin gesagt habe. Ich weiß nur noch, dass ich an dem Abend so lange aufbleiben durfte, wie ich wollte. Das durfte ich von da an immer; ich hatte das Gefühl, dass Dad es mochte, wenn ich abends bei ihm in Wohnzimmer saß. Und ich erinnere mich, dass an dem Abend die erste Folge von *The Six Million Dollar Man* kam und ich es angucken durfte.

Wie gesagt, Mom war gegangen und kam nicht wieder. Es brauchte seine Zeit, bis ich mich damit abgefunden hatte, aber eigentlich weiß ich kaum noch, wie es mir damals erging. Über meiner Erinnerung liegt eine Art Nebel, aus der nur zwei Leuchtfeuer herausragen: die Fernsehserie um den *bionisch verstärkten Mann* und Erstaunen darüber, wie gut Dad kochte.

Als ich siebzehn war, habe ich meine Mutter einmal besucht. Es war das erste Mal, dass ich sie wiedersah, und das letzte Mal. Und es war entsetzlich peinlich. Sie lebte in New York, arbeitete bei einer Versicherung und wirkte noch genauso unglücklich, wie ich sie in Erinnerung hatte. Das Schlimmste war, dass wir einander praktisch nichts zu sagen hatten. Wir gingen essen, in ein italienisches Restaurant, wo wir einen Tisch direkt an der Straße bekamen und Pizzen, die zu fettig und zu kalt waren, und dort brachten wir eine endlose Stunde mit belangloser Konversation zu. Wie es mir in der Schule ging. Was ich danach machen wollte. Ich überlegte mir, zu den Streitkräften zu gehen, sagte ich, worauf sie nur die Augenbrauen hob und meinte: »Ah.« Weiter nichts. Ihre Erzählungen drehten sich hauptsächlich um ihre Arbeit, die sie mir bis in ermüdende Details schilderte. Sie war klein, viel kleiner als ich sie in Erinnerung hatte, und sie hielt ihre große schwarze Handtasche ständig dicht am Körper, auch während des Essens. Als sei sie schon mindestens hundertmal ausgeraubt worden.

Sie wohnte in einer Einzimmerwohnung an der Eastside, in einem hohen, alten Ziegelbau, und dort tranken wir noch einen Kaffee. Von ihrem einzigen Fenster aus sah man hauptsächlich die Brooklyn Bridge und vorbeirasselnde Subway-Züge. Ihre Kaffeetassen trugen auch das Logo einer Versicherung, aber einer anderen als der, bei der sie arbeitete. Während wir da saßen, Kaffee tranken und beim besten Willen nicht mehr wussten, worüber wir noch reden sollten, sagte sie plötzlich: »Ich wollte immer nach New York. Bei unserer Heirat hat dein Vater versprochen, dass wir eines Tages herziehen würden. Aber er hat nie die geringsten Anstalten dazu gemacht, nie. Es war nur eine Lüge, wie Männer eben lügen, um Frauen herumzukriegen. Er hat gedacht, ich würde mir das schon aus dem Kopf schlagen. Ich *musste* einfach gehen, sonst wäre ich nie im Leben nach New York gekommen. Verstehst du?«

Sie sagte das so, als hätte sie die ganze Zeit auf eine Gelegenheit gewartet, es loszuwerden, oder den Mut dazu gesucht oder was weiß ich, jedenfalls kam es so abrupt, dass ich nichts zu sagen wusste. Ich nickte nur, und das genügte ihr. Wenig später brachte sie mich zum Zug, und das war das letzte Mal, dass ich sie lebend gesehen habe.

Wie war ich jetzt darauf gekommen? Mir ging eine Menge durch den Kopf, während ich den ansteigenden Berghang hochrannte. Es war fast wie Ballast abwerfen; als könnte ich dadurch, dass ich noch einmal in schmerzliche Erinnerungen eintauchte, mich ihrer endgültig entledigen oder zumindest des Schmerzes, der mit ihnen verbunden war. Ich rannte mit weichen, weiten Sprüngen durch die grün schimmernde Nacht, über geräuschloses Gras, übersprang Mauern und Zäune und Tore, wo es nötig war, und rannte doch eigentlich durch die Straßen von Boston, durch die Gänge meiner Schule, floh vor denen, die mir wehtun konnten, weil sie größer und stärker waren als ich, floh und schwor mit bitteren Kindertränen Rache.

Auf manchen Wiesen nächtigten Schafe, Herden davon, in Gruppen aneinander geschmiegt, kleine weiße Knäuel auf dem dunklen Gras. Um sie nicht aufzuscheuchen, bremste ich meinen Lauf jeweils auf normalen Schritt herab und bemühte mich, leise zwischen ihnen hindurchzugehen. Etliche der Tiere wachten trotzdem auf, reckten die Hälse, musterten den Eindringling mit ihren spitzen schwarzen Gesichtern, doch die beruhigenden Laute, die ich ausstieß, taten meist Wirkung: Nach letzten skeptischen Blicken auf dieses Schaf auf zwei Beinen vergruben sie die Köpfe wieder in ihrer Wolle.

Bei einem dieser Bremsmanöver passierte es. Ein jäher, greller Schmerz explodierte in meinem Oberschenkel, ein Schmerz, als habe eine Harpune mit Widerhaken eingeschlagen und mit einem wilden Ruck ganze Fetzen herausgerissen. Es wirbelte mich herum, durch einen gurgelnden Schrei aus meiner eigenen Kehle, dann stürzte ich wie ein gefällter Baum.

Was war das? Um Himmels willen, was war das? Ich erwachte aus etwas, das eine sekundenlange Bewusstlosigkeit gewesen sein muss, spürte die Sedierung pumpen, krümmte mich mit nassem Gesicht nach vorn zu meinem Bein, um die Wunde zu ertasten, herauszufinden, was los war. Ein Schuss? Wo um alles in der Welt war ein Schuss hergekommen? Ich hatte nichts gesehen, nichts gehört, nicht das geringste Warnzeichen ausgemacht.

Der Oberschenkel fühlte sich heiß an und seltsam verformt. Aber da war keine Wunde, wieso nicht? Keuchend tastete ich über hartes, knotiges Fleisch und fand kein Einschussloch, kein Blut. Manche Stellen reagierten mit stechendem Schmerz, der schon einem gedämpften Pulsieren wich, weil die Medikamente zu wirken begannen, andere Stellen fühlten sich beängstigend taub an. Was war los?

Ich hielt inne, lag einen Moment reglos, das Gesicht im nassen Gras, und bemerkte ein Schaf, das aufgewacht und aufgestanden war und neugierig heranstakste. Ein Schafsbock mit imposant gedrehten Hörnern. Aus fünf Schritt Entfernung fixierte er mich, und ich sah ihn an mit dem deutlichen Gefühl, dass mir der Blick aus diesen dunklen Knopfaugen etwas Wichtiges sagen wollte.

Und dann begriff ich. Es konnte kein Schuss gefallen sein. Ein Schuss hätte die Schafe unweigerlich aufgeschreckt und in die Flucht geschlagen.

Leider war das keine gute Nachricht. Das hieß nämlich, dass mir etwas passiert war, das weit schlimmer war, als es jede Schussverletzung hätte sein können.

Ich erinnere mich. Ich habe es keinen Moment vergessen. Es ist mir nur gelungen, die Erinnerung daran zu verdrängen, in schweißnasse Nächte zuerst und Seelen zermalmende Albträume, und später noch weiter, noch tiefer. Den Anblick. Leo Seinfeld. Wie es wirklich war, das, was nachher nur noch so täuschend harmlos als *Systemversagen* bezeichnet wurde.

Wir liegen auf dem Schießstand und üben den Umgang mit den automatischen Gewehren. Automatisch heißt, dass diese Waffen keinen Abzug haben, sondern über die bionischen Schnittstellen in unseren rechten Händen gesteuert werden. Wir halten sie nur in der Hand, und wir haben gelernt, die Impulse an die Schnittstelle mit unserer Augenmuskulatur zu synchronisieren. Auf eine schwer in Worte zu fassende Weise erlaubt uns das, einfach nur die Kulisse zu beobachten, und wenn etwas darin auftaucht, von dem wir denken, dass wir es gern über den Haufen ballern würden, genügen sozusagen unser Blick und unser Gedanke, um das Gewehr sich ausrichten und feuern zu lassen. Wir erzielen auf diese Weise Reaktionsgeschwindigkeiten, gegen die der legendärste Held des Wilden Westens ausgesehen hätte wie eine lahme Großmutter mit einem Vorderlader.

Wir liegen in einer Reihe, und jede Schießscheibe, die vor uns aufspringt, zerplatzt schneller zu Fetzen, als man denken kann. Leo Seinfeld liegt auf seinem Stammplatz, ganz außen. Ich liege neben ihm, und ab und zu muss ich zu ihm hinübersehen, denn es ist sehenswert, wie er mit diesem automatischen Gewehr hantiert. Er ist hundert Prozent konzentriert. Ein nahezu ekstatisches Lächeln erleuchtet sein Gesicht. Er trainiert nicht einfach, er macht Liebe mit seiner Waffe.

Ich mahne mich zur Konzentration, doch plötzlich merke ich, wie Leo sich neben mir versteift, halb aufrichtet, erschrocken einatmet, und das endlos lange. Als fasse seine Lunge auf einmal mehr Luft als ein Tankwagen.

»Was ist?«, frage ich.

Leo antwortet nicht. Er hat das Gewehr losgelassen und fasst sich an die Brust, tastet hinab zum Bauch.

Ich setze mich auf. Hier stimmt etwas nicht. »Leo!«, rufe ich.

»Das Herz«, keucht er. »Das Turboherz. Ich weiß nicht ... es explodiert oder was ...«

Ich schreie um Hilfe. Wie durch einen Schleier bekomme ich mit, dass die anderen aufhören zu schießen, aber mein Blick ist auf Leo gerichtet, der sich mit hilflosem, entsetzlichem Ächzen in den Leib greift, vornüberbeugt, und dem plötzlich Blut aus der Nase schießt.

»Schalt das System ab!«, schreie ich. »Schalt das verdammte System ab, Leo!«

Seine Stimme ist bereits zu einem grauenhaft schleimigen Gurgeln geworden. Nachher werde ich feststellen, dass ich von oben bis unten mit feinsten Tropfen seines Blutes bespritzt bin. »Es geht nicht«, bringt er hervor. »Es hängt. Ich krieg's nicht mehr runter…«

Sein Körper verkrampft sich, verbiegt sich, windet sich in widernatürlichen Verrenkungen. Ich höre knackende, knirschende Geräusche, sehe Leo mehr schreien als dass ich ihn noch höre und begreife, dass es seine Knochen sind, die da brechen in ihm. Die Kraftverstärker drehen durch, zerfetzen ihn von innen heraus. Inzwischen quillt auch aus seinen Augen Blut, aus seinen Ohren, aus der bloßen Haut an seinem Hals. Man kann die Adern pulsieren sehen, zu dicken Strängen von unnatürlich schwarzblauer Farbe angeschwollen.

Und dann, oh mein Gott, und dann…

Erst fetzt eines der Teile heraus aus seinem Oberarm, blutiger Stahl, voller Fleischfetzen und weißlicher, unaussprechlicher Dinge, zerreißt sein Hemd und seine Haut und fährt ihm stahlmesserhaft schlitzend über den Brustkorb, und dann bohrt sich noch eines in die andere Richtung davon, chromblitzendes, rot verschmiertes Gestänge, wirr verbogen und abgebrochen, ein riesiges Schrapnell, ein irres Hackmesser, das seinen Arm von innen her zerstückelt…

Ich schreie. Oder schreit er? Ich weiß es nicht mehr. Ich sehe, dass sich auch unter seiner Bauchdecke etwas wölbt und bewegt, wie in dem Film *Alien*, und alles in mir brüllt auf vor blankem Entsetzen.

Eines der aus seinem Leib herausschnappenden Trümmerstücke fährt nach oben, bohrt sich in seinen Hals, und da endlich bricht dieser panische Blick in Leos Augen, kommt das namenlose Grauen darin zum Verlöschen. Der Kopf kippt mit blasigem Blubbern weg. Es ist vorbei. Der Körper liegt schlaff in einer klebrigen, roten Pfütze, und die tobsüchtigen Häckselklingen, in die sich die zerrissenen Bestandteile seines wild gewordenen Systems verwandelt haben, schaben und schlitzen noch ein wenig an ihm herum, aber wir wissen, dass es vorbei ist.

Als ich aufblicke, sehe ich Juan über mir stehen. Er hat sein Gewehr in der Hand, auf Leos Kopf gerichtet. Er hat sich nicht dazu durchringen können, dessen Martern abzukürzen, ihn zu erschießen, ehe die Schmerzen unerträglich wurden. Seine Augen starren, als hätten sie die Hölle gesehen, und das haben sie ja auch. Dass er mit seinem Entschluss zu spät gekommen ist, wird ihn sein Leben lang verfolgen.

O'Shea hatte es vorausgesagt, bei jenem Anruf vom Mittwoch, der ihn das Leben gekostet hatte. Er hatte mich gewarnt, dass mit den Kraftverstärkern in meinem rechten Oberschenkel etwas nicht in Ordnung war. Dass ihre Aufhängung am Oberschenkelknochen reißen konnte.

Und genau das musste passiert sein. Ich befühlte noch einmal mein Bein und glaubte, die Konturen der aus ihrer Verankerung gerissenen Geräte zu ertasten. Die sich jetzt frei und mit irgendwelchen scharfen Bruchkanten an einem Ende zwischen meinen Muskeln bewegten und dort wer weiß was anrichten mochten. Ein Albtraum.

Immerhin war es nicht so verheerend wie damals bei Leo. Mein System lief stabil, reagierte auf meine Impulse, kommunizierte. Keine Rede von einem Systemversagen. Es war schlicht und einfach Materialbruch.

Ich kam auf die segensreiche Idee, die Kraftverstärkung abzuschalten, was die Schmerzen schlagartig reduzierte. Gut. Ich schaffte es, mich auf den Rücken zu drehen, sodass ich in den wolkenzerfetzten nachtschwarzen Himmel schauen und darauf warten konnte, dass mir eine Idee kam, was außerdem zu tun war. Wobei nichts dafür sprach, dass sich eine solche Idee einstellen würde.

Ich dachte an die schätzungsweise fünf Meilen und zweihundert Höhenfuß, die mich noch von dem Treffpunkt mit Finnan trennten. Illusorisch. Ich würde es nicht schaffen. Ich würde es nicht einmal bis zur nächsten Straße schaffen. Schon der Versuch aufzustehen fühlte sich an, als zerschlitze ein wild gewordener Mixer das Innere meines Schenkels. Und dabei stand ich inzwischen mächtig unter Drogen.

Aber es tat gut zu liegen. Ein kühler Wind strich über mein Gesicht, und der Schenkel beruhigte sich, je länger ich ruhig dalag und mich nicht rührte. Vielleicht war es doch nicht ganz so schlimm, redete ich mir ein. Vielleicht war dies der Moment, in dem die Sicherheitsvorkehrungen griffen, die man nach Leos Tod bei uns installiert hatte.

Vielleicht verdanke ich Leos Tod, dass ich noch lebe.

Sie errichten gerade einen zwanzig Fuß hohen Sichtschutz aus Betonplatten, als unser Bus vor dem *Steel Man Hospital* ankommt. Graue Männer in grauen Overalls, die mit Hilfe mehrerer Kräne dicke graue Platten durch die Gegend manövrieren. Ich sehe dem Treiben mit einem seltsamen Gefühl von Irrealität zu; es sieht aus, als werde die Berliner Mauer, die gerade gefallen ist, hier mitten in wegloser Einöde wieder aufgebaut.

Wir werden begrüßt, von Männern in hochrangigen Uniformen und von Männern in weißen Kitteln. Wir bekommen unsere Ausweise, eine völlig überflüssige Maßnahme, denn jeder in diesem Bau kennt uns in- und auswendig und besser als wir uns selbst, und die Ausweise öffnen keinerlei Tür, insbesondere keine, die nach draußen führt. Wir sind in einem Komplex der höchsten Sicherheitsstufe, die es gibt. Wir sind *de facto* Gefangene.

Unser Schlafsaal ist groß und luxuriös eingerichtet. Man bringt uns absichtlich nicht in separaten Zimmern unter – das entspräche nicht soldatischer Lebensart –, aber es soll uns an nichts fehlen. Außer an Fernsehnachrichten. Außer an Zeitungen. Außer an Briefen und Abenden in der Stadt und an Sex und an jedwedem Kontakt zur Außenwelt.

Aber all das brauchen wir bis auf weiteres auch nicht mehr. Die Außenwelt ist ab sofort uninteressant. In den nächsten Wochen und Monaten geht es um unsere Innenwelt, und das wird uns derart beschäftigen, dass wir die Außenwelt komplett vergessen.

Dem Schafsbock wurde es offenbar langweilig. Er stakste ein paar Schritte davon, zutzelte ein wenig im Gras und entschwand schließlich aus meinem Gesichtsfeld. Ich war schon zufrieden, daliegen und mir einbilden zu können, die Schmerzen würden nachlassen. Sie ließen nach, doch. Die Kraftverstärkung abzuschalten hatte geholfen. Noch eine Weile, und es würde mir wieder möglich sein, aufzustehen. In ungefähr fünfhundert Jahren.

Ich starrte in das wattige Schwarz des Himmels und überdachte meine Optionen. Wenn ich hier liegen blieb bis zum Morgen, würde man mich finden? Ich wusste es nicht. Ich hatte keine Ahnung, ob die Anwesenheit von Schafen auf dieser Wiese bedeutete, dass einmal am Tag jemand kam, um nach ihnen zu schauen, oder ob man die Tiere sich wochenlang selber überließ. Es gab so vieles, was ich nicht wusste über dieses Land, in dem ich ein Viertel meines Lebens verbracht hatte.

Ich zögerte es so lange wie möglich hinaus, ein weiteres Mal nach meinem Bein zu tasten, wohl weil ich ahnte, wie illusorisch all meine Zuversicht war. Der Oberschenkel fühlte sich nicht mehr an wie ein Oberschenkel, sondern wie ein mit Hosenstoff überzogener Baumstumpf, hart, holzig, von bizarrer Form. Es genügte, dass ich mit der Hand darüber fuhr, um die Sedierungspumpe auf Höchstleistung zu jagen.

Ich versuchte trotzdem, mich auf die Seite zu wälzen. Eine schlechte Idee, denn ein jäher Schmerz ließ mich in Ohnmacht fallen, für Augenblicke oder Stunden, ich weiß es nicht.

Ich glaube, es war Gabriel, der bei Jordans Anblick würgen musste. Ich konnte ihn irgendwie leiden, auch wenn ich ihm das nie gesagt habe. Er hatte so etwas … ich weiß nicht. Etwas von einem verkannten Künstler, könnte man sagen, aber das trifft es auch nicht ganz. Er war sensibel, kein solcher Hackklotz wie Vernon etwa oder jeder andere von uns. Wenn man darüber hinwegsah, dass er am liebsten in seinem tagelang angesammelten Unrat lag, konnte man wirklich tief schürfende Gespräche mit ihm führen. Er machte sich jedenfalls seine eigenen Gedanken, das merkte man.

Es waren die Messgeräte über unseren Betten, die bemerkten, dass sein Fieber ungesund anstieg. Es ist mitten in der Nacht, als im Schlafsaal das Licht angeht und eine Kohorte Ärzte und Pfleger hereinstürmt, auf Jordans Bett zu. Sie messen seine Temperatur, funzeln ihm in die Augen, beratschlagen auf Lateinisch und bringen ihn dann fort.

»Schlafen Sie!«, herrscht mich einer an, als ich mich anbiete, Jordan zu begleiten. »Sie haben morgen eine Operation.«

Ich hörte die Schafe sich bewegen, spürte, dass sie unruhig waren. Ich habe diese Tiere vom ersten Moment an gemocht, mit ihren schwarzen Gesichtern und dem ernsten, ewig verwunderten Ausdruck ihrer Augen. Sie sind mir auf all meinen Spaziergängen begegnet, oft frei über Wege und Grasland stolzierend, weil man hier in Irland nicht viel Mühe verwendet auf Zäune oder Tore. Etwas Würdevolles liegt in der Art dieser Schafe und in ihrem Wesen, ich kann es nicht anders sagen.

Meine Spaziergänge. Einsame Wanderungen durch Licht,

Schatten und Regen, die manchmal zugleich Wanderungen durch meine eigene Seele zu sein schienen. Auf einer davon habe ich sie das erste Mal gesehen, die Frau mit den leuchtend roten Haaren, die am Ufer Wracks fotografierte. Ich blieb stehen und beobachtete, was sie machte, und mit welcher Konzentration. Versunken in den Anblick des gestrandeten, zerfallenden Schiffs variierte sie fortwährend die Position ihres Stativs, setzte es einen Schritt zur Seite, dann wieder zurück, etwas näher heran und wieder etwas weiter fort. Mitunter sah sie minutenlang durch den Sucher, ohne sich zu rühren. Ich hatte nicht den Eindruck, dass sie mich überhaupt bemerkte.

Ein paar Tage später sah ich sie in der Main Street wieder, mit dem Fahrer eines dreirädrigen Lieferwagens redend, der vor Brennan's Hotel stand. Dass sie danach im Hotel verschwand, gab mir einen Stich, von dem mir jetzt klar ist, dass es Enttäuschung war: Nur eine Touristin. In ein paar Tagen würde sie wieder verschwunden sein. Doch dann entdeckte ich ihr Bild in dem Prospekt, der neben dem Hoteleingang in einem kleinen kupfernen Schaukasten hing, und erfuhr, dass sie Bridget Keane hieß und die neue Managerin des Hotels war.

Ab da sah ich sie öfters. Das heißt, ich richtete es so ein, dass ich sie öfters sah. Sie war … so lebendig. Ich weiß gar nicht, wie ich es anders sagen soll. Lebendig. Sie bewegte sich so anmutig, mit dem ganzen Körper, begleitete alles, was sie sagte, mit kleinen, beinah tänzelnden Bewegungen. Das faszinierte mich. Diese Lebendigkeit.

Ich unternahm nie irgendwelche Annäherungsversuche, weil mir vom ersten Augenblick an klar war, dass daraus nie etwas werden würde.

Verglichen mit ihr war ich halb tot, schon lange, ehe es mich mitten auf dieser Schafswiese erwischte.

Jordan ist immer noch krank, als ich die Operation überstanden habe. Doch etwas anderes habe ich verpasst in der Zeit, die ich in der üblichen hermetischen Abgeschiedenheit mit Heilung und Rekonvaleszenz beschäftigt war: Der medizinische Leiter des Projekts, Professor Stewart, ist überraschend gegangen. Ein neuer Mann sitzt in seinem Zimmer, ein Zivilist, aber kein Mediziner: ein Geheimdienstmann, munkelt man. Sein Name ist Larry Robinson, und er will mich sprechen.

Ich erfahre von den anderen, dass Robinson sich in einer ersten Ansprache vor der versammelten Belegschaft als nicht zuständig für die medizinischen Fragen erklärt hat. Wer es stattdessen ist, bleibt einstweilen offen. Klar ist nur, dass von nun an alles noch schneller gehen muss als bisher. Irgendjemand macht Druck.

Robinson ist ein kleinwüchsiger Mann mit einem hässlichen, schiefen Eierkopf und auffallend vielen Muttermalen im Gesicht. Wenn er spricht, klingt es, als sollte er sich dringend einmal auf Polypen untersuchen lassen. Er springt auf, als ich hereinkomme, schüttelt mir die Hand, bietet mir Platz an und etwas zu trinken und stellt sich mit so belanglosen Worten vor, dass mir nichts davon im Gedächtnis haften bleibt. Trotz aller Scheißfreundlichkeit ist er mir auf Anhieb unsympathisch.

Mitten in unserem belanglosen Gespräch klingelt das Telefon. Robinson bricht im Satz ab. Es ist jemand, den er kennt, und außerdem ein hohes Tier, das merkt man an seiner Reaktion, als er den Hörer ans Ohr nimmt und sich meldet. Ein hohes Tier, aber es scheint ihm wohlgesonnen, denn er darf sich Vertraulichkeiten erlauben. »Hunter!«, trompetet Robinson folglich mit einer Begeisterung, die alles, was er bis dahin an den Tag gelegt hat, endgültig als schlechte Heuchelei entlarvt. »Was? Klar doch, jederzeit. Auf Hirsche? Bis jetzt noch nie, aber einmal ist immer das erste Mal, sage ich …« Er dreht sich stirnrunzelnd zu mir um, während er einer sonoren, auf die Distanz nicht zu verstehenden Stimme lauscht, und bedeutet mir mit einem Wedeln seiner Hand, hinauszugehen. Dieselbe Geste, mit der man lästige Insekten verscheucht.

Ich gehe. Ich warte eine Weile in seinem Vorzimmer, wo seine Sekretärin mich ignoriert. Noch ein neues Gesicht; wahrscheinlich hat er sie mitgebracht. Nach einer Viertelstunde fällt mir auf, dass das Signallämpchen an der Telefonanlage seit geraumer Zeit erloschen ist, Mister Robinson aber nicht im Traum daran zu denken scheint, mich wieder hereinzubitten. Ich gehe, und damit ist die Sache erledigt; jedenfalls kommt von seiner Seite nichts mehr.

Es war immer noch dunkel, als die Tatsache schwerfällig in mein Bewusstsein drang, dass ich seitlings auf feuchtem Gras und Schafsdung lag. Drei Schafe, darunter der Bock von vorhin, musterten mich mümmelnd und mit mäßigem Interesse. Ich ächzte, worauf eines der Tiere einen Schritt rückwärts ging, die anderen aber gleichmütig stehen blieben. So weit war es also gekommen mit meiner Gefährlichkeit.

Ich befühlte meinen Oberschenkel, und irgendwie war mir, als fühle sich der nicht mehr ganz so hoffnungslos an. Jedenfalls reagierte die Sedierung kaum, als ich seine unnatürlichen Konturen abtastete, und der Schmerz war zu ertragen. Was natürlich auch daran liegen konnte, dass der Medikamentenspiegel in meinem Blut inzwischen Maximalwerte erreicht hatte, aber wie auch immer, die Vorstellung, mich dereinst wieder zurück auf meine eigenen Beine zu hieven, war nicht mehr ganz aus der Welt.

Der Schafsbock hob plötzlich den Kopf, um mit bebenden Nüstern einen Punkt am Horizont zu beäugen. Einen allem Anschein nach beunruhigenden Punkt.

Ich reckte mich und sah in dieselbe Richtung wie der Bock. Und verstand, dass ihn das, was er sah, beunruhigte.

Mich beunruhigte es auch.

Mit bloßem Auge war es eine kurze Kette tanzender Lichter. In Nachtsicht und mit eingeschalteter Vergrößerung sah man Männer, die nebeneinander gingen und von denen einige Stabtaschenlampen schwenkten.

Das war noch nicht mal das wirklich Beunruhigende. Wirklich beunruhigend war, dass diejenigen, die keine Taschenlampen trugen, Gewehre mit eingeschalteter Laser-Zielvorrichtung in Händen hielten.

Jede Wette, dass das keine irischen Bauern beim Wildern waren.

Ich drückte mich stöhnend tiefer ins Gras. War es also so weit. Erntezeit. Schluss mit lustig. Sie hatten beschlossen, mich zu holen. Wussten sie, was mit mir los war? Nein, wussten sie nicht. Sonst hätten sie sich kaum so behutsam genähert. Ich hatte sogar den Eindruck, dass sie nicht einmal genau wussten, wo ich war.

So schnell es ging – was nicht besonders schnell war – zerrte ich den Tarnanzug aus der Tasche, schüttelte ihn auseinander und legte ihn behelfsmäßig über mich. Daran, ihn anzuziehen, war nicht zu denken, aber er war immer noch deutlich kühl; falls sie Infrarotgeräte dabei hatten – und das hatten sie unter Garantie –, mochte es zumindest eine Weile helfen, unentdeckt zu bleiben.

Dann fiel mir ein, dass mir das nichts bringen würde. An Kampf war nicht im Traum zu denken. Ich hatte kaum eine andere Wahl, als liegen zu bleiben, wo ich war, und abzuwarten, bis sie mit einer Bahre und Handschellen kamen. Oder was immer sie als ausreichend berechnet hatten, um einen Cyborg zu fesseln.

Sie waren stehen geblieben, schienen auf Befehle zu warten. Ich hörte Motorengeräusche, weit entfernt. Geländewagen. In nebliger Ferne glomm Licht, das aus Scheinwerfern stammen mochte. Großer Auftrieb. Na ja, was sollte es noch. Ich stemmte mich hoch, schaffte es in eine Art sitzende Position mit ausgestrecktem rechten Bein und sah, dass die Schafe mittlerweile alle wach waren und sorgenvoll verfolgten, was sich da rund um sie abspielte.

Eine Idee kam mir. Eine blöde Idee zweifellos, aber ich hatte nicht das Gefühl, dass es noch viel zu verlieren gab. Ich ging die Klangdateien durch, die ich in beschaulicheren Tagen angelegt hatte, beim Belauschen der Schafe, die mir auf meinen Sonntagsspaziergängen begegneten. Den Beruhigungslaut hatte ich heute Nacht schon des Öfteren erfolgreich eingesetzt, aber war da nicht noch …?

Ja, genau. Der Panikschrei. Der Alarmlaut. Die Aufforderung zur *stampede*, zum sinn- und kopflosen Davonstürmen in alle Himmelsrichtungen. Es war ein verhaltener, für menschliche Ohren harmlos klingender Laut, den ich da ausstieß, doch die Wirkung auf die Schafe war sensationell: Wie angestochen sprangen sie auf und stürmten davon, lauthals blökend und meckernd, und es freut mich, berichten zu können, dass sie meine Verfolger völlig überraschten. Plötzlich wurde in der Nacht vor mir geballert, was das Zeug hielt, ich sah Schafsböcke wildverwegen die Köpfe senken und zum Angriff übergehen, während Lämmer wehklagend wie kleine Kinder durcheinander wuselten, und in all dem herrlichen Geschrei und Geknalle versuchte ich es, stemmte mich auf meine anderthalb Beine hoch und schaffte es, und dann humpelte ich davon, den Weg zurück, den ich gekommen war, das Gesicht vor Schmerz verzerrt, benommen von den Drogen in meinem Blutkreislauf, ein elendes Pochen im Oberschenkel und ein heißes, wütendes

Gefühl in der Kehle. Erst als ich mir über die Lippen leckte, begriff ich, dass mir Tränen die Wangen herabliefen. So humpelte ich abwärts, den Berg uneinnehmbar und unzugänglich hinter mir wissend, ein schwarzer Schatten in der Nacht, und wenn schon, was machte es noch, jetzt, da jeden Moment ein Schuss in den Rücken oder in den Hinterkopf meinem Weg ein Ende bereiten würde? Ich schleppte mich dahin, verärgert, dass sie es so lange hinauszögerten, den Gnadenstoß, den Fangschuss, die finale Kugel. Ich konnte es schon kribbeln spüren, hinten, da, wo ihr aufzutreffen bestimmt war. Oder meldete sich da ein weiterer künstlicher Sinn, von dem ich nichts gewusst hatte, ein Sinn, der imstande war zu fühlen, wann und wo der rot glosende Punkt eines Ziellasers über meinen Körper tastete? Ich drehte mich nicht um. Ich würde mich nicht umdrehen, nein. Diese Genugtuung würde ich ihnen nicht geben. Wenn sie mich erschossen, dann sollten sie es meuchlings tun wie die Feiglinge, die sie waren.

Was ich bisher in Worten und Werken geleistet habe, ist nichts. Alles sind nur wertlose und trügerische Äußerungen meines Wesens. Sie sind auf manche Weise täuschend verkleidet. Wie weit ich es wirklich gebracht habe, das kann ich erst dem Tode glauben.

Seneca, EPISTOLAE MORALES

21

Sie haben nicht geschossen. Und ich fürchte, ich weiß jetzt, warum. Ich fürchte, ich habe die Erklärung dafür gefunden, warum ich verschont geblieben bin.

Ich habe mich nicht umgedreht. Ich bin, steif wie ein Stock, davongehumpelt, auf einen Schuss wartend, der ausblieb. Sie sind mir nicht einmal gefolgt, und ich wage nicht zu hoffen, dass es daran lag, dass die Schafe sie überrannt hätten. Ich schätze, sie haben ein Massaker unter den unschuldigen Tieren angerichtet, bis sie gemerkt haben, was los ist, und dann aufgehört zu schießen, aber sie sind mir anschließend nicht gefolgt.

Wobei das sowieso ein dummes Manöver war mit dem Paniklaut. Ein lächerlicher Versuch, einen Helden zu spielen, wie es ihn nur in Filmen gibt.

Ich glaube, ich habe zu viele Filme gesehen in meinem Leben. Jedenfalls, in jedem typischen Hollywood-Actionfilm gibt es diese Szene kurz vor Schluss, in der es für den Helden eng aussieht, verdammt eng. Doch obwohl er nach menschlichem Ermessen keine Chance mehr hat, gelingt es ihm, das Blatt ein letztes Mal zu seinen Gunsten zu wenden und damit zu siegen. In *Terminator* schafft es Sarah Connor, ruhig zu bleiben, während die letzten Überreste des unzerstörbar scheinenden Roboters schon nach ihrem Hals greifen, und die Hydraulikpresse im genau richtigen Moment zu betätigen. In *Die Hard* hat der Held, den Bruce Willis spielt, weit genug vorausgedacht und sich mit Klebstreifen eine Pistole in den Nacken geklebt, sodass sie griffbereit ist, als man ihm befiehlt, die Hände zu heben. Und so weiter. Klugheit und Tapferkeit siegen, egal wie aussichtslos die Lage scheint, lehrt uns der Film.

Das war es, was ich probiert hatte. Mich letztendlich doch noch als Held zu beweisen. Ein alberner Versuch, der gescheitert ist, weil er weder klug noch tapfer war und vor allem, weil dies kein Film war, sondern die Wirklichkeit, in der selbst Tapfere und Kluge scheitern können.

Ich schleppte mich den Abhang abwärts, sinnlos darum bemüht, das rechte Bein nicht zu beugen, sondern nur als Stütze zu benutzen, und der ganze Lärm und Aufruhr blieb einfach hinter mir zurück, wurde aufgesaugt von der Nacht und hauchzartem Nebel. Irgendwann war ich wieder allein und doch nicht allein: Ich hörte Stimmen, ferne Schritte, das metallische Knacken von Gewehrsicherungen, wusste mich umzingelt von unsichtbaren Treibern, einem weiten, nur zu erahnenden Bogen von Verfolgern, die es nicht dulden würden, wenn ich einen anderen Weg einschlug als den zurück nach Dingle.

Der sich endlos hinzog. Je länger es ging, desto kürzer wurden die Abstände, in denen ich Pausen einlegen musste, lange Minuten, die ich schweißnass und keuchend dastand wie eine vergessene Vogelscheuche und mir wünschte zu sterben. Mein linkes Bein, das die ganze Arbeit zu leisten hatte, meinen dreihundert Pfund schweren Körper Schritt um Schritt voranzuwuchten, zitterte vor Entkräftung. Aber ich durfte die Kraftverstärkung nicht einschalten, weil es mir, jedes Mal wenn ich es versuchte, den rechten Oberschenkel zu zerreißen drohte.

Obwohl ich nach einiger Zeit eine hinkende, schleifende,

entsetzlich mühsame Art der Fortbewegung gefunden hatte, bei der ich mein rechtes Bein steif und unbeweglich halten konnte, sodass die grellen, hell aufflammenden Schmerzen aufhörten, die selbst meine Sedierung durchbrachen, fühlte sich der Oberschenkel mit jeder Stunde, die verstrich, heißer und dicker und brüchiger an.

Und es verstrichen Stunden, während ich mich den Weg, den ich gekommen war, fast zollweise zurückquälte. Jede Mauerüberquerung war eine Marter. Manchmal blieb ich auf den Steinen liegen und fragte mich, was passieren würde, wenn ich einfach nicht wieder aufstand. Und dann wälzte ich mich doch wieder herum, stemmte mich doch wieder hoch, keuchte, schwitzte, schleppte mich weiter, den Mund ausgetrocknet, die Kehle wund, schleppte mich weiter auf Wegen aus flüssigem Feuer.

Sie folgten mir die ganze Zeit. Ab und zu blitzte eine Lampe auf, weit hinter mir, oder ich hörte einen Ruf oder Fluch aus dem weiten Halbkreis, in dem sie mich vor sich hertrieben.

Oder bildete ich mir das ein? Waren die Lichter Irritationen der Netzhaut oder Fehlschaltungen meiner Implantate, die fernen Stimmen Echos meines eigenen pfeifenden Keuchens und Stöhnens?

Wie auch immer, niemand kam. Ich blieb allein. Als ich die ersten Häuser erreichte, war der Schmerz in meinem Bein einer dumpfen Taubheit gewichen, die ich beunruhigender gefunden hätte als den vorigen Zustand, wenn ich zu derartigen Gefühlen noch imstande gewesen wäre. Über den Bergen im Osten begann sich der Himmel in verhaltenem Rosa abzuzeichnen, als ich mich an einem ihrer Autos vorbeiquälte. Zwei Männer saßen darin. Der hinter dem Steuer schlief, den Kopf in einer fast nach Genickbruch aussehenden Haltung zwischen Kopfstütze und Seitenfenster gelegt, der andere hatte etwas in der Hand, das wie ein Becher Kaffee aussah, und glotzte mit offen stehendem Mund, glotzte mich bloß an wie eine Erscheinung. Weiter nichts. Er glotzte, bis ich vorbei war, und was er danach machte, entzieht sich meiner Kenntnis, weil ich aufhörte, ihn zu beachten.

Ich hatte nicht erwartet, dass es noch eine Steigerung geben könnte, doch auf dem Weg die Mall hinab war mir plötzlich, als müsse ich jeden Augenblick stürzen. Ich wusste genau, dass ich nicht mehr imstande sein würde, noch einmal aufzustehen. Jesus hing immer noch am Kreuz und litt auch, nur war er aus Holz und bunt bemalt, während ich aus Fleisch und Stahl bestand und vor Dreck stank. Ich stürzte nicht. Ich schlurfte schwer atmend vorbei und stürzte nicht. Da war der Kreisverkehr, da meine Straße. Ich war der erste Fitzgerald seit zwei Generationen, der an einen Ort zurückkehrte, den er hatte verlassen wollen.

Aus dem Haus der Brannigans kam Licht. Ein warmer, gelber Schimmer aus einem Fenster, das ich noch nie anders als dunkel gesehen hatte. Ich blieb davor stehen, ohne mir etwas zu denken, erstens weil ich sowieso ausruhen musste, nach jedem zweiten Schritt längst, zweitens aus schlichter, undurchdachter Neugier.

Es war das Wohnzimmer oder jedenfalls ein Raum, der den Brannigans in glücklicheren Tagen als solches gedient haben mag. Heute ist es ein Krankenzimmer. Der Mann der Bibliothekarin lag da, eine enorme Konstruktion von Kissen und Matratzenteilen im Rücken, die seinen Oberkörper in Schräglage aufrichteten, und er ruderte kraftlos mit den Händen, das Gesicht blau angelaufen, während seine Frau sich über ihn beugte und an ihm etwas machte, das glaube ich eine Art Absaugen seiner Atemwege war. Neben seinem Bett stand das Beatmungsgerät, ein elfenbeinfarbener Blechkasten mit dicken schwarzen Balgenschläuchen, an das eine blaue und eine weiß lackierte Gasflasche angeschlossen waren, und ab und zu setzte Mrs Brannigan ihm die Atemmaske wieder auf, was ihn lautstark schnaufen und röcheln, seine Gesichtsfarbe aber wieder einigermaßen normalbleich werden ließ. Obwohl sie ernst dreinblickte, wirkte die ganze Prozedur wie ein eingespielter Vorgang, etwas, das im Hause Brannigan seit Jahren tägliche Übung war.

Ich beobachtete die Szenerie, selber außer Atem, aber so arg wie bei dem armen Mr Brannigan war es dann trotz allem doch nicht. Auf einem Regal über der Tür, so angeordnet, dass er sie gut sehen konnte, standen drei beeindruckend lebhaft wirkende Exemplare seiner Sammlung: zwei Vögel, die sich umsahen und regelrecht erschrocken schienen, eine sprungbereite Katze hinter sich zu entdecken. Ich betrachtete den siechen Mann und musste daran denken, was seine Frau mir vor einer Woche erzählt hatte.

Und mit einem Gefühl des Entsetzens, das wie eine steinerne Faust nach meinem Herzen griff, kam ich dahinter, warum man mich geschont hat. Warum meine Verfolger sich damit begnügt haben, mich zu umzingeln und mir die Fluchtwege abzuschneiden, anstatt auf mich zu schießen oder zu versuchen, mich platt zu walzen.

Sie sind das gelungenste Exemplar, hat Reilly gesagt.

Ich habe keine Beweise, natürlich nicht. Aber ich glaube, sie schonen mich, weil sie meinen Körper unversehrt haben wollen, als Prachtstück einer geheimen Sammlung. Ich sehe ein unterirdisches Museum vor mir, zu dem nur Angehörige einer handverlesenen Gruppe Eingeweihter Zutritt haben, sehe sie den *Steel-Man*-Saal betreten und sinnend vor dessen beeindruckendstem Schaustück stehen bleiben, dem Körper von Duane Fitzgerald, dem Cyborg Nummer 2, dem gelungensten Exemplar jenes leider, leider gescheiterten Projektes. Und wie gut erhalten er ist! Kein Einschussloch, das ihn entstellt. Keine Deformation, die von einem gewaltsamen Tod zeugt. Makellos. Eine Kostbarkeit.

Ist das verrückt? Ich weiß nicht. Nennen ihn seine Freunde etwa nicht »Hunter«, obwohl er nicht so heißt, jenen Mann, der einst bei einem Jagdausflug mit der Familie des Präsidenten aus hundert Fuß Entfernung eine Klapperschlange erschossen hat, einen Augenblick, ehe sie die Tochter seines Sicherheitsberaters gebissen hätte? Ist er deshalb Nachfolger von Professor Stewart geworden? Aus Dankbarkeit? Ich habe einen Bericht gelesen über das gewaltige Anwesen, das er zwanzig Meilen nördlich von Arlington bewohnt. In diesem Artikel war kein einziges Foto, das nicht irgendein ausgestopftes Tier zeigte – den Kopf eines Zwölfenders an der Wand hinter dem Schreibtisch, einen Grizzly in der Empfangshalle, im Schlafzimmer sogar ein präparierter Weißkopfadler, immerhin das stolze amerikanische Wappentier. Er liebt ausgestopfte Gegner, das steht fest.

Na gut, vielleicht ist es ein verrückter Gedanke. Vielleicht haben sich wirklich nur Befehle aus den verschiedenen, einander überlappenden Hierarchien widersprochen, vielleicht sind wirklich alle nur kopflos durcheinander gerannt, während man in endlosen nächtlichen Sitzungen in unterirdischen Kommandobunkern versucht hat, zwischen Paranoia und Leichtsinn den richtigen Weg zu finden. Vielleicht ist die ganze Geschichte tatsächlich einfach eine Hochzeit von Unfähigkeit und Panik.

Aber ich bin immer noch von nacktem Grauen erfüllt. Ich stand da vor dem Fenster der Brannigans und glaubte zu spüren, wie die Erde unter mir wegbrach, und ich musste flüchten. Noch ein Blick auf die ausgestopfte Katze, und ich hätte geschrien.

Ich habe das Gefühl, nach Hause gerannt zu sein, obwohl ich das bestimmt nicht getan habe. Irgendwie hatte ich auch noch den Hausschlüssel in der Tasche, seltsam genug, denn ich habe nicht daran gedacht, ihn einzustecken. Ich schloss auf, schleppte mich aufs Sofa und – schlief auf der Stelle ein.

Ich erwachte irgendwann und begriff erst nicht, wieso es auf einmal hell war, weil ich mir nicht bewusst war, geschlafen zu haben. Es gelang mir, die Hose aufzuknöpfen und den rechten Oberschenkel freizulegen: ein einziger Bluterguss, blauschwarz und prall und einfach furchtbar anzusehen. Ich ließ mich zur Seite sinken und schlief noch einmal eine Runde.

Danach fühlte ich mich, seltsam genug, etwas besser. Es gelang mir, auf die Beine zu kommen – auf ein Bein, genauer gesagt, das linke nämlich – und in die Küche zu hoppeln. In Europa sind die Kühlschränke nicht nur unglaublich winzig – was mich bis jetzt nicht gestört hat –, sie haben außerdem auch keine Eiswürfelmaschinen eingebaut – was mich in diesem Moment enorm störte. In einem der Schränke fand ich zwei winzige Eiswürfeleinsätze, füllte sie mit Wasser und stellte sie ins Gefrierfach. Dann holte ich ein Handtuch, tränkte es im Waschbecken und legte es mir klatschnass und kalt auf den Schenkel, was wunderbar wohl tat. So saß ich auf dem Küchenstuhl, sah dem Kühlschrank beim Gefrieren zu, und ansonsten drehten sich meine Gedanken wie Mühlräder um und um.

Ich hatte Fieber, stellte ich nach einer Weile fest. Ungefragt blendete sich ein Diagnoseschirm in mein Gesichtsfeld und bot mir eine Auswahl aus den empfehlenswerten Behandlungsmethoden an, die zur Verfügung standen, zusammen mit der Ankündigung, dass, sollte ich mich nicht binnen sechzig Sekunden anders entscheiden, die *default option* einer starken Dosis Breitband-Antibiotikum wirksam werden würde.

Ich ließ das System machen. Warum auch nicht. Alles, was ich noch wollte, war ein Beutel mit Eiswürfeln auf meinem Bein. Und das war nur eine Frage der Zeit.

Auch eine Frage der Zeit war, wann sie mich holen würden. Wenn sie herausfanden, dass ich als makelloses Museumsstück nicht mehr taugte, würde es am Ende doch noch auf einen simplen Blattschuss hinauslaufen und auf die Konstruktion einer wilden Geschichte, die die Schuld am Tod eines amerikanischen Bürgers irgendwelchen Terroristen in die Schuhe schob.

Ich stierte vor mich hin. Die Zeit verstrich. Ich betrachtete meine Hände, ballte sie zu Fäusten und fühlte die wohltuende Anspannung der Muskeln. Ich streifte das Hemd zurück, das dreckig war und verschwitzt und nach Schafsscheiße stank, und sah dem Spiel der Muskulatur zu. Immer noch ein guter Anblick. Mir fiel ein, wie ich als Kind immer Comics mit irgendwelchen muskulösen Superhelden gelesen habe, meine bevorzugte Methode des Rückzugs, wenn Mom und Dad sich wieder mal stritten. Während das Geschrei durchs Haus hallte, versenkte ich mich völlig in die Betrachtung kraftvoller Kampfposen und stellte mir vor, auch solche Muskeln zu haben, förmlich gepanzert zu sein damit, sodass mir niemand und nichts mehr etwas anhaben konnte.

Nun, eine Menge Leute sind hier, die mir sehr wohl etwas anhaben können. Zumal ich meine Superkräfte nicht mehr einsetzen kann. Am liebsten möchte ich mit fliegenden Fahnen untergehen. Ihnen ein letztes Gefecht liefern, von dem noch die übernächste Generation von Geheimagenten mit ehrfürchtigem Schaudern erzählen würde. So viele von ihnen mitnehmen wie möglich. Es ihnen nicht leicht machen. Im Kampf sterben. Alles, nur nicht warten wie ein Stück Vieh vor der Tür zum Schlachthof.

Wenn ich nur meine Kraftverstärkung noch einmal einschalten könnte! Das Alpha-Adrenalin aufbrauchen bis zum letzten Tropfen, noch einmal voll aufdrehen, noch einmal unbesiegbar sein, so lange, bis ich der Übermacht erliege. Ich denke fieberhaft nach, wie das machbar wäre. Das Problem ist die abgerissene Hydraulik. Es gibt keine Möglichkeit, einen einzelnen Zylinder abzuschalten. Man müsste…

Was ist das? Jemand ruft draußen nach mir.

Schon sieht wieder alles ganz anders aus. Ich weiß nicht, was ich denken soll. Vielleicht sollte ich schlafen, anstatt hier zu sitzen und auf der Tischplatte herumzuklopfen wie ein wahnsinnig Gewordener, um sinnlose Berichte zu tippen.

Es war Billy Trant. Erstaunlich genug; ich habe nie erlebt, dass er den Briefträger spielt. Er stand auf der Straße vor meinem Haus und rief, möglicherweise irritiert von der irreführenden Aufschrift auf meiner Türklingel: »Mister Fitzgerald?! Paket für Sie!« Und er hielt es schon in der Hand, das Paket. Es sah, kaum zu glauben, aus wie eine Konzentratlieferung.

Ich warf das Handtuch auf die Spüle, stemmte mich in aufrechte Position, so rasch es mir möglich war, zog die Hose hoch, was nur mit zusammengebissenen Zähnen zu schaffen war, und humpelte zur Haustür.

»Ah, hallo, Mister Fitzgerald«, meinte Billy erleichtert und grinste, dass einem Hersteller künstlicher Gebisse das Herz im Leibe gelacht hätte. »Ich war mir nicht sicher…«

»Ja«, sagte ich nur. Ich war mir sicher, dass es sich trotzdem nicht mehr lohnte, das Schild an der Klingel auszutauschen.

Er wog das Paket in der Hand. »Ich habe was für Sie. Was sagen Sie jetzt?« Es wirkte schwer, aber es sah nicht wirklich aus wie eine meiner Konzentratlieferungen. Es sei denn, sie hatten den Kartonagenlieferanten gewechselt.

»Großartig«, meinte ich, weil ich entschieden zu benommen war für geistreiche Bemerkungen. »Geben Sie her.«

»Ich brauche eine Unterschrift von Ihnen, Moment…« Er

förderte einen Formularblock zu Tage und einen widerspenstigen Kugelschreiber und schien irgendwie eine Hand zu wenig zu haben, sodass ich, weil es nicht mit anzusehen war, die Tür öffnete und ihm sagte, er solle doch einfach hereinkommen.

Er folgte der Einladung erleichtert, kam die Stufen hoch und ging, ohne meine liederliche Erscheinung eines Blickes zu würdigen, an mir vorbei in die Küche. Ich lehnte die Tür an und hinkte hinter ihm her zum Tisch, wo er das Paket ablud und mir den Kugelschreiber hinstreckte für die Empfangsbestätigung.

»Machen Sie es auf«, flüsterte er, während ich unterschrieb.

Meine Unterschrift geriet noch krakeliger als sonst. Jeder Schriftsachverständige hätte mir daraufhin bereitwillig ein abgeschlossenes Medizinstudium attestiert, schätze ich.

»Gleich«, fügte Billy Trant, der Junge mit den Pickeln, hinzu, als ich ihn ansah.

Finnan? formten meine Lippen unhörbar. Er nickte.

Ich riss den Karton auf. Bücher, hauptsächlich antiquarische Schundromane, wie es aussah. Darauf lag ein kleiner Umschlag.

Billy trat zwei Schritte beiseite, als ich ihn öffnete, so, als habe man ihm eingeschärft, dass er auf keinen Fall sehen dürfe, was darin geschrieben stand.

Was vermutlich ratsam war. Ich zog einen Zettel aus dünnem Papier heraus und las: *Neuer Versuch, diesmal mit gepanzertem Wagen. Ort: zwanzig Meter nördlich unserer ersten Verabredung. Zeit: wie beim Treffen mit Bridget. F.*

Mit anderen Worten, Finnan wollte mich heute Abend kurz vor Mitternacht an der Ecke Main Street/Dyke Street auflesen und mit einem gepanzerten Wagen den Ausbruch versuchen. Konnte das klappen? Wusste er, was mir passiert war? Ahnte er, mit welchen Gegnern er sich da anlegte?

Ich ließ den Zettel sinken. »Danke«, sagte ich zu Billy.

Der schnappte mir urplötzlich den Brief aus der Hand, knüllte ihn zusammen, ohne ihn anzusehen, stopfte ihn sich in den Mund, kaute und schluckte die Überreste mühsam hinunter. Dann meinte er, nach einigem Räuspern: »Ich muss jetzt gehen.«

Ich nickte nur, überrascht von seiner Aktion. Was mir Sorgen machte. Ich hätte nicht überrascht sein dürfen. Selbst in meinem angeschlagenen Zustand hätte ich nicht derart zu überrumpeln sein dürfen.

»Okay«, sagte ich.

Draußen auf der Straße verstaute er umständlich Quittungsblock und Kugelschreiber, stieg auf sein Fahrrad, winkte mir noch einmal fröhlich zu und radelte davon. Ich war versucht, ihm nachzusehen, aber dann wurde mir klar, dass ihn das gefährdet hätte. Also ging ich hinein, als sei alles normal.

Jetzt sitze ich hier, und mein Hirn rattert auf Hochtouren. Ein gepanzertes Fahrzeug? Was soll das sein? Und egal, was es ist, die Agenten werden an uns hängen wie Fliegen am Leim.

Andererseits hat Finnan sie schon einmal ausgetrickst, mit einem raffinierten Täuschungsmanöver. Gut möglich, dass ihm das auch ein zweites Mal gelingt.

Heute Abend um Mitternacht? Reilly ist ein Problem. Er erwartet mich um acht Uhr am Hafen. Ich nehme an, dass es, selbst wenn Reilly in eigener Sache flieht, nach wie vor eine irgendwie geartete Kommunikation zwischen ihm und den Agenten in der Stadt gibt. Mit anderen Worten, wenn ich um acht Uhr nicht am Hafen auftauche, darf ich auch nicht mehr hier im Haus sein. Ich muss die Zeit bis Mitternacht in einem Versteck verbringen. Und ich muss ungesehen aus dem Haus kommen, diesmal ohne meinen Tarnanzug, der auf einer namenlosen Schafwiese zurückgeblieben ist. Abgesehen davon ist es außerhalb jeder Vorstellung, noch einmal über den Kanal zu krabbeln. Ich werde froh sein, wenn ich mich humpelnd fortbewegen kann.

Darüber muss ich nachdenken. Ich werde mich jetzt waschen, dann nach den Eiswürfeln sehen und nachdenken, was ich tun werde.

Ich sitze an Jordan Bezhanis Bett. Totenwache. Wir haben uns die Nacht über abgewechselt, und ich habe die letzte Stunde. Ich schaue sein graues, wächsernes Gesicht an, in dem nichts mehr zu sehen ist von seinen heimlichen Wünschen und nichts mehr zu spüren von jener Dickköpfigkeit, die er an den Tag legen konnte. Jordan ist nicht mehr da. Unter dem Laken liegt nur noch ein Körper, der einige ausgefallene technische Geräte enthält.

Die Sonne geht auf. Ich beuge mich vor, um die Nachttischlampe auszuschalten. In dem Moment sehe ich, dass sich eine Gruppe kleiner Vögel auf dem Fensterbrett versammelt hat und hereinschaut. Kleine, graubraune Knäuel mit schwarzen Knopfaugen und schwarzen Schnäbeln, die Jordan zu mustern scheinen, den Mann, der sie oft gezeichnet hat, und sie wirken, als hätten sie die ganze Zeit da gesessen und gewacht. Doch als ich mich verblüfft zurücklehne, fliegen sie auf und davon.

Denke an den Tod, sagt Seneca, und ich tue es. Ich denke an den Tod. *So bereite ich mich denn ohne Zagen auf den Tag vor, an dem Pose und Schminke fallen werden und sich zeigen wird, ob ich nur in Worten tapfer bin oder auch in meinem Herzen, ob die trotzigen Sprüche, die ich dem Schicksal entgegenschleuderte, nichts als Theater und Heuchelei gewesen sind.*

Ich habe diese Worte immer mit Grauen gelesen. Aber ich habe sie gelesen, wieder und wieder, ohne zu verstehen, warum sie mich so berühren. Ich habe sie sogar abgeschrieben, weil ich sie bei mir tragen wollte.

Vielleicht fange ich jetzt an, zu verstehen.

Zweitausend Jahre nach Seneca verehren wir die Sieger und verachten wir die Verlierer. Mut ist in unserem Verständnis lediglich die Fähigkeit, jene Angst zu überwinden, die uns davon abhält, einen Sieg zu erringen. Mut ohne Sieg aber ist nichts, ist lächerlich. Deshalb verstehen wir nicht, dass der Mut erst im Angesicht des Todes zu seiner Blüte gelangen kann.

Sogar die Feigsten sind in Worten kühn. Wo du stehst, wird erst in deiner letzten Stunde offenbar. Der Tod wird über dich das Urteil sprechen.

Wie betrachten wir denn den Tod? Überhaupt nicht. Wir tun, als gäbe es ihn überhaupt nicht, verstecken die Sterbenden in Krankenhäusern, schminken die Toten, dass sie aussehen, als schliefen sie, und wenn wir doch einmal gezwungen sind, die Realität des Todes zur Kenntnis zu nehmen, kostümieren wir ihn mit gewaltigen Massen von Pathos und Gefühlsduseligkeit. Die Herausforderung des heutigen Lebens scheint nicht zu sein, dem Tod, wenn er denn kommt – und er kommt ja zu jedem, unabwendbar und unkalkulierbar –, mutig entgegenzutreten, sondern vielmehr, ihm so lange wie möglich davonzulaufen, ihm zu entkommen, im Idealfall für immer. Unausgesprochen gehen wir von der Grundannahme aus, dass der Tod ein Betriebsunfall ist, eine lästige Erscheinung, die es nach Möglichkeit zu beseitigen gilt.

Denke an den Tod, sagt Seneca. *Wer dies sagt, heißt dich, an die Freiheit zu denken. Wer sterben gelernt hat, der hört auf, ein Knecht zu sein.*

Ich denke an den Tod, weil ich muss.

Im Bad liegen immer noch die Scherben des Glases, das Reilly bei seinem Inspektionsbesuch von der Ablage gefegt hat.

Ich schätze, sie werden da auch liegen bleiben; ich bin weder in der Stimmung noch in der Verfassung, sie wegzuräumen.

Genau genommen bin ich in ausgesprochen schlechter Verfassung. Meine Hände zitterten, als ich sie unter das Wasser hielt, und mein Gesicht fühlte sich heiß und aufgeweicht an, als ich es wusch. Ich besah mich im Spiegel und versuchte, das Gefühl loszuwerden, nur noch faulendes Fleisch zu sein, das demnächst in stinkenden Brocken von meinem stählernen Skelett abfallen wird. Und als ich nach einem frischen Handtuch griff, fiel es mir hinab und natürlich mitten in die Scherben.

Ich bückte mich mühsam zum Boden hinunter, jede Bewegung eine Qual. Die Finger meiner rechten Hand schienen zu knirschen, als sie den Frotteestoff zu fassen bekamen. Und gerade als ich mich wieder in die Höhe hieven wollte, sah ich das kirschkerngroße weiße Ding da liegen, halb von den Scherben verdeckt, in der Fuge zwischen den Bodenfliesen und der gekalkten Wand.

Das Bauteil, das mir O'Shea herausoperiert hat. Ich opferte die Energie, die notwendig war, es hervorzupulen und aufzuheben, setzte mich dann auf den Badewannenrand, um wieder zu Atem zu kommen, betrachtete das Ding und versuchte zu rekonstruieren, wie es dahin gelangt war, wo ich es gefunden hatte. Der Doktor hatte es mir in einem Schraubglas gegeben. Das hatte ich in die Hosentasche gesteckt. Und dann? Ich war nach Hause gekommen und hatte das Glas auf den Fenstersims gestellt. Genau, und an dieselbe Stelle hatte ich die abgelösten Verbände gelegt, in der festen Absicht, alles baldmöglichst in den Müll zu werfen. Aber ich war nicht dazu gekommen. Wie das eben so geht in einem Männerhaushalt; da bleibt manches bisweilen länger liegen, als es mit den allgemeinen Vorstellungen von Hygiene und Ästhetik zu vereinbaren ist. Und Reilly hatte sich für die Reste der Verbände interessiert, hatte wissen wollen, was seinem Schützling da passiert sein mochte. Dabei war das Glas heruntergefallen und auf den Fliesen zerschellt.

Bemerkenswert allenfalls, dass die Leute, die am Freitag in meine Wohnung eingebrochen sind und alles durchwühlt haben, das völlig übersehen haben.

Vielleicht stimmt die Idiotentheorie doch.

Ich weiß nicht genau, warum, aber plötzlich interessierte mich brennend, was das eigentlich für ein Bauteil gewesen war. Mit dem Vergrößerungsblick entdeckte ich eine Vielzahl feiner Risse in der glatten weißen Umhüllung, die sich ein bisschen wie Teflon anfühlte, aber wahrscheinlich keines war. Einer der Risse war so ausgeweitet, dass man ihn mit bloßem Auge sah: sicher dank meiner Herumstocherei.

Ich trug das Ding in die Küche, legte es auf den Tisch und holte, was ich an Werkzeug besaß, aus dem Schrank. Nichts davon war für die Bearbeitung mikrominiaturisierter Bauteile gedacht, selbstverständlich, aber es gelang mir, den Kirschkern mit Hilfe einer Schraubzwinge fest genug auf der Tischplatte zu verankern, um mich mit der Eisensäge daran versuchen zu können. Das weiße Material der Umhüllung leistete keinen nennenswerten Widerstand, es zerfiel zu weißem Pulver, verteilte sich über den Tisch und verbreitete einen beißenden, ausgesprochen chemischen Gestank in der Küche. Die Metallhülle darunter war deutlich robuster, aber wohl doch schon etwas angegriffen, jedenfalls knackste es nach einigen Minuten vernehmlich, und das Bauteil fing an, sich unter der Schraubzwinge wegzuwinden. Ich entfernte sie und erledigte den Rest mit einer Kneifzange.

Dann lagen die beiden Hälften vor mir auf dem Tisch. Ich beugte mich darüber und inspizierte sie mit Lupenblick. Mit einer Nadel gelang es mir, einzelne Schichten herauszulösen, meinen bebenden Händen zum Trotz. Nach und nach entblätterte sich das winzige Gerät, das in meinen Bauplänen nirgends verzeichnet ist.

Ich bin kein Techniker, aber man hat uns doch einiges an Technik beigebracht. Es gibt eine Reihe von technischen Elementen, die ich zweifelsfrei identifizieren kann. Hätte es sich bei dem Ding aus meinem Bauch um ein hochkomplexes Gerät gehandelt, etwas von der Preisklasse meines *Observation Detection Processors* zum Beispiel, hätte ich hundert Jahre lang darauf starren können, ohne zu begreifen, was ich sah. Aber das hier war kein hochkomplexes Gerät. Im Gegenteil, es war ein ausgesprochen schlichtes Teil. Schlicht und robust, und vermutlich ist es seinen Erbauern vor allem auf Letzteres angekommen.

Es bestand im Grunde aus zwei Teilen. Das eine war ein Empfänger. Man sah deutlich die eingerollte Dipol-Antenne und den Schwingkreis, eindeutig ein Funkempfänger der robustesten Bauart. Angeschlossen war ein winziger Chip, der Codenummer nach eine Entschlüsselungsvorrichtung.

Der zweite Bestandteil war einfach ein Unterbrecher. Darum ging es in dem Ding. Eine Leitung führte hinein, eine andere hinaus, und beide waren durch metallene Laschen miteinander verbunden, die sich auf einen Impuls hin voneinander lösen konnten.

Ich vermute, was mir passiert ist, war, dass ab und zu – etwa, wenn ich mich nachts besonders heftig bewegte und das Gerät im Bauchfell gedrückt und gequetscht wurde – durch einen der Risse in der Umhüllung Körperflüssigkeit eingedrungen ist. Das muss sogar recht oft vorgekommen sein, nur hat es in der Regel nichts gemacht, da die Konstruktion widerstandsfähig war. Doch manchmal – zum Beispiel in der Nacht auf Samstag vor einer Woche – ist es so weit gekommen, dass sich ein Flüssigkeitsfilm zwischen den beiden Kontaktlaschen bildete, der den Stromfluss unterbrach und damit die Stromversorgung meines Systems lahm legte.

Die diversen Behelfe, die ich im Lauf der Zeit entwickelt habe, haben wahrscheinlich nur indirekt genutzt: indem sie den Bauch in Bewegung setzten und den isolierenden Flüssigkeitsfilm dadurch zum Abfließen brachten. Der einzige direkte Eingriff war der, mit einem spitzen Gegenstand durch die Bauchdecke zu stoßen, genau in die Kerbe, sodass die beiden Laschen fester aufeinander gepresst und die Flüssigkeit zwischen ihnen herausgedrückt wurde.

So weit, so gut. Doch die eigentliche Frage war, was das alles sollte. Ein Gerät, das auf einen Impuls hin die Stromversorgung meiner Systeme kappt. Einen, wie es aussieht, codierten Impuls. Mit anderen Worten, das Teil, das mir Dr. O'Shea herausoperiert hat, war dazu gedacht, dass jemand, der den Code kennt, mir nach Belieben den Saft abdrehen kann.

Deswegen sitze ich hier und denke an den Tod. Es ist längst Mittag, draußen sehe ich große, milchig-graue Wolken, die sich über Dingle hinwegwälzen, es nieselt ein bisschen, wie es mehr oder weniger jeden Tag nieselt, und ich versuche zu verstehen, was Seneca meint, wenn er sagt: *Nur eine Kette ist es, die uns gefesselt hält, die Liebe zum Leben. Und ist sie auch nicht abzustreifen, zu lockern ist sie doch, auf dass, wenn die Verhältnisse es einst erfordern, nichts unsere Bereitschaft schwäche, zu tun, was doch einmal geschehen muss.*

Es entbehrt nicht einer gewissen Logik, uns Cyborgs solche Geräte einzubauen, und auch nicht, uns ihre Existenz zu verschweigen. Wäre *Steel Man* ein Erfolg gewesen, hätte man Soldaten wie mich zu Hunderten gebaut, hätte eine Division von Supermännern geschaffen, die Prätorianergarde Amerikas sozusagen. Und man braucht nur ganz wenig über die Geschichte Roms zu lesen, um festzustellen, dass Prätorianergarden nicht selten bei diversen Umstürzen und Kaisermorden die entscheidende Rolle spielten. Die Verantwortlichen des Projekts werden schon in einem frühen Stadium beschlossen oder die Anweisung erhalten haben, eine Sicherung einzubauen, eine Möglichkeit, die Geister, die man zu rufen beabsichtigte, unter Kontrolle zu halten.

Damit ist klar, wie Gabriel Whitewater von einem Lastwagen überrollt werden konnte. Es muss jemand vor Ort gewesen sein, der den Abschaltcode kannte. Jemand, der das entsprechende Gerät besaß und im richtigen Moment den Knopf drückte. Was heißt, dass es tatsächlich kein Unfall war, aber das habe ich im Grunde auch nie bezweifelt.

Leider ist damit noch etwas anderes klar.

Und ich muss jetzt handeln.

Wir müssen uns viel eher auf den Tod als auf das Leben vorbereiten. Dass wir genügend lebten, hängt nicht von Jahren und von Tagen ab, sondern von unserem Herzen. Ich habe genug gelebt. Als ein Vollendeter erwarte ich den Tod.

Seneca

22

Das geht ja gut. Tut nicht mal weh. Erstaunlich. Gelegenheit, das eine oder andere noch zu ergänzen.

Zum Beispiel, welches Ende Lucius Annaeus Seneca fand.

Im Jahre 62 zog er sich, einerseits aus gesundheitlichen Gründen, andererseits, weil er nach dem Tod eines Unterstützers dem Druck der ihm feindlich gesinnten Clique um Kaiser Nero nicht länger standhielt, auf seine ländlichen Besitzungen zurück. Es sind die auf diesen Fortgang folgenden Jahre, in denen Neros Größenwahn jene legendär gewordenen Ausmaße annahm, jene Jahre, in denen endlos Blut floss und Rom brannte.

Im April 65 schließlich bildete sich um einen gewissen Calpurnius Piso eine Verschwörung, Nero zu stürzen. Doch die Gruppe wurde verraten, und da Piso ein guter Bekannter Senecas war und dieser zudem ausgerechnet am Tag vor dem geplanten Attentat nach Rom zurückgekehrt war, schöpfte der Kaiser den Verdacht, sein ehemaliger Lehrer sei an dem Komplott nicht nur beteiligt, sondern von den Verschwörern sogar als Nachfolger auf dem Thron ausersehen. Er verurteilte ihn zum Tode und ließ Seneca das Todesurteil von einem Hauptmann überbringen, zusammen mit der Vergünstigung, die Todesart selber zu wählen und das Urteil von eigener Hand an sich vollstrecken zu dürfen.

Seneca hatte gerade einen Freundeskreis zu philosophischen Gesprächen um sich versammelt. Ein Zeuge, Tacitus, beschreibt, dass er mit keiner Miene Furcht oder Niedergeschlagenheit verriet. Er verlangte ruhig nach seinem Testament, um darin Änderungen zugunsten seiner Freunde vorzunehmen, doch der Centurio untersagte ihm das. Daraufhin wandte er sich an seine Freunde und bat sie, das Andenken an sein Leben und sein Sterben als sein Vermächtnis anzunehmen, und tröstete diejenigen, die in Tränen ausbrachen, mit Ermahnungen, die Lehren der Weisheit nicht ausgerechnet in der Stunde zu vergessen, in der es darauf ankomme, aufrechte Haltung zu bewahren. Dann ließ er sich die Pulsadern öffnen, und während das Blut aus ihm strömte, diktierte er Schreibern seine letzten Worte, bis zuletzt seiner Rednergabe mächtig.

So ungefähr war es, wenn ich mich recht erinnere.

Ich habe Reilly angerufen und ihm gesagt, dass es bei unserem Treffen bleibt, und das in einer so allgemeinen Weise, dass die mithörenden Agenten keinen unnötigen Verdacht geschöpft haben sollten. Ich habe auch beiläufig erwähnt, dass ich noch in die Bibliothek gehe, um das Problem mit den ausgeliehenen Büchern zu klären, die man mir gestohlen hat. Das hat ihn zwar merklich irritiert, aber es musste sein. Ich wollte, dass meine Verfolger Bescheid wissen. Denn das Letzte, was ich brauchen kann, ist, dass ein Agent in die Bibliothek kommt, um nachzuschauen, was ich stundenlang dort mache.

Nach dem Telefonat mit Reilly brach ich auf. Ich steckte ein paar Sachen aus dem Bad und der Küche ein, verließ mein Haus – diesmal durch die Vordertür – und schloss hinter mir ab, was aber nur Schauspielerei war. Diesmal würde ich nicht zurückkehren; ich wusste es.

Der letzte Gang durch die Stadt war qualvoll. Vor Abschied. Vor Schmerzen. Mein Oberschenkel glüht, die Haut spannt, und es hätte mich nicht im Geringsten gewundert, wenn mein Bein bei irgendeiner Bewegung einfach abgebrochen wäre.

Aber es brach nicht ab. Ich erreichte die Green Street und die Bibliothek unbehelligt, Mrs Brannigan stand hinter ihrer Theke wie immer, und als ich sie darum bat, ihren Drucker benutzen zu dürfen, reichte sie mir ohne zu zögern den Schlüssel zum Büro.

»Ich werde mich eine Weile einschließen müssen«, sagte ich. »Es ist etwas Vertrauliches.«

»Kein Problem«, meinte sie. »Wir schließen erst um fünf.«

»Es kann auch ein bisschen länger dauern.«

»Ich bin bis sechs da.« Sie wies hinter sich auf einen Wagen zurückgegebener Bücher. »Muss endlich mal einsortiert werden.«

»Danke.«

»Was ist mit Ihrem Bein?«

»Erzähle ich Ihnen später.«

Ich schloss mich in ihrem Büro ein, ließ den Schlüssel von innen stecken und fing sofort damit an, das mir entgegengebrachte Vertrauen zu missbrauchen.

Ich holte eine Kneifzange aus der Tasche, griff nach dem Druckerkabel und schnitt es ungefähr auf der Mitte zwischen Drucker und PC durch. Dann zückte ich meinen Schraubenzieher und begann, den Stecker auseinander zu montieren. Als dessen Innenleben offen vor mir lag, schlug ich im Handbuch des Druckers nach, wie man ihn auf seriellen Betrieb umstellte. Im Anhang waren dankenswerterweise die Pinbelegungen aufgeführt. Es wäre auch ohne gegangen, aber es erleichterte die Aufgabe, die Kabelhälfte entsprechend meinen Anforderungen umzubauen.

Zehn Minuten später saß der Stecker wieder im Drucker, und aus dem abgeschnittenen Ende des Kabels ragten die zwei dünnen Drähte, auf die es ankam, ein roter und ein gelber. Ich isolierte ihre Enden ab, bis ein Zoll Kupfer freilag, dann war das getan. Der leichte Teil der Sache.

Ich blieb einen Moment sitzen, konzentrierte mich darauf, zu atmen, prüfte nach, ob die Sedierung funktionierte. Tat sie, aber das war in Wirklichkeit nicht das Problem. Ich räumte die Schreibtischunterlage von allen Papieren frei, holte die Mullbinden aus der Tasche und das Pflaster, legte alles zurecht. Im Papierkorb lag eine Zeitung. Ich nahm sie heraus und breitete sie, sicher ist sicher, vor mir aus. *Dritter Mord in Dingle* war die Schlagzeile.

Meiner Hemdtasche entnahm ich das Päckchen mit den Rasierklingen. Ich nahm eine heraus, prüfte ihre Schärfe, war zufrieden und deponierte sie griffbereit auf der Schachtel. Dann fing ich an, den rechten Ärmel meines Hemdes hochzuschlagen.

Ich schätze, ich werde nicht mehr als Hauptattraktion eines geheimen Museums taugen.

Das Problem des Schreibprogramms, das ich einem verspielten Programmierer verdanke, ist, dass ich damit zwar theoretisch drucken kann, als einziger regulärer Datenausgang aber die bionische Schnittstelle an meiner rechten Hand vorgesehen ist. Das war einmal anders gedacht, doch alle dazu passenden Gegenstücke, die tatsächlich gebaut wurden, sind in monströse Schusswaffen eingebaut, die weit weg in geheimen Bunkern lagern. Sprich, mit dieser Schnittstelle fange ich nichts an. Ich muss sie umgehen, um das, was ich geschrieben habe, auf Papier zu bringen.

Und die einzige Stelle, sie zu umgehen, ist ein weiteres Kabel. Das Kabel, das von dem Computer in meinem Bauch zu den bionischen Endkontakten in meiner Hand verläuft.

Ich legte den rechten Arm vor mir auf den Tisch, die Innenseite nach oben, ballte die Faust und nahm die Rasierklinge in die Linke. Nicht meine geschickteste Hand. Eine Fingerlänge unterhalb des Handgelenks setzte ich die Spitze an, an einer Stelle, an der keine Arterie zu sein schien. Ein bisschen war der Schmerz zu spüren, als ich zudrückte, und ein roter Tropfen quoll hervor. Ich durchtrennte die Haut und die Fettschicht darunter und schnitt bis kurz vor die Ellenbeuge, ein handspannenlanger Schnitt, einen viertel Zoll tief.

Die Sedierung pumpte. Ein Gefühl von Beklemmung breitete sich in meinem Arm aus. Blut rann in kleinen Rinnsalen rechts und links der Wunde auf die Zeitung hinab, trotz der Drosselung.

Noch nicht tief genug. Ich achtete darauf, gleichmäßig zu atmen. Am Rand meines Gesichtsfeldes flimmerte es wie schwarzer Nebel, aber das würde sich geben, wenn die Arbeit erst getan war.

Ich setzte die Klinge noch einmal an, tauchte sie in die warme, tiefrote Pfütze unter meinem Handgelenk und schnitt fester, tiefer, zerteilte das Gewebe in einer schrecklichen Bewegung bis an die Beuge und ließ das Metall dann zitternd fallen. Jetzt musste es schnell gehen. Ich langte mit den Fingern der linken Hand in den klaffenden Schnitt, wühlte mich durch das blutige, warme Fleisch in die Tiefe, bis ich ertastete, was ich gesucht hatte: die serielle Leitung CPU-BIOUT-SER, Teilenummer 001-5398-4423.

Das Herauszerren des Kabels jagte mir einen ziehenden Schmerz durch den ganzen Körper und ließ den schwarz flimmernden Nebel bedenklich an Boden gewinnen. Ich schnappte die Zange, alles mit links, zwickte die Leitung ab und befestigte das vom Arm her kommende Ende provisorisch am Oberarm. Das andere flutschte zurück ins Fleisch. Ich bemühte mich einhändig, die Wundränder zusammenzudrücken und die bereitgelegten Pflaster darüber zu kleben, was mehr schlecht als recht gelang. Wobei es mir vor allem darauf ankam, die Sauerei in Grenzen zu halten. Im zweiten Durchgang half ich mit den Zähnen nach und bekam es so weit hin, dass ich anfangen konnte, die Mullbinden darum zu wickeln und so viel Druck aufzubringen, dass die Blutung einigermaßen gebremst wurde.

Mit einem Stück Papier wischte ich das freigelegte Kabel sauber. Ich schabte das Isoliermaterial von den Drähten, sie mit den bebenden Fingern der Rechten haltend, und verzwirlte sie mit der Kupferlitze des Druckerkabels. Dann gab ich, mit mühsamen Kommandos der rechten Hand, den Befehl zum Drucken.

Es funktionierte auf Anhieb. Die grüne Leuchtdiode am Drucker fing an zu blinken, als das Gerät Daten empfing, und kurz darauf schob sich das erste Blatt Papier heraus, ordentlich bedruckt. Ich stellte fest, dass die rechte Hand besser reagierte, als ich zu hoffen gewagt hatte: Während der Druck lief, konnte ich – langsam zwar, aber ich hatte ja Zeit – weiter schreiben. Was mir die Gelegenheit gibt, noch das eine oder andere zu ergänzen.

So sitze ich also hier. Der Lüfter des Druckers surrt so laut, dass ich nichts von dem mitbekomme, was jenseits der Tür vor sich geht. Durch das schmale, hohe Mattglasfenster fällt mildes Licht herein. Ich sehe zu, wie der Stapel bedruckten Papiers wächst. Mein Blut ist kreuz und quer über die Zeitung verteilt, die von dem Mord an einem Amerikaner namens Victor Savannah berichtet.

Das ist auch so einer dieser merkwürdigen Streiche, die einem das eigene Unterbewusstsein spielt, nehme ich an. Der Teil von mir, der das Schreiben besorgt, muss schon lange vor dem Rest meines Bewusstseins geahnt haben, für wen ich all diese Dinge in Wirklichkeit aufgeschrieben habe. Deshalb habe ich mir sozusagen selbst verschwiegen, dass ich es war, der den Agenten getötet hat, den man gestern früh aus dem Hafen gefischt hat.

Ja, ich habe ihn getötet. Vorsätzlich und kühlen Herzens. Ich habe an O'Sheas Nichte und Neffen gedacht und daran, dass er der einzige Mensch gewesen ist, dem ich mich in all der Zeit habe anvertrauen können, und habe den Agenten getötet.

Ich wusste nicht, dass er Victor Savannah hieß, und wenn, wäre es mir egal gewesen. Vielleicht hieß er auch nicht so. Was im Ausweis eines Geheimagenten steht, hat nicht viel zu bedeuten. Ich habe ihm vor der Hoteltür aufgelauert, ihn verfolgt und ihm in einem günstigen Augenblick und mit einem einzigen Griff meiner rechten Hand das Genick gebrochen. Es war ein leiser und ein schneller, ein unverdient gnädiger Tod. Gewiss, er war Agent und handelte im Dienste seines Landes, nicht aus eigenem Interesse. Er hat, mag sein, nur getan, was er für seine Pflicht hielt. Aber ich eben auch, und ich war stärker.

Im Nachhinein betrachtet war es ein unvertretbares Risiko, ihn ins Hafenbecken zu werfen. Mir schien es jedoch in dem Moment nötig, um eventuelle Spuren zu verwischen. Vor Montagabend sollte kein Kriminalbeamter vor meiner Tür auftauchen. Inzwischen ist es Dienstag, und ich bin immer noch unbehelligt. Es scheint mir jetzt, da ich dabei bin, meine Angelegenheiten zu ordnen, meine Pflicht zu sein, diesen Todesfall nicht unaufgeklärt zu lassen.

Wobei es mir herzlich egal ist, was zum Beispiel aus meinem Haus wird. Auch meine sonstigen Besitztümer – viele sind es ja nicht – kümmern mich zu wenig, um mir ernsthafte Gedanken darum zu machen.

Eigentlich, wenn ich so darüber nachdenke, gibt es nur einen Gegenstand, dessen Verlust ich wirklich bedauere. Ein Foto, das ich meine Kindheit und Jugend hindurch in der Nachttischschublade verwahrt habe wie einen Schatz. Ich wollte, ich hätte es noch oder könnte zumindest noch einmal einen Blick darauf werfen; ich weiß aber nicht einmal, wo es abgeblieben ist. Es war ein Foto von meiner Mutter und mir, aufgenommen kurz nach meiner Geburt. Sie hielt mich auf dem Arm, ihren verschrumpelten, großäugigen Sohn Duane, hielt mich auf dem Arm und lächelte in die Kamera.

In den Jahren, nachdem sie gegangen war, habe ich dieses Foto oft hervorgeholt und es vor mir auf die Bettdecke gelegt und es mit aufgestützten Armen betrachtet und mich an so viele Dinge wie möglich zu erinnern versucht. Mom lächelte auf diesem Bild, auf dem sie mich im Arm hielt, wirkte so glücklich, wie ich sie sonst nie erlebt habe, und wenn ich das Foto ansah, dachte ich immer, dass sie mich wohl doch ein wenig geliebt haben muss.

Der Stapel Papier wird beachtlich. Ich war mir nicht bewusst, so viel geschrieben zu haben. Ich werde die ausgedruckten Seiten der Bibliothekarin geben mit der Bitte, sie an Finnan MacDonogh weiterzuleiten. Ich hoffe, sie erreicht ihn so rechtzeitig, dass er diese riskante Aktion um Mitternacht gar nicht erst startet, denn ich werde nicht da sein.

Ich habe mir nämlich vorhin in meiner Küche die Frage gestellt, die ich mir schon die ganze Zeit hätte stellen sollen, selbst mit Fieber und einem absterbenden Oberschenkel, die Frage, die da lautet: Wie haben mich die Agenten gestern Nacht da draußen an den Hängen des Beenabrack überhaupt finden können?

Wie ich das Haus verlassen habe, haben sie nicht mitbekommen, dessen bin ich mir sicher. Sie sind mir auch nicht gefolgt, das hätte ich bemerkt. Sie sind einfach aufgetaucht. Und das konnten sie, weil sie wussten, wo ich war.

Ich glaube, dass das Schiff, das seit gestern im Hafen ankert, eine entscheidende Rolle spielt. Es ist ein Funkschiff, das ist nicht zu übersehen. Vermutlich hat man es nach den Ereignissen von Freitagnacht angefordert, weil sich da herausgestellt hat, dass ich imstande war, der Überwachung zumindest zeitweise zu entkommen.

Wenn man einem Cyborgsoldaten heimlich eine Notabschaltung einbaut, ist es nur nahe liegend, auch eine Möglichkeit zu schaffen, ihn im Notfall auf den Meter genau anpeilen zu können. Und das Vorhandensein einer solchen Peileinrichtung wird man ihm ebenfalls verschweigen. Irgendwo in meinem System ist ein weiteres Gerät verborgen, das auf den richtigen Codeimpuls hin meine genaue Position verrät, und heute Nacht ist dieses Gerät zum ersten Mal benutzt worden. Nur so haben sie mich finden können, da draußen auf der Wiese unter den Schafen.

Das heißt aber auch, dass es kein Entkommen für mich gibt und keine Rettung.

Selbst wenn es mir gelänge, dem Kreis meiner Bewacher hier in der Stadt zu entwischen, bliebe ich doch immer auffindbar, überall auf diesem Planeten. Es ist ausgeschlossen, dass ich unentdeckt bis Dublin komme. Ich kenne die Ausbildung unserer Streitkräfte und weiß, wozu sie imstande sind. Das nächste Mal wird kein diskreter Halbkreis von Geheimagenten mit Taschenlampen und Gewehren mir großzügig den Weg weisen. Das nächste Mal werden Hubschrauber kommen und SEALs vom Himmel fallen, und jeder, der bei mir ist, wird in tödlicher Gefahr sein.

Ich kann nicht mitkommen. Ich trage einen elektronischen Verräter in meinem Körper. Ich wäre ein Leuchtfeuer in der unsichtbaren Welt der Funkwellen und der sichere Tod meiner Begleiter.

Und weil ich fürchte, dass Sie, Bridget, dazu neigen könnten, sich falsche Vorstellungen von den technischen Möglichkeiten und der Entschlossenheit derer zu machen, die mich als Staatsgeheimnis betrachten, habe ich beschlossen, zu Ihrem Schutz und zum Schutz Ihres Bruders vollendete Tatsachen zu schaffen. Deshalb werde ich heute Abend um acht an Bord von Reillys Boot gehen, ohne größere Hoffnung als der auf einen gnädigen, schmerzlosen Tod. Wenn Sie erfahren, dass auch Ihr zweiter Versuch, mich zu retten, nicht funktioniert hat, wird es bereits zu spät sein, einen dritten zu starten. Tun Sie es nicht. Retten Sie sich, so gut Sie können.

Die letzten Seiten drucken. Mrs Brannigan hat eben an die Tür geklopft, und ich habe »Einen Moment noch!« gerufen. Zeit, zu schließen.

Wahrscheinlich werden Sie nie wieder von mir hören, Bridget. Dies ist meine letzte Gelegenheit, Ihnen zu sagen, was noch zu sagen wäre.

Dass ich in Sie verliebt war, wissen Sie. Vergeben Sie mir. Es war eine Schwärmerei, wider besseres Wissen ein Festhalten an der Illusion, es könne je wieder so etwas wie ein normales Leben für mich geben. Ich sage das, ohne jemanden anklagen zu wollen, nicht einmal mich selbst. Dies war mein Leben, und auch der Teil davon, den ich als halbe Maschine verbracht habe, gehört dazu. Ich habe etwas gesucht, und ich habe es nicht gefunden. Das kann passieren.

Als Seneca starb, tat er dies mit den Worten: »Ich gehe als ein Vollendeter.« Ich wollte, ich könnte dasselbe von mir sagen. Ich kann es nicht. Doch als ich heute meinen Entschluss gefasst habe, Sie zu schützen, war ich zum ersten Mal in meinem Leben erfüllt von etwas, das größer war als alle Angst. Mag mein

Leben auch fehlgegangen sein, ich habe doch einen Punkt erreicht, an dem es noch wertvoll wurde. Ich gehe nun, doch ich wage es, zu sagen: Ich gehe als ein Liebender. Als ein Liebender gehe ich, Bridget Keane, und wo immer Sie hingehen, bitte behalten Sie mich so in Erinnerung. Als einen Mann, der verloren war und gerettet wurde. Als einen Mann, den Sie zutiefst berührt haben, ohne ihn jemals zu berühren.

Danksagung

Viele Menschen haben dazu beigetragen, dass dieses Buch so geworden ist, wie es geworden ist.

An erster Stelle möchte ich meiner Frau Marianne danken, die niemals müde wurde, alle Aspekte dieser Geschichte wieder und wieder mit mir zu diskutieren, und der ich zahllose wesentliche Einsichten verdanke darüber, wie sie angemessen erzählt werden musste.

Danken will ich auch (nachdem ich ihn in den Danksagungen meines letzten Buches, *Eine Billion Dollar*, schlichtweg vergessen habe) meinem Lektor Helmut W. Pesch, insbesondere für die eine Frage, die den Anstoß gab, alles noch einmal gründlich zu überarbeiten. Es sei erwähnt, dass ihm das Buch auch seinen Titel verdankt.

Dann will ich endlich einmal meinen Agenten Joachim Jessen und Thomas Schlück danken, ohne die ich überhaupt nicht in der Situation wäre, die literarischen Wagnisse einzugehen, die ich eingehen möchte.

Dank ferner an Timothy Stahl für seine Recherchehilfe, das amerikanische Militär betreffend.

Und schließlich danke ich meinen Testlesern Regine Gruber-Tränkle, Thomas Thiemeyer und David Kenlock, die die erste Fassung des Manuskripts Probe lasen und deren Kommentare,

Rückmeldungen und Anmerkungen mir immer wieder klar machten, dass ich an einem äußerst ungewöhnlichen Buch arbeitete.

Der neue Roman des Autors von DAS JESUS VIDEO

Andreas Eschbach
EINE BILLION DOLLAR
Roman
896 Seiten
ISBN 3-404-15040-6

John Salvatore Fontanelli ist ein armer Schlucker, bis er eine unglaubliche Erbschaft macht: ein Vermögen, das ein entfernter Vorfahr im 16. Jahrhundert hinterlassen hat und das durch Zins und Zinseszins in fast 500 Jahren auf über eine Billion Dollar angewachsen ist. Der Erbe dieses Vermögens, so heißt es im Testament, werde einst der Menschheit die verlorene Zukunft wiedergeben.
John tritt das Erbe an. Er legt sich Leibwächter zu, verhandelt mit Ministern und Kardinälen. Die schönsten Frauen liegen ihm zu Füßen. Aber kann er noch jemandem trauen? Und dann erhält er einen Anruf von einem geheimnisvollen Fremden, der zu wissen behauptet, was es mit dem Erbe auf sich hat …

Bastei Lübbe Taschenbuch

*»Nichts für schwache Nerven.
Man wünscht sich mehr solche Thriller.«*

THE TIMES

Paul Carson
ATEMSTILLE
Thriller
352 Seiten
ISBN 3-404-15306-5

Scott Nolans junge Ehefrau Laura wird auf dem Weg zur Arbeit in Dublin brutal ermordet. Entsetzt erkennt Scott, dass die tödliche Kugel eigentlich ihm galt. Als Strafe für sein Engagement bei einer Anti-Drogen-Kampagne. Scott will nicht nur sich selbst retten – er will Rache. Gemeinsam mit Lauras Bruder beginnt die Spurensuche. Die beiden schnappen sich Kriminelle aus der Drogenszene und verabreichen ihnen ein Wahrheitsserum, um schneller an Informationen heranzukommen: Wer sind die Drahtzieher und wo gibt es eine undichte Stelle in dem kompakten Netzwerk des irischen Drogenkartells? Nach und nach rücken zwei Männer in ihren Fokus, die einen ebenso grausamen wie genialen Plan verfolgen.

Bastei Lübbe Taschenbuch